收获

60周年纪念文存 珍藏版

中篇小说卷（1986—1989） 《收获》编辑部 主编

麦秸垛
妻妾成群

铁凝 苏童等 著

人民文学出版社
PEOPLE'S LITERATURE PUBLISHING HOUSE

图书在版编目(CIP)数据

麦秸垛 妻妾成群/铁凝等著；《收获》编辑部主编.—北京：人民文学出版社，2017
(《收获》60周年纪念文存：珍藏版.中篇小说卷.1986—1989)
ISBN 978-7-02-013029-0

Ⅰ.①麦… Ⅱ.①铁…②收… Ⅲ.①中篇小说-小说集-中国-当代 Ⅳ.①I247.5

中国版本图书馆CIP数据核字(2017)第159452号

总 策 划	黄育海　程永新
责任编辑	朱卫净　李　殷
装帧设计	汪佳诗

出版发行	人民文学出版社
社　　址	北京市朝内大街166号
邮政编码	100705
网　　址	http://www.rw-cn.com
印　　刷	上海利丰雅高印刷有限公司
经　　销	全国新华书店等
开　　本	720毫米×1000毫米　1/16
印　　张	23.25
字　　数	280千字
版　　次	2017年8月北京第1版
印　　次	2017年8月第1次印刷
书　　号	978-7-02-013029-0
定　　价	99.00元

如有印装质量问题，请与本社图书销售中心调换。电话：010-65233595

| 编者的话 |

巴金和靳以先生创办的《收获》杂志诞生于一九五七年七月,那是一个"事情正在起变化"的特殊时刻,一份大型文学期刊的出现,俨然于现世纷扰之中带来心灵诉求。创刊号首次发表鲁迅的《中国小说的历史的变迁》,好像不只是缅怀与纪念一位文化巨匠,亦将眼前局蹐的语境廓然引入历史行进的大视野。那一期刊发了老舍、冰心、艾芜、柯灵、严文井、康濯等人的作品,仅是老舍的剧本《茶馆》就足以显示办刊人超卓的眼光。随后几年间,《收获》向读者奉献了那个年代最重要的长篇小说和其他作品,如《大波》(李劼人)、《上海的早晨》(周而复)、《创业史》(柳青)、《山乡巨变》(周立波)、《蔡文姬》(郭沫若),等等。而今,这份刊物已走过六十个年头,回视开辟者之筚路蓝缕,不由让人感慨系之。

《收获》的六十年历程并非一帆风顺,最初十年间她曾两度停刊。先是称之为"三年自然灾害"的困难时期,于一九六〇年五月停刊。一九六四年一月复刊后,又于一九六六年五月被迫停刊,其时"文革"初兴,整个国家开始陷入内乱。直至粉碎"四人帮"以后,才于一九七九年一月再度复刊。艰难困顿,玉汝于成,一份文学期刊的命运,亦折射着国家与民族之逆境周折与奋起。

浴火重生的《收获》经历了拨乱反正和改革开放的洗礼,由此进入令人瞩目的黄金时期。以后的三十八年间可谓佳作迭出,硕果累累,呈现老中青几代作家交相辉映的繁盛局面。可惜早已谢世的靳以先生未能亲睹后来的辉煌。复刊后依然长期担任主编的巴金先生,以其光辉人格、非凡的睿智与气度,为这份刊物注入了兼容并包和自由闳放的探索精神。巴老对年轻作者尤寄予厚望,他用质朴的语言告诉大家,"《收获》是向青年作家开放的,已经发表过一些青年作家的作品,还要发表青年作家的处女作。"因而,一代又一代富于才华的年轻作者将《收获》视为自己的家园,或是从这里起步,或将自己最好的作品发表在这份刊物,如今其中许多作品业已成为新时期文学经典。

　　作为国内创办时间最久的大型文学期刊,《收获》杂志六十年间引领文坛风流,本身已成为中国当代文学的一个缩影,亦时时将大众阅读和文学研究的目光聚焦于此。现在出版这套纪念文存,既是回望《收获》杂志的六十年,更是为了回应各方人士的热忱关注。

　　这套纪念文存选收《收获》杂志历年发表的优秀作品,遴选范围自一九五七年创刊号至二〇一七年第二期。全书共列二十九卷(册),分别按不同体裁编纂,其中长篇小说十一卷、中篇小说九卷、短篇小说四卷、散文四卷、人生访谈一卷。除长篇各卷之外,其余均以刊出时间分卷或编排目次。由于剧本仅编入老舍《茶馆》一部,姑与同时期周而复的长篇小说《上海的早晨》合为一卷。

　　为尊重历史,尊重作品作为文学史和文学行为之存在,保存作品的原初文本,亦是本书编纂工作的一项意愿。所以,收入本书的作品均按《收获》发表时的原貌出版,除个别文字错讹之外,一概不作增删改易(包括某些词语用字的非标准书写形式亦一仍其旧,例如"拚命"的"拚"字和"惟有""惟恐"的"惟"字)。

　　特别需要说明的是,收入文存的篇目,仅占《收获》杂志历年刊载作品中很小的一部分。对于编纂工作来说,篇目遴选是一个不小的难题,由于作者众多(六十年来各个时期最具影响力的作家几乎都曾在这份刊物上亮相),而作品之高低优劣更是不易判定,取舍之间往往令人斟酌不定。编纂者只能定出一个粗略的原则:首先是考虑各个不同时期的代表性作品,其次尽可能顾及读者和研究者的阅读兴味,还有就是适当平衡不同年龄段的作家作品。

　　毫无疑问,《收获》六十年来刊出的作品绝大多数庶乎优秀之列,本丛书不可能以有限的篇幅涵纳所有的佳作,作为选本只能是尝鼎一脔,难免有遗珠之憾。另外,由于版权或其他一些原因,若干众所周知的名家名作未能编入这套文存,自是令人十分惋惜。

这套纪念文存收入一百八十余位作者不同体裁的作品，详情见于各卷目录。这里，出版方要衷心感谢这些作家、学者或是他们的版权持有人的慷慨授权。书中有少量短篇小说和散文作品暂未能联系到版权（毕竟六十年时间跨度实在不小，加之种种变故，给这方面的工作带来诸多不便），考虑到那些作品本身具有不可或缺的代表性，还是冒昧地收入书中。敬请作者或版权持有人见书后即与责任编辑联系，以便及时奉上样书与薄酬，并敬请见谅。

感谢关心和支持这套文存编纂与出版的各方人士。

最后要说一句：感谢读者。无论六十年的《收获》杂志，还是眼前这套文存，归根结底以读者为存在。

《收获》杂志编辑部
上海九久读书人文化实业有限公司
人民文学出版社
二〇一七年七月二十四日

| 目 录 |

铁　凝	麦秸垛	1
孙甘露	信使之函	62
洪　峰	极地之侧	90
苏　童	1934年的逃亡	132
格　非	迷　舟	172
叶兆言	枣树的故事	194
史铁生	一个谜语的几种简单的猜法	247
马　原	死亡的诗意	275
苏　童	妻妾成群	320

麦秸垛

铁 凝

当初,那麦秸垛从喧嚣的地面勃然而起,挺挺地戳在麦场上。垛顶被黄泥压匀,显出柔和的弧线,似一朵硕大的蘑菇;垛檐扇出来,碎麦秸在檐边耀眼地参差着,仿佛一轮拥戴着它的光环。

后来,过了些年。春天、夏天、秋天的雨和冬天的雪……那麦秸垛湿了又干,干了又湿,却依然挺拔。四季的太阳晒熟了四季的生命,麦秸垛晒着太阳,颜色失却着跳跃。

一

太阳很白,白得发黑。天空艳蓝,麦子黄了,原野骚动了。

一片片脊背亮在光天化日之下。男人女人的腰们朝麦田深深弯下去，太阳味儿麦子味儿从麦垅里融融地升上来。镰刀嚓嚓地响着，麦子在身后倒下去。

队长派了杨青跟在大芝娘后头拾麦勒儿捆麦个儿。大芝娘边割麦子边打勒儿，麦勒儿打得又快又结实，一会儿就把杨青丢下好远。

杨青咬牙追赶着大芝娘，眼前总有数不清的麦勒儿横在垅上。一副麦勒儿捆一个麦个子，麦个子捆绑好，一排排躺在裸露出泥土的秃地上，好似一个个结实的大婴孩儿。

杨青先是弯腰捆，后来跪着捆，后来向前爬着捆。手上勒出了血泡，麦茬扦破了脚腕，麦芒在脸上扫来扫去，给脸留下一缕缕红印，细如丝线，被汗蜇得生疼。

大芝娘在前头嘎嘎地笑，她那黑裤子包住的屁股撅得挺高。前头一片欢乐。

四周没有人了，人们早涌到前边欢乐里去。杨青守着捆不尽的麦个儿想哭。

要是四年以前，杨青就会在心里默念"一不怕苦、二不怕死"，然后身上生出力气，或许真能冲上去。那时候她故意不戴草帽，让太阳把脸晒黑。那时候她故意叫手上多打血泡——有一次最多是十二个，她把它们展览给人看。大嫂们捏住她的手，心疼得直"啧啧"。杨青不觉疼，心直跳。那时候过麦收，她怕自己比不过社员，有一回半夜就一个人摸到地里先割起来，天亮才发现那是邻队的地块儿。

那时候就是那时候。现在她好像敌不过这些麦子，这块地。

日子挨着日子，是这样的一模一样，每一个麦收却老是叫端村人兴奋。人们累得臭死，可是人们笑。汗水把皱了许久的脸面冲得舒展开来。

太阳更白了，黑得人睁不开眼。队长在更远的地方向后头喊话，话音穿过麦垅扑散开去："后头的，别茶懈着！地头上有炸馃子、绿豆饭汤候着你哩，管够！管饱！"

年年都一模一样。年年麦收最忙的几天，各队都要请社员在地头吃炸馃子。四年前，杨青插队的头一年麦收就赶上了吃馃子。那时社员们在地头围严了馃子筐箩和绿豆饭汤大桶，杨青就躲到一边儿去。队长喊她，她说不饿；大芝娘把馃子塞到她手里，她说钱和粮票都在点儿上。人们被逗乐了，像听见了稀罕话儿。后来一切都惯了。甚至，每逢麦收一到，杨青首先想到的就是炸馃子。现在她等待的就是队长那一声鼓动人心的呐喊。在知青点，她已经喝了一春天的干白菜汤。

杨青没有往前赶，就像专等大芝娘过来拉她过去。大芝娘到底小跑过来。

杨青抬起脸，大芝娘已经站在她跟前。这个四十多岁的女人从太阳那里吸收的热量好像格外充足，吸收了又释放着。她身材粗壮，胸脯分外地丰硕，斜大襟褂子兜住口袋似的一双肥奶。每逢猫腰干活儿，胸前便乱颤起来，但活计利索。

杨青望着大芝娘那鼓鼓的胸脯，腿上终于生出些劲。她擦了擦眼，站起来。

"忙走吧，还愣着干什么！"大芝娘招引着杨青。

杨青跟上去，发现前边净是捆好的麦个儿。分明是大芝娘劫了她。

地头上，人们散坐在麦个子旁边那短浅的阴影里，吃馃子、喝汤，开始说闲话解闷儿。那解闷儿的闲话大多是从老光棍栓子大爹那双翻毛皮鞋开始。那皮鞋的典故，端村人虽然早已了解得十分详尽，但端村总有新来人。比如谁家从外村请来了帮工，比如谁家的新媳妇在场，再比如城里来插队的学生。

皮鞋是真正的日本货，硬底，翻毛。那是闹日本时，栓子大爹从炮楼上得来的。村里派当长工的栓子给鬼子送过一趟麦子，栓子赶着空车回来，就捎带回这么一双鞋。刚得到这鞋时，栓子走起路来"咯吱咯吱"；年代久了，皮底掌了又掌，走起路来变成了"咯噔咯噔"。

日本投降了，栓子还一直穿它。解放了，栓子还一直穿它。人们问："栓子叔，你恨日本鬼子不？"

"兴许就你不恨。"

"那还穿这鞋？"

"谁叫它是鞋呢。"

"这可是日本货哩。"

"你叫它应声儿？我不恨鞋。"

栓子大爷的回答理直气壮却并不周密。许多时候，端村人就是从这双鞋上来审度形势的。那鞋有时也会变得理不直气不壮起来。"文化大革命"开始前，那鞋便销声隐迹过好一阵。后来，公社的造反派到底为鞋来到端村，勒令栓子大爷三天之内必须交出。否则他也将被踏上一只脚，闹个永世不得翻身。栓子大爷受了些皮肉之苦，造反队却终究没有找到那鞋。再后来，本村造反队包下了此案。栓子大爷把鞋亮给本村的造反队，他们却没有把它当作胜利果实拿走，就因为那是端村的造反队。眼下他们虽然造反披挂，但端村人的习性难变，他们生性心软。

寒来暑往，栓子判断了形势，端村终于又响起了那鞋声。

这是栓子和鞋的故事，却是外来人对鞋的粗浅了解。外来人很少明了那鞋的另一半故事，那一半，没有人在公开场合揎掇栓子大爷。了解那一半，除非你是真正的端村人。

栓子年轻时做长工，恋过村东老效的媳妇。麦收时常常背着东家给那小媳妇送麦子。

栓子恋那媳妇，就是愿意把东家的麦子送给她。

老效在外村窑上干活儿，会烧窑，会针灸，会给女人放血治病。他默默烧窑，扎针、放血却在一方有名。一针下去，有人还阳，也有人半日后归阴。病主人质问老效，老效几句话能把主人噎得哑口无言："不是放血半天后才咽的气吗？要是不放血，能活那半天？这叫手劲。"主人自讨了没趣，老效却争得了一个传名的机会：是老效的针术又使那就要归阴的女人多活了半天。老效的针有手劲。

老效在外烧窑、扎针，一集回家一次。一次老效回来，看见家里的新麦子，逼问媳妇。媳妇害怕，说出了栓子。老效不露声色，白天只是和媳妇吃饭、行事。天黑他邀了栓子出来,走近村头场边一个麦秸垛。老效靠在垛上,半晌不响。

黑暗中栓子被吓出了魂儿,那魂儿就在他周身哆嗦。

后来老效开口了:"兄弟,别怕。你想什么我知道。可你那麦子我不稀罕。"

栓子不言语。

"听出来了呗,不稀罕。"

栓子还是不言语。

"这么着,咱换吧。"老效说。

"换?换什么?"栓子还是听不出来。

"把你那皮鞋给了我,我就让你一回。"

栓子听懂了,便不害怕了。只觉浑身的血全冲到脸上,又沉到脚后跟。他捏紧了拳头,直往老效跟前凑。

这时散在脚前的麦秸堆一阵窸窸窣窣,老效弯腰抓起一个人来。栓子细看,正是那媳妇。她被绳子绑了,嘴叫毛巾堵着。

"就在这儿,行不?你脱鞋,她这儿由我脱。"老效抓住媳妇的裤腰,媳妇趔趄着歪倒在垛前。

栓子再也忍不住,又往前凑凑,猛然朝黑暗舒出了一个拳头,老效仰翻在麦秸堆上。栓子又是一拳,又是一拳,又是一拳。老效没了响声儿。

栓子给那媳妇松了绑,拽出嘴里的毛巾,指着老效对那媳妇说:"他、他不算个汉们家,他畜牲不如!你不能跟他。你,你跑了吧!"

老效媳妇一跺脚跑了。栓子把半死的老效背回家,扔在炕上说:"忙给你个人扎一针吧!"

老效媳妇再也没回端村。栓子几年不去村东。

……

四年后杨青了解那后一半故事,她已经算个端村人了。

馃子笸箩被人们吃得露了底。众人四散开,一片脊背朝着太阳。

黄昏，大片的麦子都变成麦个子，麦个子又戳着聚拢起来，堆成一排排麦垛，宛若一个个坚挺的悸动着的乳房。那由远而近的一挂挂大车频频地托起她们，她们呼吸着黄昏升腾起来，升腾起来，开始在柔暗的村路上飘动。

杨青独自站在麦田里，只觉着脚下的大地很生。她没有意识到麦垅里原来还有这样多的细草野花。毛茸茸的野草虽然很细、很乱，但很新；大坂花宛若一面面朝天的小喇叭，也欢欣着响亮起来。被正午的太阳晒蔫了的她，现在才像蓄满了精力。那精力似从脚下新地中注入，又像是被四周那些只在黄昏才散放的各种气味所熏染。又仿佛，是因了大芝娘那体态的施放。那实在就是因了不远处那些坚挺的新麦个儿，栓子大爹那半截故事就埋在那里。杨青身心内那从未苏醒过的部分醒了。胸中正膨胀着渴望，渴望着得到，又渴望着给予。

杨青在黄昏中挪动着脚步，靠了那矗立着的麦个儿的牵动。远的、近的、那被太阳晒得熟透的麦个子。她朝它们走去，一整天存进的热气立刻向她袭来。她感应到那里对她的召唤，那召唤渗透她，又通过她扩散开去。她明白了过去不曾明白的感觉，她明确了过去不敢明确的念头，她一定是爱他，她一定要爱他，那个身材高高的陆野明。

二

这两年不比早先。一过麦收知青点上电报便多起来。知青们拿上电报净找队长请假回平易市，躲过麦收才回来吃新麦子馒头。

陆野明也接到了家里的电报。他不找队长，却来到女生宿舍找杨青。

"杨青，你出来一下。"他说。

"你进来吧，就我自己。"杨青在宿舍里说。

陆野明顶着门楣走进女生宿舍，杨青便掏出指甲刀剪指甲。

"电报。"陆野明把电报亮给杨青看。

杨青只顾剪指甲，并不关心陆野明手中的东西。

"家里让我回去。"陆野明又说。

"噢。"

杨青继续剪指甲。她剪得很轻快，很仔细，很苦。

"你说我回去吗？"陆野明问杨青。

"我说你应该回。"

"为什么？"陆野明对杨青的回答没有准备。

"因为来了电报。"

杨青还在剪，剪完又拿小锉一个个锉起来。陆野明第一次发现杨青的手指修长，椭圆形的指甲盖很好看。

"我不回。"陆野明把电报叠了又叠，叠成钝角，又叠成锐角。

"你不回？"

"因为你不回。"

"你怎么肯定我不回？"杨青锉完指甲，把剪刀放进衣兜，双手交叉起来，显得格外安详。

"你也回去？"

"大家都回。"

"那，我也去请假。"陆野明把电报展开、抚平，转身就往外走。

"你回来。"杨青叫住陆野明。

陆野明站下来。

"你的头发还不理？该理了。"杨青说。

陆野明捋了捋头发，觉出有一撮向上翘起，很有弹性。他没敢看杨青，又往外走。杨青却又叫住他说："快走吧，我可不走。"

"你……"陆野明又转回身，疑惑地望着杨青。

"哪年麦收我回过家？嗯？"杨青声音很轻，轻成没有声音的暗示。

陆野明回味一下杨青的话，总算从暗示里领略到了希望。他把电报揉成一团故意丢在屋角，很重地推了门，很轻地跑出屋子。

杨青很愉快。因为身在异乡，有一个异性能领略自己的暗示。再说那仅仅是暗示吗？那是驾驭，驾驭是幸福的。

　　下乡第一年，杨青就格外注意陆野明。当时她并不想驾驭谁，只想去关心一个人。早晨起来，陆野明头发上老是沾着星星点点的碎棉球，杨青便知道他的被子拆了做不上。她替他做棉被，还把他划了口子的棉袄也抱过来，缝好，又叠着抱过去。她提醒他理发、洗涮，还常把"吃不了"的饼子滚到陆野明的饭盆里。

　　陆野明很久才感觉到那关心的与众不同，他也回报着她。

　　杨青对"1059"农药过敏，那次喷棉花回来就发起高烧。村里唯一的赤脚医生上县培训去了，不知谁请来了老效。那老效急急赶进知青点，从怀里掏出油腻的布包，双手在裤腿上蹭掉些土末儿，往杨青脑门上使些唾沫，抽出一根大针照着印堂就扎。陆野明一把攥住老效的手腕说："谁让你来的？这是治病？这是祸害人。"他夺过老效的针，替他包裹好，连推带搡把老效请出知青点。他找了辆破车，自己拉着，两个女生护着，一去十二里，把杨青送到县医院。

　　一路走着，陆野明一看见杨青那光洁、饱满的前额就想哭。他想，老效就在那里抹过唾沫。

　　谁都知道杨青在关心陆野明，谁都不说杨青的闲话，就因为关心陆野明的是杨青。杨青懂分寸，因为想驾驭。

　　一次，队长把杨青和陆野明单独分在一起浇麦子。陆野明很高兴，叫上杨青就走。杨青却着急起来，左找右找，总算临时抓到了花儿作伴。

　　花儿是小池的新媳妇，春天刚跟人贩子从四川来到端村。

　　陆野明一路气急败坏，杨青和花儿又说又笑。她引她说四川话，问她为什么四川人都爱吃辣椒。

　　陆野明的气急败坏，花儿的四川口音，都给了杨青满足。

　　绿色麦田里，灌了浆的麦穗很饱满，沉甸甸地扫着人的腿。陆野明看机子，杨青和花儿改畦口。改几畦就钻进窝棚里坐一会儿，像是专门钻给陆野明看。陆野明跟前只有柴油机。

越到正午，陆野明越觉着没意思。他揪了几把麦穗塞到柴油机的水箱里煮。煮熟了自己不吃，光喊杨青。杨青到底来到井边，陆野明递给她一把熟麦穗。

碧绿的麦穗冒着热气。放在手里搓，那鼓胀的麦粒散落在掌上，溅得手心很痒痒。杨青嚼着，那麦粒带一点咬劲儿。心想剩下几穗给花儿。

"好吃吗？"陆野明坐在麦垅里问杨青。

"好吃。"杨青没有坐。

机井旁边的麦子高，麦穗盖过陆野明的头，齐着杨青的腰。

"跟谁学的？"杨青问。

"你坐下，我告诉你。"

杨青想了想，没有坐。

陆野明又往杨青身边挪挪，他的肩膀碰着了她垂着的手背。杨青往旁边跨了跨。陆野明不知怎么的就攥住了杨青的手。

柴油机的声音很大。

陆野明攥得很死。

杨青努力想抽出自己的手。抽不出。

"你应该放开我。"杨青声音很低，看着远处。

陆野明不放。

杨青突然大声喊起了花儿："花儿，陆野明给咱们煮麦穗了！"

陆野明不放。

"你应该放开我！"杨青声音更低了，被机器震得有些颤抖。

陆野明抬起头，急不可待地想对杨青说几句什么。在太阳的直射下，他忽然发现杨青唇边那层柔细的淡黄色茸毛里沁出了几粒汗珠，心里一下乱起来。他到底放开了她的手。

"我愿意你放开我，我知道你会放开我。"杨青眼睛向下看，不知是看陆野明的脚，还是看地。"我该找花儿去了。"她说。

杨青迈过了一个麦垅，那正在孕育着果实、充盈着生命的麦棵在她腿下倒下去，又在她身后弹起来。

"陆野明，机器该上水了！"杨青跳过麦垅，回身对陆野明说。

杨青又迈过几垅麦子，顺着凉爽的垄沟朝花儿跑去。

陆野明心里很空旷，他知道她是对的。许久，他眼前只有那几粒汗珠。

他更爱她。她能使他激动，也能使他安静。激动和安静使他对日子挨着的日子才有了盼头。原来在这块土地上不仅是黄土和麦子；不仅是他们以往陌生的柴、米、油、盐；不仅是电影《南征北战》，还有激动中的安静和安静中的激动。

田野还在喧嚣。

陆野明坐在院里，守着一只大笸箩擦麦子。身边放着铁筲，筲里水不多，而且很浑。他把一块屉布在筲里涮过，拧成半干，擦着新麦粒上的浮土。

陆野明擦好麦子，一簸箕一簸箕地搓到布袋里，准备扛到钢磨上去磨面。沈小凤来到他面前。

沈小凤是刚下来不久的新知青，家也在平易市。家门口有一面"手工织毛衣"的小牌，那是她母亲的活计。沈小凤有时也帮她母亲赶活儿。

过麦收沈小凤接不到家里的电报，家里不需要她回去，也不听她支使。家里和点儿上相比较，沈小凤也愿意待在点儿上。

沈小凤个子挺矮，皮肤细白，双颊常被晒得粉红。两条长过腰际的大辫子沉甸甸地垂在脑后，使她那圆润的下巴往上翘。她爱哭、爱笑，看到蝎虎子嚷着往别人身上扑。

"陆野明，你擦麦子呀？"沈小凤用自己的辫梢摔打着自己的手背。

陆野明只看见一双穿白塑料凉鞋的脚。

"废话。"他不抬眼皮。

"怎么是废话？"

"你不是早看见了。"

"看见了就不能再问问？让我看看擦得怎么样。"沈小凤去扒麦子口袋。

"别动。"陆野明喊。

"怎么啦怎么啦?"沈小凤自顾在口袋里扒拉。辫梢扫着了陆野明的脸。

陆野明心里痒了一下,便是一阵莫名其妙的烦躁。

"你看这是什么?"沈小凤从麦子里捡出一粒土坷垃,举到陆野明眼前:"能磨到面里吗?让我们吃土坷垃?"她一边说,和陆野明蹲了个对脸,满口整洁的白牙在陆野明眼前闪烁。

"那你说怎么办?"陆野明盯住沈小凤。

"得用水淘,起码淘两遍,晾成半干再磨。咱俩淘呀,去,你去挑一挑水。"沈小凤伸手就拽陆野明的胳膊。

"干什么你!"陆野明站了起来。

"让你挑水去。"沈小凤也站了起来。

"告诉你,这星期是我当厨,不用你操那份心。"陆野明说完抓住布袋口,想抡上肩。

沈小凤却把一双柔软的手搭在陆野明手上:"我就不让你走。"

杨青头上沾着碎麦秸跑了进来,看见陆野明和沈小凤,她远远地站住脚。

陆野明突然红了脸。沈小凤脸不红,她懂得怎样解围。

"杨青,我们俩正商量淘麦子哪。陆野明就知道拿布擦。光擦,行吗?"沈小凤说。

"淘淘更好。"杨青说。

"看我没说错吧。"沈小凤白了陆野明一眼。

杨青走近他们说:"沈小凤,队长叫我来找你,你怎么说不去就不去了?后半晌场上人手少。"她只对沈小凤讲,不看陆野明。

"我不想去了,我想在家帮厨。"沈小凤说。

"行,那我跟队长说一声。"杨青像不假思索似地答应下来,转身就走。

"杨青,你回来!"陆野明在后边叫。

"有事？"杨青转回头。

"统共没几个人吃饭，帮什么厨！我用不着帮。麦子也不用淘。"陆野明说得很急。

杨青迟疑一下，没再说什么，只对他们安慰、信任地笑了笑。陆野明从来没见过她那样的笑，那笑使他一阵心酸，那笑使他加倍地讨厌起紧挨在身边的沈小凤。

杨青镇静着自己走出院子，一出院子就乱了脚步。她满意自己刚才的雍容大度。可是他面前毕竟是沈小凤。她抓他的手，说不定还要攥起雪白的小拳头捶打他……

街里到处是散碎的麦秸。街面显得很纷乱。

走出村，她又走进那弥漫在打麦场上的金色尘雾。

三

地里的活儿清了，场上的活儿没清。脱粒机响得不倦。

杨青抢在脱粒机前入麦子。

大芝娘急得白了脸："忙闪开，给你个笆子搂麦秸吧。"

大芝娘递给杨青笆子。脱粒机吐出了新麦秸，杨青就拿笆子搂。新麦秸归了堆，有人用四股杈垛新垛。新垛越垛越高，两个半大小子不住在垛上跳腾，身子陷下去又冒上来，冒上来又陷下去，垛心眼看实着起来。

新垛还没高过那旧垛，却把那旧垛比得更旧。

歇完畔，杨青又抢到脱粒机前入麦子，大芝娘又把她喊了回来。

大芝娘不让杨青上机器。

大芝娘心里有事。

大芝娘就是大芝的娘。

大芝娘结婚三天丈夫就骑着骡子参军走了，几年不打信。村里人表面不说什么，暗地里嘀咕：准是在外头提了干部，变了心思。

后来丈夫回了村，果然是解放省城后提了干部，转到地方。丈夫说着一口端村人似懂非懂的话，管夜了个叫"昨天"，管黑介叫"晚上"。

大芝娘给他烧好洗脚水，他把脚泡在大瓦盆里只是发愣。

"怎么来，你？"大芝娘问。

"也没什么。"丈夫说。

"使的慌？"

"不是。这次回来主要是想跟你谈一个问题。"

"没问题。"大芝娘说。

"这么给你说吧。"丈夫说，"就目前来讲，干部回家离婚的居多。包办的婚姻缺少感情，咱俩也是包办，也离了吧。"

大芝娘总算弄懂了丈夫的话，想了想说："要是外边兴那个，你提出来也不是什么新鲜。可离了谁给你做鞋做袜？"

丈夫说："做鞋做袜是小事，在外头的人重的是感情。"

大芝娘说："莫非你和我就没有这一层？"

丈夫说："可以这么说。"

大芝娘不再说话，背过脸就去和面。只在和好面后，又对着面盆说："你在外边儿找吧，什么时候你寻上人，再提也不迟。寻不上，我就还是你的人。"

丈夫的手早就在口袋里摸索。他擦干脚，趿拉着鞋，把一张女人照片举到大芝娘眼前。大芝娘用围裙擦干净手，拿起照片仔细端详了一阵，像是第一回接触了外界的文明。

"挺俊的人。也是干部？"她问。

"在空军医院当护士。"丈夫说。

大芝娘的眼光突然畏缩起来。她讪讪地将照片摆在迎门橱上。

她不知护士是什么，如同她不知道丈夫说的感情究竟包涵着什么一样。她只知道外边兴过来的事，一定比村里进步。

当晚，大芝娘还是在炕上铺了一个大被窝。

丈夫又在远处铺了一个窄被窝。

她同意和他离婚。第二天，丈夫把大芝娘领到乡政府办了离婚手续。

他没有当天回去。晚上，在一明两暗的三间房里，她住东头，他住西头。夜里大芝娘睡不着，几次下炕穿鞋想去推西头的门，又几次脱鞋上炕。她想到照片上那个护士，军帽戴在后脑勺上，帽檐下甩出一绺头发；眼不大，朝人微笑着。她想那一定是个好脾气的人。

大芝娘披着裨子在被窝里弯腰坐了一夜。

第二天，丈夫一早就慌慌地离开端村，先坐汽车，后坐火车，回省城岗位上去了。他万没想到，第三天大芝娘也先坐汽车，后坐火车来到省城。她又出现在他跟前。丈夫惊呆了。

"可不能反悔。离了的事可不能再变！"他斜坐在宿舍的床铺上，像接待一个普通老百姓一样警告着她。

"我不反悔。"大芝娘说。

"那你又来做什么？"

"我不能白做一回媳妇，我得生个孩子。"大芝娘站在离丈夫不近的地方，只觉高大的身躯缩小了许多。

"这怎么可能？目前咱俩已经办了手续。"丈夫有点慌张。

"也不过刚一天的事。"大芝娘说。

"一天也成为历史了。"

大芝娘不懂历史，截断历史只说："孩子生下来我养着，永远不连累你，用不着你结记。"

丈夫更意外，更慌张，歪着身子像躲避着一种浪潮的冲击。

"我就住一天。"她毕竟靠近了他。

丈夫站起来只是说着"不"。但年轻的大芝娘不知怎么生出一种力量，拉住了丈夫的手腕，脑袋还抵住了他的肩膀。她那茁壮的身体散发出的气息使丈夫感到陌生，然而迷醉；那时她的胸脯不像口袋，那里饱满、坚挺，像要迸裂，那里使他生畏而又慌乱。他没有摆脱它们的袭击。

当晚他和她睡了，但没有和她细睡。

早晨，丈夫还在昏睡，大芝娘便悄悄回了端村。

果然，她生下了大芝，一个闺女。闺女个儿挺大，从她身上落下来，好似滚落下一棵瓷实的大白菜。

大芝在长个儿，大芝娘不拾闲地经营着娘儿俩的生活：家里、地里。她没觉出有哪些不圆满，墙上镜框里照样挂着大芝爹的照片。连那位空军护士的照片，她也把她摆在里面。她做饭，下地，摆照片，还在院子里开出一小片地，种上一小片药用菊花。霜降过后收了菊花，晒干，用硫磺熏了卖给药铺，就能赚出大芝的花布钱。大芝在长个儿。

六〇年，大芝娘听说城里人吃不饱，就托人写信，把丈夫一家四口接进端村。在那一明两暗的三间房里，他们住东头，她和大芝住西头。直把粮食瓮吃得见底。临走时，那护士看着墙上镜框里的照片不住流泪，还给她留下两个孩子的照片。大芝娘又把他们装进镜框里。她觉着他们都比大芝好看。

大芝长大了，长得很丑。只是两条辫子越发的粗长，油黑发亮。两条粗大的辫子仿佛戳在背后，别人觉着累赘，大芝对它们很爱惜。

大芝长大了，也长着心眼儿。她就是仰仗着这两条辫子，才敢对村里小伙子存一丁点儿幻想。终于她觉出有人在注意她的辫子了，那便是富农子弟小池。她的心经常在小池面前狂跳。

那年过麦收，大芝盘起辫子、包着手巾守着脱粒机入麦子，队长派了小池在旁边搂麦秸。大芝的心又开始狂跳，心跳着还扯下了头上的手巾，散落下小池爱看的两条辫子。

麦粒加麦秸都在飞舞，大芝的辫子也分外的不安静。

后来，那辫子和麦个子一同绞进了脱粒机。一颗人头碎了，血喷在麦粒堆上，又溅上那高高的麦秸垛……

天地之间一片血红，打麦场哑了。

收尸、埋大芝的果然是小池。

埋了大芝，人们来净场。有人说那溅过血的麦秸垛该拆，可人们都不敢下手。后来瓢泼大雨冲刷了麦秸垛，散发着腥热气的红雨在场院蔓延。天晴地干后，地皮上只剩下些暗红。

没人再提拆垛的事。只是，女人们再也不靠在那垛脚奶孩子；男人们也不躺在垛檐下打盹儿、说粗话。该发生在那垛下的一切，又转移了新垛。

大芝娘把自己关在家里，关了一集才出来做活儿。没见她露出更大的哀伤，她只跟女人们说些无关紧要的话儿。没人跟她提大芝的事。在端村，大芝的事不同于栓子大爷的皮鞋。

秋天，药菊花仍旧盛开在大芝娘的小院里，雪白一片，开出一院子的素净。大芝娘收了菊花，使硫磺熏。小池站在门口说："哪天我进城，替你卖了吧。"

"不忙，我个人能行。"大芝娘让小池进院，小池只是不肯。

大芝娘独个儿就着锅台喝粥。墙上，她有满镜框相片。

四

麦收过后，麦子变作光荣粮，被送进城，车、人、牲口、麦子都戴着红花。留给端村的，倒像是从那行列里克扣出来的一星半点。端村人开始精心计算对于那一星半点的吃法。

空闲下来的田地展示着慷慨。

远处，天地之间流动着风水，似看得见的风，似高过地面的水。风水将天地间模糊起来。

知青们回了点儿，点儿上又热闹起来。

沈小凤向人们展示着收获。她竭力向人们证明，麦收期间"点儿"是属于她和陆野明的。现在当着众人她开始称呼他为"哎"；背后谈起陆野明，她则用"他"来表示。他还是经常遇见她那火热的眼光，人们听见的却是他和她之间一种不寻常的吵闹。

陆野明要挑水，沈小凤便来抢他的担杖。陆野明不让，骂她

"腻歪"。

陆野明洗衣服，沈小凤早已把自己的衣服排列了一铅丝。陆野明把沈小凤的衣服往旁边推推，沈小凤便尖叫着打陆野明的手。

陆野明寻机和杨青说话，愤愤地也用"她"来反映着沈小凤的一切。杨青机警地问："她是谁？"

陆野明愣住了，这才发现自己也用"她"称呼起沈小凤了。

杨青不再追问，只是淡淡一笑，对陆野明轻描淡写地谈着自己的看法："她比我们小，我们比她大。人人都有缺点，是不是？"

"我们"又感动了陆野明，"我们"又验证了她对他的信任。他的心又静下来。只有杨青能使他的心安宁，占据他内心的还是杨青。

然而在深深的庄稼地里，在奔跑着的马车上，在日复一日千篇一律的动作中，在沉寂空旷的黑夜里，沈小凤那蛮不讲理的叫嚷、不加掩饰的调笑，却时常响在陆野明的耳边。她的雪白的脖梗，亚麻色的辫梢，推搡人时那带着蛮劲儿的胳膊，都使他不愿去想，但又不能忘却……她不同于杨青。

他爱杨青，爱得不敢碰她；他讨厌沈小凤，讨厌了整整一个夏天。

秋天了。

大片的青纱帐倒下去，秋风没遮拦地从远天远地奔来，从裤脚下朝人身上灌。吹得男生们的头发朝一边歪，姑娘们绯红的面颊很皱。

砍了棒子秸的地块儿被耀眼的铧犁耕过，使了底肥，耙了盖了，又种上了麦子。端村人闲在了许多。人们想起享受来。

"多会儿不看电影儿了！"谁说。

"请去！"干部们立时就明白了乡亲的心思。

"请带色儿的！"谁说。

"请带色儿的，不就他娘的四十块钱么！"干部说。

过去，十五块钱的黑白片《南征北战》《地道战》，在端村演了一次又一次。片子老，演起来银幕上净哗哗地"下雨"。但是村东大壕坑里还是以"二战"压底儿，早就变作包括邻村乡亲在内的电影场。坑沿蜿蜒起许多小路，坑底被人踏坐得精光。

到底请来了带色儿的新片，花四十块钱端村还用不着咬牙。端村人自己过得检点，也愿意对邻村表现出慷慨。

带色儿的电影使人们更加兴奋，许多人家一大早就打发孩子去外村请且（亲）戚。天没黑透，壕坑就叫人封得严严实实。人们背后是没遮拦的北风，坑里升腾起来的满是热气。

大壕坑也给知青点带来了欢悦。这时他们也和端村人一样盼天黑，在壕坑里和端村人一样毫不客气地争地盘，和端村人一样为电影里哪个有趣的情节推打、哄笑……

知青们踩着坚硬的黄土小道出了村，沈小凤提着马扎一路倒退着走在最前头。她拿眼扫着陆野明，学外村一个大舌头妇女说话。

"哎，俊仙寻上婆家啦，你们知道吗？"

"你怎么知道的？"有人问她。

"我们队的事，当然我知道。"沈小凤说。

"哪村的？"男生在挑逗。

"代庄的。"

"俊仙同意了？"

"早同意了，一见代庄的人就低头。"

"你看见了？"

男生那挑逗的目的不在于弄清问题的结果，而在于对沈小凤的挑逗。沈小凤从那挑逗里享受着尽情，具体描述着俊仙的事。"就是那天下午，我们摘棉花。"沈小凤说，"歇晌时走过来一位妇女，看见我们就停住脚，脱下一只鞋往垄沟背儿上一摆，坐下说：'走道儿走热了，歇歇再走。'

"俊仙问：'你是哪村的呀？'

"那妇女说：'代庄的。'

"俊仙脸一红，不问了。听出来了吧？"

"听出来了！"有人大声说。

"听出来就好。"沈小凤更得意起来。

"后来呢?"男生又开始撺掇。

"后来俊仙不问了,那妇女倒问起俊仙来。"沈小凤清清嗓子,"哎,你们群(村)有个叫俊仙的呗?我们大侄至(子)大组(柱)寻的是你们群(村)俊仙。我细(是)他大娘。我们大组(柱)可好哩,大高个,哑(俩)大眼,可进步哩,尽开会去。你们群(村)那闺女长得准不蠢,要不俺们大组(柱)真(怎)么看桑(上)她咧?"

沈小凤讲着讲着先弯腰大笑起来,大笑着重复着"大高个、哑大眼……"

笑声终于也从知青群里爆发开来,男生回报得最热烈,有人用胳膊肘冲撞陆野明。女生们也笑,但很勉强。

杨青走在最后,故意想别的事。她确实没有弄清男生中爆炸出的那笑声的原因。她只知道,晚风里沈小凤那甩前摆后的发辫,那个白晰的、不安静的轮廓,都是因了陆野明的存在。

电影很晚才开演,片名叫《沂蒙颂》,真是部带颜色的新片子。鲜艳的片头过后,便是一名负了伤的八路军在乱石堆里东倒西歪地挣扎,一举一动净是举胳膊挺腿,后来终于躺在地上,看来他伤得不轻。

又出来一位年轻好看的大嫂,发现了受伤的八路军,却不说话,只是用脚尖倒碎步。后来大嫂将那八路军的水壶摘下来,倒着碎步藏到一块大石头后面去了,一会儿又举着水壶跳出来。她用水壶对着战士的嘴喂那战士喝,后来战士睁开了眼。人们想,这是该说句话的时候了,却还不说。两个人又跳起来。人们便有些不安静,或许还想到了那四十块钱的价值。

放映员熟悉片子,也熟悉端村人,早在喇叭里加上了解说。他说这部片子不同于一般电影,叫"芭蕾舞",希望大家不要光等着说话。不说话也有教育意义。然后进一步解释说,这位大嫂叫英嫂,她发现受伤的战士生命垂危,便喂他喝自己的乳汁。战士喝了英嫂的乳汁,才得救了。"请大家注意,那不是水,是乳汁!"放映员喊。

"乳汁"到底使几乎沉睡了的观众又清醒过来。

"乳汁是什么物件儿?"黑暗中有人在打问。

"乳汁,乳汁就是妈妈水呗!"有人高声回答道。端村也不乏有学问的人。

那解释很快就传遍全坑,最先报以效果的当是端村的年轻男人。在黑暗中他们为"乳汁"互相碰撞着东倒西歪。

老人们很是羞惭。

那些做了母亲的妇女,有人便伸手掩怀。

姑娘们装着没听见那解说,但壕坑毕竟热烈了。

沈小凤并不掩饰那"乳汁"对自己的鼓动,心急火燎地在黑暗中搜寻着陆野明,她愿意他也准确地听见那解说。在黑暗中她找到了他,原来他就坐在离她不远的地方。他那高出别人的脑袋,以及脑后竖起的一撮头发……都使她满足。

后来电影里的英嫂又踮着脚尖在灶前烧了一阵火,战士蹦跳着喝了她递给他的汤,终于挺胸凸肚地走了。

电影散了,壕坑里一片混乱。女人们尖声叫着孩子,男人们咳嗽着率领起家人。

月亮很明,照得土地泛白。人们踏着遍地月光四散开去,路上不时有人骂上一半句,骂这电影不好看,并为那四十块钱而惋惜。但"乳汁"的余波尚在继续,半大小子们故意学着放映员的语调高喊着"乳汁!乳汁!"撒着欢儿在新耙平的地里奔跑。是谁在月光照耀的漫地里发现一件丢掉的"袄"。"谁丢了黑袄咧!"嚷着,弯腰便抓,却抓了一手湿泥。举手闻闻,原来是抓了一泡尿。许多人都骂起了脏话,那脏话似乎是专门骂给后面的姑娘听。

知青们裹着满身月光,裹着半大小子的脏话,绕道村南,像端村人一样朝村里稀稀拉拉地走。陆野明和沈小凤不知为什么却落在了最后。沈小凤分外安静,不时用脚划着路边黄下去的枯草。陆野明离她很近,闻见由她挟带而来的壕坑里的气味。

安静并不持久,无话的走路很快便使他和她莫名其妙地紧张起来。

他们只觉得是靠了一种渴望的推动才走到一起来的，这渴望正急急地把他们推向一个共同的地方。

忽然他们停住脚，却没能意识到迫使他们停住脚的是那座伫立在场边的麦秸垛。月光下它那毛茸茸的柔和轮廓，它那铺散在四周的细碎麦秸，使得他们浑身涨热起来。他们谁也没弄明白为什么要在这里停住，为什么要贴近这里，他们只是觉得正从那轮廓里吸吮着深秋少有的馨香和温暖。他们只是站着不动……

许久，他们才发现站在麦秸垛前的不是两个人，是三个人。那一个便是杨青。

还是杨青先开口。她躲开陆野明的轮廓，只对沈小凤一个人说："我知道你落在后边了，就在这儿等你。"

沈小凤很含混地作了一声回答。

杨青先走，沈小凤紧跟了上去。陆野明努力回忆着刚才发生的一切。

第二天大风。灰蒙蒙的旷野上远远地蠕动着三个人影儿。

是生人。

辽远的平原练就了端村人的眼力，远在几里之外他们就能认出走来的是生人还是熟人。

正在拔棉花秸的栓子大爹望了一会儿说："都是汉们家，一准儿是奔咱村来的。看那架式，来者不善哩。"

人们一下都想起了队里的小池。

五

十岁的小池在听叔伯兄弟讲女人。

冬天、早春地里人少，他们把被太阳晒暖了的麦秸垛撕几个坑洼，卧进去，再把铺散下来的麦秸堆盖在身上。身上很暖，欲望便从身上升起来。

小池个儿小，出身又高，他不敢在正垛上为自己开辟一席之地，只仰卧在铺散开来的麦秸上，再胡乱抖几根盖住肚子和腿。他表现出的规矩谁都认为有必要，他表现出的规矩谁都感到方便。

他不知道弟兄们为什么专讲前街一个叫素改的女人，那女人很高，很白，浑身透着新鲜。那时她正是刚过门的媳妇，现时她已是俊仙的娘。

他们都宣称和那女人"靠"过，把一切道听途说来的男女行为，一律安在自己和那女人身上，用自己的"体味"去炫耀自己，感染别人。讲得真切，充着内行。

小池对他们的行为，乃至现时他们身上富足的麦秸，都产生着崇敬。看看自己身上的单薄，越发觉出自己的平庸。然而他们的故事并不仅仅包含着炫耀自己、感染别人，感染了，有人还将受到检验。受检验者当属于那些平庸之辈。弄不清什么时候，弟兄们便一跃而起，按住小池就扒裤子。小池的裤子被扒掉了，只是捂住那儿围着麦秸垛乱跑。

他们还是看见了小池的不规矩之处，小池的脸红到耳根。

小池决心不再来听他们讲女人。谁知当他再次发现叔伯兄弟出了村时，却又蔫蔫地跟了上去。他不敢再见素改，碰见她时脸一红就跑。

成年后，弟兄们相继成了家，小池也才明白那时的一切。原来那只是些渴望中的虚幻，虚幻中的渴望。

女人的标准却留给了小池，那便是前街的素改。后来他看过大芝的辫子，甚至毫不犹豫地埋葬过她。但他认为，无论如何那大芝不是女人的标准。

女人的标准和他的富农成分，使小池在郁闷和寂寞中完成着自己的成年。

小池爹说："不行就打听打听远处的吧。"

仿佛四川人就知道冀中平原有个端村，常有四川女人来这一带找主儿。小池爹出高价，前后共拿出两千五，人托人领来了四川姑娘花儿。

花儿坐在小池对面,小池不敢抬眼。

小池娘站在窗外好久听不见音响儿,急得什么似的,用唾沫舔破了窗纸,直向里嘘气儿。

小池望望窗纸,终于看见了对面的女人。这女人还年轻,很瘦小,短下巴短鼻子,耳边垂下两根干涩的短辫;黄黄的脸,一时看不准岁数。

她感觉到小池的注视,也注视起小池。小池看见,那是一双柔顺的大眼睛,目光里没有他想像中的羞涩,只有几丝自己把握不了自己的企望。那目光里有话。

她并不是女人的标准,可她是个实际的女人。童年的虚幻就要在眼前破灭,然而破灭才意味着新的升起。小池忽然明白,女人的标准,应该是女人对自己的依恋。那女人的眼光里就有依恋。他明显地感觉出身上的力气,希望有人来分享它。末了,他对她说:"咱这儿,饭是顿顿吃得饱。"

小池娘在窗外松了一口气,赶紧又到供销社给花儿扯了一丈二紫红条绒。家里已经有了涤卡、毛线和袜子。

花儿和小池结了婚,饭吃得饱,恋自己的男人,一个月气色就缓了上来。脸上有红是白,头发也生了油性。她很灵,北方的活儿摸哪样哪样就通,做起来又快又精细,在地里干活儿常把端村人甩在后头。

麦子浇春水时要刮畦背儿,花儿非去不可。小池说:"你们那边儿,麦地没畦背,这活儿你做不了。"

花儿不吭气。小池前脚走,花儿扛了刮板后脚就跟上去。到了地头用心看着,占上一畦就刮。很快,人们就聚过来看花儿的表演了,端村人重的是勤谨、伶俐。

饭吃得饱,恋男人,结婚两个月,花儿的身子就笨了。晚上,她老是弯腰侧着身子睡,像是怕小池看出她的大肚子。

小池说:"往后你就摸索点儿家里的活儿吧。"

花儿不听,嘟囔着说:"你怕的哪个。"

小池说:"我是怕……"

花儿说:"你怕个啥子哟!"

小池说:"身子要紧,咱家不缺你这几个工分儿。"

花儿说:"家里有男人,哪有不怀胎的女人。不碍。"花儿又说起了端村话。

小池不再说话。他不再去想花儿下地不下地的事。不知为什么,多少年来他第一次想到了叔伯兄弟在麦秸垛里的一切。那时弟兄们的荒唐话曾骗过他,现时什么荒唐话还能骗过他?他是她的男人,一切都是真切的。

小池在黑暗中笑了,花儿的气味又包裹了他。

花儿还是下地了,还净捡重活儿干:拉排子车,上大坡,下大坡,净争着领头。

刨地,光着脚丫抡圆一把大镐,脚丫在新土里陷得很深。

挑水,挑满了水缸,又浇院里的菜畦。

人们开始瞅着花儿的笨身子笑小池,笑他这样不知深浅地使唤媳妇。

大芝娘问小池:"花儿是笨了不是?"

小池低下头光是笑。

大芝娘说:"看是吧。"

小池还是低头笑。

大芝娘说:"还笑,你就缺那俩工分儿?"

小池说:"我说过。是咱摸不透外路人这性子。"

大芝娘说:"外路、内路都是女人,该悠着劲儿就悠着点劲儿。"

小池听懂了,有了决心,觉得自己羞惭。

花儿干了一整天活儿,晚上又曲着身子躺在小池身边。炕上,一炕的汗腥味儿。小池仰脸跟花儿说话。

小池说:"花儿,大芝娘说我哩。"

"说你哪样?"花儿问。

"说我不疼你。"

"还说你哪样？"

"说我就缺你那俩工分儿？大芝娘都看出……你的身子来了。"

花儿没说话，喘气时哆嗦了两下。

"你听见了呗？"小池问。

花儿还是不说话，喘气时又哆嗦了两下。

"一村子人谁也不嫌你是外来的。连大芝娘的话你也不信？"小池翻了一个身，和花儿躺了个脸对脸。

花儿还是没话。小池立时觉得花儿变了样。平日她不是那种少言寡语的人，干活儿、说话都不比端村人弱。现在她不仅不说话，喘气也越来越不均匀。

"花儿，花儿！"小池摇了摇她的肩膀。

花儿"哇"的一声就哭起来。小池不知缘由，先捂住了她的嘴。他怕正房里的爹娘听见。

花儿的哭声从小池手指缝里向外挤着，那声音很悲切，捂是捂不住的。

"你怎么了，花儿？"小池嘴对着花儿的耳朵说，"是不是嫌我说得晚了，心里委屈？"

"不……是！"花儿捶打着自己的胸口。

"还是嫌我的成分问题？"

"不……是！"花儿又去捶打小池。

"那……嫌肚里是我的孩子？"

花儿不说话了，一下止住了啼哭，翻了个身，两眼瞅着黑漆漆的檩梁。

小池也翻了个身，两眼也瞅住黑漆漆的檩梁。他又想起少年时麦秸垛里那一切，原来他终究没有成为身上堆盖着丰厚麦秸的富有者，他身上仍然胡乱抖落着几根麦秸。他还是那个被人追着跑的、受检验的小池。花儿本不应该跟他，属于他的本该是这伸手不见五指的黑夜，和这黑夜里的檩梁。

花儿正在悲痛中掐算着那些属于她的日子，和属于他的日子。初来小池家时，她常常觉得躺在身边的是另一个人。她时时提醒着自己，她是端村人，是小池的人。她调动起一身的灵性，去熟悉他，审视他，热恋他。很快她就相信了，相信了她身边只有小池，只有过小池。然而这不容置疑的相信还是被破坏着，那便是她那越来越笨的身子。对于端村人，她是四川姑娘花儿；但对于小池，花儿并不是四川的姑娘，在四川她有过男人。是家乡的贫穷，是贫穷带给那四川男人的懒惰和残忍，才使她怀着四川的种子逃往他乡。在从大西南通往中原地带的漫长路上，她得知除了四川还有冀中平原，冀中平原有个端村，端村还有个叫小池的人。

是小池把花儿又变成了花儿，但花儿不能把这个"小四川"留给小池。她将留给小池的应该是小小池。

姑娘也有自己的道听途说，包括女人们怎样就可以毁灭那正在肚子里悸动着的生命。也许很小的时候她们就了解那神秘而又残忍的手段了。花儿也想寻机会来施行。

直到窗纸发白，小池才明了花儿肚子里的真相。花儿从炕上滚到炕下，跪在地上扶住炕沿，直哭成泪人。

小池在黑暗里摸索着卷烟抽。他卷得娴熟、粗拉，叶子烟的烟灰在花儿身边雪粒似的散落。花儿等待着小池的判决。

小池的判决听来空洞，就像他们初次见面时，他告诉她"饭是顿顿吃得饱"一样，现在小池说："把那小人儿生下来吧。"

小池下炕扶起了花儿，在炕墙上捻灭了最后一根用报纸卷成的叶子烟。

人们看不见花儿下地了。

在地里，大芝娘打问花儿，小池只说："她就是想吃辣的。"

"几个月了？"大芝娘又悄悄地问。

小池只是张了张嘴。眼里显出一片空白。

大芝娘从小池那空白的眼神里，早已悟出了什么。她想起花儿那突然显笨的身子,暗暗掐算起花儿来端村的日子。

大芝娘还是给花儿送去了辣椒。辣椒,端村不种,集上不卖。她想起知青点来。知青点墙外常扔着些装辣酱的瓶、罐。孩子们捡回家注上水,插枝菊花摆上迎门橱。大芝娘找杨青讨换。杨青给了她从平易带来的辣椒酱。

大芝娘没有透露花儿的姓名。

花儿三月进端村,九月生下一个男孩儿叫五星。

小池一家很安静。

五星满月,花儿干起活儿来更不惜力气。

六

小池家安静着,小池爹娘却老拿眼扫花儿的肚子,拿眼审视小池的神情。小池顶不住了,就找爹娘去"交待",觉着是自个儿对不住爹娘。他说:"白让家里拿出来两千五。这、这叫什么事。"

爹娘的疑心被证实了,一阵子长吁短叹。

爹说:"也不怨你,都怨咱走得背时,喝口凉水也塞牙。"

小池说:"要不咱们分家吧,爹娘落个体面。让我一个人在外头挨骂吧。"

"跟谁分家?"爹问。

"你就那么能耐!"娘说。

"也是不得已。"小池说。

"什么不得已。"爹说,"队里都敲钟了,还愣着干什么!"爹轰小池去上工。

爹轰走了小池,小池在爹娘跟前才有点儿放心。

小池踏着钟声集合出工,一出门便遇见一片眼光。他们看见小池故意提高嗓门咳嗽,有人咳嗽着还唱起一首现时最流行的电影插曲:

咱们的天，
咱们的地，
咱们的锄头咱们的犁。
穷帮穷来种上咱们的地，
种地不是为自己，
一心要为社会主义，
嗨！社会主义……

他们努力重复着最后几句：

种地不是为自己，
一心要为社会主义，
嗨！社会主义
社会主义……

男人们大开心，女人们笑时捂住嘴。

小池立刻就明白那歌词的矛头所指，他落在人们后头好远。

歌声刚刚平息，村里人又开始议论五星的长相。说那小人儿脸扁、耳朵奓，见人就笑，笑起来一脑门抬头纹。

大风天，那三个生人当中也有一个脸扁、耳朵奓、一脑门抬头纹的人。三人走近，栓子大爹一看那长相，越发觉出来者不善。

来者眼看着进了村，见了端村人连个招呼也不打，就直奔大队部去了。

三个人跨进大队部，又捶桌子又摔板凳。端村人悟出了他们的来头，那些捂着嘴笑小池的女人去给花儿送信儿；那些冲小池唱歌的男人则叫来了民兵。民兵们进门也不善，把那仨人捆住，擩了个嘴啃泥。那仨人只是挣扎，为了表示他们的光明正大，嘴里骂着，喊着花儿。民兵们直装糊涂，吆喝他们说："端村没这个名儿，趁早儿滚蛋！"生人嚷着："老子就是不信！我们有证据，县公安局就在后边，你们等着吧！"

一辆吉普车真的开进端村。公安局来人给端村干部摆了花儿来端村的缘由，说："花儿是从四川逃出来的人，花儿还得回四川。"

县公安人员轰开民兵，给那仨人松了绑，领进了小池家。

端村人也涌进小池家。院子里人挤人，栓子大爷、大芝娘、叔伯兄弟们，连俊仙娘素改也挤在里头。知青们被卡在了门外。

小池站在屋门口，大芝娘和乡亲们紧护着他。

县公安人员叫着小池的名字说："你也看出来了，人家的人，还得让人家领走。"

小池在大芝娘身后捶胸顿足地说："人，人在哪儿哩？唉！"小池把脚跺得山响，浮土笼罩了他。

"我们要进屋看看！"

"我们要看个明白！"

来人得理不让人，猜出小池是谁，举胳膊冲他吆喝一阵，拨开大芝娘就往屋里冲。

"站住！"栓子大爷一扭身立在他们眼前，"这儿不是四川，这儿是端村！"

"要人不能抢人，私闯民宅这不成了砸明火？"大芝娘说。

"小池，说给他们，人就是领不走。连个女人都养不住，跑到端村来撒什么野！"素改也在后头冷一句热一句。

公安人员跳上院角的糠棚，向端村人交待政策："你们得讲政策！人是从她男人那儿逃出来的，现时人家男人找来了，咱们得让人家领回去。限制人家不符合政策！"

"那两千五百块钱呢，为什么不交给我兄弟？"小池一个叔伯哥高喊着。

"两千五百块钱叫人贩子克扣去了，人贩子现已在押，已经立了案。钱，早晚得如数交出来。"公安局的人说。

"玄！"那个叔伯哥说。

大芝娘看形势发展对小池不利，拽拽小池的胳膊，暗暗对他说："花儿哩？"

"早不见个影儿了，五星也不见影儿了！"小池压着嗓子，又跺起了脚。

四川人见院里安静下来，才扒开人群冲到屋门口。他们向屋里探着脑袋，屋里只有小池的爹娘。爹坐在炕沿上捂着头，娘在炕角脸朝墙坐着不动。

三人到底冲进屋，屋里只有花儿一件旧衣裳。

公安人员再次询问小池关于花儿的下落，小池只是跺脚、叹气。后来，他们从屋里叫出那三个人，让他们先回县里等待，端村的工作由公安局继续做下去。

土改时小池爹娘挨批斗，院里热闹过；现时人们都忘了小池家的成分。他们竭力安慰着小池和他的爹娘。傍黑，叔伯哥给小池端来一瓦盆面条，小池和爹娘没心思吃，面条糟在了盆里。

入黑，很静，蹲在当街吃饭的人，不说话，光喝粥。整个端村像经历着一场灾难。

寻找花儿的人四处游走着，四处打问着。月亮升起来了，人们在那些黑影里搜寻。黑影里只有朝着黑夜盛开的零星花儿，没有花儿。

大芝娘去麦场找栓子，栓子坐在碌碡上抽烟。烟锅里一明一暗，他抽得很急。

"这孩子莫非出了端村？"大芝娘说。

"不能。"栓子大爹说，"端村可没亏待过她。"

"怎么就是不见个着落儿？"

栓子大爹的烟锅抽得更急，好似拽着风箱的炉灶。

他们身后那麦秸垛里一阵窸窸窣窣。

"有人！"栓子大爹警惕起来，急转过身，盯住那垛脚。

忽然，从垛根拱出两个人来，正是花儿和五星。

花儿顶着一脑袋麦秸跪在二位老人面前，摁住五星让五星也跪。五星不会跪，直往花儿身后躲。大芝娘抱起了五星。

"我跟他们去吧。都是我连累了小池，连累了乡亲。"花儿说。

栓子一时不知说什么好，大芝娘一手抱紧五星，一手拽花儿起来。花儿抬起让眼泪糊住的双眼，那眼里满是委屈和惊恐。

月亮下去了，黑暗领来了小池。黑暗将这一家三口在麦场上裹了一夜。

第二天花儿把五星箍在怀里，走进大队部。那男人一见花儿，上去便揪住了花儿的头发。

花儿说："放开你的手，我走。专等你回家去对我撒野。端村人哪个要看你耍把式！"

男人放开了花儿。

"走吧！"花儿说，"从今日起，我们娘儿俩跟定了你。"

那男人这才发现花儿怀里还有个孩子。他注意审视了一阵花儿怀抱的那个小生灵，忽然露出一脸恐慌说："我找的是你。娃娃是谁的归谁。"

"你说娃娃是谁的？"花儿追问他。

"我……我不晓得。"那男人说。

端村人又堵了一院子。大芝娘早就堵在屋门口，听见那男人的话，她大步跨进门，从花儿怀里抢过了五星。

"畜牲不如！孩子谁的也不是，是我的！"大芝娘嚷。

大芝娘抢出五星，五星从人群里一眼就认出了小池。他嚎啕大哭着就朝小池扑了过去，小池接过五星，钻出院子。

三个男人领着花儿上了路，他们走得很急。花儿低头看着刚拱出土的麦锥儿，看着刚耙过的地，却没回头再看端村，生怕自己昏倒在地里。

花儿一早就换上了刚进端村的那身衣裳。袖子短、裤腿短，又露出了穷气。衣服狭小了，人们才看出她那又在隆起的肚子。肚子明确地撑着前襟，被撑起的前襟下露出了一截裤腰。

小池从后头追上来。追上花儿，强把一个大包袱塞给她。那里有她常穿的衣裳，还有那块没来得及做的紫条绒。

花儿不接包袱，小池就一面倒退着，一面往花儿怀里塞。直到那男人抓住包袱就要往地上扔，花儿才劈手夺过来，紧紧搂在怀里。

花儿扔下了小池，端村的田野接住了他。小池没有闻见深秋的泥土味儿，只觉着地皮很绵软。

远处的花儿变得很小。她身边仿佛没了那三个男人，只有一个小人儿相伴。小池知道那是谁，那是他的小人儿，一个小小池。昏暗的天空像口黑锅扣着她们娘儿俩，她们被什么东西朝什么地方拽着……

一个村子眼泪汪汪，小池的心很空。

大芝娘抱着五星站在村口，扳过五星的脸叫他朝远处看。五星梗着脖子盯死了小池，见他走近，忽然很脆地叫了声："爹！"就和端村人叫爹的音调一样。

一村子人听见那叫声，一村子人心惊肉跳。

七

一切又静下去。

冬闲时节，端村冷清了，知青点也冷清了。女生们常常抓几把秋天刨下的花生散在炉台上烘烤，然后上铺将脚伸进各自的棉被，开始织毛衣，纳袜底，各色的绣花线摊了一铺。她们不时把端村的姑娘请来出花样子，一个新样子博得了大家的欢心，于是争着抢过描花本，一张复写纸你传给我，我传给你，将花样拓下来，再描到袜底上拿花线纳。纳完自中间割开，一只变作一副，花样也彻底显现出来。大家惊叹着自己的手艺。

离年近了，端村的姑娘们不再来了，整日坐在家里给自个儿纳。还变着法儿讨来对像的脚样给对像纳。顷刻间她们都定了亲。

一股惆怅从女生们心底泛起。她们不再惊叹自己的手艺，手中的袜底便显得十分多余。

男生们关在宿舍里，整日在铺上抽烟、摔跤、喝薯干酒。他们愿意出一身大汗，还愿意让对方把自己的棉袄撕烂。破棉絮满屋子飞扬，人们不笑。

沈小凤从供销社买来一团漂白棉线，用勾针勾领子；领子勾到一半，晚上跑到男生宿舍去找陆野明。

自从那回看电影之后，人们发现，沈小凤不再找茬儿和陆野明争吵。一种默契正在他和她心中翻腾，时起时伏，无法平息。就像两个约好了走向深渊的人虽然被拦住，但深渊依旧摆在他们面前，他们无法逃脱那深渊的诱惑。陆野明暗自诅咒沈小凤这个魔鬼，却又明白只有她才能缩短他和那诱惑的距离。怀了莫可名状的希望，他愈加强烈地企盼超越那距离，到那边去体验一切。

沈小凤走进陆野明的宿舍，站在"扫地风"炉边，手里的勾针不停。炉火烘烤着她的手和脸，那脸染上橘红，雪白的领子也染上橘红。手指在上面弹跳，手腕灵活地抖着。

陆野明在地上来回地走，高大的影子不时被灯光折弯，一半横在地上，另一半蹿上顶棚。

"过来，让我比比长短。"沈小凤停住手，用心注视着陆野明。

陆野明只是来回地走，不搭茬儿，也不看沈小凤。

"过来呀……"沈小凤又说。

"告诉你件事。"陆野明忽然打断沈小凤，"明天晚上有电影。"

陆野明说完甩下沈小凤，推门就走。

沈小凤的手一哆嗦，白领子掉在炉台上，差点掉进炉膛。她麻利地捡起领子掸掸炉灰，在勾针上绕了两圈，揣进棉袄口袋。

第二天后半晌，喇叭里果真传来了电影消息。

放电影如同开会学习，历来要用大喇叭通知到全村。党员、团员、贫下中农均在通知之列：

"全体的党员，全体的团员，党员团员党团员！全体的贫下中农！今儿黑介放电影，今儿黑介放电影！电影叫《尼迈里访问中国》，就是外国人访问中国。尼迈里是个外国人，啊，外国人！外国人访问中国就是到咱们中国来访问，啊，来访问。党员团员党团员，贫下中农们！都要提高革命的自角(觉)性，要按时到场，按时到场！看的时候也不要打闹，也不要起哄，啊，不要起哄！"

电影消息一遍又一遍地在端村上空回荡，杨青坐在屋里静听。只觉得那声音里充满了提醒，充满了煽动。

上次《沂蒙颂》后，三个人沉默着走回知青点。接着，便是沈小凤和陆野明之间的沉默。那沉默令杨青十分的不安。只有她能准确地体味那沉默意味着什么，那是沈小凤对陆野明的步步紧逼，那是陆野明的让步。

杨青内心很烦乱。有时她突然觉得，那紧逼者本应是自己；有时却又觉得，她应该是个宽容者。只有宽容才是她和沈小凤的最大区别，那才是对陆野明爱的最高形式。她惧怕他们亲近，又企望他们亲近；她提心吊胆地害怕发生什么，又无时不在等待着发生什么。

也许，发生点什么才是对沈小凤最好的报复。杨青终于捋清了自己的心绪。

天黑了，杨青提了马扎，一个人急急地往村东走。

电影散场了，杨青提了马扎，一个人急急地往回走。她不愿碰见人，不愿碰见麦秸垛。

电影里那个身穿短袖衫的外国贵宾在中国的鲜花和红旗里，尽管走到哪里笑到哪里，却终究没能给端村人留下什么可留恋的。端村人纷乱地扑向四周的黑暗中，半大孩子们则在黑暗里穿插着奔跑，嘴里仍然高喊着"乳汁"！"乳汁"！那声音传得很远，很刺人。

杨青走在最前头，将那声音甩下很远很远。

陆野明和沈小凤却甘愿经受着那声音的激励，决心落在最后。直到叫喊着的孩子进了村，他们还远离着村边场上那个麦秸垛。

他们一前一后地走着，陆野明的步子渐渐大起来。沈小凤紧跟眼前的黑影，也加大了步子。

无言的走路没有使他们发生上次那样的恐惧，黑夜只是撺掇他们张狂，大胆。"乳汁"变作的渴望招引着他们，脚下的冻土也似乎绵软了。他们仿佛不是用脚走，是用了渴望在走。

他和她并没有看见那硕大的麦秸垛，却几乎同时撞在了那个沉默着的热团里。沈小凤只觉得心在舌尖上狂跳。忽然，她把手准确地伸给感觉中的他。

那黑沉沉的"蘑菇"在他们头顶压迫，仿佛正向他们倾倒，又似挟带他们徐徐上升。一切的声音都消失了，只有人的体温，垛的体温。

……

起风了，三三两两的知青奔进屋来，将马扎扔到屋角去。陆野明的宿舍敞开着门，杨青身上一阵阵发冷。她跑进那扇敞开着的门里，给"扫地风"添煤。

炉膛里的底火很弱，煤块变作灰白色。杨青身上更冷。她一眼便看见陆野明的空床铺，看见空铺上那件扯破的油棉袄。她扔下煤铲抱起那袄，故意将脸贴在油腻的领子上，一股陌生而又刺人的气味立刻向她袭来。她断定那气味此时也正在袭击着另一个人。

她抱着袄回到自己的宿舍，开始在灯下缝补。现在她只需要闻着那气味进行缝补，缝补才能抵销那里正在发生着的一切。

那里。该发生的都发生着；该发生的都发生了。

很晚，杨青把缝好的棉袄搭在身上过夜。

早晨的空气干冷干冷，院里坚硬的土地裂开细纹，像地图上的山川、河流。

处处覆盖着细霜。

杨青嘴里冒着哈气，踏着霜雪抱柴禾做饭，又踏着霜雪下白薯窖拿白薯熬粥。

风箱在伙房里呼嗒、呼嗒地叫起来，青烟丝丝缕缕地由屋顶的烟囱冒出去。

陆野明拱出棉门帘，站在门口很仔细地刷牙。

沈小凤的门紧闭着。

街上往来着挑水的人。笕系儿吱咂咂叫着，似女人的抱怨，似女人的咿呀歌唱。

家家都冒着青烟。

端村一切照旧。知青点一切照旧。

八

有人向大队交出了一只半截领子，一个村子暗暗沸腾了。

一位起五更拾粪的老汉，详尽地诉说着那领子的事。

演电影的第二天，在打麦场上，在麦秸垛下，有一个无霜的、纷乱的新坑。老汉看见坑里有团东西白得耀眼，起初以为是几朵白棉花，弯腰拾起，才发现那是半截领子和一个勾针。老汉猜出了那里的一切。他没想声张，可那消息却不胫而走。大队干部找到他，命令他将领子交出来。

干部们判断了那东西的来历，立刻想到知青点。

早饭前，女生们被叫到队部认领子。她们见到那个熟悉的白线团，知道事情已经非同小可，纷纷躲闪着不说话。

杨青最后一个进门，队干部又问杨青。杨青说："那不是沈小凤的领子吗？"

女生们互相看看，然后冲她使着眼色。

杨青看见了那眼色，但她故意表现着迟钝。她又拿起那领子举到干部们眼前说："是，这是她的。怎么在这儿？"

杨青和女生们出了大队部，才觉得脸上发烧。她想起一个宗教故事里有个叫犹大的人。原来报复心理和忏悔心理往往同时并存。

沈小凤是耶稣吗？

女生们走在街上先是沉默，后来有人说幸亏杨青认出来了，该让那家伙暴露暴露。又有人开始骂，说大伙都跟着那家伙丢脸。没有人责怪杨青，杨青从来不愿弄清、也不愿回忆她在大队部到底说了些什么。

妇联会主任找到沈小凤。沈小凤一切都不否认，还供出了陆野明。她甚至庆幸有人给了她这个声张的机会。

县"知青办"很快就来了一男一女。男名老张，女名小王。端村知青点成了典型，这"典型"彻底沸腾了。

先是腾出两间空房审问当事者。老张审陆野明，小王审沈小凤。

其余男女生，白天练队，晚上学习，"熬鹰"。从《路德维奇·费尔巴哈和德国古典哲学的终结》一直学到各级政权的红头文件。

老张和小王一遍又一遍宣讲着那练队的意义。然后全体知青由本村一名穿戴整齐的复员军人率领，练稍息，练立正，练向后向左向右转，练齐步走，练正步走和匍匐前进。

队伍走得很混乱，男生们边走边起哄。有人故意操起平易话问老张："我们哪儿错啦？为什么当事人有病，让我们老百姓吃药啊？"

老张严肃地追问："谁是病人？"

"这还能难倒我们？"有人将头冲沈小凤的屋子一偏。

"不对！"老张说，"从广义上讲，都有病。发生这件事。不是偶然的，必定有它的客观基础。你们……你们也太松懈了，摔跤、喝酒……"

"还勾领子！"有人尖起嗓子嚷。

"不许添乱！要说有病，都有病！"老张很严肃。

"哎哟妈哟！我的肚子真疼起来喽！"有人捂住肚子弯下腰。

复员军人撇着京腔发出了口令："卧倒！"

知青们哗啦趴了一院子。鸡飞上了房，瘦猪在圈里怪叫，看热闹的村人立刻就堵死了知青点大门。

"起立！"一院子人又哗地站起来。

"正步走！"

男生们走起正步,盯住复员军人那身在柜底压出死褶的军装,举手喊起口号:"热烈欢迎,老赶进城……"

审问每天都在进行。从一开始陆野明表现得就十分顽固。老张问得很详尽,不厌其烦地让陆野明重复着那些细节。陆野明涨红着脸低头不语,但对老张提示给他的那些细节并不否认。

"几次?"老张问他。

陆野明又不说话了。他觉得这种面对面的盘问,比他在沈小凤面前所表现出的那些要难堪得多。终于,干部开始让他交待思想根源。他没头没脑地说:"因为我腻味她!"

"不合逻辑。既然腻味,怎么还会有事?"

"不腻味就不会有事。"

"照你的逻辑,你就是因为腻味她才跟她那个?"

"是这样。"

"要是不腻味呢?"

"就不会这样。"

老张永远也弄不清陆野明的回答,每次都说他不老实。

夜深人静时,陆野明独自躺在这间用来隔离他的屋子里,眼睁睁地望着漆黑的檩梁,垛下的一切好像已很久远。他甚至连他和她是否真去过那里都回忆不起了。只记得黑暗中他和她分明都撞在那个温暖的"蘑菇"上。若是再努力回忆,眼前出现的倒是杨青那恬静、平和的面容。每天的审问过后他都要生出一个念头,他只想面对这个恬静、平和的面容大哭。他愿意让她看他哭,看他那失却男人气概的软弱,看他那只能引起异性嫌恶的丑态。一切在人前要掩饰的,他都要一股脑暴露在她面前,让杨青来认识他、鉴别他。

夜里失眠,他清晨恶心。

另一间房子里,沈小凤是个不示弱者,逻辑也无可挑剔。她向小王一遍又一遍地重复着细节,并不时和小王发生口角。

"是我主动的。"沈小凤说,"是我主动叫的他,是我主动亲的他,是我主动让他跟我那个……"

"好啦，情节我都清楚了，你不要再重复了。现在是你好好认识错误的时候。"小王在"认识"二字上加重着语气。

"我没有错误。"沈小凤说。

"乱搞还不是错误？"

"我不是乱搞。"

"这不叫乱搞叫什么？你和他什么关系？"

"我们是恋爱关系。"

"这和正当恋爱不是一码事。"

"是一码事。"

"怎么是一码事？"

"什么事还没个发展。"

"你……你太没有自尊了。"

"我有。我就和他一个人好。"

"好，可以，但是要正当。"

"是正当的，我喜欢他。"

"喜欢也要有分寸。"

"我想……我想先占住他。"

"那……他有这样的想法吗？"

"他？他……我不知道。"

她们忽然沉默了。小王盘算着下一步该问些什么。她的话终究提醒了沈小凤：他有没有这个想法？为什么她连这一层也没想到？

吃饭时他和她都可以去伙房打饭，沈小凤暗中观察陆野明：他有没有这个想法？从陆野明那张没有表情的脸上，她一点也看不出来。

那没有表情的脸使杨青获得了前所未有的舒畅。她明悉那没有表情的表情，那分明是对沈小凤永远的嫌恶。她忽然觉得，陆野明就像替她去完成过一次最艰辛的远征。望着他那深陷的两颊，她更加心疼他。她深信，驾驭陆野明的权利回归了。

练队在继续。

一星期之后，那两间紧闭的房门打开了，陆野明和沈小凤同时出现在门口。太阳照耀着两张发青的脸，他们被批准参加练队。

本来没有精神的队伍，由于这两人的归队振奋了起来。雄壮的步子践踏着脚下的黄土、柴草，垂着的胳膊也甩过了胸脯。堵在门口的孩子们呼地拥进院子，在队伍中穿来穿去，看陆野明和沈小凤的脸。

男生们没有计较陆野明的到来，但挨着沈小凤的女生却故意和她拉大了距离。那个空隙立即被齐腰高的孩子占领。

"注意距离！"复员军人又撇起京腔。

"注意距离！"孩子们也学舌着，不满意着他的京腔。

他们倒退着，不错眼珠地看着沈小凤的脸。谁推了谁一把说："起开点儿起开点儿！放了屁还往人堆里挤！"

"臭，臭！"有人附和着。

"臭屁不响！"孩子们哗地大笑。

沈小凤终于被排挤在队外。

脚们依然跺得起劲。

沈小凤低头看着那些七上八下的脚们。

那群小脚丫又聚到沈小凤跟前，它们故意将浮土和柴草跺起来呛沈小凤。

脚们依然跺得起劲。

沈小凤一扭身回宿舍去了。

孩子们顿时感觉到那队伍的单调。他们撤离队伍，一窝蜂似的拥出大门，向麦场跑去。

在那高高的麦秸垛下，他们像几个考古学者那般努力搜寻起那个"遗址"。"遗址"早已被破坏，但他们还是判断出了它的方位。他们蹲下来开始幻想、推理，议论起那里发生的一切。讲得真切，充着内行。

"就是这儿！"

"你看见了？"

"栓子爷看见了。"

"不是栓子爷,是老起爷拾粪看见的。"

"老起爷给你说的?"

"给我哥哥说的。"

"你哥哥还告诉你?"

"不信问去!"

"你哥哥说什么?"

"说那个女的先到,后来那个男的来了,就……"

"就什么?"

"算了,我不说了。"

"不知道了吧?"

"我不知道你知道?"

"说不说的吧!"

"什么样儿?"

"想知道,你也找去!"

"他找过,找过!人家不要他,嫌他岁数小!"

那小者的脸一下红到耳根。大者们一拥而上,又要去检验那小者的不规矩之处了。

……

沈小凤们关注的永远是陆野明们。她们不曾想到,她们还常常受着一群不起眼的"男人"的关注。爱和恨,嫉妒和复仇,美妙、神奇、荒唐、狂热的梦便是从这里开始的。她们是他们永远的话题。

那话题永远的隐秘,却世代相传。

九

春节快到了,大芝娘抱着五星在炕上说话。

那天大芝娘从队部抢出五星来，便没往小池家还。小池爹娘太老了。

"老爷儿正南了，做饭呗？"她问五星。

五星不夯胳膊不蹬腿，也不说话，只把后脑勺往大芝娘胸前蹭。这胸脯还是那么肥大，那里仿佛永远会有充盈的乳汁。乳汁就要迸射出来，能喷小五星一脸。

大芝娘摸透了五星的脾胃。五星得了大芝娘的滋润，脸比花儿离村时鼓峥了许多。当初，五星不爱吃饭，每天光喝几口菜白粥。大芝娘掰一小块饽饽塞在他手里，五星攥着那饽饽就是不吃，从早晨攥到中午，一脸愁苦相儿。大芝娘往饽饽上抹了黄酱，夹上葱白，五星攥起饽饽放在鼻下闻闻，还是不吃。急得大芝娘忙去供销社给五星买饼干，买回来解开纸包双手捧着，叫五星自己抓。五星冷眼望着那珍贵物件，连手都不伸。

大芝娘拍着炕席说："可怜见！真把我愁死？这么个吃法，多咱才能长成个男人，哎？"

五星听懂了大芝娘的话，鼻子一皱，嘴一咧，"哇"地一声啼哭起来，脸更黄了。

大芝娘赶紧把五星揽进怀，撩开衣襟叫他叼奶头，那大而实的奶头。"委屈了我孩子！委屈了我五星！"她轻轻地摇着身子，摇着五星，摇得五星住了嘴。五星抽噎着，那奶头直在嘴里逛荡。

小池来了，看个小坐柜坐下，望着五星那一脸愁相，忽然对大芝娘说："婶子，我记起来了，这小人儿……怕不是也喜好辣的吧。"

大芝娘立时被提醒起来，抱着五星走进知青点，见了杨青，急得话都跟不上了。

杨青把大芝娘让进屋，问："婶子，这么急，有事儿？"

大芝娘说："有点儿事，找你，找点儿东西。"

"找什么你就说吧。"

"是这么回事。"大芝娘说，"花儿那工夫害口，不吃东西，不是找你讨换过辣椒酱？这孩子现时也不吃东西，莫非也随他娘？"

杨青明白了，赶紧从桌上拿起半瓶豆瓣辣酱，举到大芝娘眼前说："咱试试。"

杨青用指尖从瓶里勾出一点辣酱，在五星眼前晃了晃，五星的一双小眼马上就亮起来。杨青把酱抹进五星嘴里，五星便咂摸着嘴，高兴地又举胳膊又弹腿，张开嘴还要。

大芝娘乐了，杨青也很高兴。一个女生跑进伙房掰了块饼子，抹上辣酱递给五星，五星使劲攥住那饼子，张大嘴就咬。

"瞅瞅，这么个没出息的货！"大芝娘乐着，拍着五星的屁股。

几个男生、女生都把自己的"存货"拿出来，交大芝娘带回家去。

五星胖了，笑时脸上连褶子都不显。小池来了，大芝娘对小池说："忙抱五星进城照张放大相吧。挂在家里谁看着都喜兴。"

小池嘴里"嗯哪"着，抬头看见大芝娘那一镜框相片。镜框玻璃被烟熏火燎，里面的人很模糊，分不清谁是谁。只看见有人笑，有人不笑。不知怎么的，小池忽然觉得花儿也在镜框里，她身子很笨，最模糊。小池把眼从镜框上挪开，对大芝娘说，他正在家起圈，是出来找铁杈的。说完便起身出门。

老爷儿真的正南了。大芝娘松开五星，到院里麦秸垛上撕几把麦秸，回屋填进灶膛点着，火苗一哄而起。大芝娘趁着火势，再塞上一把棉花秸。被引着的棉花秸在锅底下噼噼剥剥直响，屋里显得很热闹。

五星仰着脸在炕上踢腿。

知青点传来练队的脚步声。尘土飞扬。

又过了些天，知青大院空了。分了红，每人又分了二斤棉花，十来斤花生，人们回城过年。

沈小风不回家。

几个女生开始劝说。沈小风还是不肯，说："我知道你们怕我出事。你们不是不放心吗？这么着吧，我先走，我有地方去。"

沈小风真的卷起铺盖卷儿就往外走。女生们跟到街里，看见她进了大芝娘的门。

杨青说:"既然她是进了大芝娘的门,咱们也就放心了。"

沈小凤走进大芝娘家,一眼就望见了冲门那个被掏空了一半的麦秸小垛。她不再往里走,声音哆嗦着叫起"婶子"。

大芝娘高声应着,从灶坑站起来,看见是抱着铺盖卷儿的沈小凤。

"婶子!"沈小凤又叫。

"忙进来,有话屋来说。屋来!"

沈小凤进了屋,仍然抱着铺盖站着。

"想和婶子就伴儿啦?"大芝娘去接沈小凤的铺盖。

沈小凤犹豫着松开手,站在当地不动。

"忙坐下。我再多添一瓢水,咱娘儿仨压瑯饹吃。"

大芝娘去添水,沈小凤依着炕沿坐下。她看见五星冲她笑,就去捏五星的脸蛋儿说话。

大芝娘在外间不停地拉风箱,伴着风箱的节奏说:"一口猪杀了一百五,这集刚卖了半扇。剩下半扇,一半拿盐搓了腌起来,一半咱娘儿仨留着过年,打着滚儿吃也吃不清。"

沈小凤和大芝娘一起吃瑯饹,谁也没有提那件事。

沈小凤在大芝娘家住下来,从年前一住住到二月二,闺女回娘家的日子。

晚上,大芝娘睡得很早,晚饭前就铺好了被窝。被窝里放一只又长又满当的布枕头。沈小凤盯了那被磨得发亮的枕头看,大芝娘说:"惯了。抱了它,心里头就像有了着落。"

沈小凤并不完全能够体味大芝娘的"着落",那个又大又饱满的枕头只叫她又想起自己那生涩、迷茫的爱情。她常常在半夜醒来,每次醒来都看见大芝娘披了袄,点着油灯坐在被窝里纺线,纺累了就再去和那枕头亲近,然后坐起来再纺。直到窗纸发白。

黑夜,端村人都见过大芝娘窗纸上的亮光,都听见过那屋里的纺线声,却很少有人了解大芝娘为什么不停地纺线。就像没人能明白那个大而饱满的枕头在她的生活中有什么意义一样。对于大芝娘来说,也许没有比度过一个茫茫黑夜更难的事了。她觉得黑夜原本应该是光明的。于是她才发现了自己那双能做事的手。她不停地做着，黑夜不再是无穷无尽。她还常常觉得，她原本应该生养更多的孩子，任他们吸吮她，抛给她不断的悲和喜，苦和乐。命运没有给她那种机会，她愿意去焐热一个枕头。

纺车一次又一次叫醒了沈小凤，又一次次催她睡熟。有一夜她梦见和陆野明结婚，婚礼就在端村，一切规矩都是端村的老规矩。她被杨青搀着，踩着红毡，从女生宿舍走到男生宿舍，腰里掖了大芝娘塞给她的一本黄历。她牢记着大芝娘嘱咐过她的话，一进门就要将那黄历压在炕席底下。她照着做了，那炕席底下铺着麦秸。陆野明正对她笑，她终于看见了他的笑容。她很幸福。人们很快都不见了，原来他们给了他和她机会。他拥抱了她，那拥抱温柔而又有力，她的心颤抖着，用双臂绕住他的脖子……县"知青办"的干部冲进来了。

沈小凤醒了。醒着，哭着，紧闭起双眼。她想再做一次哪怕是同样的梦。

纺车吱吱地叫。

大芝娘说："闺女，忙醒醒。准是做了噩梦。"

"婶子，不是噩梦，是好梦。"沈小凤睁开眼说。

"好梦、噩梦左不过是梦。梦见他了？"多少天来，大芝娘第一次提起他和她的事。

"嗯。"沈小凤说。

"人活一世，谁敢说遇见什么灾星。一个汉们家。"大芝娘停住话头，停住纺车，摘下一个白鸭蛋似的线穗子。那穗子已放满一小笸箩。

"婶子，那不怪他，怪我。"沈小凤说。

"他不知道要挨批判呀？让一个闺女家受牵连。"

"我不在意这个。"

"不在意也是闺女家。有二十啦？"

"过了年就二十。"

"看，二十岁的大闺女让人家审问。"

"我不怕。只要以后我是他的人，我不怕人家审问我。"

"闹不清城里怎么提倡，村里要是有了这事儿，那男的不娶也得娶。"大芝娘说。

"都得娶？"

"不娶，算什么汉们家？叫闺女嫁给谁？"

沈小凤再也睡不着了。度过了被审问的日子，她仿佛掉进了一个无底洞。现在大芝娘才又给了她新的勇气。天明她给他涂涂抹抹地写了一封信。

写信费了半天时间，她不知道怎样称呼他。她不想连名带姓一块儿叫，那样太生硬；又不敢另叫他的名字，也许他会恼她。于是她开头就写："你一猜就知道我是谁。"她继续写："发生了那样的事，我并不后悔。我爱你，这你最知道。我有时表现不好，喜好和人们打闹，但我是干净的，这你最知道。自从那件事后，更坚定了我的决心。我要永远和你在一块儿，这你最知道。平时你不爱搭理我，我不怪你。都怪我不稳重。这你最知道。现在我和五星一起住在大芝娘家，我尽可能的每天都很高兴。真希望你们过完年就快点回来。给我写一封信吧，盼望来信。"

写完信，沈小凤借来小池的自行车，去县邮局粘牢信封，粘牢邮票，把信投进邮筒。她终于体验到寄信的愉快。

寄完信，她又去县城商店给大芝娘买了桃酥，给五星买了糖块，给自己买了漂白线和够做两对枕头的白十字布。

晚上，当大芝娘的纺车又开始响时，沈小凤鞠在被窝里问大芝娘："婶子，我想问你个事。"

"就等你问哩。"大芝娘摇着右胳膊，甩着左胳膊说。

"我打算绣两副枕头，绣什么花样合适？"

"男枕石榴女枕莲。"大芝娘立时就明白沈小凤的用意。

"去哪儿找花样?"

"我给你替。"

第二天大芝娘就给沈小凤替来了花样。

一个正月,沈小凤坐在炕上绣枕头。在石榴和莲花旁边,她还组织下甜蜜的单词,用拼音表示出来。把大芝娘看麻了眼。

一个正月,窗纸上有时有阳光,有时有寒风;有时没有阳光,也没有寒风。

十

太阳很白,白得发黑。天空艳蓝,麦子又黄了。原野又骚动了。

一片片脊背朝着太阳。男人女人的腰们朝麦田深深地弯下去,太阳味儿麦子味儿从麦垅里融融地升上来。镰刀嚓嚓地响着,麦子在身后倒下去。

队长又派杨青跟在大芝娘后头拾麦勒儿捆麦个儿。大芝娘边割麦子边打勒儿,麦勒儿打得又快又结实,一会儿就把杨青丢下好远。

杨青不再追赶大芝娘。她只觉得这麦田、这原野,大得太不近人情了;人在这天地之间动作着,说不清是悲是喜。

人们又向前涌去,前头一定是欢乐。新上任的队长又朝后头喊话:"后头的,别荼懈着!前头有炸馃子、绿豆饭汤候着你哩,管够!管饱!"

杨青索性坐在一个麦个子上。大芝娘也没跑过来招引她,她们离得太远了。如今她觉得离她最近的是平易市。她把那个天地想得很具体:马路边上每一棵中国槐,每个商店门窗的颜色,甚至骑车上学时,车轮在哪里要轧过一个坑洼……那里,那一街一街的旧门窗里,终将是他们的归宿。他们会在那里搭个窝儿。

他们，她是指她和陆野明。

春节过后，陆野明一直没回端村。人们说他正在外地伺候他生病的父亲——一个害风湿病的退休干部。

春节时，杨青找过陆野明，还邀他出来去过一个被大雪覆盖着的公园。开始陆野明不去，推托家里有事，推托自己感冒，推托要等一位同学。后来那些推托在杨青面前到底变成了推托。他跟她去了那公园。

杨青想和陆野明并肩走，陆野明总使自己落后一步，仿佛是对杨青的忏悔。

雪很厚，他们那深陷下去的脚印十分明确。脚在深雪里陷着，发出咯吱吱、咯吱吱的声响。陆野明走在杨青身后，朝那一路新雪狠狠地踩着。他愿意把那咯吱吱、咯吱吱的声音变成对她的诉说：他一时一刻也没有喜欢过沈小凤。有了那一夜对她的厌恶，才有了对她永远的厌恶。终于，脚下的"咯吱吱"变成了愤怒的语言：那个人、那个人！

杨青理解那"语言"，却小心地在前边踩。她脚下的声音很小，像在劝慰着陆野明：我懂，我懂！

雪地的行走才使杨青彻底放下心来。在端村，他们默默驾驶起的那条小船，终于到达了彼岸。她和他完整无损，她和他都没有失掉什么。日子报复的不是他们，她还深有所得。现在他到底是属于她的，那来自身后的声音便是证明：

　　咯吱吱、咯吱吱！
　　那个人、那个人！
　　咯吱、咯吱！
　　我懂，我懂！
　　一个轻柔的回答。
　　……

镰刀又在杨青的不知不觉中挥动起来，男人女人的腰们又朝着麦垅深深地弯下去，一片脊背向着太阳。脊背们红得发紫，有的爆着皮。

那脊背的虔诚感动了蓝天，蓝天忽然凉爽下来。远处滚起雷声，雨丝也开始在田野里织罗。人们直起脊背，抱住双肩，朝着刚刚戳起的新麦垛奔去避雨。

杨青选了一个最近的麦垛。那个由横三竖四的麦个子摞成的小垛，容纳了她。身后是麦秆，头上是沉甸甸的麦穗。雨水顺着麦穗往下滴落，在杨青眼前形成一片闪烁着的珠帘。杨青用手接雨水，很难接满一捧；然后就用脚接，雨水顺着脚面流到脚腕，再溅上小腿。她发现自己的脚丫儿很宽、很白。细碎的汗毛稀稀疏疏地贴在小腿肚子上，雨点溅上去，很惬意。

后来有个人站在她跟前。这个垛离有人的地方分明很远。

杨青先看见一双男人的脚，又看见一张男人的脸。是陆野明。

"我看见你在这儿避雨。"他说。

"你回来了？"她问。

"嗯。"他答。

"刚到？"

"刚到。"

"没想到下雨。"

"没想到下雨。"

陆野明站在雨中，背对正在淅沥着的原野，脸朝着这个充实而又无声的堡垒。雨水顺着他的眉毛往下滴。

雨水把他的眼睛冲刷得很亮。那眼睛像对杨青说：我能进来避一下雨吗？你看，我正站在雨里。

杨青放下裤腿往旁边挪了挪身子，也用眼睛对他说：这还用问，这儿有的是地方。

陆野明闪过那面闪烁着的珠帘，一弯腰，坐在杨青旁边。

他们眼前更加朦胧起来。四野茫茫，一时间仿佛离人类更远。

这里分明就是一个世界。

杨青又想起那个使她苏醒的黄昏。充实和空旷都能激动起人的苏醒。她想，发生点什么，难道不正是这个时候？她微微闭起眼，切盼起来。

她像在熬日子过。

一切的一切都告诉她，没有发生什么。什么也没有发生。雨停了，雨滴仍然顺着他们头顶上的麦穗闲散地溅落。这儿那儿，他们四周是一整圈小水坑。

陆野明在距杨青一拳的地方抱腿坐着。杨青发现，有几个脚趾头从他那双黑塑料凉鞋里探出来。杨青觉得它们很愚昧，就像几个弯腰驼背的小老头。她莫名其妙地怨恨起它们，仿佛是它们的愚昧，才使得陆野明忘记了她的存在——多好的淅淅沥沥的细雨。

太阳很快就出来了。人们的脊背又从四面八方的麦秸垛里露出来。他们吆喝着，感叹着，怨那雨的短促，怨那雨的多余。

大芝娘又在招呼杨青，那声音在雨后的原野上格外迅速，格外嘹亮。

杨青站起来，抻抻自己的衣裳，转身对陆野明说："叫我呢。你先回点儿上换件衣服吧，我包袱里有你的背心。钥匙在老地方。"

杨青说完扑着身子向前边的欢乐奔去，刚才的遗憾被丢在那个横三竖四的小垛里。

找到大芝娘，杨青又回身向后看。陆野明正在麦茬地里大步走。

"看，陆野明回来了。"杨青对大芝娘说。

大芝娘看着陆野明的后影，一时找不出话说。她想起沈小凤那两对枕头。

杨青身上有了劲，她决心跟紧大芝娘。

第二天陆野明回队割麦子，一天少话。收工时沈小凤在一片柳子地里截住了他。陆野明想绕过去，沈小凤又换了个地方挡了他的去路。

麦茬地上升起一弯新月，原野、树木正在模糊起来。

"你就这么过去？"沈小凤说，口气就像通常那些对着自己男人的女人。

"不这么过去，怎么过去？"陆野明索性站住，面对沈小凤。

"我以为你不回来了。"她说。

"不回来到哪儿去？"他说。

"我不希望你对我这么说话。"

"怎么说？"

"像那天晚上一样说。"

"那天晚上我说了好多话，你要哪句？"

"要你最愿意说的那句。"

"我最愿意说'你走开，我过去。'"

"你没说过这句。"

陆野明不言语，两手插在裤兜里，眼睛死盯住那越来越模糊的地平线。脚下有一群鹌鹑不知被什么惊起，扑扑拉拉飞不多远，跌撞着又落下来。

"我那封信呢？"沈小凤又开始追问起陆野明。

"我收到了。"

"收到了为什么不回信？让我好等。"

"你愿意等。我不能一错再错。"

"你错了？"

"错了。你没错？"

"我没错。"

"没错写什么检查？"

"那是不得已，不情愿。不情愿就等于没写。"

"我愿意写。"陆野明说。

"这么说，你不爱我？"

"不爱。"

"不爱，为什么把我变成这样儿？"

"所以我错了。"

"你回来就是要对我说声错了？"

"就是。"

"那以后，我还是你的吗？"

"不是。"

"我是，就是，就是！"

黑暗中，陆野明又感受到了那双小拳头的捶打，比平时要狠——那双雪白的小拳头。接着，那头亚麻色的头发也泼上了他的胸膛。

"你……"陆野明站着不动。

"你什么？你说，你说。"沈小凤死死抵住他的胸膛。

"你是你自己的。"陆野明到底推开了她。

他绕过一蓬柳树棵，踏着沙土地，大步就走。

陆野明疾步走，想赶快逃出这片柳子地。他用心听听后面的动静，沈小凤好像没有追上来。陆野明这才放慢脚步，无意中却又来到那个麦秸垛旁。当他意识到这是个错误路线，沈小凤早从垛后转出来截住他。

顷刻间沈小凤已不再是刚才的沈小凤。她扑到他的脚下，半卧在麦秸垛旁，用胳膊死死抱住他的双腿，哆嗦着只是抽泣。陆野明没有立即从她的胳膊里挣扎出去。他竭力镇静着自己，低头问她："你……你还有什么话要说吗？"

"有。"沈小凤说。

"那你说吧。"

"听不完你不许走。"

"我不走。"

"你真不走？"

"真不走。"

"我……不能白跟你好一场。"

"我不懂你的意思。"

"我想……得跟你生个孩子。"

"那怎么可能！"陆野明浑身一激灵。

"可能。我要你再跟我好一回，哪怕一回也行。"

"你！"陆野明又开始在沈小凤胳膊里挣扎，但沈小凤将他抱得更死。

"我愿意自作自受。到那时候我不连累你，孩子也不用你管。"沈小凤使劲朝陆野明仰着头。

"你……可真没白在大芝娘家久住。"

"就是没白住，就是！"

"我可不是大芝爹。我看你简直是……"

"是不要脸对不对？"

"你自己骂出来还算利索。"

陆野明趁沈小凤不备，到底从她那双胳膊里抽出自己两条腿，向旁边跨了一步，说："我希望你和我都重新开始。"

陆野明走出麦场，沈小凤没再追上去。

她没有力气，也不再需要力气。她只需要静听。她又听见了"乳汁""乳汁"，再听便是那彻夜不绝的纺车声：吱咛咛，吱咛咛……那声音由远而近，是纺车声控制了她整个的身心。

当晚，沈小凤没回知青点。大芝娘家没有沈小凤。

第二天有人为沈小凤专程去过平易市，平易市没有沈小凤。

端村、太阳下、背阴处都没有沈小凤。

远处，风水在流动，将地平线模糊起来。

又是一年。

知青们要选调回城。那知青大院就要空了。临走前，人们又想起那好久不喝的薯干酒。晚上，有人领头敲开供销社的门，打来一暖壶。女生们也参加了，还托出她们保存下的冻柿子、冰糖块、榆皮豆。人们只是喝酒、吃柿子，没人开始一个话题。

后来，不知谁起了个头，大家便齐声唱起那个电影插曲：

咱们的天,
咱们的地,
咱们的锄头咱们的犁。
穷帮穷来种上咱们的地,
种地不是为自己,
一心要为社会主义,
嗨,社会主义!

他们一遍又一遍地唱着,唱到最后只剩下了男生,并且歌词也做了更改:

咱们的天,
咱们的地,
咱们一大群回平易。
上来下去为什么呀,
你问问我来我问问你,
一心要为社会主义,
嗨,社会主义!
……

陆野明没唱。
杨青也没唱。
陆野明抄起煤铲添炉子。他狠狠地捅着炉子,狠狠地添着煤,像是要把那一冬的煤在一个晚上都烧掉。
杨青端着茶缸喝了一口薯干酒,没觉出那酒的过分刺激。接着她又喝了一口。

陆野明扔了煤铲，蹲在墙角吃冻柿子。墙角很黑，柿子很亮。

第二天又是个霜天。一挂挂大车载着男生女生和男生女生的行李，在万籁俱寂的原野上走。牲口的嘴里喷吐着团团白色哈气。

近处，那麦秸垛老了；远处，又有新垛勃然而立。

十一

四月柳毛飘，卖鱼儿的遥街叫。

大芝娘又在院里开地。栓子大爹隔着半截土墙问："把院子都开成地？"

大芝娘说："他叔，你说辣椒这物件，莫非咱这片水土就不生长？"

"学生们都吃，想必这不远的地方就有种的。"栓子大爹说。

"我估摸着也是。是种籽儿，是种秧？"大芝娘问。

"兴许是栽秧。"栓子大爹说。

"你不兴打问打问？"大芝娘说。

"莫非你想试试？"栓子大爹问。

"你给我找吧。"大芝娘说。

栓子大爹背了荆条筐，赶了几个近集，又去赶远集。走在集上他不看别的，单转秧市。葱秧、茄子秧、山药秧他都不眼生，见了眼生的便停住脚打问。

栓子大爹终于从远集上托回两团湿泥，两团湿泥里包裹着两把辣椒秧。

大芝娘在菊花畦边栽下辣椒，栓子大爹留出几棵，栽在麦场边。

麦子割倒，辣椒秧将腰挺直。

棒子长棵，辣椒也长棵。

棉花放铃，辣椒开花。

后来辣椒花落了，显出一簇簇豆粒大的小生灵，都朝着天。

有人隔着半截土墙问大芝娘:"莫非这就是辣椒?"

大芝娘说:"由小看大,闻着就像。"

有人在场边问栓子大爷:"莫非这就是辣椒?"

栓子大爷说:"也不看看谁买回来的秧子!"

大秧谷黄了,辣椒红了。东一点,西一点,仿佛谁在绿地随意丑上的红手印。

菊花白了,辣椒更红了。红白一片。

五星串着畦背儿乱跑,不掐白菊花,只捡红辣椒揪。

第二年,栓子大爷从干辣椒里削出籽儿,种出秧,逢人就说:"栽几棵吧,栽个稀罕。"

端村人在菊花旁边种起辣椒。秋天,端村的原野多了颜色。

十二

春日春光有时好,

春日春光有时坏,

有时不好也不坏。

在端村时,点儿上一个男生写过这么一首诗。杨青觉得那诗既滑稽又真切,止不住常在心里背诵。

如今,写诗的和背诗的都回了平易,杨青依然重复着那首诗。平易市悄悄地接受了他们。

杨青也说不清为什么要用"接受"二字来形容这伙人的复归,他们原来就是平易人。现在见了面还要互相打问:哪里接受了谁,或者谁不被哪里接受。直到杨青像平易人那样骑车上了班,才觉出眼前的豁亮——春日春光有时好。

那时车轮碾轧在不算平坦的马路上,不算稠密的旧商店从她眼前缓缓滑过，小胡同里还不时传出对于香油或豆腐的叫卖声。她觉得这才是平易人应该享受到的。就连过十字路口不小心闯了红灯，警察把她叫上便道罚款训话时，她也能生出几分自豪。假如你不是个平易人呢，假如你还在端村呢？端村没人为了走路罚你的款，端村也没有红灯。

你付给警察五角钱，警察撕给你一张收据。你又开始骑车，店铺又从你眼前滑过——有时不好也不坏。

有时，豁亮也能从你眼前消失。一走进接受了杨青的那家工厂，一走上那间水泥铺成的潮湿、滑腻的车间地面，她立刻就想起那诗的第二句——春日春光有时坏。

那是一个不算大的造纸厂，在离车间不远的一片空地上，挺挺地戳着几个麦秸垛。那旧垛的垛顶也被黄泥压匀，显出柔和的弧线，似一朵朵硕大的蘑菇；新垛的垛顶只蒙一张防雨帆布。那布的四角被绳子拉紧，坠着石头。

新垛很快就变作了纸浆，变作了纸，总是剩下那几座老垛。垛顶的黄泥慢慢变成了青泥，碎麦秸在檐边参差，不再耀眼，不再像一轮拥戴着它的光环，像疯女人的乱发。

它们诱惑了她，又威慑着她；唤醒过她，又压抑着她。如今，它们仿佛是专门随了她来到这里，又仿佛，她本不曾离开端村。

世界是太小了，小得令人生畏。世上的人原本都出自乡村，有人死守着，有人挪动了，太阳却是一个。

杨青常常在街上看女人：城市女人们那薄得不能再薄的衬衫里，包裹的分明是大芝娘那双肥奶。她还常把那些穿牛仔裤的年轻女孩，假定成年轻时的大芝娘。从后看，也有白皙的脖梗、亚麻色的发辫，那便是沈小凤——她生出几分恐惧，胸脯也忽然沉重起来。

一个太阳下，三个女人都有。连她。她分明地挪动了，也许不过是从一个麦场挪到另一个麦场吧。

冬天，人们把自己裹得很厚。杨青在街上仍然盯了人们看，骑车的人，步行的人。

一日，三个步行的人走出长途汽车站，往火车站走。两个大人牵着一个小人，那小人扁脑袋，爹耳朵。杨青立刻认出了他们，还认出了那双大皮鞋：牛皮、翻毛、硬底。走在城市的便道上，城市的声音虽然淹没了它的声音，但那声音一定比在黄土小道上清晰得多。另一个男人背上斜背一只花土布包袱。包袱很沉，赘得那人脊背向一边倾斜，弓着。

杨青骑车绕到三人面前，紧紧刹住闸，故意不言语，让他们辨认。

老少三人迟疑了好一阵，显得很慌张，以为是他们走错了这个世界的规矩。杨青笑了。

"栓子大爹，小池大哥，你们不认识我了？我是杨青。这是五星吧？"她低头盯住那个死攥住小池衣角的小人儿。

"可不是杨青！"栓子大爹恍然大悟，一脸的喜出望外。他万没想到在这个人挤人的大地方，还有人能认出他们。

"你们这是……"杨青打量着小池的包袱。

"出趟远门。"栓子大爹说。

小池规规矩矩地把说话的机会让给了栓子大爹，他牵着五星的手只是笑。笑时嘴角两边多了几条皱纹，"括弧"一般。

杨青猜出了他们的去向。端村人不做大买卖，不攀大单位、大干部，通常没什么远门可出。

"是不是去四川？"杨青问。

栓子大爹没有立时回答。小池涨红了脸。五星怯生生地看着杨青，将头靠在小池腿上。

"我送你们去车站吧，来，快把包袱夹在后尾架上。"杨青去摘小池的包袱。

小池说："不沉，不沉。"

杨青还是摘下那包袱，夹上后尾架。他们在杨青的带领下，慌恐地躲着车辆和行人。

到了火车站，杨青替他们看好车次，让小池排队买票。栓子大爷这才跟杨青说起去四川的事。

"你看，说话间五星都长大了，可那边还有咱端村的骨肉。叶落归根，好比命该你们还得回平易一样，那边的骨肉终得归咱们端村。"栓子大爷说。

"那，五星呢？"杨青问。

"先让五星见见娘，再看花儿的意思。花儿也是个底细人，亲的热的，就是亲的热的。"

栓子大爷说得很婉转，但杨青还是听懂了那意思。她想，五星就要留在花儿身边了。她不知道应该高兴还是难过。

五星的两眼很茫然。杨青又想起他小时脸上常有的那种愁苦相儿。

小池买来车票。杨青从站前小摊上给五星买了两根膨香酥，一包江米条；给栓子大爷买了一包黄蛋糕。她觉得和他们相遇，一切做得都得体。

五星将那两根拐棍似的膨香酥使劲搂在怀里，那俩"拐棍"一红一黄。

栓子大爷双手捧着那包蛋糕。

五星的那包江米条，被小池用小拇指勾住，悬得很高。有人撞在上面。

上车的人很多，栓子大爷和小池挟着五星，旋即就被挤车的人卷走。他们憋红了脸，不惜力气地挤着，栓子大爷那皮鞋踩着别人的鞋，也叫别的鞋踩着。

后来站台上只剩下杨青。她想起刚才他们向她打问了所有的男生女生，唯独没提沈小凤，也没提陆野明。

陆野明和杨青不常见面。离开端村，杨青便失却了驾驭谁的欲望。陆野明也不再得到那种激动和那种安静。见面就是见面，如同上班、吃饭。但每次见面他们都能给对方留下恰如其分的印像，似乎都想对得起在端村的日子。晚上，他们走在一条条有着稀薄林荫的林荫道上，注视着装点在那里的男女，寻找、摹仿着他们应该作出的一切。

陆野明像所有男者一样，把自行车支在路灯照不到的地方，半个身子斜倚在后尾架上，有分寸地抽烟。杨青站得离他很近，又不失身份地显出点淡漠。谈话也总是由远而近。

"我们厂定了新规矩，出门、进门都得下车。"陆野明说。

"噢。"杨青说。

"你们厂呢？"陆野明问。

"我们厂随便走。"杨青说。

"你说有必要吗？"陆野明问。

"麻烦。"杨青说。

两人愣一会儿，杨青又说："热了。"

"越来越热了。"陆野明说。

"反正厂里得防暑降温。"杨青说。

"我们车间发了茶叶、白糖。"陆野明说。

"我们厂还没信儿。"杨青说。

又愣了一会儿。

终归，他们接触到那个不可少的实质性问题，又是陆野明吞吐着先开口。他用了最微弱的眼光看杨青，语气里带着试探和要求。端村，"尼迈里"访问过的那个黑夜，仿佛留给了他永远的怯懦。

杨青没有说过"行"，也没有说过"不行"。

他们还是如约见面，听音乐会，看话剧，游泳，划船，连飞车走壁都看。每次，陆野明总是把一包什么吃的举到杨青眼前。陆野明托着，杨青便在那纸包里摸索着，嚼着，手触着食物，触着包装纸。那包装纸总是分散着杨青的注意力。她想，她触及的正是她们厂生产的那种纸，淡黄，很脆。那种纸的原料便是麦秸。

每天每天，杨青手下都要飘过许多纸。她动作着，有时胸脯无端地沉重起来。看看自己，身上并不是斜大襟褂子。她竭力使活计利索。

一个白得发黑的太阳啊。

一个无霜的新坑。

一九八六年三月至五月　保定

（原刊于《收获》1986年第5期）

信使之函

孙甘露

> 当然，他不过是一个信使，而且不知道他所传递的信件的内容，但是他的眼色、笑容以及举止似乎都透露着一种消息，尽管他可能对此一无所知。
>
> ——卡夫卡

诗人在狭长的地带说道：在那里，一枚针用净水缝着时间……

那是候鸟的天空。它们已经在信使忧郁的视野里盘旋了若干世纪了。它们的飞翔令信使的眼球酸痛。这些冬季的街道因此在信使的想像中悠久地如此神秘而又神圣。世俗的无限世纪在信使路经它们的时候已经成为可能。

信风携带修女般的恼怒叹息着掠过这候鸟的天宇，信使的旅程平静了，沉睡着的是信使的记忆。我的爱欲在信使们的情感的慢跑中徒然苏醒。和信使交谈的是一个黑与白的世界，五彩的愉悦是后来岁月的事情。

信使是和那个叫作上帝的在同一个平凡的早晨一块醒来的。在上帝做健身早操第五节：感官的倒立时，信使赤裸的双脚蹚过处女之泉往尘封之海走去。

我们知道有一个看到这一悬置景像的人，他还会看到从信使怀中羽翼般飘落的信函。没有人会收拾这一切，因为拾遗者尚在梦寐之中，而上帝的早操已经做到了第六节：肢体的呆照。

信使在无须吟诵的时候降至这个难于吟诵的丰沛之地，信使必须穿过时代的郊区才能步入唾面自干的城市。

上帝的听力有点儿问题。在上小学的时候，因为调皮捣蛋，叫一个教汉语的老处女一巴掌扇成了个半残废。信使要去的这个地方叫耳语城，对上帝来说，它是不存在的。

耳语城的人民生活在甜美的时光的片断里。在时光的大街上，男女老幼摇摇晃晃地行走如蚁，他们热切的嘴唇以一种充满期待的姿态微张着，那迷惘的神态似乎是一种劝喻，又像是在暗示他们正穿行在自我迷恋的梦幻中。他们的恒定的历史以轮廓般的简练扫过他们火焰般抑或茅草般的头发，轻易地洞穿他们的躯壳，时时骚扰他们的灵魂。他们凄恻的目光在黯然无语中凝视信使梦游般的浮想。

信是纯朴情怀的伤感的流亡。

我几乎以为信使来自一本虚拟的著作，一个假设的城邦。信使走近这些逐渐远去的行人和雨景，走近这倚窗侧入温暖房间的冬日北风，走近光线中梦语般慵懒的粉尘。

耳语城人民在傍晚的余光中轻轻挥动他们健康的手臂，信使立刻就看出，这是一次季节的综合，是一次感受的速写，是一次性爱的造句作业。

信是私下里对典籍的公开模仿。

信使反复倾听环境的喁语，信使惊恐地在内心获得一种血腥的节奏一种龟裂的韵律。通过它们，我得以维持内在的故乡感和对弃我而去的幼稚经历的眷恋以及对街景的审美意义上的迷信。

信是自我扮演的陌生人的一次陌生的外化旅行。

夜晚的大街上是众多的引人遐想的窗前的道别，同样众多的故事将不再被聆听。信会飘逝，它和骊歌一样没有颜色而又任人赋与。

信是一次遥远而飘逸的触动。

而它必将在无可挽回的阅读之后化为一堆纸屑。

夕阳已无处可寻，夜晚的水声已清晰可闻，我若还不打听一下这仅有的一夜的住所，我就不再是一个坦率的信使。

信使罗列了一下可能：在旋律中（在音乐中），在什么乐器吹奏之后的温热的吻印中（在某种操作之中），在谁叹息之后的空气悸动之中（在对感伤的思索中），在谁分辨音响的耳膜的最后一刹那期待中（在理性的犹豫不决中），在人工音响的走失之中（在对自然的溶化中），在自然空间背后的深情之中（在对超验的趋向之中），在血液的浅浮雕前冥想般掠过的装饰性的姿态之中（在对人脑这一器官的深刻怀疑之中），在行走的困惑和漫步的悠闲之中（在对日常生活的证伪之中），在对日出般升起的请求之中（在对命运的请求之中），在白对黑的驱逐之中（在理想之中），在强烈而独特地扭曲着自己也扭曲着时代的抽像线条之中（在不懈地追求之中），在空气和水和季节之中（在生命之中），在浸润泥土的腐烂和泥土散发的芬芳之中（在诱惑和对诱惑的抗拒之中），在书写之中，在寄发之中，在传递之中，在收讫之中，在拆阅之中（在信使之函中）。

信是一种状态。

而阅读是无所不在的。

信是一种犹犹豫豫的自我追逐，一种卑微而体面的自恋方式，是个人隐私的谨慎的变形和无意间的揭示。

在无可回避的睡眠中，《信使之函》是很久以前广为流传的一首歌曲。歌曲的坏脾气的作者也是一位信使，他在我恍恍惚惚的少年时代的某日，把我领到一条僻静的街道的一个肮脏的拐角，大大咧咧地冲我说：小孩，拿着它，这是我的礼物。他从我的睡眠中抽出一个皱巴巴的信封，举到我的眼前。这就是那首著名的歌曲，我当场就在梦中唱了起来。事后我才知道，那天晚上，他多喝了几杯。不久，这位有点儿诗人气质的贪杯好饮的信使在夏夜的纳凉中断了气。

风卷云消，白日来临。睡眠之后的宽阔情怀尚未在行走前完全苏醒，黑夜的传说在天亮以前刚刚走散，沿街的门就要打开，在晨曦中串门的人也就数信使了。悲凉的叙述已成过去，帐幔间一夜的喟叹无人知晓。

信也就是一声喘息罢了。

昼夜观星的人自溺于可怕的心脏的湖泊。信使交替的脚步是命运之潮的两次波澜。我疲惫的肌体是青春脉搏在腕处的逗留，信使沿时光行走。

信是焦虑时钟的一根指针。

在耳语城鲜为人知的历史里，有过一段令人不堪回首的积雪年代，那时的街道在每日曙光的映照下似乎包涵了拯救寒冷于灿烂的莫名悲壮。

信是耳语城低垂的眼帘。

街道为另外的街道的阴影所笼罩，它们在浅灰色的肃静中悄然度日。在街角的冷风中抖腿的不是处在变声期的喉音浊重的小无赖，而是一位致意者。他告诉我，他本人曾经是一位航海家。

"信使生就一张梦游者的脸孔。你看看我，我是积雪时代唯一的遗迹了。"

我听不清他在嘀咕什么。"我站在街道旁，就像水手在甲板上。"

信是锚地不明的孤独航行。

"那时候，人们热衷于航海，人们需要盐和伤口来点燃赤贫的理想。"

信是心灵创伤的一次快意的复制。

"不论在历史里，还是在眼下，你是第一个向我致意的人。"

"不仅如此，我也是最后一个向你致意的人，因为我是耳语城唯一的致意者。"

信是两次节日间的漫长等待，信是悦耳哨声中换气般的休止，信是理智的一次象征性晕眩。

致意者是个来历不明的人。在耳语城，致意者必须是一位丰富词汇的占有者，同时必须是一位沉默寡言的木讷的智者。航海家早年传奇般的冒险生涯赋予他以广博的见识和孤癖的性格，这使他轻而易举地获得了致意者的资格。他向我回忆他的第一个夜晚：欺骗是我的最初感觉。

信是陈词滥调的一种永恒款式。

"从某种意义上看，你我是同一类人，信使在陆地上漫游，而航海家则在海上。我甚至认为，信使也是一个致意者。"

"那样，我们可以相互致意。"

"不，我们互相向对方致以敌意。"航海家微笑道。

信是隐语者的游戏棒。

"耳语城在夜晚有若干个美好的去处。"他见我无意向他打听，索性径直说来，"公共澡堂是一，公共烟馆是二，公共酒店是三，公共钱庄是四，公共……"

"这是些招人惹眼的地方。"

"不啦，如今已很少有人光顾这些地方啦。"

信使想：信是夏季的攀援植物。信使又想：信也许是马戏表演的幕间音乐。

"热闹的地方让人倍感孤独。"耳语城的居民，风姿翩翩，怎能容得了令人作呕的拥挤。

信是遁世者的轻微耳语。

"即使如此，我还是要上这些公共场所转悠一番。"我到耳语城来，是来送一封信的。

"我该不会是那个收信者吧，我已经有许多年没有收到任何信件了。

我以前总是在海上给我自己写信,每次航行归来,我就阅读这些来自海上的信。自从我不再出海,我就不再享受到阅读的快乐了。"

"你如此凄凉,很使我难过。但这封信显然不是来自大海,它只是途经大海,来自另一块陆地。我想,它大概不是你的了。"

"是的,看来这封信一定是我之外的什么人的了。"

致意者之外的耳语城人大都生就一副骄傲的面孔,他们不分男女老幼均以大无畏的气概自豪地行走在脏里吧叽的大街上。

当信使在晨曦中匆忙赶到公共报栏前,刚好赶上一场公共斗殴。领头的人据说在用耳语向他周围的人说了些什么之后,在加之于肉体的拳脚尚处于酝酿阶段,便早已不知去向。一部分公众自觉投身到这一场公共斗殴中,而更多的公众则在周围自觉地围观。他们的热情溢于言表,只因耳语城人天生的素养决定了他们在如此壮观的公共活动面前表现得异常安静。

信是仇恨的哑语式的呈现。信是暴力的孤寂的符咒。

一点没错,据我打听得来,公共斗殴是近日来耳语城人的一大余兴。

信是沟壑对深渊的一次想望。

美好的天气保佑,但愿信别是一次空灵的呕吐。

正像历史上所有伟大的种族一样,耳语城人也有他们引为骄傲的不朽圣地。在城郊一处牧场的畜栏边沿,有一座古色古香的遗迹般的庭院。在一个终将被遗忘的下午,信使行走至此。

僧侣集市。最初,我是在那个满脸皱纹的致意者的口中,听到这一令人困惑的名字的。

远草更绿,近土弥香。山谷的胸脯沐浴在充足的光线中,山脉在逆光中暗含着危机般的凝固,大地则洋溢着青春的笑意。倘若有人从远处看来,我此刻就如一个低能的朝圣者,在郊外的沙土路上蹒跚而行。

是有一个人看见了信使。他幸福的面容在窗前出现。在信使不断的临近中,僧侣集市以一种悲怆的格局自成一体。我愿意设想我此行的终点在此之中，我奉命捎来的讯息的归宿将以畜栏边的接纳者的出现告一段落。

信是情人间的一次隔墙问候。

这个为信使虚设的收信者是一个文化僧侣，这是目前僧侣集市备受推崇的一类。他的祖先无从追溯，人们只是从他的闪烁其词中似乎感觉到他准备以毕生的精力撰写一部回忆录：《我的宫廷生活》。

在耳语城人悠久而又光怪陆离的以往岁月里，宫廷生活始终是各个阶层热烈议论的中心。有许多衣不遮体、食不果腹的江湖艺人，终其一生以一种纯洁的、非功利的态度谈论宫廷秘事，乐此不疲。他们在他人的屋檐下，以十二月的晚风和来年七月的正午的太阳作为他们谈话的背景，他们以际遇恩赐给他们的颤抖和嘶哑渲染早已随岁月远去、湮没不见的某个朝代某个后花园的宫苑韵事。除了他们徒劳推测的宫中波澜，他们的一生平淡无奇。这一点信使可以想见。

信是懦夫的一次优雅的殉难。

比之那些露宿街头的不安的灵魂，《我的宫廷生活》的作者显然要来得更为高贵。他所认死了的无与伦比的血缘和他的别出心裁的心不在焉得来的各类学问保证了他的臆想能够轻而易举地越过实际生活，毫不费力地与胡思乱想一块进入子虚乌有的在信使看来纯系匪夷所思的远古宫中。

在一年临近岁末的时候，这个信使尚不知其姓甚名谁的文化僧侣还未提笔早已泪水涟涟。他在诗意的哭泣中抒写宫中哀怨的往事。

信是畏惧的一次越界飞行。

我走到这位神情疲倦的作者的窗下，我想他会在他的著作的某个较乏味的段落开始之前和我聊上几句。信使并不是来自慰藉的源泉。

信是充作朝霞的一抹口红。

房间的窗户善意地虚掩着，屋内哗哗的书页翻动声，有一种催人垂爱的温馨之感。信使愿意看到一位将拇指含在口中玩味的垂死的儿童。

"令人难以置信的是，你确实打扰了我。"他用一种布道般的语气对我说话。然后，以一种显示习惯的自如趴到窗前，朝我伸长他的脖子。

"我正在写友情和爱与死，我用的是一种模棱两可的笔法，我要用力把一个句子变得荒诞不经。你认为这是办不到的吗？"

我看着他将拇指从口中抽出，然后依次将食指、中指一一塞入。

"你的书还要写很久吗？"

"是的，因为我还要写到死者的葬礼和生者的缅怀，你要知道，这个世界上还有什么比葬礼和缅怀这类折磨人的事情更费时间的？我看没有，除了在纸上复写这类事情，我看没有。"

"据说，你在宫中生活过很长一段时间？"

"这很难说，这要等我写完全书才能知道。人不能凭空断定什么，我们至少要凭借纸上的字。"

"那么，你的书中往事从何而来？"

他露出僧侣的微笑："从写作中来呀！"

信是上帝的假期铭文。

"你能让我读几段你的手稿吗？"

"你想读哪方面的呢？是女人和丝质的披巾，还是酒和纸牌，或者秋季与扫兴的蟋蟀的郊游？"

"哪方面都行，依你。"

"依我，那就不必读了，因为我想你最好从关键的山中故事读起，但那节我还没写呢。"

信是一次温柔而虚假的沉默。

"你难道不想打听一下我从何而来？"信使将手臂搭到窗台上，"我也许刚好来自你书中的那个宫廷。这不是完全不可能的。"

在信使看来，这位天才的作者似乎害怕什么东西与他的书发生关系。

"那是我的宫廷！"僧侣非常有教养地吼叫道。

这个写书的僧侣就这样死了。他可能死于气急败坏。我不知道耳语城的历史书上有没有这种死法的记载。因为信使要谈到另一个有趣的僧侣，只好让他死掉了。

愿他的书安息。

这是一个女性僧侣,她可以坐在冬日的草垛上数日不起。耳语城远远近近的人们送她一个美丽宜人的名字:温厚的睡莲。但实际上,她是一个杀人越货的强盗。她通常在阳光直射的午间打开生擒者的颅骨,吞吃混作一团的思维的浊液。

她有不计其数的情夫,他们如亡命者般来往于耳语城和域外的荒山野岭。每年的春季,他们如野兔般从四面八方窜回到她的身边,等候她的垂青。

"我总是能洁身自好。因为我已非世间俗人,我睡莲的淫思已入化境,我的偶一为之的恶习只是欲念惯性所使然。我已对犬马般的奔走兴味索然。有僧侣的格言为证:静是一种最深刻的动。"

信是瘫痪了的阳物对精液的一次节日礼花般怒放的回顾。

温厚的睡莲在下午四点转瞬即逝的微风中柔弱地抬起她的玉色手臂,用手指若无旁人地将油亮的乌发历史性地顺向脑后。此刻,仅有窗外的永恒阳光和回忆僧侣的初吻的一阵缱绻的鼻息。

她开口说话,像所有曾经是不幸的恋人的女性一样。她说,她说不下去。

信是初恋的旌旗。

那是个东逃西窜的人。若是在冬天,玻璃上结出了冰冷的图案,他就在屋内面壁枯坐,要不就焚烧那些涂满胡乱词句的纸片。他年轻的时候身历过几次著名的动乱,渐渐地他变得心灰意懒而又满腹牢骚。在他恶狠狠地赌咒永远离开耳语城的那个阳光明丽的秋日,他被耳语城人认定为乱世余生者的典型。当下,他就在充满每日恩典般的无微不至的关怀中陷入了秋日街头那无法自拔的狂乱自残。他的唇线因心智的迷乱而抽搐。当睡莲带着昏沉的梦意赶到街头,他的五官已在他的脸庞上拧作一团。他最后是带着白痴般的丑恶嘴脸客走他乡的。

信是时光的一次暧昧的阳萎。

有些云游四方的人士在驿道上撞见他。他逢人便说他打算以自焚谢世。因为他看见了唯一的一座住宅。"在我打开的那扇门的边上是另一扇门，透过我打开的那扇门可以看到一扇打开的门里还有一扇打开的门。现在，轮到我打开那扇关着的门了。"

"我要打开那扇典型的门。"他说。

是耳语城人葬送了他。众所周知，在耳语城，从古至今，仅仅有为数可怜的几个在街头玩把戏的蓬头垢面游手好闲的圣人在他们贫病交迫的弥留之际得过典型这一殊荣。

女僧侣的恋人那时还是个一脸稚气的孩子，他脆弱得如同一纸奏折，他叫那么多的街头欢呼吓坏了。他在忐忑不安中被告知，一个当选的典型必须在耳语城正中央的僧侣广场上披露梦呓一百至一百五十年。"温情脉脉的耳语城人呀。"他哆嗦道。

信是待燃的疯狂的柴堆。

围着他的是一群巨型侏儒。因为他们太想成为巨人了，耳语城专门用来仲裁父子纠纷的亚逻辑事务所恩准他们为小巨人。"耳语城唯一不受惩罚的事情就是胡说八道。笨蛋，笨蛋。真是耳语城的耻辱。"

信是情感亡灵的一次薄奠。

往事的追忆使女僧侣显得凄恻而优美，"我们到'锯木作坊'去吧。"

信使看见致意者在"锯木作坊"外的香樟树林里抽着卷烟。"我每周都要抽空上这儿来。"我们一块在浮动着苦香的香樟树林里徜徉，等候进入拥挤不堪的"锯木作坊"。

在耳语城"锯木作坊"就是庙宇及寺院的同义词，人们上这儿来领取尊严木片以慰憔悴之心。这些香喷喷的木片刚从一整块布满年轮的圆木截面上锯下。这可是免费的。耳语城人亲切地管它叫做：吱吱叫的尊严的源泉。

信是内心的一次例行独白。

"偷情者！"女僧侣散发着肉欲的嗓音浮过香樟树耳垂般的绿色叶瓣向致意者弥漫过来。

这树林深处的场景无疑将成为信使之旅最为色情的篇章,它无可避免地为谨小慎微的信使毫不含糊地略去。信使将从另一侧面涉及芬芳的时刻或者肌肤的触觉或者云雨之后隐隐闪现的意念之星。

信是一次悖理的复活。

正午的阳光之下,在我难以自圆其说的冬日偶然的户外暖意中,《我的宫廷生活》的不容非议的作者口含木片,一脸尊严,脚尖朝外,以四方步稳稳踱来。

"泥土是松软的。"他说道。羞红的脸孔流露出返转阳世的轻微激动。

"在那里!"我猜想他指的是阴曹地府。

"在那里!"他用叠句渲染气氛。

"在那里,爸爸的,耳语城人一个也没看见,在那里。"他继续用叠句咏叹。

他指的究竟是哪里?哪里?哪里?除了用与叠句相同的方式追问一个死而复生的人,信使很难设想存在着一条抑或一条以上的捷径。永无止境的行走并不能保证信使洞察生命世界以外的往返途径。

"我真是爸爸的背运透了。那地方节日挨着节日,连换气的机会也找不到。诞辰、忌日、命名日、纪念日、周年、百周年、千周年、万周年,甚至还有休息纪念日,天五十六百三年一,没个清静的时候。爸爸的,我跑回来了,我是回来度假的。我要像个人那样休息!"这个鬼魂大口大口地吸着新鲜空气。我估计是"锯木作坊"里太闷的缘故。

不一会儿,他丰腴的面颊已涨到橘红,用不了多久,他就能再度胜任情人的角色了。

信使回过头去,女僧侣的目光在树林间炯炯闪烁。"你是一具发光的骷髅。"她忿忿地说。

信是夫妇间对等守护的秘密。

信使和信的距离,就是外部世界和瞬间思绪的距离。就是无所不在和恍惚逗留的距离。信使是信的任性的奴仆。

信是信使的一次并不存在的任意放纵。

"我是你唯一情真意切的情人。不瞒你说,我在那里得知你在向一个过路人谈论你的草垛上的恋情,而你以深切的思眷回忆的那个最令人消魂的情人竟不是我,这真是太不人道啦。"说到此,这个鬼魂咽了口唾沫。"难道你竟把我们俩在书斋中那非常适宜描写的抱吻忘得一干二净了!"

"哪个书斋?那个遥远的宫廷中的书斋么?"女僧侣反唇相讥。

"爸爸的!正是。"

"我们在铺天盖地的醒世恒言中碌碌无为地生活,庸而不俗地创造着耳语城无比悠久的历史。在我们的耀眼得致使我们看不太清的远古岁月里,耳语城清心寡欲的先哲们先是任意捣毁了仅有的几座尚在众人臆想中的玫瑰园,然后,先哲们精心挑选了一个秋高气爽的日子,以吮吸天穹的姿势仰望自然的高处,渴慕内心的拯救来自宇宙深处的某一个修和而光滑的理性的圣地。即使我们听不清灵性的急切而不可企及的私语,我们或可能够窥见圣地风景的若干世俗的段落。自古以来,耳语城那些为朴素的睿智折磨而死的圣贤们终身抱有此等可笑的愿望。"致意者目睹越过生与死的羁绊偎依而去的情人,不禁黯然神伤。

信是无休止的情爱颂歌。

信使在一面渐渐陷进泥土的颓败的城墙上小憩。趋于清冷的黄昏时分的日照正与闲置在街角的茅草作每日例行的无声的告别。晚风播送着它额外的赠予。我看见,致意者正拢着双手和驿道上那些匆匆赶路的骡马眉目传情。

"张王氏~~~~"

"李赵氏~~~~"

"周氏~~~~"

"秦氏~~~~"

他用带拖腔的颤音表达他的晚间情感。

"你在叫谁?"

"那些畜生。"他的回答一下转向干瘪以至于石冷。说罢,踩着那些沉默的乱石块一蹦一颠地走去。

在耳语城的一隅，时下正是风筝的黄昏。

风筝。耳语城人又管它叫纸鸟，布蝶，竹鹰。这是在大地上行走的人们和不可企及的云天联系的唯一方式，并且完全是一种超越尘世纷争的为虚无的美感所充盈的方式。

放风筝是耳语城人的黄昏娱乐，就跟晨间刷牙一样稀松平常。

一曲五声音阶的牧歌在执着的垂暮中为手持风筝的人们的迎风奔跑做着辽阔的背景伴奏。这单调的哼唱犹如仁慈的心灵在迅疾的默读间偶尔掺杂的游移的舌误，这繁忙的田野上洋溢着略带佝屈的和谐。

信是信念旷野中一次慢慢展开的残忍。

那些面容枯槁的僧侣成群结队在我视野的地平线上走过，他们柔弱无助的哀歌般的神情一如信使在命运的恩准下卷入的一次身不由己的行走。他们像神之子般在夕阳遥远飘摇的余晖中满怀对草木风光的景仰，手引棉线，牵着五彩缤纷的物质的玩具作着祭礼般的意念的游戏。

信是无视神意的一次对谜的奢侈的谒见。

温厚的睡莲衣裙翩然，在款步中引一只灵巧的彩蝶与无定的风向作魔幻般的纠缠和情人承诺般的温存。这平和的原野断无半点灵怪的踪迹，淳朴的民风在耳语城随处可见，那种充满脂粉气的传奇早已与变态的公案一同埋进岁月的深处，三三两两的游人在纯洁无瑕的暮色中作着日趋没落的嬉戏。

女僧侣打我跟前掠过，向我展开她的手掌："我们是六指人。"

信使看见他们确实是一些梳理晚风的能手。在我未来的记忆中，耳语城的生活细节的含义将是含混的。它们远离扼要的象征和特指的隐喻，仅以瞬间的呈现勾画光滑无比的时空魔镜上微暗的疵点。

信是对破败的一次不求甚解的钟爱。

天高云淡。我为入夜后剪灭僧侣们幽暗的烛火的冲动所驱使，尾随着致意者折入弥漫着药丸气味的僧侣集市。

"你们。是迟到者吗？"一个少年僧侣拦住我们的去路。

"不，我来找一个人。"我上前作答。

"现在，你找不到任何人，所有的人都给神话中的人物送葬去了。他们要到午夜之后启明星出现之前方能返回。"

"能让我去看看么？或许，我会碰见我要找的那个人。"

"好吧。"他无可奈何地说，"我还从来不知道，活人是那么固执。你沿着这些互相关联、彼此相像的街道去找吧。也许，你能赶上他们。"

"他们是朝哪个方向走的？"

"四面八方。"

信使从现实远方赶来。从那无从详尽转述的时光的某一刻出发。此刻，初始的印像已从远处走向我记忆的近端。所有在我之前的行走已和我的行走涓流般汇成一体。

我的语焉不详的叙述已在禁果前亚当式的乞食者的凝视之下和所述的耳语城的游历悄然分手。

信是叙述以叙述向所述事物的剥离。

傍晚的微风吹临了这些陶醉于神话的偶像崇拜者。他们在我的四周梦游般地四处走动。他们以乞食者的哀怜之情博取人们的惠顾。他们以刽子手的无动于衷成为死亡之晨的更夫。

信是假面舞会上对陌生舞伴的一次徒劳的自我引见。

执行仪仗的六指人或拖刀而走，展示风度，或胡乱放枪，以此取乐。他们射击沿墙狭窄窗棂上随风垂荡的纸糊的洋红色饰物，然后忽地转身长吁短叹追赶着踩踏大家闺秀小家碧玉良家妇女诸如此类灵小或宽肥的鞋后跟，接着放枪打她们衬裙的花边，他们爱闻绵布绸缎发出的焦味。"嗅！嗅！嗅！"六指人公羊般满世界乱奔，他们充满情欲的身形皮影般简捷而隐晦。

"多么别致的狂欢。多么慈爱的放纵。神话中的死者有福了。他们得知耳语城人在葬礼中还能如此调笑移情，真要为没能投胎尘世而追悔莫及。"致意者在街角当下站住抒情。

"真是热闹。真是风光。"以我如此无知，也能情动于衷，可见僧侣集市果然不同凡响。

六指人是一些把玩季节的轻佻之客，他们以狱卒的矜持的麻木勉励自己度过嬗替不止的懒洋洋的春天、昏昏欲睡的夏天、乱梦般的秋天、蛰伏般睡死过去的冬天。他们以静止的升华模拟殉难的绮丽造型。他们以卑琐的玩笑回溯质朴的情感。他们在葬仪开始之前的神态兼有脸谱的癫狂和面具的恐怖。

"他们害怕仪式吗？他们不是擅于此道吗？"

"六指人不是没有牺牲精神，只不过这不是勇士的牺牲，而是狱卒的牺牲，他们与因犯分享牢狱，但并不与因犯分担罪恶。"致意者为葬仪前仓皇行走的六指人辩护："他们的悲剧是狱卒的悲剧，置身其中又游离之外。"

信是陶醉于晚秋忧郁的同胞絮语。

"难道击鼓鸣枪也算得上牺牲？"耳语城人真是小题大作。

"难道还有什么事情比目睹悼念的旗帜缓缓地升起更令人心醉？"

"怎么可以将内心虚幻的放纵解释为牺牲？"

"难道情感解体时的愁苦和惨痛较之墓茔旁的挽歌不是同样狞厉不已吗？"

"哀悼应当沉痛而平静，而不是像六指人那样吵吵嚷嚷的。"信使瞧见女僧侣和她已故的情侣也夹杂在众人之中，不由对葬礼的纯洁程度深感怀疑。

"他们这是在活血运气，求丹田之韵，接下来就要沿墙书写挽联了。"

"在我看来，这些事情早该预备妥当，这简直像杂耍的节日。"

六指人仗着他们超人的腕力走笔如飞，不论笔势灵动或古拙，个个蕴蓄着超越哀挽之上的抽像之美。僧侣们写得来劲，忘情得宽衣解带，捶胸顿足以至于抱作一团，以十二指并行狂书。

信使似乎眼力不济，即使凑到跟前，依然不得要领。挽联充满尘世之俗媚，似乎是对死亡之痛的中和。

"爸爸的，爸爸的。"僧侣不断地念叨着。

我站在一旁，就如站在就人类想像而言并不存在的宇宙的旁边。信使与其素不相识的人的感情上的具体关系形同雾状。信使与他人以概念维持着可怜的观念的联系。

信是从未知的角度观察未知的状态。

我在周围世界的兴高采烈之中逐渐领悟到：信使所寻找的并不是一个确定的收信者，信使只有通过寻找使之逐渐确定。我有可能在耳语城的长着六个指头的僧侣中间获得肯定的答案吗？倘若答案是否定的，那么，我有能力驱使另外的陈述来替换耳语城令信使困惑的芸芸众生吗？假使答案依然是否定的，信使还有勇气在否定中继续前行吗？

如果漫步本身就是目的，那么，我只有将行走视为无目的的漫步了。

僧侣们虽然缺乏营养但毕竟富有教养。跑马占荒式的喧哗过去之后，嚎叫与骚动为葬礼之初景仰的默想所取代。

信使与致意者紧挨着挤在持枪的六指人中间。女僧侣则在一处藤荫遮掩的窗台下与她有争议的最佳情人相互吮吸舌苔上的唾沫消磨难挨的静默。

"你对亲昵的举动竟然如此无动于衷。"致意者就势将他纤弱的手搭到我的肩上。我无需借助任何光线来洞察他此举含意，致意者白皙的手上分明伸展出六个指头。在那矮小的拇指旁岔出的第六指鬼神般朝人世探头探脑。

"凶暴之徒。相书上这么说的。"见我入迷地注意手指家族的异端，他威胁似的为他和他同类的肌体的奇异造型进行阐释。

致意者的身子在向我渐渐地靠近中已经透出依偎的意思来了。"不近女色，酷爱男风。"不知道相书上有没有这条。

致意者的嗓音开始混浊，开始颤抖。伴随着他略带控制的呻吟，信使听取了一个为虚荣和痛苦所困扰的虚情假意者的感情历程。

六指人是一些细皮嫩肉而又表情呆板的多愁善感者，他们通常眼睛狭长而鼻子粗宽，这使他们纵使满腹柔情也难于形诸于色。他们一般多出于豪门，俗称大户人家。他们打小就与文房四宝结下不解之缘。他们幼时的恶作剧多有三至七言的韵文作注。他们倜傥的少年时代则以荒唐与风流的扩写纳入对仗工整的律诗。他们成年后的短暂而风雅的私情则由行文铿锵的散曲所表现。他们无以言告的不朽夙愿则为典雅的骈文所收藏。他们弥留之际的辞世之愿则是在道旁的坟头上有一方上好的青石有一笔遒劲的好字。

六指人的鼎盛时代早已熏染上了古籍的墨香，往事的神秘早已为代代相袭的传诵折腾得失却了任何值得记取的诗意，寓居陋室的六指人只能以清淡的寒风滋润他们皴裂的皮肤。

令人感怀的是，他们毕竟来源于一个家学渊源的整体，他们至少可以蚍蜉一撼震醒他们的千古睡思，他们至少得以戏文中丑角拖长的腔调许出他们的百年之愿。

信是一次酒中自刎。

"你挠痒了我，蠢货。"我消受不了这类肉麻的接触，在死气沉沉的送葬的行列里无异于亵渎地喊叫起来。

六指人以整齐划一的目光来制止我。"你们不要这样，我是信使。"我不禁无措到裆里发虚。

他们的目光犹如僧侣的细软，它以伤春的痴情和怀古的怨愤交织而成，充满斜阳式的若明若暗的悱恻。他们是无像之像的史册。

哀思已由默想遣送到尘世之外的福祉逍遥去了，致意者在他的恩恩爱爱的故事荒原上燕口拾泥般点水而行。

送葬的行列过去了，街上阒无一人。从建筑物隙缝间吹来的劲风打着旋在空荡荡的街道间与枯枝败叶寻欢作乐，它们在墙根和道口带动起行人抛弃的废纸或果皮，迅疾地转几个舞步式的圆圈，便弃如敝屣似的舍之而去，再与沟沿或门角那些油腻的蹲伏者亲热一番，即刻钻入附近的过道或回廊无影无踪。

六指人的思绪生来以一种谦卑的姿态低俯潜行，他们暧昧的屋檐往事在黑瓦白墙间与蝼蚁之路并行不悖，他们在窖底资历深厚的米酒之畔攫取酸腐而深不可测的玄妙城府，并以枯井之侧的喑哑空寂充作问天之声，他们在槐榕之底的盘根错节间假侠肠行问罪之师，他们在坎坷的沟渠之巅作展望平川之状。

"总之，我们如沙似水般拥作一团。"致意者似乎在重温六指人的某些伦常准则。

他们所推崇备至的是列子乘风之勇，他们所鄙夷菲薄的泥走刀锋之趣，他们来自于海上的鱼人之国，他们为他们的岛上的祖先哭泣至今。

"你这是为谁守身如玉？"

"我是个平足、宽臀、龋齿的信使。"我才不管六指人的海岛是否被泪水所淹没了呢。我推开了他。

信是一次摇篮般的方舟之旅。

信使所热情思慕的是一位语义隽永的追随者，她必须有胆量像进入一个错误那样进入我的无节制的胡思乱想。她必须把未竟的旅程视作逃避之路，在无数重复到来之前，领悟最初的茫然无措，而此刻朝我走来的女僧侣刚好兼有断线般的慈母之泪和游子般的思乡之情，她在恋情的一厢走向我情欲的侧翼。

"我对匆匆赶路的人从来具有好感，他们那一闪而过的迟疑的模样，着实招人疼爱。"

"我对路遇者同样素来怀有好感，他们那一闪而过的坚定的神情，着实令人费解。"

信使和女僧侣在隆隆作响的礼炮声中，进行无益而谨慎的交谈。

这些乌有乡的不朽者的葬仪自有他伟大的烦琐之处，火焰和颂歌同时点燃，知觉在令人晕眩的光芒之中从麻木的绝望走向净化了的空虚。红色的皮肤在恢宏的脉动催促之下种马般骚动不已，时间和方向在瞬间为欲念之流的涌动所坼裂，南方的哀痛在平坦的土壤上空久聚不散，六指人开始向神话中的人物伸出他们异化的手指。

在某些必要的省略之后，我们在不死鸟的栖息之地摸索着向对方伸出手去，诗意的描述在史记之初就被细心的默想者分行编入蝉翼般的宣纸，在洪峰到来之前的片刻宁静中，生命媾合的幻像历历在目。冲动的沉沦由西向东演化成沉沦的冲动，意念在世代相传的风俗的深处造爱，世袭的婢女在参天古树的枝叉上悬挂她们愤怒的心愿，思辩的华盖上结满了仅供鼓眼蜘蛛爬行的甜腻的网络，风格的小腹上站满了披荆斩棘的探险者，他们纤弱的骨架在互相抚摸之中格格作响。籍贯使他们告老还乡，方言使他们箝口不语。在一本糜烂的黄历的点划之间他们找到了落叶归根般命中注定的良辰吉日。

呵。幸福。

葬礼的长度令信使无法保持矜持的形像，在我看来，耳语城可以用它的恶习征服所有的信使。

"我累了。"信使几乎是在哀求女僧侣。

"谁都别想在道旁得到喘息的机会，更何况葬礼马上就要进入欢乐的部分了，你应该挺住。"

"在葬礼上怎么个欢乐法？"

"你可以和你钟爱的死者对舞，这可是难得一遇的好机会。你要预先在心里想好你的舞伴，免得到时忙中出错。"

信使不知道死者里都有谁，更何况我也没有翩然起舞的兴致。"我在一旁看看得了，兴许我还能瞧见我要找的人。"

"不可能。死者里除医生和士兵没有第三种人，而他们除了给人治病和自己得病外，从来不干别的事情。"

我透过女僧侣预言式的陈述，目睹信使所无法摆脱的名词的偏见和术语的傲慢，在六指人谱写出的一大堆出色的音乐伴奏下翩翩起舞。

信是一次警告：躯体应当休息。

信使每前进一步，都有新映入眼帘的事实告诉我，生活已以我一无所知的方式存在过了。信使设想：世界是以已知和未知并存的。在我的阅历和智慧之外活动着一个广大而神秘的世界，它们并没有在焦急地等待我去接近它们，它们只是在我的焦急的意识之外等待它们自身的命运，我不可能同时整个儿地跟它们擦肩而过。

信是能够重复张贴的无句读的标语。

我对令人艳羡的舞步，素来缺乏记忆。信使的双脚因刻意的行走而被规范至循规蹈矩的一往直前，致使将略加变幻的迂回摸进视作内心图案的晦涩的翻版。伴舞的曲子过后，在我的视像里旋转的足迹已构成了一处冰冷的迷宫。

这类穿插在葬礼间的为声色所左右的艺术活动在女僧侣对信使的痛心疾首的指摘下于我沉重的臆想间消弭得杳无踪迹。

女僧侣在她昔日情人的朗声呼唤之下弃我而去。她那水墨般溶解于苍白街景的背影似乎在说：我是那种有滋有味的过日常生活的女人，不是那种有魅力但让人难以察觉诱惑的女人。

他们结伴而行的身影似乎是末日的重奏。

信永远是过去时态的文献。

"他就在那地方。"女僧侣在拐过街角的瞬间说道。

她所说的他指谁？那地方又是哪里？没有人知道，信使也不知道。我放弃了追上前去问个明白的企图。

这一有些微耳语、些微纯静的景像令我热泪盈眶，在所有昼与夜的晴朗和阴晦之中行走的人们，你们以审美的方式永生在信使的耳闻目睹之中。

我错过了唯一的机会，我想今后不会再有谁告诉信使：某人在某处。

信是一道仅供猜测的命题。

我不知道神话中的人物是否会在尘世的仪式中以凡人所设想的非凡的方式向天庭做一次金光闪闪的升华。

这个由六指人、各色僧侣（说不准还有善良的跛脚和和蔼的罗锅）勤勉营造的耳语城确实是演奏人间神曲的天择之地。

信是神话的封口。

我们打开信，就是和他人一道共同打开逝去的故事。信的撰写者是故事中的一个角色，而收信人是另一个角色。信使是情节，是悬念，是局外人，是为超我驱使的浪子，是人们所熟悉的那个陌生人。

现在，就是那个被我们称为夜晚的时刻。傍晚之前的白天跑到此夜的身后等候下一次的替换。有人从暗中朝我走来。

"你是谁?"他像一个操演巫术以致隐身不见的道人在暗中发问。

"从来没人这样问我。"

"为什么?"他的低沉的嗓音向我逼近,而依然不见其人影。

"这是不言而喻的。"我迅速地回顾了一下我的身世,诧异地发现,在如此梦呓般的催问下,一个有自恋倾向的信使,同时不是他自己。我是我之外的任何人。

"不可能。世间只有一个人是不言而喻的,那就是我。"

"那么,你是谁?"我仍然看不见这声音出自何处。

"神话中的死者。"

"你生前是干什么的?"我想据此来推断这个隐身人的模样。

"我生前就是个死者。我是作为一个死者被耳语城人创造出来编入神话的。"这让我心惊肉跳。

"听你的嗓音,你是个很和气的人,你能让我瞧瞧你的脸么?"我发现我既胆怯又不聪明。

"六指人没有创造我的脸。"

"呵,这真是一个疏忽。凭他们的六个指头,本来是可以把脸造得好些的,太可惜了。"

"我这就来告诉你我是谁。"信使看看四下里阒无人迹,忽然放肆起来,"我正在写一本书。你知道什么叫书么?书就是人们用一支笔或者好几支笔在一叠很厚很厚的纸上写呀写,我不说你也明白。《我的宫廷生活》正是这样一本书。这是件叫人头晕眼花手脚冰凉的差事。写完以后,我还得删掉许多因曲折的叙述而容易招致误解的段落。比如,我极为详尽地描绘了赴早朝的丞相怎样忙里偷闲地先到妃子们的窗下闻闻花卉隔夜的幽香。然后,乘若干妃子起身小解之际,消消停停地以散步的节奏从皇帝的后花园蹓跶而出。你可以毫不费力地看出,这段话里漏洞百出。首先,读者很难根据这段文字来认定这个宫廷所处的朝代;其次,显然不曾出任丞相一职的作者究竟是在哪条小径上一睹在月洞门旁探了探身的妃子们的晨间芳容的；再其次，丞相何以在一大早就具有此等闲情逸致。这样的文字有悖于我的初衷，理当删去。"

信使怎么能够就一部并不存在的著作侃侃而谈呢？我是想介入什么群体的梦幻吗？看来清醒的自我并不能抑制扯谎的机制。

"不过，既然要写一部书，那么，总有它的道理。基于我对神明、袈裟、蒲扇以及游手好闲的钦慕，我着重撰写了《蟋蟀的郊游》一章，有关蟋蟀的品类以及它们的格调层次我在书中略去不谈，因为那样只能招来专家的非议和外行的厌烦。当然，那无疑会由考证而引来后世的荣耀，但那毕竟太遥远了。我要说的是蟋蟀和一个隐士和一个食客和一个谦卑的智者和一个女里女气的滑头和一个假女人和一场战争的故事。"

信是一次合乎规范的侵略。

"你知道，一个人倘不能谋得一官半职，他难免要舞文弄墨一番。也好以此在耳语城的历史上好歹留下一笔。《我的宫廷生活》的作者也不能免俗。这一章开始的时候，我们读到一条宽广的大道，晴好的天气再加上美好的理想，如果不是在以后的叙述中加入了女性的纷乱这个故事无疑会纯洁得令处女都感到羞愧的。首先出场的是一个英俊的食客，他很潇洒地在寂寞中走了一会儿，就到树荫底下歇息去了。他摊手摊脚地躺倒在泥地上，饥饿是显而易见的。接着出现的是精通哑语、腹语以及眉目传情脚下使绊子背后扔小石子诸等十八般交际手段的老成持重的学者。就那会儿，他还未曾学会使刀子、正宗的国术和澡盆子里脏水呛婴孩，即便如此，还是可以打他满是粉刺的脸上看出此公已得道多时。他在年轻食客的身旁俯下身去。书能写到这种份上全是高手，往下你可以写谋杀，写同性恋，写男人间的情意和父子相认什么的。挨上什么写什么，还可以大费笔墨写了半天啥也不是，这叫闲笔。为了避免因连续出现两个男人还未出现女人而使看官扫了兴，又因为再往下还是没得女人好交待，最好的方法是写动物。这样又会蹦又会跳又会哼哼又会叫的蟋蟀便被引至光亮处，如果我不嫌麻烦我可以写写它的妹子等等。蟋蟀是媒介也是一种象征，不过，作者夹在行文中的解释多半不可靠，它不是另有所指就是有意卖关子。再往下,隐士出现在作为背景的红太阳之前,既因逆光,又因我眼力不济,隐士浑身闪闪发光而又轮廓模糊,按说这种人最好一直藏在幕后,可又有人说文不厌诈,时下流行将神秘人物推到前台,还曰一倍其神秘云云。其实倒是有一位暂不出场的,那就是女里女气的滑头,此君这会儿正在远方一所书院里用一种在外人看来极玄的手法丈量星星的腰围,就跟他要给她们做条带褶子的裙子似的。最后就是满腹柔情的假女人,只因他长得粗壮且蓄了少许用秃了的牙刷似的胡碴儿则使人大为怀疑他是否有脚气或者狐臭。"

"他们先是在树荫底下互相观察五官七窍,然后玩一种圆梦的游戏。就在这当口儿,隐士听到了蟋蟀的鸣叫……"

"接下来的一切是从蟋蟀角度写的,你感到乏味了吗?"

"是的。"死者的声音在冥冥之中答道。

幸亏如此,要不然,我都不知道再怎样往下编了。《我的宫廷生活》的真正的作者不是也没有写完它么?看来这是一部难以写完的书。

对话之际,天色微明,为杰出的神话人物所刻意安排的葬礼在僧侣们热热闹闹的渲染之下临近了为避免假正经而陷入的庸俗而杂乱的尾声。

僧侣们紧紧地簇拥在一块,正用合唱的形式哼着一支有那么点缠绵的挽歌。在信使这儿隐隐约约可以听到若断若续的片断歌词。"崇高"。"无限"。"极致"。是反复多次出现的,所以听得比较真切。在一个含糊而冗长的"爱"字之后是一连串的唉声叹气。而那些自始至终浑成一片的感叹词"啊"所表达的敬挽之情则是无处不在的。

似乎是为了使人间的声音力达天庭,挽歌以一个震耳欲聋的欢呼结束在一阵稀里哗啦的掌声中。

僧侣们四散开来,要是以为葬礼在这当口儿结束了,那就错了,他们只是挨着墙角和树根喘喘气,好接着开始盛大的游行。

在信使看来,游行最好能有一位桂冠诗人参加,这样才既别致又有趣味,但从六指人懒散的模样来推测,他们可能对这类花哨的点缀不感兴趣。耳语城的葬仪搞得六指人既内向又内疚,他们的面影犹如一帧表现忧伤的版画布满了刀刻的柔和线条。

信使在耳语城的游历并未使我获得浏览所具有的粗略的领悟。这个通向无限未来的疆域似乎是封闭的，但在它的上空仿佛萦绕着圣灵的光圈，这使得它多了一重意味深长的以供索解的隐喻。灵性在此以二维的方式活动着，这些扁平的幻像尚未被编织进有序的故事已开始脱落他们单薄的关节。他们毫无痛觉地闲躺着，奢望着一次三维的骨折。

信使向所有的行人微笑，我感到愉快应当有一种健康的表情。

六指人在他们家乡的土地上满怀朴素的家园感呼来拥去。信使在茫茫的人海里已很难找见致意者诸人的影子。我想，他们准是因为这些隆重的公益活动而乐不可支。看来，耳语城人具有得天独厚的禀赋，以保证他们将这类虚幻的集会搞得兼有庆典的气派和骚乱的氛围。

信是友情的说明书或者梗概。

号角和笛手过去了，妇女和儿童过去了，走街串巷的民间艺人过去了，著书立说的愿望也过去了，凄苦的岁月和仁慈的心灵也过去了，郁闷的才华和幼稚的遐想也过去了，余下的惟有沉默寡言的死者和单独面对信使之函的我了。

一封信的收信者无疑是存在的。这封信也可能是写给一个信使。也就是说，是写给我的。假设是这样，那么，是什么催促一个信使去投送一封给他自己的信呢？信使能够通过一封给自己的信脱离自己而又通过飘渺地寻找与信一同回到自身吗？如果这封信确实是写给我的，那么只要我不打开它，而是在行使一个信使的职责，那么，我就不是我自己（那个收信者）那个当信使的人，而是一个真正的信使。而真正的信使就是一个充满种种猜测的过程。倘若信使之函的使命不是结束在一次实际的投送中，而是结束在一个虚拟环境的走投无路的迷惘中，那么，语词的梦幻效应有可能直接嵌入文本所归属的那个理性的领地。那样所有的杜撰都有可能在瞬间对意识较为混沌的那部分产生一次诗意的振荡。

信是类似人的生命的另一个首次或者叫做再生。

"喂！"信使听到身后传来一声富有情调的吆喝。那个曾经教导我该朝无数个方向去追赶众僧侣的少年以一种与世无争的闲散在熙熙攘攘的人群中踱步。

"您是在喊我吗?"信使以为这偶然的召唤会陡然改变我的耳语城之旅的走向,就像无数戏剧故事中惯常发生的那样——所有的心灵为之一动。

没有。信使已经不再抱有此类汹涌的内心悬念,与生俱来而又与日俱增的境遇压力下的危机感在古往今来浩如烟海的描述性转述之后无可奈何地演变成了刺激麻痹已久的感官的杀手传说,我的最高使命已成了保持期待。因为少年僧侣喊我并无特殊事由。

"看你惶惑的样子,恐怕还没找着你要找的人吧?"他跟所有上了年纪的六指人一样浑身上下透着那种阅尽沧桑的平淡的自信。

"这无关紧要,对这码事儿我已有了些崭新的想法。"

"不幸啊!"他仍旧如一位长者那样陈腐而迂阔,"新的想法未必能帮你找到你要找的人。它仅仅是一些新的想法而已。"

信使非常恼火,岂能容忍一个乳臭未干的黄口小儿喋喋不休地说三道四。

"新想法能不能帮我找着我要找的人,无关紧要,要紧的是它是一个新想法。"我感到强词夺理很有快感。由此想到长舌妇们是很幸福的。

"既然你已改变了你的初衷,何必还待在耳语城呢,你到这儿不是来送一封信的吗?"少年僧侣尽管神态悠闲,但言词犀利。

"据说,只要你赖在耳语城不走,这地方早晚会像一个虚构的故事那样,在历史和真实的逼问之下化作乌有。"信使想到有一天走在一处遗址上,并追想因为要做的事情太多因而什么都不干,以此过上了超越生活的六指人的点滴旧事不由得非常开心。对这些六合之外、无论方圆的人即便是一封有无穷可能性的信,对他们又有何用呢?

"但无论如何,你是一个信使!"

信是一出由丑角扮演主人公的悲剧。

"你这简直是在逼我,似乎我不做一个信使该做的,就要赶我走。"

"你是误入歧途，并且继续执迷不悟。倘使你找到那个收信的人，你最终还是要离开耳语城。一个人不可能在一个假设之处一直待下去的。"

怎么谁都像名宿先哲那样出言不逊而又强人所难呢？

耳语城是个让信使神魂颠倒的地方。生灵鬼魂交臂而过，奇谈怪论层出不穷。六指人不愧为是些生性诡异变化多端的人物。在他们的步步逼问之下，信使已经退到了现实感觉的尽头。

"迷乱的感觉就要来了。"少年僧侣倏地退向远方我所无法企及之处。在我障碍丛生的视觉中成了一具钢筋铁骨的大神。

"爸爸的……"我忽然想到用六指人的这句口头禅呼救也许灵验。

信使恍惚觉得驿道上挤满了人，他们在观看一个信使在烽火台上像一羽雁翼那样向虚空中垂下、坠落。躯体就如一纸信函那样在一片澄明中飘飘荡荡，听不到任何凡界抑或仙界的声音。

信是一次移动。

信使突然看到了那个收信的人。他不在他们中间。信使对我说。

那人的步态十分奇特，就如一个奔丧的孝子愁眉苦脸地在起伏的波涛前逡巡不前。他继续在信使孤家寡人般的幻觉中来回走动，四下张望，仿佛在思考怎样才能走出信使的幻觉。他不紧不慢的样子有点近似一个仲裁人员。

他让我感到他具有那样多的美德，甚至想到把他形容成德行的源泉也不过分，以至于他在幻觉中的光采一进入现实必定显得过于耀眼，使我视而不见而无力接近他。他在阳光下的影子向神话中的死者重叠过去，信使就像看见少女的目光与她注视爱人的眼睛汇聚在一起，湿润的恋情因此具有埋葬一切的威力。他朝我微笑。信使看见他露出洁白的牙齿，像海浪一样。他鲜红的舌苔和致意者一模一样，带有流浪的苦涩。我看见他流向远方，在冬天的尽头，他的眼帘低垂。从一个孩子的窗口，他的思念飘荡，沉重而且滑翔。海水蔚蓝，那么，大海沿岸的岛屿呢？那些在上的，珍重！第一次听到他的音响便跃起、振翅远去的，如今在某处盘旋。他们知道该忘却什么吗？弥留之际的岛屿。他只是在深处，在蓝色之下，把梦想送回大陆，千年如故。在秋天的道别声中，流传那些被大海遗弃的孤苦。晚安！他对那些闪烁的说，他不再诉说。潮水层层铺展，向天空和岸赠送夜的化石，在他的心潮上掠过音乐的泪珠。珍重，珍重，他把头颅浸在海水中，他说，倘若你想，无论说什么，你说吧！他尝到了那无边的孤寂。但孤寂不是他，他是梦，孤寂是蓝色，他们相互寻求，他要为它而献身。他在悬崖上挂上了他的赠言。留给沉默的石头，作为漫长岁月的慰问，当正午来临，有一道阳光，在他选中它的那一刻，失落他情感的要塞，从南向南送去他的旧式的创伤，让另一种岁月去痊愈他，他需要盐和新的伤口默默地相互守候。大海在一侧清点他的航道，风帆再次转入了他内心的河流。但是，信使看见他脱去了温文尔雅的服装，露出了戏谑的神情，他跳出了庄重的时间的行列，在耳语城的大街上同时扮演僧侣和他们以往的所有的想入非非。并且操着耳语城的方言，给我以警示：

"这一切全是特意为你而做。"

对信使来说，虔诚的行走就是肆意的拂逆，无纪元的夜晚就是亘古如初的白日，遭逢离奇的偶遇就是万劫不复的结局。一部并非别出心裁而杜撰的历史片断就是虚假的文学癔症，而非历史性陈述就是对无法遗忘的荒诞的沉默着的硕大无朋的历史及其阴影的一次不成功的遗忘。

我不知道，是否有一天，信使会成为耳语城的荣誉步行者，在耳语城洁净非凡的街道上，我是否有信心像一粒尘埃那样迈出轻盈的步履而不为神思鼓荡的僧侣所察觉。他们一如既往地沉浸在他们平凡而艰巨的创造中。我一如在别处那样，沿街行走。信使所携带的若非令人惊厥的噩耗那便是同样令人惊厥的喜讯。我不能设想，信使短暂而茫然占有的是一页空无点墨的白纸，一封纯粹的信函，一封抽像的作为概念的信。

在无法意识的行走中，信使的旅程已从无以追忆的黯淡的过去，无可阻拦地流向无从捉摸的耀眼的未来。

我想，信使还是轻轻地退出耳语城，信使预感到有什么灾难就要从天而降。诸如，在一场可供后人凄恻地追述百年之久的地震中被从容地夷为平地，而偏偏使那些极次的建筑师死里逃生，抑或叫一场滔天大水在一夜间使耳语城沦为水中宫殿而又使大量不谙水性的溺水者半死不活。

灾难的样式在信使的想像中如此丰富多彩，魑魅魍魉在其间忙碌不已，真要使我以为信使之函是禀告不幸的一道无人接收的谍报了。

最后是一个欢送场面。僧侣们站在城外的驿道旁齐声对我说：

"你也许，你注意，我们是说，也许，出生在一个措词的墓园，尽管我们不知你为何而来，但你确实是从一个墓园走向另一个墓园。也许，你是误入耳语城，但被你的使命所埋葬是你的唯一结局，我们这样说是因为，我们是因你而设的死者。"

信使想到了上帝和那首著名的歌曲的作者。眼下，他们在什么地方喝酒和做操吧？

"也许！"

我无法逃避信使的结局，便在通往遥远古代的驿道旁，就着如血的残阳挑选了一个企图逃避结局的开端：

"信起源于一次意外的书写。"

（原刊于《收获》1987 年第 5 期）

极地之侧

洪　峰

　　人被置于一个广大无边的空间之中，在这种空间中他的存在似乎处在一种孤独的尽头。他被一个不出声的宇宙所包围，被一个对他的宗教情感和他最深沉的道德要求缄默不语的世界所包围。

　　——好像是我所不认识的哲人说过的话。权且拿它作为我的故事的题记——有助于我的故事滥竽充数混进当代最时髦的哲学小说或者第五维第六维第七维第 n 维小说行列里去。

我想故事已经开始了。

　　首先要说的是大兴安岭或者北大荒不相信眼泪。只是你不要望文生义想到什么悲剧之类的事，更别动"莫斯科不相信眼泪"这样可怕的念头。我的故事和悲剧和莫斯科毫不相干。它甚至和大兴安岭或者北大荒也没有多大关系。在我所有糟糕和不糟糕的故事里边，时间地点人物等等因素充其量是出于讲述的需要。换句话说，你别太追究细节。这样大家都轻松。

有个叫马原和一个叫程永新的人写信来说你这篇小说要写得短写得好而且写得比别人好。我可以写得短——我说话吃力自然作不来长文章。但我不敢保证这篇东西好更不敢保证它比别人的好。别人都是有作家头衔的深红色人物。我不是。物极必反，这给我带来了优势：我如同守门员守点球，破网失分理所应当。运气好扑住那球，我就是英雄。我于是轻松之极。

毫无疑问，这种轻松的心境就决定了我的故事里边没有眼泪。重申一遍：我的故事和悲剧和莫斯科毫不相干。

我料定你将来就会知道，我的重申绝非没有必要。

天很冷。一般都在零下三十度。这样的温度任何人都很难出屋。窗子上有很厚的霜，纷纷繁繁跟壁画差不多。色彩单调些罢了。你无法看清外边什么样。但外面和你想像的有距离：山舞银蛇，原驰蜡像。我告诉你，它虽然有山但不高，有雪覆盖着却是深灰的颜色。它们和天空边缘连在一块成为整体，甚至过渡都没有。天空中间当然有很蓝的时刻，但那蓝太纯净简直没有内容。我告诉你你别幻想啊啊啊地发感慨涌出酸溜溜的诗情来。

这就是诚实人眼里的大兴安岭。在这种境界里，最好的生存方式就是躺在暖乎乎的屋子里睡觉。

故事真的开始了。这样的开始犯了作小说之大忌：没有悬念。

那天是怎样一种天气，我已经记不得了。我只记得走近那间小房子时身上就开始发抖。那是一间年代很久十分破旧的小木房。四壁都是用圆木排列的，外面糊着很厚的牛粪。起隔凉隔风吸潮的作用。那间房子坐落在一片桦树林中间。你如果喜欢俄罗斯情调，就会喜欢这片白桦林和林间那间褐色小木屋。我每次到这里都要陶醉一阵，可那天我却抖得拿不成个儿。我不认为天冷，那天好像不冷，否则我不会出很多汗。事后我才知道，那完全是一种预感在起作用。

我命令自己别抖，但没有成功。这时候我已经走到门前。我推门没有推开，我就用力敲。后来我就一边用力敲一边喊他的名字，再后来我就撞门，用肩膀。再后来门撞开了我和门板一块跌进去。再后来你就知道了。他吊在小房的松木梁上。他妈的，他就跟平时开玩笑似的，眼睛朝上翻着，那条舌头吐出来。我有生以来头一回见到这么长的舌头以后也不想再见。

你他妈别这么看我。又不是我死了。很难说他遗容优雅。我猜他死前一定没有考虑这个有关尊严的问题。他本可以吃安眠药一类的东西，有一瓶足够。他就能换一个熟睡的姿式，死后脸色红润如同生前那样。不过他生前的脸色也不会比死后好看，因为他一直面色灰白夹菜色又长着稀稀拉拉的黄胡子。他的鞋掉了一只，那一定是吊上去之后挣命之中蹬掉的。

我忘了当时哭了没有。好像没有。好像也没脱帽静默致哀。大致的情形是我从门板上爬起来看了一会就掏出水果刀割断绳子。我抱住他的腰防止他摔下去，可是他太沉了，我没法子承受，就和他一块儿摔在地上。他压在我身上，我他妈挣了好一阵才爬出来。

你要听故事，我只记得这个。看你的脸都青了。何苦听这些。

章晖讲完之后朝我笑笑。其实我根本没让他讲这种晦气事。我只是想让他说一说这几年的生活，他就讲了这个。当时我们俩都躺在床上，都抽烟。他抽的烟又臭又辣却不肯抽我的优质烟。他蜷曲着腿，悠闲自得的样子，我很想骂他几句什么然后睡一觉。

我说："火车相当挤。换了三次车。全是慢车。我累坏了。"

章晖说："都急着回家过春节。"

"我本想路过加格达奇的时候住几天，看看老李。不知怎么就没去。"

"他妈的，他压在我身上，那舌头好像从他嘴里耷拉下来一直垂到我的腮帮子上。我当时就吐了。后来的事情我就记不全了。"

"我记得老李今年四十岁，不到，顶多三十八岁。"

"他大概是用白铁盒子装进去拉到火葬厂烧了。我记不得那天是怎样一种天气，实在记不得了。不过，这跟大气有什么关系！你说呢？"

我实在想睡觉，同时知道没法子睡。我想我应该满足他的表达欲。"你说的这个人到底是谁啊？"

他嘿嘿嘿笑了。"谁？谁也不是。这地方压根儿就没火葬厂。我只不过看你闷逗你乐乐。"笑完他就翻身不再说话。后来，我听见他呼噜打得有水平。再后来我太疲劳也睡了。

这是一个稀里糊涂的故事。好在不是我讲的。但你必须有这样的思想准备：它和以后将要发生的事情有关系，在某种意义上，它可能是大故事中不可或缺的一部分。就这么回事。

这地方没有法子描述。你只须知道有山有雪有树还有一些你能想到的东西就行了。你若到这地方来，"风烈雪猛，要多加衣服。"这话是黑龙江的女才子迟子建说的。我廉价出售，她会高兴。我之所以要提到迟子建，是因为她和我的故事有些关系。不过你别想到其他方面上去（你和别人差不多，喜欢朝"其他"方面想）。这女孩子相当纯洁年龄还小还没有结婚甚至还没想谈恋爱我们要对人负责任。对你们这些人，这句话必须说。

章晖长相一般。如今他三十四岁，长得就更一般。年龄的缘故。形容他的时候你会发现自己的才能丧失殆尽。唯一可说的是他的嗓音很好。比我差些，比叫马原的强些。这说明他嗓音也很一般。我设想过，这人不会有太大造就。

我到大兴安岭来，说实话不是为了看他，而是为了寻找一个和我的感情有关的女孩子。这女孩子是我大学时的同学，大约比我小儿岁。究竟是什么原因她进了大兴安岭我至今也不清楚。我这回进山找她是想跟她结婚。我现在有妻子，很漂亮；还有孩子，很聪明。我的日子可以说过得很平稳。我突然就想找那女孩子并且想和她结婚，具体原因以后再讲或者不讲。纯属私事，讲与不讲取决于我是否高兴。我只是想让你知道，这故事里有爱情内容，它本身还包含了婚外恋三角恋凡此种种等等等等。这未免有点庸俗是不是？

我住到章晖这儿是万不得已。那个叫朱晶的女孩子不肯见我。她听说我来就跑到北极村去了。北极村离漠河县城西林吉镇百多里，春节期间不通汽车，我只能等到正月初六七以后才有车可乘。这中间我就得和章晖泡在一起，听他编些瞎话死啊活地折磨我。

我完全能够忍受。我也有能力讲更吓人的事折磨他。反正无论如何我要找到朱晶并且最终说服她答应嫁给我。

那是在长白山脚下。猎人很多。我说的这个猎人枪法相当好。他一生中射杀了不下一百只狼。在他快五十岁也可能快四十岁的时候。年龄不重要。他遇到两只老狼和两只狼崽。狼们偷吃了他套住的狍子。那是冬天或者初春。反正雪还很厚，长白山跟它的名字一样一片洁白。这时候猎人的老婆跑了。老婆是他拣的。准确些说那女人不知从什么地方来的，她被雪埋了，恰好叫猎人发现给救了。她就跟猎人睡了觉。睡了十年左右。猎人开枪打死公狼，又打断了母狼的腿，又开枪打死了一只狼崽，又一枪托砸死一只狼崽。后来——

"别他妈前来后来了。我早知道你讲你的狗屁小说，《生命之流》对吧。我早看过了，瞎屌编。后来那猎人可怜狼蹲到母狼跟前说什么话，狼趁机扑上去把他喉咙咬断了。"

章晖又说："我告诉你，《生命之流》解释不了人类文化。"

"别谈文化。我写小说最怕文化。"

"所以你红不起来。我告诉你，我讲几个故事给你保你成为紫色作家。现在你听着。"

这时候那女人进来了。我使用在女性身上的词一般都注意其精确性：女孩子、姑娘、小女子、老女人等等。女人这个词在我的词汇表中最不常见。我总是在无法表达感受时才使用它。

我忘记介绍进来的女人在先，所以她的出现使你有点突然。我第一次见到她是在推开章晖屋门那一瞬间。她正躺在章晖怀里，一只手藏在章晖的大腿中间。章晖的两只手分别按在她的胸前。我进屋的时候她从章晖怀里挣出来看我一眼。她的眼睛给我留下了深刻的印像。我有点说不清那是怎样一对眼睛。简言之，它可能会使任何一个健全的男子猛地产生一种莫名其妙的冲动。后来，她出去买东西。我欣赏她的背影时，便无可奈何地使用了女人这个词。我实在无法断定她是媳妇还是姑娘况且有谁能断定并且大言不惭说是科学。

坦白地讲，我以为她十分性感，尤其她迎面朝你走来的时候，你冥冥之中就觉得那紧绷绷的身体似乎有一股什么味散发出来。我当时就替章晖担心：他在学校时体锻标准通不过，引体向上和俯卧撑一个都做不了。

当我和章晖互相拍打肩膀时，那女人十分清脆地笑了几声，那笑声跟她整个人十分协调。她友好地看看我就出去了。

我后来回忆起自己当时有点心不在焉或说魂不守舍，章晖接连叫了我两三次我才清醒过来。这使我很惭愧。

"她是谁呀？"

"不是老婆。"

"这我知道。"

"在一块玩玩。"

"你老婆呢？"

"早离了。两年前就离了。"

"我不知道这事。"

"没想让你知道。我老婆早就让我戴了好几顶绿帽子。哈。"

我很难听地骂了一句。

"别骂。怪不得她。哪个年轻女人愿意守活寡？"

"她一直没调过来？"

"废话！让你来你来？"

"你提出要离的?"

"别说这个好不好?"

"好。这女人挺够劲的。"

"给你?"

"侍候不了。我劝你也小心。"

我感激那女人进来,她帮我打断了章晖的故事。我朝她笑一笑,这笑里边很难说有没有挺暧昧的东西。记不得了。她进了屋就从提兜里掏出许多吃的东西。很显然她和章晖的关系非同一般。我们完全可以设想,这里边有爱情成分。这样的设想没能免俗,问题是生活好像不能帮助我做出别的什么设想。

老李可惨了。你没去看他算对了。谁也不知道他为啥疯的。传说挺多。有说是为了老婆调转,有说是为了房子,有说是为了调老婆和能分到房子结果老婆让他学校的头给糟蹋了。反正他疯了。我去看过他。他不打不闹不吵不骂,只会哭。两眼直勾勾看着天,泪就像小溪那样往下流。他已经不认识我,见了我只说完了完了。我不知道他的完了是指什么。他老婆那时候还没工作,城镇户口也没有,在学校院里当勤杂。老李弄得不成样子,头发跟女人那样披到肩膀。学校那头让地区教委给批了。正要送老李进精神病院,谁想就出了事。人们找了他五六天没见影。估计是冻死在山里边了。想见他,开春雪化了再说吧。那也不一定就能找见,十有八九让山牲口抢先找着吃了。

喝了五杯酒之后,章晖就讲这消息。我当然很吃惊,当然很不好受,当然也不是难受得要死。我有我的心事。

那女人说,大过年的讲这些干啥?章晖说他不知道这事不该讲怎么的?那也该换个时候再讲省得洪峰心情不好饭也吃不香。才不会呢?我现在死了他照样能吃饱喝足。你没看他直劲儿拿眼睛瞄你?他恨不得我马上死好和你睡觉。越说越不像话了你喝醉了。我清醒着呢你知道他这次来这儿干什么?我哪知道。他要找一个叫朱晶的姑娘要和她结婚。

那女人问我，真的？我说真的。她接着问我长得漂亮吗？我说好像漂亮记不太准了。我说真记不准了不骗你，

我不是骗她。我的确记不得叫朱晶的姑娘长得什么样了，怎么想也想不出她长得什么样。我怀疑自己的脑袋出了问题，但我还是认为能够找到她并且最终说服她嫁给我。

"我估计老李是自杀了。"章晖说，这时候他眼珠子充了血，狗似的。

"他一定是自杀了。"他又说。

"他疯了。"我提醒他。

"没疯。"他说，直瞪着我又说，"他肯定清楚呢，于是自杀了。"

我发觉桌子下边有一只脚踩我。我没理睬，"你有什么根据？"

"没根据。还用找什么根据！我说他自杀他就是自杀。"这时候桌子下面一条腿伸到我两腿之间，弄得我很难受。"这家伙真他妈会找方便，就这么无影无踪真他妈厉害。"章晖的确喝多了，说完这句话就趴在桌子上睡了。那女人看看我我也看看她，我们就一块把章晖弄到床上，后来那女人又看我我喝得很多头有些晕有点糊涂。

那天晚上，我十分累，以至于第二天章晖醒了酒趴在床沿上哇哇哇呕吐弄得一塌糊涂我也不知道。

我醒来时那女人已经不在了。

我以后再也没见到过她。我不知道我会不会把她忘了。

有机生命只是就其在时间中逐渐形成而言才存在着。它不是一个物而是一个过程——一个永不停歇的持续的事件之流。在这个事件之流中，从没有任何东西能以完全同一的形态重新发生。

——恩斯特·卡西尔

……你不可能两次跨进同一条河流。

——赫拉克利特

事情由不得他做主。作为学生，他得服从分配。愿意来得来，不愿意来也得来。他就进了大兴安岭。他找瞎子算过命，瞎子告诉他："独桥单木逆水行舟，克星在阴非死非生。"理解这些话需要极高的悟性。他能否悟透其中的深刻含义，无从知晓。

我知道件事。

他来到大兴安岭以后，生活一直不顺利。英雄没有用武之地，虎落平阳龙困沙滩。所以他不求进取终日饮酒寻欢作乐，以至于苍老成现在这副模样。老婆离婚，孩子不让他见。他孤身一人，只有一个水性杨花的性感女人偶尔陪他玩玩，然而这是要付出代价的，至少是若干人民币。区别不出这和嫖妓卖淫有多大差别。这证明章晖堕落了。不可救药。

——这是洪峰的想像。他没有任何根据。章晖不讲毕业后的生活，只讲一些吓人的故事烦他，他就做出了这个恶意的想像。也算投桃报李。后来他实在没事干，就出去闲遛。那会儿天还没黑，还能看清人的面部表情。注意，这个时间很重要。

我留意中国最北端的小县城。有几幢楼立在路两边，不整齐。楼门那里挂着几枚圆灯笼，楼正面写着标语，有"欢度春节"，有"实现四化"还有"少生优生利国利民"，还有"安定团结反对资产阶级自由化"。这很令人欣慰。它说明边陲人民和内地人民保持着同等高水平的思想觉悟。那些闹事的毛孩子如果来祖国的北部边疆看看，我相信他们定能幡然悔悟痛改前非。扯远了。有零零星星行人。商店不营业。邮局也歇了一片黑。我注意到这正过节，没有几个人逛大街没有灯火是正常的。不正常的只我一个人，大春节不守在老婆孩子身边却千里迢迢跑到"白雪国"来寻什么记不住面孔的女孩子还要和人家结婚。这样想他就笑了。

他继续遛。这时候迎面走来两个人，一男一女。那女的个子很高，眉目相当清秀。那男的眼睛贼溜溜挺凶狠。三个人擦身而过的一瞬间，那姑娘看了他一眼。他顿时一震。这一震使本来十分平静的黄昏充满了奇异的色彩。

他木头一样立了几秒钟就转回头。这时候那两个人已经走出五六米远。他四处看了看，就跳进路边的壕沟。沟里边有一根烧焦了头儿的棍子，他抄起返身跃出。

这时候一男一女已经走出二十多米。他们走得很快。

他觉得自己头皮炸起，周身过电一样战栗，他觉得僵硬的腿里血液突然奔腾起来。他大喊："站住！给我站住！"一边喊一边端着棍子冲上去。

这时候那男的回头喝问："想干什么？"

这时候他已经追到离两个人五六米远的地方并且举起棍子。毫无疑问，再有半秒钟或稍多一点时间，他手里那条棍子就注定要砸在对方的脑袋上。那男的毫不犹豫转身就跑，跑得出奇快，转瞬间就消失在一片平房之中。

这男人把姑娘扔给了手端黑棍子杀气腾腾脸色青白的洪峰。这很不公平。女孩子遇到这样的男人注定不幸。

后来的事情证明洪峰对了。他以超人的直觉判断能力在几秒钟之内做出了伟大英雄的决定，而且战略战术无可挑剔，因而他很及时很成功地把一个眉目清秀身段苗条的女孩子从一个歹徒手里拯救出来。这使他信心倍增，以为自己有比别人更多的权利好好生活下去。

你马上就会想到：这女孩子和洪峰之间要有故事开始。你猜得对，但你必须清楚，他们之间的故事已经开始了。我要告诉你的是，我的故事的共同缺陷是：有头没尾。

当女孩子拉着我的胳膊很委屈地流泪时，我开始想这样的事情但愿别再遇见第二次。完全可能出现这样的场面——

我端着棍子冲上去，那男的返身掏出一支手枪，枪口蓝光一闪，我尚未来得及听见枪声，就扑通死了。

还可能出现这样的场面——

我冲上去一棍子将那男的打倒——甚至打死了。这时候那女的高呼杀人了快救命。警察闻声赶来，把傻立在那儿的我抓住。后来，我因犯行凶杀人罪被依法判处死刑立即执行。

还可能出现这样的场面——

我打倒了那男的，回过头时，那女的早不见了。剩下我一个人站在那个昏迷不醒的男人身边，手里还端着那条敲断了的黑棍子……后来，还会有后来吗？

想起来实在后怕。

那女孩子叫朱晶。奇了。但这个朱晶似乎不是我要找的那个。她说她从来没去过长春，也没进过大学。她说她土生土长在加格达奇。就在加格达奇读的中专。她到漠河是看望姥姥，她姥姥住在老金沟。她说她还要去漠河乡的北极村。她说北极村有她的堂叔和一个好朋友。她说她的朋友也叫朱晶。她说她的朋友人们都叫大晶而跟她叫小晶要不分不开。我问她你们是老相识？小晶说不是大晶是大学毕业后分配来的，有一回大晶去她们科委办事，就这样认识了。我说这不奇怪，天这么大人这么多重名重姓的人多着呢。小晶说是呢别人都说我们是亲姐俩。

说这番话时，我们坐在县政府招待所的高间里。十分有意思，我们竟然住隔壁竟然就没有遇见过。

小晶说完那句话，我就更仔细地打量她，我就开始觉得有些面熟，我就猜测大晶跟小晶长得大同小异，否则大家不会说她俩像亲姐妹，我就越发断定我追踪的姑娘除了大晶不会是别人。

后来我邀请小晶跟我去章晖家做客。小晶这时候已经非常信任我，她没犹豫就答应了。

这就是开始。

那是一个十分轻松的夜晚。大兴安岭山区的夜晚竟然会这样轻松宁静。你根本无法想像。告诉你，我也无法想像。

那人到街上逛。他穿过拥拥挤挤的人群，最后停在一个浙江人跟前。浙江人又黑又瘦，头发上粘着草芥，两筒鼻涕挂到翻起的嘴唇上。他卖老鼠药五毛钱一包。一张很脏的白布上，整齐地排列着八只老鼠。最大的老鼠有一尺长，最小的不到十公分，一律灰褐色。老鼠队列的前方摊着一张粉红色包装纸，一小堆黑绿色粉末很醒目地堆在上面。

那人蹲下看了一会，拨一拨那只顶大的老鼠，问："你这东西真好使？"

"哪个骗你？"

"多少能弄死一个耗子？"

"吃一点就死。还是只药一代，死耗子狗猫吃了不中毒。"

"挺便宜的。"

"是哩。才五毛钱一包呢。"

那人掏出一块钱扔在布上，抓起两包老鼠药说了一声谢谢就走了。

那人回到家里，弄一块肉洒上药末，然后把肉扔在墙角，然后屋里屋外忙。晚上他闭了灯等耗子出来送死。他先听见耗子在屋子里很迅速很慎重地兜了两圈，后来他听见耗子停在有肉块的那墙角。他估计是两只耗子，它们正因为争夺进餐权搏斗。大约过了五六分钟，他开灯。这时候他看见两只二十多公分长短的耗子头顶头卧在屋子正中。他哆嗦了一会，走过去拿脚尖踢一踢，那耗子们已经软耷耷了。他镇静一会仔细观察耗子遗容，他发现耗子们的外表没有丝毫损伤，五官也很端正，根本看不出中毒迹像。

那人这时候很高兴地微笑了。

他把那死耗子连同刚刚被啃掉一个小角的肉块从窗口扔出去，想了想又跑出去把肉拣回来扔进炉子。然后他打开碗柜拿一瓶酒出来，又把一碟切得很薄的酱牛肉片端上桌子。他开始端坐，悠闲自得饮酒吃酱牛肉片。

那大概是午夜或者凌晨，总之整个居民区就他一家窗子有灯光。窗子上映着他自斟自酌的剪影，很有画面感。那大概是初夏，外面风很轻，甚至树叶都不曾发出响声。有一轮圆而清洁的月亮悬在天空正中央，边缘处能看见些许星星闪闪灭灭。在这样美好的夜晚或凌晨时分喝酒，很显然别有一番情味。你完全可以试试。

过了一些时候，那盘牛肉片上面几层已经吃光了，只剩下最底层的五六片。那人很珍惜地看了一会，狠狠心就把它们叠在一起塞进嘴里，嚼了几下就伸长脖子吞下去。然后喝一口酒。

又过了几分钟，他便去拿暖瓶倒水，他哆哆嗦嗦地喝了两口水，那水杯就掉在地上打得粉碎。他好像非常渴，又去抓暖瓶，暖瓶被他碰翻到地上很响亮地炸了。他的眼睛通红，很大声地急喘。他扑到地上去舐冒着热气的水，碎玻璃扎破他的嘴有血流出来溶进水里。又过了十几秒钟，那人就侧卧在湿漉漉的地上不再动。

章晖讲这个故事的时候，我们刚刚吃完饭。就在小晶说天不早的时候，章晖说听我讲个故事，然后他就讲了这个。他讲完之后朝我和小晶分别看一眼，十分神秘的目光。我周身不舒服，认定这家伙存心跟我过不去。我站起身说："走吧。"

小晶也站起身，突然说："药死了？"

我愣一下，说："还用问吗？"

章晖说："你自作聪明。智商不知比朱晶低多少倍。没死。"

"没死？"

"没死。他的确吃了耗子药，还喝了很多酒。按说酒和药掺在一块死得更快，可这家伙大概既不是人也不是耗子，他竟然没死。他趴在地上睡了一夜一白天，然后照样活着。他只是喝醉了。"

"他想自杀？"

"还用问？他不服气，干脆一口吞两包，仍然毫发无损。后来他就老实了。"

"不想死了？"

"也许是。不过我认为不是他想不想的事，而是没到死的时候。"

"为什么？"

"不为什么。后来他死了。"

章晖看一眼脸色惨白的小晶，说："死得意味深长。正走路绊倒了，扑在一个马蹄窝里。那是秋天，下过雨两天，其他地方很干爽，只马蹄窝里有一汪泥水。他扑在那上面死了。呛死的。"

"你别他妈胡说八道！"

"真的。所以我说活和死不由你。"章晖一边站起身送客，一边说，"就这么回事，别想得太多。"

现在，我躺在招待所舒适的床上不能入睡。我好像被什么可怕的东西包围着，黑暗中似乎有一股冷森森的气息射我不能合上的眼睛。我听见窗外的松林有十分刺耳的哨声。这时候我心里就开始发紧。我甚至产生了不该来大兴安岭的念头。当然，当太阳照上窗楣的时候，我对未来的日子又充满了信心。

还是说现在。

现在我听见墙壁发出轻微的响声。我吃一惊，头皮又炸起。墙壁继续响——咚咚，咚咚。我转过神来，知道是小晶在招呼我。我马上就猜到她也正害怕，而且比我更甚。

咚咚，咚咚。墙壁继续响。

咚咚咚，咚咚咚。我也敲。

咚咚咚，咚咚。咚咚咚咚咚咚。咚咚咚咚。咚。咚咚咚咚咚。咚咚咚咚咚咚咚咚咚咚。咚咚。

我们就这样很小心很有耐心地敲墙，一直敲到值班的服务员咳嗽着打开大门。

起床后小晶来我房间，我们互相看看，都有点尴尬。小晶尤其不好意思，脸通红通红的。

这说明我们有共同的处境。

初四。双数。吉利的数字。

我最大的长处是相信预兆。

春节很冷清，连秧歌也没扭两回。据说往年挺热闹，可以通宵达旦扭。今年连鞭炮也很少放。瞅冷着响几声反倒吓人。有电影院,每天放映两场(不是虚数)电影,《侠女十三妹》爱情加武打加正义加邪恶。有的人不下百十个。一切迹像都表明,这是一个十分俭朴的春节。它再度证明我们民族刻苦耐劳勤俭持家艰苦奋斗的优良传统源远流长深入人心家喻户晓。我伫立冷冷清清的街,就有了中国公民的那种天然的自豪感,并且由此看不起那些崇洋媚外的不肖子孙。

我说的是塔河。我初一到的塔河。我说过到塔河是为了看望黑龙江的女孩子迟子建。讨人喜欢的说法:女作家迟子建。我一点不惊奇大兴安岭会产生作家,只有点悲哀没产生几个能和迟子建分庭抗礼的男作家。迟早会有的。只是别太热衷于冻土热土软汉硬汉之类的东西。真汉子不一定就能成作家,可作家挺需要真汉子。记住,和冻和热和软和硬没多大关系。又扯远了。

塔河城边有一条河叫呼玛河。我没机会也没兴趣考察这河的历史,我只从地图上知道它汇入黑龙江,黑龙江入海。呼玛河作为黑龙江的支流,难说不沾三五分仙气。据说经年不冻(我不相信)。我所看到的只是绕经县城的一小段,真的不冻。汩汩不息,有袅袅白雾升腾入天,河沿的树枝挂下尺把长的霜线来。有必要提起江城吉林。小丰满水电站搅得江水不安宁,几十里江水雾气沼沼便诞生了一大奇观——江城树挂。它吸引了无数游客络绎不绝前往观光。中央电视台新闻联播有一新闻:一辆旅游车在长春市郊净月潭沉入水中,死了七人。后来一批游人护送遗体返回香港,然仍有一批游客不畏生死前去吉林看树挂。

现在似乎应该在中国景物奇观志上再加一款:黑龙江省塔河县境内呼玛河沿岸亦有树挂。备注:沿岸树挂分布近二十米。再备注:因附近有拦洪坝和发电站。

可以说,在塔河人民值得骄傲的诸多事物中,外地人又将通过他的小说替他们增加一件。礼尚往来,他吃了迟子建家丰盛的午餐,回报全县人民一件无价之宝。他吃了点亏,但为了朋友还值得。他在后边的故事里还要讲起塔河的一些事,这都是本着为朋友两肋插刀的原则。

塔河县境有一个村子，村子里住着一个七十八岁的老山东。据说老山东娶过老婆，叫胡子糟蹋之后跳了呼玛河。那年夏天呼玛河发大水，他老婆大概是给冲进黑龙江或者入了海。再以后的几十年间他没续弦。他叫什么名字没人知道，都称他老金头。中国有过一个电视节目叫《黄金之路》，老金头就是沿这条路，千辛万苦九死一生到老金沟扎了根。他是解放后廿十几年才退休并且离了金沟迁到塔河县。听人说他手里至少有两啤酒瓶子上等沙金。怎么攒下的无人知晓。从他的吃穿住行看上去不像是有财产的人。不过也难说，装穷不露富在中国有几千年传统。

值得一说的是：他竟然没给劫道砸明火的打死。这也不算太奇，年轻时的老金头一副好身架一身好武艺远近闻名。有棒子手算计过他，结果让金山东恶狠狠打倒两个再没起来，剩下的一个后来成了他的拜把子兄弟。传说这兄弟跟着金山东也发了大财。

老金头无疑是个传奇人物，在村子里很有分量。有热心人提过续弦的事，都让老金头回绝了。后来人们知道他在老金沟有个相好。老金头没了女人以后一直住在相好家里拉帮套。后来老金头搬出金沟是因为那相好的谢世。

这都是早年间的事，叙述它是为了有个交待，便于下面的故事讲起来有头绪。

老金头七十八岁时，是一九八六年冬天。就在这年冬天他死在自己的小屋子里了。这时候他的拜把子兄弟已经死了三年零七个月。这说明没人替他操办后事。

老金头的枕边放着一个酒瓶子，瓶子里边还有一点点沙金。村干部拿起来磕一磕倒在锡纸里包住揣起。然后他看见老金头的嘴唇上粘着五六粒沙金。把手伸到嘴抠一抠又抠出十几粒沙金。大家就明白老金头是吞金死的。

不管怎么说，后事办得很隆重。

二十多个小伙子火烧镐刨，愣是把石头一样硬的地面掘出两米长的坑来。那坑挺深，站在里面一扬手才看得见。老辈人们点头称许。看风水的说这儿是上等地界百年不遇，有儿有女的人也修不来这等福分。出殡那天，有年轻后生带孝帽子打招魂幡，纸牛纸羊纸马纸猪十几头，上好的松板棺材涂了红头。吹吹打打一路威威势势到了坟地。

以后的事情介绍从简。

埋了老金头村民们就聚到村干部家吃酒。吃完酒人们又纷纷给老金头的灵位磕头，三个很虔诚很响亮的长头。那场面是很动人的，我无法用语言描述，语言在此成了最大的障碍。

从丧事的开始到结束，没有谁很明显地哭过。这并非说人们没有感情，它似乎可以用这样的理论给予说明——"'死亡'这个词在金字塔经文中从未出现过，除非是用在否定的意义上或用在一个敌人的身上。我们一遍又一遍听到的是这种不屈不挠的信念：死人活着。"（布列斯特《古代埃及宗教的思想的发展》）我绝无牵强附会的想法。我以为人类在这一点上是共通的。你的心灵如果和这些村民们相通，你定然能听见他们心里一遍一遍述说着这个信念：死人活着。老金头活着。他们相信老金头不死，他的灵魂将留在他们中间庇佑他们的子孙后代有金有银康乐富有兴旺发达。

这无疑是一种最原始又最现代的观念。

我确信你理解不了。这不奇怪。你缺乏宗教精神。

接着讲——

老金头的坟墓很大，还没到圆坟的时候就已经比其他的坟墓高大好多。一股隆冬时节不能出现的泥土香味散发出来，一直到翻出的土冻得铁硬，那香味还浓浓的飘而不去。

密尔顿的神话世界——

  一个深不可测的海洋
  无边无际苍苍茫茫
  长度宽度高度时间和空间
  都消逝不见

引用这几句话是为了过渡，没有除此之外的意思。

第二天早晨，天很冷。人们都围着被子不下炕。这时候有人一边跑一边喊："闹鬼啦！闹鬼啦！那喊声十分恐怖尖厉。全村人都乱纷纷涌出屋门。那人就在前边跌跌撞撞跑，众人就在后面乱哄哄紧追。"

一个画面——

那坟墓被掘开。

老金头的尸体扔在雪地上。他的寿袍扯得粉碎，肚子整剖开，内脏散在地上，和污雪冻在一处。

老金头旁边，一个中年汉子头破碎，手攥一把杀猪刀。稍远些——

一个更年轻些的男人仰卧，胸膛被什么刨了个大洞，脸侧着眼睛瞪得圆圆地凝望着地上的血迹。墓穴里边——

趴着那个村干部。他还活着，只是昏迷不醒。

现场遗留下来的种种迹像表明，这里还有人来过，但跑掉了。

特写：老金头的肠胃也剖开，里边什么也不剩干干净净。

事情很清楚，为了吞下去的金子。

有没有金子？金子到哪里去了？始终是谜。唯一能帮助人们解开谜底的村干部已经不能胜任。

村干部精神失常，也就是疯了。

这人现在还活着，每晚必定到那坟墓去守卫。其时老金头已经换了地方重新下葬，这里只剩下了空墓穴。村干部整夜坐在墓穴旁边，只说一句话反反复复："谁敢过来！"谁也弄不清这里边是不是还包含着别的什么意思。

我想，这属于另外一篇侦破小说要讲的内容，与本故事无关。

这故事有头有尾——半个结尾。我想你总该满意。遗憾的是，我记不得是谁讲给我的。反正不会是迟子建，从她嘴里讲不出这样的故事。我情愿认定是章晖讲的——只有他愿意弄这样的故事折磨人。

是他！他说："老金头自杀不应该。这是我的结论。"

"你怎么肯定他是自杀？没证据。"

"我知道。反正他吞了金子。活该被刨坟。"

"但谁也说不准到底有没有金子？"

"麻烦就出在这上头。"

"我很笨。弄不懂你的意思。"

"你是笨。我只告诉你，他吃毒药或者上吊或者跳井都不会产生误解。"

"你是说老头子根本就没……"

"我他妈什么也没说。"

他又说："听着，自杀不是老年人该干的事。"

"你他妈说年轻人该自杀？"

他笑了，"你就该自杀。"

我心里紧一紧，然后把一碗水泼到他脸上就走了。我兔子一样逃窜。我发誓不再上他那里去。我猜这家伙用不了多久非把我弄疯了不可。这小子在学校就有蛊惑人心的能力。

对他被发配到这荒山沟子里来，我从现在开始幸灾乐祸。

日记：一九八七年二月六日　我开始做噩梦，都和伤亡有关。

我盼汽车。我好能马上去北极村。我相信我一定能找到大晶并且说服她嫁给我。

初七。单数。兆头。

我总觉得要出什么事。

"在塔河县境内的呼玛河，"还是不讲塔河的故事为上策。迟子建翻了翻我的笔记本子（我用它写小说的初稿）说：你不知道我热爱塔河。我默然，就下决心不再讲跟塔河有关的糟糕和不糟糕的故事。

我说起过的迟子建和我的故事的关系也就到此结束。

这谈不到怪谁不怪谁。

果然应验。果然出了事。痔疮复发。这是东北男人的常见病。据说和卫生程度有关，据说和潮湿着凉有关。这种病在冬天最易发作。病发后拉屎艰难，咳嗽也要使肛门疼痛异常。坐亦疼卧亦疼。我饱受痔疮之苦总计有一年的悠长历史，肉体和精神的双重负担十分沉重，有俗谚：牙疼不算病，疼起来不要命。有洪峰格言：痔疮不算病，疼起来不要命。这种忘命境界南方人怕是难得领略。阿Q名言：不也是第一吗？

恩斯特·卡西尔说："对生命的不可毁灭的统一性的感情是如此强烈如此不可动摇，以至于到了否定和蔑视死亡这个事实的地步。"洪峰唯一不敢否定和蔑视的事实是：痔疮患者迟早得动手术，否则将导致肛瘘或直肠癌。

问题不在死亡，而在于痛苦的过程。

这样的早晨你没见过。我敢肯定。

我说早晨并不准确。它从子夜一直到第二天上午十点多钟始终是这个样子。我只取早晨这一段时间。

据说有炊烟，没有风，更主要的是气温骤然下降。低温把白天的热空气一家伙冻成冰晶，就有了这样的早晨。

你看见过早晨的雾。然而这儿的雾和你看到的雾不一样。这样的早晨你什么也看不见，即使到了上午十点钟，十几米开外你依旧什么都看不见。雾（冰晶）把天地全罩住，走路时跟盲人差不多。汽车在这时候很缓慢地行驶，车头的大灯亮着，把两条白蒙蒙光带铺在大雾里边。汽车多的时候，许多条光带扭来扭去跟探照灯在天上巡逻似的。人和车在雾里边爬来爬去如同电影里的慢镜头。你甚至有点怀疑这是不是人间了。你被一种奇怪的气氛笼罩着，呼吸都为之停滞。空气相当呛人，有炊烟掺在雾里边。这能够忍受。不能够忍受的是雾里边的冰晶。吸一口气，就像有几十片细碎的冰茬涌进嘴里冲向喉咙，于是就咳嗽，年轻人也像患肺气肿的老人一样佝偻着腰背耸动肩膀。

我把自己描景状物方面的低能暴露无遗。我犯了一个错误，聪明人从来都懂得扬长避短的含义。我不懂。我觉得即使你说我弱智，我也还是要讲这样的早晨。因为这样的早晨在中国绝无仅有，在漠河一年或几年中也只在腊月初的几天才有。它完全算得上中国又一大奇观。前边讲的塔河树挂，开个玩笑而已。这你知道的。

我好像就是在这样的早晨乘车去北极村的。你说我弄错了时间。完全有可能。但我说了，时间对我的故事并不重要。

上车以后我的情绪很好。这和痔疮好转有直接关系。我想小晶一定受了我的感染，她一路上笑吟吟说个不停。

同车有十几个港客。我注意到他们的形像都很委琐。逃荒讨饭似的背着一个大包囊。肚子那挂一个皮夹子，十有八九是用来装钞票的。这表明他们很有心计：肚皮处软组织丰富敏感，要动一动皮夹子不被发觉除非他死了或睡了。有四个女的。我特别仔细地看她们，结论是她们做小晶的使唤丫头勉强够格。换句话说，她们长得很困难，有一点骨气的男人即使接受了肚皮上的钱夹子也不会动别的心思。

这样说太残酷，但请你相信我说的都是实情。

"小晶，你可以得意。"她看我，我用下巴指一指那几个聒噪港女。她笑了，吐一吐舌头。这又使我想到我好像在哪儿见过她。不是故事的悬念设计，是我自己觉得她包含了某种悬念。

"有一个农民，一锹就挖出一大块金子。十公斤。世界罕见。他给了国家。后来进北京和国务院总理照了相。"

"我听章晖讲过。老章说不交不行。"

"我在大兴安岭土生土长二十多年，没有这运气。"

"不是人人都有。"

"你那个同学总讲死人的事。我看他有点神经质。"

"他人挺好。"

"那天他到招待所看你，你不在，他到我屋里，也给我讲那样的事。

怪吓人。"

"我开始仇恨章晖,他缺少最起码的人道主义。"

"他说他来漠河报到的路上,看见一男一女叫火车轧了。他说是殉情自杀。他说他看见那女的一条腿扔在路基上,那上面没有裤子。他说他看见男的脑袋壳。"

我拍拍小晶开始发青的脸,"你别记着这些,你不应该记着这些。"

"我也想忘了,可总忘不了。那天晚上我做梦,吓醒了。后来,"她脸一红,"后来我差点跑到你房间去。"

我说:"那就糟了。一般情况下我都不会出岔子,但在特定情境中很难说不犯糊涂。"

"真要那样,怪不得你。大概我想到了这一点,就没给你提供那种特定情境。请你多原谅。"

我们都笑了。

"其实,我把这事讲给你听,就好像能忘了似的。你看,现在我就不害怕了。"

"是这样,我也有过类似的经验。"

"怎么回事?"

"转嫁危机吧。我想接下去就该轮到我害怕了。"小晶吐了吐舌头。我于是又一次想到一定在哪儿见过她。我甚至觉得她简直跟我要找的朱晶一模一样。问题是那个朱晶到底是什么样子却越来越搞不清。

"我总不至于吓得往我房间跑吧?"

"也许跑,但只能是个借口。"

"我提供的借口。你的眼睛告诉我:自作自受。我可以告诉你,当房门有响声的时候,我不会喊请进。"

"我猜到了,'有流氓!'"

"你什么时能聪明点。'你走错了。'"

"相当宽容。我会知难而退吗?"

"会的。你要找的是大朱晶。"

极地之侧

111

"说点别的。"

"好。从前有座山，山上有座庙，庙里有个尼姑和和尚。"

"尼姑跟和尚不在一起。"

"没关系，这由我安排。"

"讲个新鲜的。"

"行。听着，车到金沟了。"

真的到了。

这之后发生的事没有被章晖碰上，但没关系，他有能力虚构出比下面的事更耸人听闻的故事来吓人。

事情发生的时候大家正朝一间木头房子走去。大家都想看一看那些从天南地北跑来采金子的人。在我的想像中，那些人都有那么一点传奇色彩，光是十冬腊月进大兴安岭玩命的本身就够味儿。我想我可以掏出绿皮子记者证，跟他们说我要采访你们给你们写歌颂文章使你们的光辉业绩流芳千古永垂不朽。

那是一幢圆木搭成的房子，从外面看上去相当有味道。它使我一下子就想起章晖编造的那间小木屋和桦树林。我果真发现这屋子就坐落在一小片桦树林中。这时候雾开始消散。有阳光照在林间。洁白的桦树干闪着柔和的银光和积雪映作一处。小木屋的烟囱正冒着浅蓝色的炊烟。一幅相当媚丽温馨的水彩画。我和小晶走在那群港客的前面。当我们离木屋二十几米远的时候，木屋里面出来一个老头。他站在门口看了我们几秒钟，然后到木屋的窗下抱起一捆柈子又转身回屋里去。小晶注意到他进门的一瞬间回过头朝我们笑一笑。不过我没看见，我那会正扭回头去看那群吵吵闹闹指手画脚的港客。小晶拽拽我，我问她有什么事。她说那老头看咱们俩还笑了。我说那是朝你笑的，你是姑娘还很漂亮，所以他只是看你朝你笑，跟我有什么关系。小晶说不是哪个人都跟你一样。我说男人不分老幼都那样。小晶说也许有道理不过我看这老头一脸忠厚相。我说那就更危险。我说他容易使你丧失警惕。我说因此这种人更危险。小晶说不怕有你呢。又说，咱们进屋看看。又说，这样的小屋我见得多了，还住过好几个月呢。又说，我主要是想让你长长见识。

这时候我们离小木屋有五六步之遥。这时候小晶正走在我右边。这时候我看见那老头留在雪地上的脚印。我估计他起码穿四十四号鞋。我于是恍惚记起他的确有一副很高大的身架。这时候小晶伸出手去拉门。在她伸手那一瞬间，我又回头看了一眼那群港客，我看见他们中间那个穿银灰加绿格子羽绒服的女子仰面滑倒，其他人乱哄哄又叫又笑。我于是就把小晶扯回来让她看。

当然，这都是十分之一秒左右就完成的事。说起来就麻烦。没办法。

这毫无疑问是我说到过的劫数——

就在小晶抽回脚门又关上她问怎么了有什么事的时候，我前面说的那件事就发生了。

那门突然就倒过来，砸在我俩身上。在我们被门压住之前，我听见了一声震耳欲聋的爆炸。然后就是门把我俩压住。我的脖子被小晶死死抱住。我听见她一连声地叫我的名字，声音里充满了恐怖意味。我一边答应一边说别怕一边拚命咳嗽。后来有人捌开门板把我们拉起来。这时候小晶依旧搂着我的脖子身体紧紧地靠住我。我发现她脸上有雪水还有泥土，一块很显眼的黑烟渍涂在下巴正中央，胡子似的。我忍不住笑了。其实我的心也跳得很凶，也就是说，很怕。小晶见我笑就哭了，接着她也笑了，接着她松开我，十分不好意思的样子。我很后悔我的笑，否则她不会那么快就松开手。不过后来还应该有更精彩的镜头。就是这样。

接下去的事情我讲起来难免没味道。章晖如果在这儿就好了。他可以讲得色彩纷呈叫你目瞪口呆。我没这本事。

我之所以还要硬着头皮讲它，实在是因为它的发生和我的整个故事有那么一种莫名其妙的联系。也就是说，它无意中为我的大故事的最后结束提供了某种哲学的宗教的根据。这是我的想法。

硝烟散尽以后，我们战战兢兢地走进屋子。对了，进屋之前我们看了看门板。门板上嵌进了两大块铁片。那是铁锅的碎片。如果我们不退回来一次而是直接走进屋子，那两块铁片就会迎面飞来……我说过，劫数。我们走进屋子。屋子差不多全塌了。我不想就屋子说更多的话，我只想说那老头。

老头侧身躺着，他的下半身和胸部血肉模糊，脸上却连烟污都没有。这时候他还活着，两只手一抓一抓地想挣起来，他的手上抓满了鲜血凝结的泥土。没有人敢去扶他。我犹豫了一下，蹲下身抱住他的后背把他捆起来。他的头沉重地靠着我的胳膊，很感激地看我一眼，很勉强地笑一笑，说："雷管……桲子……里……"他就再也说不出话。我看见他的瞳孔突然就散了。他就这样死了。

这时候有更多的人进来。一个很粗壮的汉子贴着老头的胸膛听了听说完了不行了。然后把老头从我臂间接过去，说了一声谢了就走出去。他的脚在血污的泥地上留下了几个大印子。触目惊心！

我站起来拉着木呆呆的小晶走出去。我们谁都不说话。我发现小晶走得很吃力，我看她。她的眼睛瞪得大大的，很茫然地望着天空。我也看天空，那上面一片湛蓝没有一丝云彩。我又看小晶，她的眼里已经泪雾濛濛。她突然说："他给炸死了。"

我说："大概雷管裹在桲子里边，烧火的时候一块塞进灶门，就炸了。"

"你永远是个笨蛋！"说完这句话小晶就丢下我快步朝汽车走去。

我想了一会，似乎承认了小晶给我下的结论。我不想解释默认的原因。我解释不清才是真的。

汽车上没有其他人。大家都还围着那木屋。我和小晶默默地坐着，坐了一会，小晶开始小声唱一支歌，挺奇怪的歌。"你唱什么呢？"

"你听不懂。"

我或许听不懂也难说没听懂，只是在这种心境中我懒得说。

可以说是一路无话。

车门一开，我和小晶都愣了。

章晖站在门口，笑嘻嘻叼着烟。"怎么样二位？这叫兵不厌诈。"

我周身发冷。这家伙不把我弄疯了是不肯罢休了。我说："你他妈怎么来了?"

"我怎么就不能来?告诉你吧,住处我都替你们找好了。"他一边接过小晶手里的皮包,一边说,"离了我你小子还想有房子住?雪地里去吧!"

小晶说:"我也能安排。洪峰可以住到我叔叔家去。"

"算了吧!你不是到金沟看姥姥吗?怎么过家门而不入?"

小晶脸就红了,然后就撒赖,"碍你什么事?我愿意。"

"是愿意。我没说你不愿意我知道你愿意。就是愿意。"

我一直看着章晖和小晶斗嘴。我灵机一动,恶意油然而生。我说:"老章,有一件事你没碰上,你会后悔一辈子。"

"是吗?"

"在老金沟一个外地来的采金人,让雷管炸死了。炸得怪,雷管不知怎么弄进样子里。"

"把他炸死了。"

"炸死了。血肉横飞,只剩下一只鞋是完整的。怎么样?"

章晖嘻嘻嘻笑,还拍我的肩膀,"不怎么样。我完全可以讲一个够味的给你。"

小晶一把夺过皮包,"别讲了快别讲了!"她对我说,"我先去叔叔家看看,晚上再过来住。"又对章晖说,"谢谢你了。"说完就走了。

我看着她的背影说章晖,你小子傻狗不识臭。章晖说不是是老公公背着儿媳妇过河。

事实上北极村没有什么好看的。港客们来了就后悔。花钱买个虚荣——老子到过中国北极。

这里有白夜,但那是夏至几日的事。冬天,除了雪没别的东西。黑龙江封了,对岸就是苏联。当地人称苏联人老毛子。我怀疑老毛子人种特殊。你能看见他们把冰面炸开,男女老少劈哩扑通都跳进水里洗澡,江水呼呼直冒气开了锅一般。江这边有不少人拢着袖一边看一边往嘴里抽冷气,咝咝哈哈的。看一会就冻得受不住三三两两往屋子里钻。

章晖说，老毛子的住房里不烧暖气，冻惯了。

我问，你亲眼见过还是有文字介绍过让你看见了？

他笑了，说我上哪看去。我他妈不过这么想想罢了。

他问你那个朱晶找着没有啊？我说还没呢。小晶正帮我打听。章晖说要是没那个人你上哪找去？我说你怎么知道没有？章晖说我一来就转遍了差不多整个村子，根本就没这人。

我心里一沉，天地顿时间变得灰蒙蒙十分狭窄。

至少这人根本就没来我说你是不是弄错了我在学校怎么就不知道这个朱晶我看你稀里糊涂八成是得了妄想症有一本书叫上帝的笔误你看过没有我估计你就是上帝笔误的后果嘿你傻拉巴叽地愣着干什么小朱晶来了嘿——章晖使劲捅了我一下，我才缓过神。小晶已经到了跟前。她说，你的心上人我替你找到了。我说真的？她说我骗你干什么？

我瞪章晖。章晖咧着嘴直甩脑袋。

她现在在哪里？看你急的，她去乌苏里了。我也去。不行没有车你走不通。那她怎么去的？搭北极村老王头马爬犁。不能帮我找个马爬犁？哪个没事肯去？那怎么办？只能在这儿等着。好在她三五天就能回来。反正你已经来了，就在这转一转看看。没别的办法？没有。

我泄气极了。只好等了。

章晖突然说："我是心到佛知。我现在就乘回头车走。"

我说："你走什么，住下吧。"

"不了。我完成了任务。没事了。肯定得走。"他又说，"祝你们好运气。"他握住我的手，使劲捏两下，然后就朝鸣喇叭的汽车跑去。在他转身的一刹那，我看见他眼里泪花一闪。我心一热，莫名其妙地有点舍不得他走。真的舍不得。

小晶拉拉我的袖子，说其实老章这人挺好的。我说那当然。小晶说我看他和一般人不大一样。我说那当然。

小晶又说："老章怪可怜的。"

我问："这话怎么讲？"

她说:"讲不好。反正我有这种感觉。"

我认为她的感觉准确极了。我感到心里不好过,并且为泼他一脸水后悔。"别瞎感觉了。都差不多。"我说。

"走吧。"

"走吧。"

这时候是午后两点多钟。太阳在这时候最明亮耀眼。一天中这时候最温暖。

这个时间也许重要也许不重要。

  即使你从空中飞逝我也会拦住流云
  我不会退缩不会疲惫
  别说生之辉煌死之辉煌
  想走来你就走向我
  不要犹豫

——《洪峰诗抄》(待出版)

那会儿天刚擦黑。大兴安岭的暮色和其他地方没有什么差别,太阳落得早些罢了。你可以看到西边天空有一些紫红的颜色,还可以看到山和树模模糊糊的影子。这都和世界上相当多的地方相似。我现在写它是为了使时间更确定些,为了使生命形成过程。

还有地点。在出了漠河县城西北七八里的大岗。我去过大岗,那不过是众多岭中稍高一些的岭,也就刚刚能看出一道漫坡。岗中间有一条国道穿过通往漠河乡再走就到了北极村。我无论如何不敢相信那里会出事。章晖一口咬定就是那儿,他还说他敢用脑袋担保。不由我不信。

我跟你复述章晖的故事。

操他妈的。邪门了。我说话向来不这么粗鲁,是章晖开口就这么骂了一句。

司机拉着一车圆木，一路上紧赶慢赶天还是快黑了。车到西大岗的时候，他憋了一肚子尿，就把车停了。车头灯亮着，一直照到圆木垛上。那是楞场，堆着几万方木材。他下了车急急忙忙跑到木垛那里去撒尿。那木垛离汽车有三十米远。你他妈也弄不清楚他跑那么老远撒尿图什么。这里地广人稀，你他妈下车就尿谁能看得见你，再者说看见又怎么样？谁还能不撒尿？还说了，那时候天也黑了啊。

他哗哗哗撒尿。他一定憋了挺多尿，这从现场能推测出来。他正尿着，就听到或是感觉到身后有动静，他回头看，就看见那两盏大灯晃到他跟前来了。他想转过身子跑。晚了。汽车已经把他结结实实挤在木垛上了。

大约过了一个多钟头又有汽车经过发现了他。一看，人已经死透了。整个人挤得扁扁乎乎，血和肠胃内脏都粘满了圆木和车头，尿冒了一裤子冻得梆硬。车头灯却丝毫无损贼亮贼亮的。

后来知道事情奇了。

西大岗的坡度很小，只要搂了车闸，汽车停在坡上是万无一失。检查汽车时发现车闸没搂，稍有常识的司机在岗上停车没有不刹闸的。那死鬼司机是出名的细心人，安全行车九万三千公里没出过事故，更奇怪的是汽车在他撒尿的时候就开始往下滑。车胎印儿证明汽车竟然拐了一个老大的弯，走得是朱建华背越式跳高的助跑曲线。

司机撒尿的圆木垛两边还有两个大木垛。司机站在凵形的最里边撒尿。那汽车就跟长了眼睛似的端端正正穿过那道空隙把他挤在木垛上。你看着。章晖蹲下去在雪地上画：

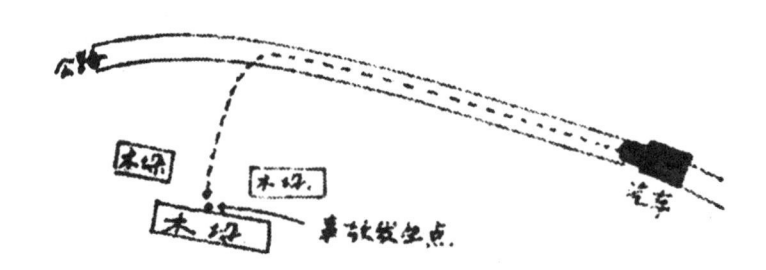

他扔了树枝,说:"怎么样?比你那雷管的事奇不奇?"

我不知道你听了这件事有何感想。反正我没有什么更多的感想。我只觉得它莫名其妙。后来我才知道,这个莫名其妙正是它的全部意义所在。这种意义你现在还无法领会。除非你一下子翻到结尾,否则你甚至忍受不了这些乱七八糟的事情。我恳请你耐住性子按顺序读下去有这样的意思——使你知道小说是怎么回事。当然,这里边也不排除这样的想法——使你知道世界是怎么回事。

我以为这不一定是狮子大开口。

我决定不把这个"莫名其妙"的事件讲给小晶。我宁愿相信这是章晖瞎说八道是为了折磨正常人的正常神经使正常人不正常。

日记

我去了小晶堂叔家。他给我讲了一些淘金人的故事。对我他们一家人都很客气。

在这里我已经住了五六天,大晶依旧没有音讯。

一九八七年二月十五日

我发现自己开始喜欢这儿的环境。这使我想到长白山。长白山我对它半生不熟的。我的感觉是长白山很险恶很神秘。八六年夏天我和《作家》编辑部的其他人陪何立伟马原等几个红彤彤的作家游长白山,马原就险些从山坡上滚下去,当然,他只磕破了手和腿,生命保存了下来。我想这样的丢人事他是不会张扬的。我曾在长白山最高峰俯瞰天池,当时竟产生了跳下去的冲动。这念头一产生我就不寒而栗。

我要说的是漠河大兴安岭。

它平淡得有些过分。岭岭之间模子倒出来的一样没有区别。雪斑斑驳驳地附在岭上面一片灰白。树木品种单调生长得稀稀落落。人和动物一样稀少数十里内难见踪迹。我喜欢这儿就是因为这儿平淡。正月初十的傍晚,我站在大林河桥头,就体验到这种平淡带给我的对另一个世界的迷迷朦朦的亲切感情,就觉得章晖讲的那些事和我亲眼见过或经历过的一切事情都很正常。我知道这些事解释起来难免破绽百出,但恰恰因为这个我才以为它们很正常。我以为生和死这类大事在这里来得最平淡。我至今尚不知爱情在这里是怎样的一种状态。我敢断定它不会不平淡。

我把这个想法跟小晶说了。小晶说:

"都一样。别处也一样。"

说完,她就神秘地笑一笑。我看得出她有点心神不定好像有什么事瞒着我。

那天早晨,大概是十三号早晨。我醒来之后感到周身疼痛。我发现我的脚冻坏了。有六个脚趾肿得半透明。我很纳闷,昨天它们还好好的,睡一宿觉怎么成了这个样子。我想下地,脚疼得不能沾地。

这时候小晶推门进来,我看见她手里拿着一个小瓶。进屋她就问:"好点吗?"

"什么好点?"

"脚啊?"

"你怎么知道我的脚?"

小晶奇怪地看着我:"你装什么糊涂?"

我更摸不着头脑。说:"怎么了?"

"怎么了?你昨晚上干的好事。"

"我干什么了?"

"你还装糊涂?我可生气了。"

我大声喊起来:"你兜什么圈子!到底出了什么事?"

小晶站在床前愣愣地看着我,那目光十分奇怪。我说:"到底怎么了?"

小晶犹犹豫豫地说:"你……你真的不记得?"

"嗨呀！我记得什么呀？你真把我搞糊涂了。"

小晶摸摸我的脑门，"不像是有病啊。这可就怪了。"然后她就给我讲了昨天夜里的事。

小晶说：昨天晚上我睡得正香，就让什么声音惊醒了。我睁开眼睛，就看见一个人朝我走过来。我吓坏了，刚要喊，就认出那人是你。你听我说，别打断我。我不知道你想干什么。但我没喊。我多少还有点害怕也很激动。我就半闭着眼睛。我看见你走到我床前站住低头看我。我看见你只穿线衣线裤。你站着不动，站了有十几分钟。我有点可怜你，就想坐起来招呼你。但这时候你却转身走了。我没来得及想别的，就披上衣服跟了出去。奇怪的是你并没有回自己的房间，而是从后门出去了。我更奇怪了，就跑回去穿好衣服又追出来。这时候你已经走出好远。你一直朝江边走去，爬上一道岗。我担心你冻着，可你好像一点也不冷，走得飞快。我小跑才勉强跟得上。再往前走就是一片林子。我看见你停在一棵树下，绕了两圈然后蹲下去。你是在扒雪。你扒了一会儿然后又站起身继续朝前走。我在那棵树下蹲下去看。我差点吓死。你扒过的那个雪坑里竟然有一个冻死的小女孩。她一丝不挂，硬梆梆的。我好像是叫了一声。你似乎没听见，继续朝岗上走。我拚命追你，两腿却软绵绵的。后来我一下子摔进一个雪窝子里。更吓人了，那里边也有一个冻死的孩子。是个男孩，比那女孩小很多。他也没穿衣服也硬梆梆的。这时候我看见你站在岗上朝老毛子那边看。我还以为你要偷越国境投敌叛国呢。后来你转身往回走，走过我身边时还看了我一眼。我喊你喊不出声。眼瞅着你从我跟前走过去。这时候我发现你只穿拖鞋，脚上粘满了雪。后来你进了自己的屋子再没出来。我吓得再没睡。后来就到你屋子。我看见你睡得挺香。两只脚上的雪都化了。我摸摸你的脚，知道已经冻了。早晨我就到叔叔家要了一点獾子油。就是这么回事。我不信你不知道。

她十分激动，说完之后已经眼泪汪汪的。我使劲回忆，最终还是笑了。我说小晶你这是怎么了？是不是让章晖给吓的？

她说真的。我怎么会骗人呢？

我说那我怎么一点印像都没有？

她说老天爷知道是怎么回事。你站在我床边临出去的时候还说过一句话呢。

说了什么话？

你说我爱你。用英语说的。

我没学过英语我不会说英语。

小晶的脸苍白苍白，颤抖着说："你怎么能这样怎么能这样？"

我说："小晶你一定弄错了。是不是做了一个梦？你别生气。昨天晚上我的确哪里也没去。"

"那你的脚是怎么冻坏的？"

我无话可说了。的确，如果我昨晚上没出去，脚怎么可能冻坏呢？但我的确没动过地方啊。我想了想说："但是你说的死孩子的事，这就有点无中生有了。"

小晶跺了一下脚，说："你起来，我和你一块去找那两个孩子。"

我说好吧。我当时已经有点担心小晶的神经出了什么问题。虽然我的脚很疼，但我还是咬紧牙做出没什么的样子。我用同情的目光看看她，她正以一种怪异的眼神看我，好像十分不正常的是我。

外面没有风，但十分寒冷。空气像冰一样涂了一脸，很疼。我觉得脚趾像刀割一样一着地直疼到心里。我很快就出了汗。

"你看，这不是你的脚印吗？"

我的确看见了脚印。但我不能认为那是我的。我的脚绝没有那么大。问题是我解释不了我的脚为什么冻坏了。难道我真的来过不成？

"你看，这是我的。"小晶指着比较小的脚印给我看。我信了，但同时我想到小晶来过并不意味着我就一定来过。问题还在于我脚上的冻伤。

小晶走在前面。她一直沿着那两行足迹走。脚印真的爬上山岗，岗下边就是黑龙江，江那岸是苏联。小晶一边走一边四处看，后来她停在一棵树下，树下边果然有一个雪窝。她等我过去就退到我身后。她推推我，说你看坑里。我看了看说什么都没有啊。小晶说你扒一扒。我犹豫了一下就蹲下身扒，扒了几下我就跳起来。我真的看见一个小女孩，跟小晶讲的一模一样。我有点懵了。

我回头去看小晶。小晶此时两只手死死捂住眼睛，浑身颤抖。我拿开她的手，她看我一眼，我觉得她的目光十分怪异十分恐怖。我的心猛一凛，我意识到小晶是在怀疑我。那肯定是一种可怕的怀疑。我定定神，继续朝岗上走。小晶不远不近地跟在我后面。我果真又看见一个雪坑。我咬咬牙齿命令自己扒里面的雪。一下，两下，三下，四下，我腾地跳起来，我看见了赤身裸体的小男孩，他微笑着十分安详地睡着。他的身体石头一样坚硬。在跳起来那一瞬间，我觉得血液骤然凝固，山岭陡然矮下去又高起来压向我，白雪在我眼前烟雾一样飞扬并且扑在我的脸上……

醒来时，太阳直刺我的眼睛。我发现自己正被小晶抱在怀里。她的眼睛已经哭得很红肿，她正木呆呆地看我。

我觉得万分难过，我问她："你认为这都是真的？"她点点头，眼神依旧很木。

我又问："你怀疑是我杀了这俩孩子？"

小晶又流泪，说："别问了，我也弄不清这到底是怎么回事。"

我闭了闭眼睛，让自己镇定下来。我费劲地站起，说："咱们先回去吧。"

她点点头，"行。"走了两步，她又说，"这两个孩子怎么办？"

我说："不知道。回去后再说。"

我开始相信自己的确在昨天夜里来过这里并且在这里扒出了两个死孩子。问题是我竟然没有丝毫记忆。回忆起来我甚至能够认为自己从来没有睡过昨天晚上那样的安稳觉。或许我的神经真的出了毛病？或许是患了梦游症？我思前想后，对小晶说："求你件事。你这几天少睡点，看我晚上还会不会出去。"

小晶不解地看我。我说："我怀疑自己是不是得了梦游症。"

她犹豫了一会就同意了。

两个孩子被人们弄回村里。一个姓李的农民认领了尸体。

两个孩子已经失踪了一个多月。

这使我和小晶都松了口气。这最起码证明我们和两个孩子的死毫无关系。相反地我们接受了孩子家长含泪的感谢还说了一些没什么别太难过人死不能复生为活着的人着想之类的话。

这并不能使我安宁。

我希望能睡几天好觉，这或许有利于对梦游症的确认。但我却无论如何睡不着，整夜睁着眼睛胡思乱想又理不出头绪。在此后的三天里，我和小晶几乎不见面。我们都心照不宣有意避免相见。这使我们都很不好过。我注意到小晶憔悴得厉害。

在那几天的深夜，我曾爬起来到门口倾听外面的声音。曾经有几回我认为自己听见了小晶的脚步声和呼吸声。我很想打开门请她进来，并且告诉她我没有病，但又怕惊吓了她。

我认真地回想雪地的情形，我认为有三个问题无法解决。

1）我是否真的出去过。

2）我是否真的扒出了那两个孩子。

3）我的脚究竟是怎么冻坏的。

如果上面的事情真是我所为，那只能说明我的确患了梦游症。但又有新的问题出现。

A）我怎么会一直朝黑龙江走去。

B）我怎么能对小晶说我爱你。我并不懂英语，只会一句拜拜。

C）我怎么能够如此准确地扒出两个死去一个多月的孩子。

这些问题搅得我心情抑郁烦躁。我知道这完全是由于我不敢做出这样的设想。那就是：一切都不是真实的。一切都是由于小晶……我宁愿相信这一切都是我偶尔夜游造成的。

我确信小晶是无辜的。

我发现我已经没有能力把我所想的一切讲述出来。我的语言功力相当差。

我说过我是守门员。

我终于病倒了。

我记得做了很多梦，奇怪的是没有一个和那件事有关。记得最清楚的梦是我小时候放风筝随着风筝飘到天上后来又摔下来。我吓醒了。

小晶坐在我身边。我抓住她的手说："我从来没放过风筝。"

小晶眨眨布满红丝的眼睛，"我也没放过。"又说，"怎么想到这个？"

我想告诉她那个梦但没说。我摇摇头，头又轰地涨大起来，我又闭上眼睛。

我听见小晶叫我的名字。我睁开眼睛看她。她又在流泪。我觉得无话可说。

小晶哭了一会，说："到底是怎么回事我真害怕。"

我说："没什么事。就会好的。"

"我不是说这个。"

"我知道。没什么就会好的。"

"我十七岁的时候。那时候我家住在加格达奇郊区。我要走十几里路上学。有一回我挺晚才回家。我拿着手电筒。有一条大道直通我家。道两边只有一些树。我那天不怎么害怕，因为道上还有来往的汽车壮胆。我的手电很亮。但我还是从大道岔了出去。当我发现前边没了路的时候，我已经走到乱葬岗子了。我用电筒四处晃，就看见了一个挨一个的坟包，还有鬼火在坟地里飘来飘去的。我吓坏了不是好声地哭。哭了一会我想走出去，可走了不知多久，始终没走出去，眼前到处都是坟。我连哭的力气都没了，后来就昏迷在坟地里边。后来别人是怎么发现我的至今我也不清楚。听我爸爸说是一个汽车司机把我送回家的。那汽车司机认识我爸爸，我一直想弄清楚他到底是怎么发现我的，可我家里人一提这事就岔东岔西说记不得了。我就想找那司机问个明白。可那司机也躲躲闪闪。就在我追问他之后的第四天,他开的汽车从桥上翻到嫩江里边,他淹死了。你说我到底是怎么回事?"

"我大学时的一个同学,平时总一惊一乍的。没人拿他的话当回事。就在毕业的前一个月。大家正要熄灯睡觉,他突然说:'我这几天头皮直跳,看样子要出事。'大伙说不是要死吧?他说:'有可能。'谁也没在意。就在第二天,他去南湖游泳,进去就没再上来。他水性很好,南方人,长江边上长大的。后来救护队费了好大劲才把他弄上来。救护队说他让一片破渔网套住了脖和胳膊。"

讲完这件事,我翻开一本书。那是美国人欧文·斯通给弗洛伊德写的传记小说《心灵的激情》。我翻到八十四页读:"'弗洛伊德博士,这里的人并不太喜欢研究死亡,因为它包含了太多的不可捉摸的东西。'"我又把书翻到一百三十一页。这两处都是我早就折好的。是在进大兴安岭之前就折好的。我说不好我为什么只对这两处感兴趣。我给小晶读:"'我唯一想到的就是《马太福音》里的那句话:"若是你的右眼让你堕落,就剜出来丢掉。"'"

小晶呆呆地看着窗外然后又看我。我注意到她的眼睛有了几分生气。她说:"会好起来的。是吗?"

我说:"是的。"

"是的。"她说,"你觉得身体好些了吗?"

"现在好多了。甚至可以到古城岛转一转。那里不是雅克萨战争的遗址吗?"

小晶沉吟了一会,说:"你看看这个。"她掏出一张纸。

那是一张电报纸:

洪峰返西林吉章

我问:"什么时候拍来的。"

"昨天下午。你那时还烧得说胡话。"

"我想老章一定有什么重要的事。否则他不会拍电报。"

"你准备怎么办？"

"回西林吉。有方便车吗？"

"车有。只是你的身体行吗。"

"没事。我已经好了。"我爬起来，只头有点晕力气不太足，但没什么大不了的。我心里动了一下，"大晶……"

小晶低一下头，然后说："你怕是见不到她了。"

"为什么？又出了事？"

"你想到哪去了？老王头捎话说大晶去三合站了。"

"她奔黑河？"

"不知道，反正不会回来了。你要等她，至少还得一个来月。"

我这会儿好像没有过分失望的感觉。近些天发生的事好像把我改变了。一切都正常都没什么大不了的。我想了想说："不能等了，我想我还是马上就走。"

"你能行吗？"

"能行。章晖找我一定是有要紧事。"

小晶沉默了一会说："我也这么想，"她又说，"肯定是要紧事。"看看我又说，"我陪你去。"

我问你不想多住几天？小晶说不想一会儿也不想住了。她帮我穿上羽绒服，"马上走。兴许来得及。"

"你指什么来得及？"

她语塞，脸改变了颜色。"指赶汽车还来得及。"

我认为她说的不是汽车。我的心就有些慌。"你这是怎么了？"

她不回答，转身朝外走去。我紧紧跟在后面。我看见一辆草绿吉普车正停在门口。司机说："快上车啊，路上还得跑两个多钟头呢。"

车上除了司机没别人。

一路上我们很少说话。小晶更是脸绷得铁紧，眼睛直勾勾盯着前面。车里的气氛很紧张。司机也不说话，只是偶尔咬牙切齿地咒骂路面颠人。

我实在忍不住,"你联系的车?"她不回答或许根本就没听见。我又说:"你到底是怎么了我都懵了。"

她依旧不回头,半晌她说:"章晖一定是出什么事了。"

"有根据?"

"他肯定出事了。"

这时候是下午三点钟,离西林吉镇还有六公里。天还很亮。

章晖果然出了事。换句话说他今后永远不会再出事。

他死了。

我和小晶走近章晖的住处时,两个着中山装的男人正从里边出来。瘦的问:"你是章晖的同学?"我说我是他的同学。胖的说:"章晖说起过你,叫洪峰。"我说我姓赵,洪峰是我的名字。

小晶不知什么时候钻进屋里这时又返身出来。她拉拉我的衣服哑声说:"他果真出事了。"

胖的说:"他死了。可能是昨晚上,也可能是今天早晨。"

我觉得我好像松了一口气,浑身散了架似的。我看了小晶一眼。她的脸没有血色,青白青白。手死死抓着我的胳膊,捏得我非常疼。我拍拍她的头,说:"我们来晚了。"

小晶哽咽一声,摇摇头,"跟这没什么关系。"

我无话可讲,就再拍拍她的头,然后她依住我,我们一同走进屋子。

屋子里十分利索,一切东西都收拾得井井有条。这和章晖生前的窝囊相全然不同。一张白布盖在隆起的长条桌上,那下面是章晖无疑。我走过去很平静地扯下白布,章晖的遗体暴露无遗。他看样子是被人们整理过。穿一身深蓝色呢中山装,原本很驼的脊背此刻挺得很直,胳膊很规矩地靠着裤腿接缝处。袖子很长,几乎遮住了整个手掌。两条腿也伸得非常直,一双三接头黑皮鞋闪着暗光。脚呈标准的外八字形,整个人呈立正姿势。他的脸看上去很宁静,没有丝毫痛苦挣扎的痕迹。一双眼睛闭得不很妥帖，透过窄窄的缝隙能看见灰白色的水晶体。

我仔细地看他，没有任何胆怯和难过的感觉。这时候我发现小晶越来越紧地靠住我，身体不很明显地战抖。我小心地给章晖盖好白布，然后拍拍小晶的脊背。

"我们今天上午找老章上班，进屋时他已经没气了。"胖的说。

胖的又说："他端端正正地躺在床上，就那么死了。"

胖的又说："医生检查过，没有发现任何伤痕。"

胖的又说："法医也检查过，结论是自然死亡。"

胖的看了瘦的一眼，瘦的始终没有说话，盯着小晶目不转睛看。这使我很不高兴。我看小晶，她正看那张罩着白布的长条桌子。

胖的又说："谁也弄不准怎么就死了。"

胖的最后说："章晖身体一直很好。"

我问："解剖了。"

胖的点点头。

我觉得血朝头上涌，十分冲动地去掀白罩布。这时候小晶拉住我的手。我转脸看她，她的嘴唇抖动，眼里有死一样的神情。我犹豫着缩回手。不知为什么我看看瘦子。瘦子依旧不说话，没有任何内容的眼睛依旧盯着小晶。小晶大概也感觉到了那目光，她更紧地搂住我的腰。

瘦子突然冒出一句："没办法知道他是怎么死的。"

小晶抖了一下，我揉揉她的头发安慰她。我看看瘦子。瘦子冲我们点点头，转身出去了。

安葬没有举行什么仪式。有章晖所在学校的一些教师帮忙。他就埋在镇郊的一个小山岗的朝阳坡上。坟四周有稀稀拉拉的十几棵落叶松。那时候太阳就要落了，天地间黄蒙蒙的。人们差不多都出了汗。还有十几个学生也来给章晖送葬。有两个高个儿女孩子临走时哭了。哭得十分伤心同时也十分小心。

后来人们都走了。只有我和小晶依旧站在坟前。

西边的天空鲜血一样弥漫。

小晶碰我一下，说："我们也该走了。"

我说："该走了。"

说完我们又站了一会，然后肩并肩朝岗下走。这时候天已经很昏暗，出现了我前面说到的那种青紫颜色。四周很安静，天大极了人小极了。

小晶突然说："洪峰，我告诉你。"

我捏捏她冰凉的手等她说。

"那本《心灵的激情》我早就读过。那里有一段话。是弗洛伊德对他的朋友约瑟夫讲的。他说：'约瑟夫，我有一个很奇怪的感觉，觉得拿坦知道自己正在把自己逼上绝路，他追求那个不幸的姑娘，只是为了给自己找一个最终解脱的借口。'"

我感到自己开始寒冷。我没说话。我一直揽着小晶的腰，攥着她的一只手。她的另一只手插在我的衣袋里取暖。

又走了一段路，小晶又说："洪峰，我告诉你。"

我又捏捏她的手。

"我早就觉得不对劲，但一直没跟你讲。"她停了停我又捏她的手，"我找人问过，不下十个人。都是当地人。"

我无法假装镇定了。"什么？"

"章晖讲的那些事。"

"什么事？"

"死人的事。"

"怎么？"

"差不多全是假的。"

"假的？！"

"假的。他自己杜撰的。"

我晃了一下，靠住小晶。我没力气再走，我们就原地站着不动。小晶把她的手抽出来，然后圈住我的脖子。先是很轻然后一点点收紧。借着雪地的反光，我能看见她闪亮的眼睛。

"我还要告诉你一件事。这件事对你也许无所谓,但对我却非常重要。"

"说……吧。"我的嗓子很堵。我揉乱小晶的头发。

这时候我发现有两滴冰冷的液体从脸上滑下来。它们一点点往下滑,最后大概是掉在雪地上了。

这时候大兴安岭很安静很平淡。

在还没有跨越生命的大限之前,在还没有从痛苦中得到解脱之前,没有一个凡人敢说自己是幸福的。

——这是《俄狄浦斯王》中最后的那句台词。忘了谁说的。

我想,我的故事完了。

一九八七年二月二十八日完第一稿
三月十六日二稿于长春

(原刊于《收获》1987年第5期)

1934年的逃亡

苏 童

我的父亲也许是个哑巴胎。他的沉默寡言使我家笼罩着一层灰蒙蒙的雾障足有半个世纪。这半个世纪里我出世成长蓬勃衰老。父亲的枫杨树人的精血之气在我身上延续，我也许是个哑巴胎。我也沉默寡言。我属虎，十九岁那年我离家来到都市，回想昔日少年时光，我多么像一只虎崽伏在父亲的屋檐下，通体幽亮发蓝，窥视家中随日月飘浮越飘越浓的雾障，雾障下生活的是我们家族残存的八位亲人。

去年冬天我站在城市的某盏路灯下研究自己的影子。我意识到这将成为一种习惯在我身上滋生蔓延。城市的灯光往往是雪白宁静的。我发现我的影子很蛮横很古怪地在水泥人行道上洇开来，像一片风中芦苇，我当时被影子追踪着，双臂前扑，扶住了那盏高压氖灯的金属灯柱。回头又研究地上的影子，我看见自己在深夜的城市里画下了一个逃亡者的像。一种与生俱来的惶乱使我抱头逃窜。我像父亲。我一路奔跑经过夜色迷离的城市，父亲的影子在后面呼啸着追踪我，那是一种超于物态的静力的追踪。我懂得，我的那次拚命奔跑是一种逃亡。

我特别注重这类奇特的体验总与回忆有关。我回忆起从前有许多个黄昏，父亲站在我的铁床前，一只手抚摸着我的脸，一只手按在他苍老的脑门上，回过头去凝视地上那个变幻的人影，就这样许多年过去我长到二十六岁。

你们是我的好朋友。我告诉你们了，我是我父亲的儿子，我不叫苏童。我有许多父亲遗传的习惯在城市里展开，就像一面白色丧幡插在你们前面。我喜欢研究自己的影子。去年冬天我和你们一起喝了白酒后打翻一瓶红墨水，在墙上画下了我的八位亲人。我还写了一首诗想夹在少年时代留下的历史书里。那是一首胡言乱语口齿不清的自白诗。诗中幻想了我的家族从前的辉煌岁月，幻想了横亘于这条血脉的黑红灾难线。有许多种开始和结尾交替出现。最后我痛哭失声，我把红墨水拚命地往纸上抹，抹得那首诗无法再辨别字迹。我记得最先的几句写得异常艰难：

我的枫杨树老家沉没多年
我们逃亡到此
便是流浪的黑鱼
回归的路途永远迷失

你现在去推开我父亲的家门，只会看见父亲还有我的母亲，我的另外六位亲人不在家。他们还在外面像黑鱼一般涉泥流浪。他们还没有抵达那幢木楼房子。

我父亲喜欢干草。他的身上一年四季散发着醇厚坚实的干草清香。他的皮肤褶皱深处生长那种干草清香。街上人在春秋两季总看见他担着两筐干草从郊外回来，晃晃悠悠逃入我家大门。那些黄褐色松软可爱的干草被码成堆存放在堂屋和我住过的小房间里，父亲经常躺在草堆上面，高声咒骂我的瘦小的母亲。

我无法解释一个人对干草的依恋，正如无法解释天理人伦。追溯我的血缘，我们家族的故居也许就有过这种干草，我的八位亲人也许都在故居的干草堆上投胎问世，带来这种特殊的记忆。父亲面对干草堆可以把自己变作巫师。他抓起一把干草在夕阳的余晖下凝视着便闻见已故的亲人的气息。祖母蒋氏、祖父陈宝年、老大狗崽、小女人环子从干草的形像中脱颖而出。

但是我无缘见到那些亲人。我说过父亲也许是个哑巴胎。当我知道我们全是人类生育繁衍大链环上的某个环节时，我内心充满甜蜜的忧伤，我想探究我的血流之源，我曾经纠缠着母亲打听先人的故事。但是我母亲不知道，她不是枫杨树乡村的人。她说："你去问他吧，等他喝酒的时候。"我父亲醉酒后异常安静，他往往在醉酒后跟母亲同床。在那样的夜晚父亲的微红的目光悠远而神秘，他伸出胳膊箍住我的母亲，充满酒气的嘴唇贴着我的耳朵，慢慢吐出那些亲人的名字：祖母蒋氏、祖父陈宝年、老大狗崽、小女人环子。他还反反复复地说："一九三四年。你知道吗？"后来他又大声告诉我，一九三四年是个灾年。

一九三四年。
你知道吗？
一九三四年是个灾年。

有一段时间我的历史书上标满了一九三四这个年份。一九三四年迸发出强壮的紫色光芒圈住我的思绪。那是不复存在的遥远的年代，对于我也是一棵古树的年轮，我可以端坐其上，重温一九三四年的人间沧桑。我端坐其上，首先会看见我的祖母蒋氏浮出历史。

蒋氏干瘦细长的双脚钉在一片清冷浑浊的水稻田里一动不动。那是关于初春和农妇的画面。蒋氏满面泥垢，双颧突出，垂下头去听腹中婴儿的声音。她觉得自己像一座荒山，被男人砍伐后种上一棵又一棵儿女树。她听见婴儿的声音仿佛是风吹动她，吹动一座荒山。

在我的枫杨树老家，春日来得很早，原白色的阳光随丘陵地带曲折流淌，一点点地温暖了水田里的一群长工。祖母蒋氏是财东陈文治家独特的女长工。女长工终日泡在陈文治家绵延十几里的水田中，插下了起码一万株稻秧。她时刻感觉到东北坡地黑砖楼的存在，她的后背有一小片被染黑的阳光起伏跌宕。站立在远处黑砖楼上的人影就是陈文治。他从一架日本望远镜里望见了蒋氏。蒋氏在那年初春就穿着红布圆肚兜，后面露出男人般瘦精精的背脊。背脊上有一种持久的温暖的雾霭散起来，远景模糊，陈文治不停地用衣袖擦拭望远镜镜片。女长工动作奇丽，凭借她的长胳膊长腿把秧子天马行空插，插得赏心悦目。陈文治惊叹于蒋氏的做田功夫，整整一个上午，他都在黑砖楼上窥视蒋氏的一举一动，苍白的刀条脸上漾满了痴迷的神色。正午过后蒋氏蹚出水田，她将布褂胡乱披上肩背，手持两把滴水的秧子，在长工群中甩搭甩搭地走，她的红布兜有力地鼓起，即使是在望远镜里，财东陈文治也看出来蒋氏怀孕了。

我祖上的女人都极善生养。一九三四年祖母蒋氏又一次怀孕了。我父亲正渴望出世，而我伏在历史的另一侧洞口朝他们张望。这就是人类的锁链披挂在我身上的形式。

我对于枫杨树乡村早年生活的想像中，总是矗立着那座黑砖楼。黑砖楼是否存在并无意义，重要的是它已经成为一种沉默的象征，伴随祖母蒋氏出现，或者说黑砖楼只是祖母蒋氏给我的一块布景，诱发我的瑰丽的想像力。

所有见过蒋氏的陈姓遗老都告诉我，她是一个丑女人。她没有那种红布圆肚兜，她没有农妇顶起红布圆肚兜的乳房。

祖父陈宝年十八岁娶了蒋家圩这个长脚女人。他们拜天地结亲是在正月初三。枫杨树人聚集在陈家祠堂喝了三大锅猪油赤豆菜粥。陈宝年也围着铁锅喝，在他焦灼难耐的等待中，一顶红竹轿徐徐而来。陈宝年满脸猩红，摔掉粥碗欢呼，"陈宝年的鸡巴有地方住啰！"所以祖母蒋氏是在枫杨树人的一阵大笑声中走出红竹轿的。蒋氏也听见了陈宝年的欢呼。陈宝年牵着蒋氏僵硬汗湿的手朝祠堂里走,他发现那个被红布帕蒙住脸的蒋家圩女人高过自己一头,目光下滑最后落在蒋氏的脚上,那双穿绣鞋的脚硕大结实,呈八字形茫然踩踏陈家宗祠。陈宝年心中长出一棵灰暗的狗尾巴草,他在祖宗像前跪拜天地的时候,不时蜷起尖锐的五指,狠掐女人伸给他的手。陈宝年做这事的时候神色平淡,侧耳细听女人的声音。女人只是在喉咙深处发出含糊的呻吟,同时陈宝年从她身上嗅见了一种牲灵的腥味。

这是六十年前我的家族史中的一幕,至今尤应回味。传说祖父陈宝年是婚后七日离家去城里谋生的。陈宝年的肩上圈着两匹上好的青竹篾,摇摇晃晃走过黎明时分的枫杨树乡村。一路上他大肆吞咽口袋里那堆煮鸡蛋,直吃到马桥镇上。镇上一群开早市的各色手工匠人看见陈宝年急匆匆赶路,青布长裤大门洞开,露出里面印迹斑斑的花布裤头,一副不要脸的样子。有人喊,"陈宝年把你的大门关上。"陈宝年说狗捉老鼠多管闲事大门敞开进出方便。他把鸡蛋壳扔到人家头上,风风火火走过马桥镇。自此马桥镇人提起陈宝年就会重温他留下的民间创作。

闩起门过的七天是昏天黑地的。第七天门打开,婚后的蒋家圩女人站在门口朝枫杨树村子泼了一木盆水。枫杨树女人们随后胡蜂般拥进我家祖屋,围绕蒋氏嗡嗡乱叫。他们看见朝南的窗子被狗日的陈宝年用木板钉死了。我家祖屋阴暗潮湿。蒋氏坐到床沿上,眼睛很亮地睇视众人。她身上的牲灵味道充溢了整座房子。她惧怕谈话,很莽撞地把一件竹器夹在双膝间酝酿干活。女人们看清楚那竹器是陈宝年编的竹老婆,大乳房的竹老婆原来是睡在床角的。蒋氏突然对众人笑了笑,咬住厚嘴唇,从竹老婆头上抽出一根篾条来,越抽越长,竹老婆的脑袋慢慢地颓落掉在地上。蒋氏的十指瘦筋有力,干活麻利,从一开始就给枫杨树人留下了深刻印像。

"你男人是好竹匠。好竹匠肥裤腰,腰里铜板到处掉。"枫杨树的女人都是这样对蒋氏说的。

蒋氏坐在床上回忆陈宝年这个好竹匠。他的手被竹刀磨成竹刀,触摸时她忍着那种割裂的疼痛，她心里想她就是一捆竹篾被陈宝年搬来砍砍弄弄的。枫杨树的狗女人们，你们知不知道陈宝年还是个小仙人会给女人算命？他说枫杨树女人十年后要死光杀绝，他从蒋家圩娶来的女人将是颗灾星照耀枫杨树的历史。

陈宝年没有读过《麻衣神相》。他对女人的相貌有着惊人的尖利的敏感，来源于某种神秘的启示和生活经验。从前他每路遇圆脸肥臀的女人就眼泛红潮穷追不舍，兴尽方归。陈宝年娶亲后的第一夜月光如水泻进我家祖屋，他骑在蒋氏身上俯视她的脸，不停地唉声叹气。他的竹刀手砍伐着蒋氏沉睡的面容。她的高耸的双颧被陈宝年的竹刀手磨出了血丝。

蒋氏总是疼醒。陈宝年的手压在脸上像个沉重的符咒沁入她身心深处。她拚命想把他翻下去，但陈宝年端坐不动，有如巫师渐入魔境。她看见这男人的瞳仁很深，深处一片乱云翻卷成海。男人低沉地对她说：

"你是灾星。"

那七个深夜陈宝年重复着他的预言。

我曾经到过长江下游的旧日竹器城，沿着颓败的老城城墙寻访陈记竹器店的遗址。这个城市如今早已没有竹篾满天满地的清香和丝丝缕缕的乡村气息。我背驮红色帆布包站在城墙的阴影里，目光犹如垂曳而下的野葛藤缠绕着麻石路面和行人。你们白发苍苍的老人，有谁见过我的祖父陈宝年吗？

祖父陈宝年就是在竹器城里听说了蒋氏八次怀孕的消息。去乡下收竹篾的小伙计告诉陈宝年，你老婆又有了，肚子这么大了。陈宝年牙疼似的吸了一口气问，到底多大了。小伙计指着隔壁麻油铺子说，有榨油锅那么大。陈宝年说，八个月吧？小伙计说到底几个月要问你自己，你回去扫荡一下就弹无虚发，一把百发百中的驳壳枪。陈宝年终于怪笑一声，感叹着咕噜着那狗女人血气真旺呐。

我设想陈宝年在刹那间为女人和生育惶惑过。他的竹器作坊被蒋氏的女性血光照亮了，挂在墙上吊在梁上堆在地上的竹椅竹席竹篮竹匾一齐耸动，传导女人和婴儿浑厚的呼唤撞击他的神经。陈宝年唯一目睹过的老大狗崽的分娩情景是否会重现眼前？我的祖母蒋氏曾经是位原始的毫无经验的母亲。她仰卧在祖屋金黄的干草堆上，苍黄的脸上一片肃穆，双手紧紧抓握一把干草。陈宝年倚在门边，他看着蒋氏手里的干草被捏出了黄色水滴，觉得浑身虚颤不止，精气空空荡荡，而蒋氏的眼睛里跳动着一团火苗，那火苗在整个分娩过程中自始至终地燃烧，直到老大狗崽哇哇坠入干草堆。这景像仿佛江边落日一样庄严生动。陈宝年亲眼见到陈家几代人赡养的家鼠从各个屋角跳出来，围着一堆血腥的干草欢歌起舞，他的女人面带微笑，崇敬地向神秘的家鼠致意。

一九三四年我的祖父陈宝年一直在这座城市里吃喝嫖赌，潜心发迹，没有回过我的枫杨树老家。我在一条破陋的百年小巷里找到陈记竹器店的遗址时夜幕降临了，旧日的昏黄街灯重新照亮一个枫杨树人，我茫然四顾，那座木楼肯定已经沉入历史深处，我是不是还能找到祖父陈宝年在半个世纪前浪荡竹器城的足迹？

在我的已故亲人中，陈家老大狗崽以一个拾粪少年的形像站立在我们家史里引人注目。狗崽的光辉在一九三四年突放异彩。这年他十五岁，身板短小，四肢却像蒋氏般的修长，他的长相类似聪明伶俐的猿猴。

枫杨树老家人性好养狗。狗群寂寞的时候成群结队野游，在七歪八斜的村道上排泄乌黑发亮的狗粪。老大狗崽终日挎着竹箕追逐狗群，忙于回收狗粪。狗粪即使躲在数里以外的草丛中，也逃脱不了狗崽锐利的眼睛和灵敏的嗅觉。

这是从一九三四年开始的。祖母蒋氏对狗崽说，你拾满一竹箕狗粪去找有田人家，一竹箕狗粪可以换两个铜板，他们才喜欢用狗粪肥田呢。攒够了铜板娘给你买双胶鞋穿，到了冬天你的小脚板就可以暖暖和和了。狗崽怜惜地凝视了会自己的小光脚，抬头对推磨碾糠的娘笑着。娘的视线穿在深深的磨孔里，随碾下的麸糠痛苦地翻滚着。狗崽闻见那些黄黄黑黑的麸糠散发出一种冷淡的香味。那双温暖的胶鞋在他的幻觉中突然放大，他一阵欣喜把身子吊在娘的石磨上，大喊一声："让我爹买一双胶鞋回家！"蒋氏看着儿子像一只陀螺在磨盘上旋转，推磨的手却着魔似的停不下来。在眩惑中蒋氏拍打儿子的屁股，喃喃地说："你去拾狗粪，拾了狗粪才有胶鞋穿。""等开冬下了雪还去拾吗？"狗崽问。"去。下了雪地上白，狗粪一眼就能看见。"

对一双胶鞋的幻想使狗崽的一九三四年过得忙碌而又充实。他对祖母蒋氏进行了一次反叛。卖狗粪得到的铜板没有交给蒋氏而放进一只木匣子里。狗崽将木匣子掩人耳目地藏进墙洞里，赶走了一群神秘的家鼠。有时候睡到半夜狗崽从草铺上站起来，趼足越过左右横陈的家人身子去观察那只木匣子。在黑暗中狗崽的小脸迷离动人，他忍不住地搅动那堆铜板，铜板沉静地琅琅作响。情深时狗崽会像老人一样长叹一声，浮想联翩。一匣子的铜板以橙黄色的光芒照亮这个乡村少年。

回顾我家历史，一九三四年的灾难也降临到老大狗崽的头上。那只木匣子在某个早晨突然失踪了。狗崽的指甲在墙洞里抠烂抠破后变成了一条小疯狗。他把几个年幼的弟妹捆成一团麻花，挥起竹鞭拷打他们追逼木匣的下落。我家祖屋里一片小儿女的哭喊，惊动了整个村子。祖母蒋氏闻讯从地里赶回来，看到了狗崽拷打弟妹的残酷壮举。狗崽暴戾野性的眼神使蒋氏浑身颤抖。那就是陈宝年塞在她怀里的一个咒符吗？蒋氏顿时联想到人的种气掺满了恶行，有如日月运转衔接自然。她斜倚在门上环视她的儿女，又一次怀疑自己是树，身怀空巢，在八面风雨中飘摇。

木匣子丢失后我家笼罩着一片伤心阴郁的气氛。狗崽终日坐在屋角的干草堆里监察着他的这个家。他似乎听到那匣铜板在祖屋某个隐秘之处琅琅作响。他怀疑家人藏起了木匣子。有几回蒋氏感觉到儿子的目光扫过来，执拗地停留在她困倦的脸上，仿佛有一把芒刺刺痛了蒋氏。

"你不去拾狗粪了吗？"

"不。"

"你是非要那胶鞋对吗？"蒋氏突然扑过去揪住了狗崽的头发说你过

来你摸摸娘肚里七个月的弟弟娘不要他了省下钱给你买胶鞋你把拳头攥紧来朝娘肚子上狠狠地打狠狠地打呀。

狗崽的手触到了蒋氏悬崖般常年隆起的腹部。他看见娘的脸激动得红润发紫朝他俯冲下来。她露出难得的笑容拉住他的手说狗崽打呀打掉弟弟娘给你买胶鞋穿。这种近乎原始的诱惑使狗崽跳起来，他呜呜哭着朝娘坚硬丰盈的腹部连打三拳，蒋氏闭起眼睛，从她的女性腹腔深处发出三声凄怆的共鸣。

被狗崽击打的胎儿就是我的父亲。

我后来听说了狗崽的木匣子的下落，禁不住为这辉煌的奇闻黯然伤神。我听说一九三五年南方的洪水泛滥成灾。我的枫杨树故乡被淹为一片荒墟。祖母蒋氏划着竹筏逃亡时，看见家屋地基里突然浮出那只木匣子，七八只半死不活的老鼠护送那只匣子游向水天深处。蒋氏认得那只匣子那些老鼠。她奇怪陈家的古老家鼠竟然力大无比，曾把狗崽的铜板运送到地基深处。她想那些铜板在水下一定是绿锈斑斑了，即使潜入水底捞起来也闻不到狗崽和狗粪的味道了。那些水中的家鼠要把残存的木匣子送到哪里去呢。

我对父亲说过，我敬仰我家祖屋的神奇的家鼠。我也喜欢十五岁的拾狗粪的伯父狗崽。

父亲这辈子对他在娘腹中遭受的三拳念念不忘。他也许一直仇恨已故的兄长狗崽。从一九三四年一月到十月，我父亲和土地下的竹笋一样负重成长，跃跃欲试跳出母腹。时值四季的轮回和飞跃，枫杨树四百亩早稻田由绿转黄。到秋天枫杨树乡村的背景一片金黄，旋卷着一九三四年的植物熏风，气味复杂，耐人咀嚼。

枫杨树老家这个秋季充满倒错的伦理至今是个谜。那是乡村的收获季节。鸡在凌晨啼叫，猪在深夜拱圈。从前的枫杨树人十月里全村无房事但这个秋季却是个谜。可能就是那种风吹动了枫杨树网状的情欲。割稻的男女为什么频频弃镰而去都漂进稻浪里无影无踪啊你说到底是从哪里吹来的这种风？

祖母蒋氏拖着沉重的身子在这阵风中发呆。她听见稻浪深处传来的男女之声充满了快乐的生命力在她和胎儿周围大肆喧嚣。她的一只手轻柔地抚摸着腹中胎儿，另一只手攥成拳头顶住了嘴唇，干涩的哭声倏地从她指缝间窜出去像芝麻开花节节高，令听者毛骨耸然。他们说我祖母蒋氏哭起来胜过坟地上的女鬼，饱含着神秘悲伤的寓意。

背景还是枫杨树东北部黄褐色的土坡和土坡上的黑砖楼。祖母蒋氏和父亲就这样站在五十多年前的历史画面上。

收割季节里陈文治精神亢奋，每天吞食大量白面，胜似一只仙鹤神游他的六百亩水稻田。陈文治在他的黑砖楼上远眺秋景，那只日本望远镜始终追逐着祖母蒋氏，在十月的熏风丽日下，他窥见了蒋氏分娩父亲的整个过程。映在玻璃镜片里的蒋氏像一头老母鹿行踪诡秘。她被大片大片的稻浪前推后涌，浑身金黄耀眼，朝田埂上的陈年干草垛寻去。后来她就悄无声息地仰卧在那垛干草上，将披挂下来的蓬乱头发噙在嘴里，眸子痛楚得烧成两盏小太阳。那是熏风丽日的十月。陈文治第一次目睹了女人的分娩。蒋氏干瘦发黑的胴体在诞生生命的前后变得丰硕美丽，像一株被日光放大的野菊花尽情燃烧。

父亲坠入干草的刹那间血光冲天，弥漫了枫杨树乡村的秋天。他的强劲奔放的啼哭声震落了陈文治手中的望远镜，黑砖楼上随之出现一阵骚动。望远镜的玻璃镜片碎裂后，陈文治渐渐软瘫在楼顶，他的神情衰弱而绝望，下人赶来扶拥他时发现那白锦缎裤子亮晶晶地湿了一片。

我意识到陈文治这人物是一个古怪的人精不断地攀在我的家族史的茎茎叶叶上。枫杨树半村姓陈，陈家族谱记载了我家和陈文治的微薄的血缘关系。陈文治和陈宝年的父亲是五代上的叔伯兄弟还是六代上的叔侄关系并非重要，重要的是陈文治家十九世纪便以富庶闻名方圆多里，而我家世代居于茅屋下面饥寒交迫。祖父陈宝年曾经把他妹妹凤子跟陈文治换了十亩水田。我想枫杨树本土的人伦就是这样经世代沧桑浸蚀几经沉浮的。那个凤子仿佛一片美丽绝伦的叶子掉下我们家枝繁叶茂的老树，化成淤泥。据说那是我祖上最漂亮的女人，她给陈文治当了两年小妾，生下三名男婴，先后被陈文治家埋在竹园里。有人见过那三名被活埋的男婴，他们长相又可爱又畸形，头颅异常柔软，毛发金黄浓密却都不会哭。消息走漏后整个枫杨树乡村震惊了多日。他们听见凤子在陈家竹园里时断时续地哀哭，后来她便开始发疯地摇撼每一棵竹子，借深夜的月光破坏苍茫一片的陈家竹园。那时候陈宝年十七岁还没娶亲，他站在竹园外的石磨上冻得瑟瑟发抖，他一直拚命跺着脚朝他妹妹叫喊凤子你别毁竹子你千万别毁陈家的竹子。他不敢跑到凤子跟前去拦只是站在石磨上忍着春寒喊凤子亲妹妹别毁竹子啦哥哥是猪是狗良心掉到尿泡里了你不要再毁竹子呀。他们兄妹俩的奇怪对峙以凤子暴死结束。凤子摇着竹子慢慢地就倒在竹园里了，死得蹊跷。记得她遗容是酱紫色的，像一瓣落叶夹在我家史册中令人惦念。五十多年前枫杨树乡亲曾经想跟着陈宝年把凤子棺木抬入陈文治家，陈宝年只是把脸埋在白幔里无休止地呜咽，他说，"用不着了，我知道她活不过今年，怎么死也是死。我给她卜卦了。不怨陈文治，也不怪我，凤子就是死里无生的命。"五十多年后我把姑祖母凤子作为家史中一点紫色光斑来捕捉，凤子就是一只美丽的萤火虫匆匆飞过我面前，我又怎能捕捉到她的紫色光亮呢？凤子的特殊生育区别于祖母蒋氏，我想起那三个葬身在竹园下面的畸形男婴，想起我学过的遗传和生育理论，有一种设想和猜疑使我目光呆滞，无法深入探究我的家史。

  我需要陈文治的再次浮出。
  枫杨树老家的陈氏大家族中惟有陈文治家是财主，也只有陈文治家祖孙数代性格怪异，各有奇癖，他们的寿数几乎雷同，只活得到四十坎上。枫杨树人认为陈文治和他的先辈早夭是耽于酒色的报应。他们几乎垄断了近两百年枫杨树乡村的美女。那些女人进入陈家黑幽幽的五层深院仿佛美丽的野虻子悲伤而绝情地叮在陈文治们的身上。她们吸吮了其阴郁而霉烂的精血后也失却了往日的芳颜，后来她们挤在后院的柴房里劈柈子或者烧饭，脸上永久地贴上陈文治家小妾的标志：一颗黑红色的梅花痣。

间或有一个刺梅花痣的女人被赶出陈家,在马桥镇一带流浪,她会发出那种苍凉的笑容勾引镇上的手工艺人。而镇上人见到刺梅花痣的女人便会朝她围过来,问及陈家人近来的生死,问及一只神秘的白玉瓷罐。

我需要给你们描述陈文治家的白玉瓷罐。

我没有也不可能见到那只白玉瓷罐。但我现在看见一九三四年的陈文治家了,看见客厅长案上放着那只白玉瓷罐。瓷罐里装着枫杨树人所关心的绝药。老家的地方野史《沧海志史》对绝药做了如下记载:

> 家宝不示。疑山东巫师炼少子少女精血而制。壮阳健肾抑或延年益寿不详。

即使是脸上刺梅花痣的女人也无法解释陈家绝药,她们只是猜想瓷罐里的绝药快要见底了。这一年夏末初秋陈文治像热锅上的蚂蚁在村里仓皇乱窜,他甩开了下人独自在人家房前屋后张望,还从晾衣架上偷走了好多花花绿绿的裤衩塞进怀里,回家关起门专心致志地研究。那堆裤衩中有一条是我家老大狗崽的,狗崽找不见裤衩以为是风吹走的。他就把家里的一块蓝印花包袱布围在腰际,离家去拾狗粪。

狗崽挎着竹箕一路寻找狗粪,来到了陈文治的黑砖楼下。他不知道黑砖楼上有人在注意他。猛然听见陈文治的管家在楼上喊:"狗崽狗崽,到这儿来干点活,你要什么给什么。"狗崽抬起头看着那黑漆漆的楼想了想,"是去推磨吗?""就是推磨。来吧。"管家笑着说。"真的要什么给什么吗?"狗崽说完就把狗粪筐扔了跑进陈文治家。

这事情是在陈家后院谷仓里发生的。那座谷仓硕大无比,在午后的阳光下蒸发着香味。狗崽被管家拽进去,一下子就晕眩起来,他从来没见过这么大的谷仓这么多的生谷粒。他隐约见到村里还有几个男孩女孩焦渴地坐在谷堆上,咯嘣咯嘣嚼咽着大把生谷粒。

"磨呢?磨在哪里?"

管家拍拍狗崽的头顶，怪模怪样地歪了歪嘴，说："在那儿呢，你不推磨磨推你。"

狗崽被推进谷仓深处。哪儿有石磨？只有陈文治正襟危坐在红木太师椅上，他的浑身上下斑斑点点洒着金黄的谷屑，双膝间夹着一只白玉瓷罐。陈文治极其慈爱地朝狗崽微笑，他看见狗崽的小脸巧夺天工地融合了陈宝年和蒋氏的性格棱角显得愚朴而可爱。陈文治问狗崽："你娘这几天怎么不下地呢？"

"我娘又要生孩子了。"

"你娘……"陈文治弓着身子突然揎过来解狗崽遮羞的包裹布。狗崽尖叫着跳起来，这时他看清了那只落在地上的白玉瓷罐，瓷罐里有什么浑浊的气味古怪的液体流了出来。狗崽闻到那气味禁不住想吐，他蹲下身子两只手护住蓝花包袱布，感觉到陈文治的瘦骨嶙峋的手正在抽动他的腰际。狗崽面对枫杨树最大人物的怪诞举动六神无主，欲哭无泪。

"你要干什么你要干什么？"

狗崽身上凝结的狗粪味这一刻像雾一般弥漫。他闻到了自己身上的浓烈的狗粪味。狗崽双目圆睁，在陈文治的手下野草般颤动。当他萌芽时期的精液以泉涌速度冲到陈文治手心里又被滴进白玉瓷罐后，狗崽哇哇大哭起来，一边哭一边语无伦次地叫喊：

"我不是狗我要胶鞋给我胶鞋给我胶鞋。"

我家老大狗崽后来果真抱着双新胶鞋出了陈文治家门。他回到土坡上，看见傍晚时分的紫色阳光照耀着他的狗粪筐，村子一片炊烟，出没于西北坡地的野狗群撕咬成一堆，吠叫不止。狗崽抱着那双新胶鞋在坡上跌跌撞撞地跑，他闻见自己身上的狗粪味越来越浓他开始惧怕狗粪味了。

这天夜里祖母蒋氏一路呼唤狗崽来到荒凉的坟地上，她看见儿子仰卧在一块辣蓼草丛中，怀抱一双枫杨树鲜见的黑色胶鞋。狗崽睡着了，眼皮受惊似的颤动不已，小脸上的表情在梦中瞬息万变。狗崽的身上除了狗粪味又增添了新鲜精液的气味。蒋氏惶惑地抱起狗崽，俯视儿子发现他已经很苍老。那双黑胶鞋被儿子紧紧抱在胸前，仿佛一颗灾星陨落在祖母蒋氏的家庭里。

一九三四年枫杨树乡村向四面八方的城市输送二万株毛竹的消息曾登在上海的《申报》上。也就是这一年，竹匠营生在我老家像三月笋尖般地疯长一气。起码有一半男人舍了田里的活计，抓起大头竹刀赚大钱。嗞啦嗞啦劈篾条的声音在枫杨树各家各户回荡，而陈文治的三百亩水田长上了稗草。我的枫杨树老家湮没在一片焦躁异常的气氛中。

这场骚动的起因始于我祖父陈宝年在城里的发迹。去城里运竹子的人回来说，陈宝年发横财了，陈宝年做的竹榻竹席竹匾竹筐甚至小竹篮小竹凳现在都卖好价钱，城里人都认陈记竹器铺的牌子。陈宝年盖了栋木楼。陈宝年左手右手都戴上金戒指到堂子里去吸白面睡女人临走就他妈的摘下金戒指朝床上扔哪。

祖母蒋氏听说这消息倒比别人晚。她曾经嘴唇白白地到处找人打听，她说，你们知道陈宝年到底赚了多少钱够买三百亩地吗？人们都怀着阴暗心理乜斜这个又脏又瘦的女人，一言不发。蒋氏发了会儿呆，又问，够买二百亩地吗？有人突然对着蒋氏窃笑，猛不丁回答，陈宝年说啦他有多少钱花多少钱一个铜板也不给你。

"那一百亩地总是能买的。"祖母蒋氏自言自语地说。她嘘了口气，双手沿着干瘪的胸部向下滑，停留在高高凸起的腹部。她的手指触摸到我父亲的脑袋后便绞合在一起，极其温柔地托着那腹中婴儿。"陈宝年那狗日的。"蒋氏的嘴唇哆嗦着，她低首回想，陶醉在云一样流动变幻的思绪中。人们发现蒋氏枯槁的神情这时候又美丽又愚蠢。

其实我设想到了蒋氏这时候是一个半疯半痴的女人。蒋氏到处追踪进城见过陈宝年的男人，目光炽烈地扫射他们的口袋裤腰。"陈宝年的钱呢？"她嘴角蠕动着，双手摊开，幽灵般在那些男人四周晃来荡去。男人们挥手驱赶蒋氏时胸中也燃烧起某种忧伤的火焰。

直到父亲落生，蒋氏也没有收到城里捎来的钱。竹匠们渐渐踩着陈宝年的脚后跟拥到城里去了。一九三四年是枫杨树竹匠们逃亡的年代，据说到这年年底，枫杨树人创始的竹器作坊已经遍及长江下游的各个城市了。

我想枫杨树的那条黄泥大路可能由此诞生。祖母蒋氏亲眼目睹了这条路由细变宽从荒凉到繁忙的过程。她在这年秋天手持圆镰守望在路边，漫无目的地研究那些离家远行者。这一年有一百三十九个新老竹匠挑着行李从黄泥大道上经过，离开了他们的枫杨树老家。这一年蒋氏记忆力超群出众，她几乎记住了他们每一个人的音容笑貌。从此黄泥大路像一条巨蟒盘缠在祖母蒋氏对老家的回忆中。

黄泥大路也从此伸入我的家史中。我的家族中人和枫杨树乡亲密集蚁行，无数双赤脚踩踏着先祖之地，向陌生的城市方向匆匆流离。几十年后我隐约听到那阵叛逆性的脚步声穿透了历史，我茫然失神。老家的女人们你们为什么无法留住男人同生同死呢？女人不该像我祖母蒋氏一样沉浮在苦海深处，枫杨树不该成为女性的村庄啊。

第一百三十九个竹匠是陈玉金。祖母蒋氏记得陈玉金是最后一个。她当时正在路边。陈玉金和他女人一前一后沿着黄泥大路疯跑。陈玉金的脖子上套了一圈竹篾，腰间插着竹刀逃，玉金的女人披头散发光着脚追。玉金的女人发出了一阵古怪的秋风般的呼啸声极善奔跑。她擒住了男人。然后蒋氏看见了陈玉金夫妻在路上争夺那把竹刀的大搏斗。蒋氏听到陈玉金女人沙哑的雷雨般的倾诉声。她说你这糊涂虫到城里谁给你做饭谁给你洗衣谁给你操你不要我还要呢你放手我砍了你手指让你到城里做竹器。那对夫妻争夺一把竹刀的早晨漫长得令人窒息。男的满脸晦气，女的忧愤满腔。祖母蒋氏崇敬地观望着黄泥大道上的这幕情景，心中潮湿得难耐，她挎起草篮准备回家时听见陈玉金一声困兽咆哮，蒋氏回过头目击了陈玉金挥起竹刀砍杀女人的细节。寒光四溅中，有猩红的血汁火焰般窜起来，斑驳迷离。陈玉金女人年轻壮美的身体迸发出巨响仆倒在黄泥大路上。

那天早晨黄泥大路上的血是如何洇成一朵莲花形状的呢？陈玉金女

人崩裂的血气弥漫在初秋的雾霭中，微微发甜。我祖母蒋氏跳上大路，举起圆镰跨过一片血泊，追逐杀妻逃去的陈玉金。一条黄泥大道在蒋氏脚下倾覆着下陷着，她怒目圆睁，踉踉跄跄跑着，她追杀陈玉金的喊声其实是属于我们家的，田里人听到的是陈宝年的名字：

"陈宝年……杀人精……抓住陈宝年……"

我知道一百三十九个枫杨树竹匠都顺流越过大江，进入南方那些繁荣的城镇。就是这一百三十九个竹匠点燃了竹器业的火捻子在南方城市里开辟了崭新的手工业。枫杨树人的竹器作坊水漫沙滩渐渐掀起了浪头。一九三四年我祖父陈宝年的陈记竹器店在城里蜚声一时。

我听说陈记竹器店荟萃了三教九流地痞流氓无赖中的佼佼者，具有同任何天灾人祸抗争的实力。那帮黑色竹匠聚集到陈宝年麾下，个个思维敏捷身手矫健一如入海蛟龙。陈宝年爱他们爱得要命，他依稀觉得自己拾起一堆肮脏的杂木劈柴，点点火，那火焰就窜起来使他无畏寒冷和寂寞。陈宝年在城里混到一九三四年已经成为一名手艺精巧处世圆通的业主。他的铺子做了许多又热烈又邪门的生意，他的竹器经十八名徒子之手，全都沾上了辉煌的邪气，在竹器市场上锐不可当。

我研究陈记竹器铺的发迹史时被那十八名徒子的黑影深深诱惑了。我曾经在陈记竹器铺的遗址附近遍访一名绰号小瞎子的老人。他早在三年前死于火中。街坊们说小瞎子死时老态龙钟，他的小屋里堆满了多年的竹器有天深夜那一屋子竹器突然就烧起来了，小瞎子被半米高的竹骸竹灰埋住像一具古老的木乃伊。他是陈记竹器铺最后的光荣。

关于我祖父和小瞎子的交往留下了许多轶闻供我参考。

据说小瞎子出身奇苦，是城南妓院的弃婴。他怎么长大的连自己也搞不清。他用独眼盯着人时你会发现他左眼球里刻着一朵黯淡的血花。小瞎子常常带着光荣和梦想回忆那朵血花的由来。五岁那年他和一条狗争抢人家楼檐上掉下来的腊肉，他先把腊肉咬在了嘴里，但狗仇恨的爪刺伸入了他的眼睛深处。后来他坐在自己的破黄包车上结识了陈宝年。

他又谈起了狗和血花的往事，陈宝年听得怅然若失。对狗的相通的回忆把他们拧在一起，陈宝年每每从城南堂子出来就上了小瞎子的黄包车，他们在小红灯的闪烁灼灼中回忆了许多狗和人生的故事。后来小瞎子卖掉他的破黄包车，扛着一箱烧酒投奔陈记竹器铺拜师学艺。他很快就成为陈宝年第一心腹徒子他在我们家族史的边缘像一颗野酸梅孤独地开放。

一九三四年八月陈记竹器店抢劫三条运粮船的壮举就是小瞎子和陈宝年策划的。这年逢粮荒，饥馑遍蔽城市乡村。但是谁也不知道生意兴隆财源丰盛的陈记竹器铺为什么要抢三船糙米。我考察陈宝年和小瞎子的生平，估计这是他们食不果腹的童年时代的粮食梦。对粮食有与生俱来的哄抢欲望你就可能在一九三四年跟随陈记竹器铺跳到粮船上去。你们会像一百多名来自农村的竹匠一样夹着粮袋潜伏在码头上等待三更月落时分。你们看见抢粮的领导者小瞎子第一个跳上粮船，口衔一把锥形竹刀，独眼血花鲜亮夺目，他将一只巨大的粮袋疯狂挥舞，你们也会乌拉跳起来拥上粮船，在一刻钟内掏光所有的糙米，把船民推进河中让他嚎啕大哭。这事情发生在半个世纪前的茫茫世事中，显得真实可信。我相信那不过是某种社会变故的信号，散发出或亮或暗的光晕。据说在抢粮事件后城里自然形成了竹匠帮。他们众星捧月环绕陈宝年的竹器铺，其标志就是小巧而尖利的锥形竹刀。

值得纪念的就是这种锥形竹刀，在抢劫粮船的前夜，小瞎子借月光创造了它。状如匕首，可穿孔悬系于腰上，可随手塞进裤衩口袋。小瞎子挑选了我们老家的干竹削制了这种暗器，他把刀亮给陈宝年看，"这玩意好不好，我给伙计们每人削一把。在这世上混到头就是一把刀吧。"我祖父陈宝年一下子就爱上了锥形竹刀。从此他的后半辈就一直拥抱着尖利精巧的锥形竹刀。陈宝年，陈宝年，你腰佩锥形竹刀混迹在城市里都想到了世界的尽头吗？

乡下的狗崽有一天被一个外乡人喊到村口竹林里。那人是到枫杨树收竹子的。他对狗崽说陈宝年给他捎来了东西。在竹林里外乡人庄严地把一把锥形竹刀交给狗崽。

"你爹捎给你的。"那人说。

"给我？我娘呢？"狗崽问。

"捎给你的。你爹让你挂着它。"那人说。

狗崽接过刀的时候触摸了刀上古怪而富有刺激的城市气息。他似乎从竹刀纤薄的锋刃上看见了陈宝年的面容，模模糊糊但力度感很强。竹刀很轻，通体发着淡绿的光泽，狗崽在太阳地里端详着这神秘之物，把刀子往自己手心里刺了两下，他听见了血液被压迫的噼卟轻响，一种刺伤感使狗崽呜哇地喊了一声，随后他便对着竹刀笑了。他怕别人看见，把刀藏在狗粪筐里掩人耳目地带回家。

这个夜晚狗崽在月光下凝望着他父亲的锥形竹刀，久久不眠。农村少年狗崽愚拙的想像被竹光充分唤起沿着老屋的泥地汹涌澎湃。他想像着那座竹匠集居的城市，想像那里的房子大姑娘洋车杂货铺和父亲的店铺，嘴里不时吐出兴奋的呻吟。祖母蒋氏终于惊醒，她爬上狗崽的草铺，将充满柴烟味的手摸索着狗崽的额头。她感觉到儿子像一只发烧的小狗软绵绵地往她的双乳下拱。儿子的眼睛亮晶晶地睁大着，有两点古怪的锥形光亮闪烁。

"娘，我要去城里跟爹当竹匠。"

"好狗崽你额头真烫。"

"娘，我要去城里当竹匠。"

"好狗崽你别说胡话吓着亲娘你才十五岁手拿不起大头篾刀你还没娶老婆生孩子怎么能往城里去城里那鬼地方好人去了黑心窝坏人去了脚底流脓头顶生疮你让陈宝年在城里烂了那把狗不吃猫不舔的臭骨头狗崽可不想往城里去。"蒋氏克制着浓郁的睡意絮絮叨叨，她抬手从墙上摘下一把晒干的薄荷叶蘸上唾液贴在狗崽额上，重新将狗崽塞入棉絮里，又熟睡过去。

其实这是我家历史的一个灾变之夜。我家祖屋的无数家鼠在这夜警惕地睁大了红色眼睛，吱吱乱叫几乎应和了狗崽的每一声呻吟。黑暗中的茅草屋被一种深沉的节奏所摇撼。狗崽光裸的身子不断冒出灼热的雾气探出被窝，他听见了鼠叫，他专注地寻觅着家鼠们却不见其影，但悸动不息的心已经和家鼠们进行了交流。在家鼠突然间平静的一瞬，狗崽像梦游者一样从草铺上站起来，熟稔地拎起屋角的狗粪筐打开柴门。

一条夜奔之路洒满秋天醇厚的月光。

一条夜奔之路向一九三四年的纵深处化入。

狗崽光着脚耸起肩膀在枫杨树的黄泥大道上匆匆奔走，四处萤火流曳，枯草与树叶在夜风里低空飞行，黑黝黝无限伸展的稻田回旋着神秘潜流，浮起狗崽轻盈的身子像浮起一条逃亡的小鱼。月光和水一齐漂流。狗崽回首遥望他的枫杨树村子正白惨惨地浸泡在九月之夜里。没有狗叫，狗也许听惯了狗崽的脚步。村庄阒寂一片，凝固忧郁，惟有许多茅草在各家房顶上迎风飘拂，像娘的头发一样飘拂着。他依稀想见娘和一群弟妹正挤在家中大铺上，无梦地酣睡，充满灰菜味的鼻息在家里流通交融，狗崽突然放慢脚步像狼一样哭嚎几声，又戛然而止。这一夜他在黄泥大道上发现了多得神奇的狗粪堆。狗粪堆星罗棋布地掠过他的泪眼。狗崽就一边赶路一边拾狗粪，包在他脱下的小布裤里，走到马桥镇时，小布裤已经快被撑破了。狗崽的手一松，布包掉落在马桥桥头上，他没有再回头朝狗粪张望。

第二天早晨我祖母蒋氏一推门就看见了石阶上狗崽留下的黑胶鞋。秋霜初降，黑胶鞋蒙上了盐末似的晶体，鞋下一摊水渍。从我家门前到黄泥大路留下了狗崽的脚印，逶迤起伏，心事重重，十根脚趾印很像十颗悲伤的蚕豆。蒋氏披头散发地沿脚印呼唤狗崽，一直到马桥镇。有人指给她看桥头上的那包狗粪，蒋氏抓起冰冷的狗粪嚎啕大哭。她把狗粪扔到了围观者的身上，独自往回走。一路上她看见无数堆狗粪向她投来美丽的黑光。她越哭狗粪的黑光越美丽。后来她开始躲闪，闻到那气味就呕吐不止。

我会背诵一名陌生的南方诗人的诗。那首诗如歌如泣地感动我。去年父亲病重之际我曾经背对着他的病床给他讲了父亲和儿子的故事,在病房的药水味里诗歌最有魅力。

> 父亲和我
> 我们并肩走着
> 秋雨稍歇
> 和前一阵雨
> 像隔了多年时光
>
> 我们走在雨和雨
> 的间歇里
> 肩头清晰地靠在一起
> 却没有一句要说的话
> 我们刚从屋子里出来
> 所以没有一句要说的话
> 这是长久生活在一起
> 造成的
> 滴水的声音像折下一支
> 细枝条
> 父亲和我都怀着难言的
> 恩情安详地走着

我父亲听明白了。他耳朵一直很灵敏。看着我的背影他突然琅琅一笑,我回过头从父亲苍老的脸上发现了陈姓子孙生命初期的特有表情:透明度很高的欢乐和雨积云一样的忧患。在医院雪白的病房里我见到了婴儿时的父亲,我清晰地听见诗中所写的历史雨滴折下细枝条的声音。这一天父亲大声对我说话逃离了哑巴状态。我凝视他就像凝视婴儿一样,就是这样的我祈祷父亲的复活。

父亲的降生是否生不逢时呢？抑或是伯父狗崽的拳头把父亲早早赶出了母腹。父亲带着六块紫青色胎记出世，一头钻入一九三四年的灾难之中。

一九三四年枫杨树周围方圆七百里的乡村霍乱流行，乡景黯淡。父亲在祖传的颜色发黑的竹编摇篮里感觉到了空气中的灾菌。他的双臂总是朝半空抓捏不止啼哭声惊心动魄。祖传的摇篮盛载了父亲后便像古老的二胡凄惶地叫唤，一家人在那种声音中都变得焦躁易怒，儿女围绕那只摇篮爆发了无数战争。祖母蒋氏的产后生活昏天黑地。她在水塘里洗干净所有染上脏血的衣服，端着大木盆俯视她的小儿子，她发现了婴儿的脸上跳动着不规则的神秘阴影。

出世第八天父亲开始拒绝蒋氏的哺乳。祖母蒋氏惶惶不可终日，她的沉重的乳房被抓划得伤痕累累，她怀疑自己的奶汁染上横行乡里的瘟疫变成哑奶了。蒋氏灵机一动将奶汁挤在一只大海碗里喂给草狗吃。然后她捧着碗跟着那条草狗一直来到村外。渐渐地她发现狗的脑袋耷拉下来了狗倒在河塘边。那是财东陈文治家的护羊狗，毛色金黄茸软。陈家的狗竭力地用嘴接触河塘水却怎么也够不着。蒋氏听见狗绝望而狂乱的低吠声深受刺激。她砸碎大海碗，慌慌张张扣上一直敞开的衣襟，一路飞奔逃离那条垂死的狗。她隐约觉到自己哺育过八个儿女的双乳已经修炼成精，结满仇恨和破坏因子如今重如金石势不可当了。她忽而又怀疑是自己的双乳向枫杨树乡村播撒了这场瘟疫。

祖母蒋氏夜里梦见自己裂变成传说中的灾女浑身喷射毒瘴，一路哀歌，飘飘欲仙，浪游整个枫杨树乡村。那个梦持续了很长时间，蒋氏在梦中又哭又笑死去活来。孩子们都被惊醒，在黑暗中端坐在草铺上分析他们的母亲。蒋氏喜欢做梦。蒋氏不愿醒来。孩子们知道不知道？

父亲的摇篮有一夜变得安静了。其时婴儿小脸赤红，脉息细若游丝，他的最后一声啼哭唤来了祖母蒋氏。蒋氏的双眼恍惚而又清亮，仍然在梦中。她托起婴儿灼热的身体像一阵轻风卷出我们家屋。梦中母子在晚稻田里轻盈疾奔。这一夜枫杨树老家的上空星月皎洁，空气中挤满胶状下滴的夜露。夜露清凉甜润，滴进焦渴饥饿的婴儿口中。我父亲贪婪地吸吮不停。他的岌岌可危的生命也被那几千滴夜露洗涤一新，重新爆出青枝绿叶。

我父亲一直认为：半个多世纪前祖母蒋氏发明了用夜露哺育婴儿的奇迹。这永远是奇迹，即使是在我家族的苍茫神奇的历史长卷中也称得上奇迹。这奇迹使父亲得以啜饮乡村的自然精髓度过灾年。

后代们沿着父亲的生命线可以看见一九三四年的乌黑的年晕。我的众多枫杨树乡亲未能逃脱瘟疫一如稗草伏地。暴死的幽灵潜入枫杨树的土地深处呦呦狂鸣。天地间阴惨惨黑沉沉，生灵鬼魅浑然一体，仿佛巨大的浮萍群在死水里挣扎漂流，随风而去。祖母蒋氏的五个小儿女在三天时间里加入了亡灵的队伍。

那是我祖上亲人的第一批死亡。

他们一字排在大草铺上，五张小脸经霍乱病菌烧灼后变得漆黑如炭。他们的眼睛都如同昨日一样淡漠地睁着凝视母亲。蒋氏在我家祖屋里焚香一夜，袅袅升腾的香烟把五个死孩子熏出了古朴的清香。蒋氏抱膝坐在地上，为她的儿女守灵。她听见有一口大钟在冥冥中敲了整整一夜召唤她的儿女。等到第二天太阳出来香烟从屋里散去后蒋氏开始了殡葬。她把五个死孩子一个一个抱到一辆牛车上，男孩前仆女孩仰卧，脸上覆盖着碧绿的香粽叶。蒋氏把父亲缠绑在背上就拉着牛车出发了。

我家的送葬牛车迟滞地在黄泥大道上前行。黄泥大道上从头至尾散开了几十支送葬队伍。丧号昏天黑地响起来，震动一九三四年。女人们高亢的丧歌四起，其中有我祖母蒋氏独特的一支。她的丧歌里多处出现了送郎调的节拍，显得古怪而富有底蕴。蒋氏拉着牛车找了很长很长时间，一直找不到合适的坟地。她惊奇地发现黄泥大道两侧几乎成了坟茔的山脉，没有空地了，无数新坟就像狗粪堆一样在枫杨树乡村诞生。

后来牛车停在某个大水塘边。蒋氏倚靠在牛背上茫然四顾。她不知道是怎么走出浩荡的送葬人流的，大水塘墨绿地沉默，塘边野草萋萋没有人迹。她听见远远传来的丧号声若有若无地在各个方向萦绕，乡村沉浸在这种声音里显得无边无际。晨风吹乱我祖母蒋氏的思绪，她的眼睛里渐渐浮满虚无的暗火。她抓住牛缰慢慢地拽拉朝水塘走去。赤脚踩在水塘的淤泥里，有一种冰凉的刺激使蒋氏嗷嗷叫了一声。她开始把她的死孩子一个一个地往水里抱，五个孩子沉入水底后水面上出现了连绵不绝的彩色水泡。蒋氏凝视着那水泡双脚渐渐滑向水塘深处。这时缠在蒋氏背上的父亲突然哭了，那哭声仿佛来自天堂打动了祖母蒋氏。半身入水的蒋氏回过头问父亲："你怎么啦怎么啦？"婴儿父亲眼望苍天粗犷豪放地啼哭不止。蒋氏忽地瘫坐在水里，她猛烈地揪着自己的头发朝南方呼号：陈宝年陈宝年你快回来吧。

陈宝年在远离枫杨树八百里的城市中，怀抱猫一样的小女人环子凝望竹器铺外面的街道。外面是三四年的城市。

我的祖父陈宝年回味着他的梦。他梦见五只竹篮从房梁上掉下来，蹦蹦跳跳扑向他在他怀里燃烧。他被烧醒了。

他不想回家。他远离瘟疫远离一九三四年的灾难。

我听说瘟疫流行期间老家出现了一名黑衣巫师。他在马桥镇上摆下摊子祛邪镇魔。从四面八方前来请仙的人群络绎不绝。祖母蒋氏背着父亲去镇上亲眼目睹了黑衣巫师的风采。她看见一个身穿黑袍的北方汉子站在鬼头大刀和黄裱纸间，觉得眼前一亮，浑身振奋。她在人群里拚命往前挤，挤掉了脚上的一只草鞋。她放开嗓子朝黑衣巫师喊：

"灾星，灾星在哪里？"

蒋氏的沙哑的声音淹没在嘈杂的人声中。那天数千枫杨树人向黑衣巫师磕拜求神，希望他指点流行乡里的瘟疫之源。巫师边唱边跳，舞动古铜色的鬼头大刀，刀起刀落。最后飞落在地上。蒋氏看见那刀尖渗出了血，指着黄泥大道的西南方向。你们看啊。人群一起踮足而立，遥望西南方向。只见远处的一片土坡蒸腾着乳白的氤氲。景物模糊绰约。惟有一栋黑砖楼如同巨兽蹲伏着，窥伺马桥镇上的这一群人。

黑衣巫师的话倾倒了马桥镇：

  西南有邪泉
  藏在玉罐里
  玉罐若不空
  灾病不见底

  我的枫杨树乡亲骚动了。他们忧伤而悲愤地凝视西南方的黑砖楼，这一刻神奇的巫术使他们恍然觉悟，男女老少的眼睛都看见了从黑砖楼上腾起的瘟疫细菌，紫色的细菌虫正向枫杨树四周强劲地扑袭。他们知道邪泉四溢是瘟疫之源。

      陈　文　治
  陈　文　治　　　　　陈　文　治
    陈　文　治　陈　文　治

  祖母蒋氏在虚空中见到了被巫术放大的白玉瓷罐。她似乎听见了邪泉在玉罐里沸腾的响声。所有枫杨树人对陈文治的玉罐都只闻其声未见其物，是神秘的黑衣巫师让他们领略了玉罐的奇光异彩。这天祖母蒋氏和大彻大悟的乡亲们一起嚼烂了财东陈文治的名字。
  枫杨树两千灾民火烧陈文治家谷场的序幕就是这样拉开的。事发后黑衣巫师悄然失踪，没人知道他去往何处了。在他摆摊的地方，一件汗迹斑斑的黑袍挂在老槐树上随风飘荡。
  此后多年祖母蒋氏喜欢对人回味那场百年难遇的大火。她记得谷场上堆着九垛谷穗子。火烧起来的时候谷场上金光灿烂，喷发出浓郁的香味。那谷香熏得人眼流泪不止。死光了妻儿老小的陈立春在火光中发疯，他在九垛火山里穿梭蛇行，一边抹着满颊泪水一边摹仿仙姑跳大神。众人一齐为陈立春欢呼跺脚。陈文治的黑砖楼惶恐万分。陈家人挤在楼上呼天抢地痛不欲生。陈文治干瘦如柴的身子在两名丫环的扶持下如同暴风雨中的苍鹭，纹丝不动。那只日本望远镜已经碎裂了，他觑起眼睛仍然看不清谷场上的人脸。"我怎么看不清那是谁那是谁？"纵火者在陈文治眼里江水般地波动，他们把谷场搅成一片刺目的红色。后来陈文治在纵火者中看到了一个背驮孩子的女人。那女人浑身赤亮形似火神，她挤过男人们的缝隙爬到谷子垛上，用一根松油绳点燃了最后一垛谷子。

"我也点了一垛谷子。我也放火的。"祖母蒋氏日后对人说。她很怀念那个匆匆离去的黑衣巫师。她认定是一场大火烧掉了一九三四年的瘟疫。

当我十八岁那年在家中阁楼苦读毛泽东经典著作时，我把《湖南农民运动考察报告》与枫杨树乡亲火烧陈家谷场联系起来了。我遥望一九三四年化为火神的祖母蒋氏，我认为祖母蒋氏革了财东陈文治的命，以后将成为我家历史上的光辉一页。我也同祖母蒋氏一样，怀念那个神秘的伟大的黑衣巫师。他是谁？他现在在哪里呢？

枫杨树老家闻名一时的死人塘在瘟疫流行后诞生了。

死人塘在离我家祖屋三里远的地方。那儿原先是个芦蒿塘，狗崽八岁时养的一群白鹅曾经在塘中生活嬉戏。考证死人塘的由来时我很心酸。枫杨树老人都说最先投入塘中的是祖母蒋氏的五个死孩子。他们还记得蒋氏和牛车留在塘边的辙印是那么深那么持久不消。后来的送葬人就是踩着那辙印去的。

埋进塘中的有十八个流浪在枫杨树一带的手工匠人。那是死不瞑目的亡灵，他们裸身合仆于水面上下，一片青色斑斓触目惊心使酸甜的死亡之气冲天而起。据说死人塘边的马齿苋因而长得异常茂盛，成为枫杨树乡亲挖野菜的好地方。

每天早晨马齿苋摇动露珠，枫杨树的女人们手挎竹篮朝塘边飞奔而来。她们沿着塘岸开始了争夺野菜的战斗。瘟疫和粮荒使女人们变得凶恶暴虐。她们几乎每天在死人塘边争吵殴斗。我的祖母蒋氏曾经挥舞一把圆镰砍伤了好几个乡亲,她的额角也留下了一条锯齿般的伤疤。这条伤疤以后在她的生命长河里一直放射独特的感受之光,创造祖母蒋氏的世界观。我设想一九三四年枫杨树女人们都蜕变成母兽,但多年以后她们会不会集结在村头晒太阳,温和而苍老,遥想一九三四年?她们脸上的伤疤将像纪念章一样感人肺腑,使枫杨树的后代们对老祖母肃然起敬。

我似乎看见祖母蒋氏背驮年幼的父亲奔走在一九三四年的苦风瘴雨中,额角上的锯齿形伤疤熠熠发亮。我的眼前经常闪现关于祖母和死人塘和马齿苋的画面,但我无法想见死人塘边祖母经历的奇谲痛苦。

我的祖母你么来到死人塘边凝望死尸沉思默想的呢?乌黑的死水掩埋了你的小儿女和十八个流浪匠人。塘边的野菜已被人与狗吞食一空。你闻到塘里甜腥的死亡气息打着幸福的寒噤。那天是深秋的日子,你听见天边滚动着隐隐的闷雷。你的破竹篮放在地上惊悸地颤动着预见灾难降临。祖母蒋氏其实是在等雨。等雨下来死人塘边的马齿苋棵棵重新窜出来。那顶奇怪的红轿子就是这时候出现在田埂上的。红轿子飞鸟般地朝死人塘俯冲过来。四个抬轿人脸相陌生面带笑意。他们放下轿子走到祖母蒋氏身边,轻捷熟练地托起她。"上轿吧你这个丑女人。"蒋氏惊叫着在四个男人的手掌上挣扎,她喊:"你们是人还是鬼?"四个男人笑起来把蒋氏拎着像拎起一捆干柴塞入红轿子。

轿子里黑红黑红的。她觉得自己撞到了一个僵硬潮湿的身体上。轿子里飞舞着霉烂的灰尘和男人衰弱的鼻息声,蒋氏仰起脸看见了陈文治。陈文治蜡黄的脸上有一丝红晕疯狂舞蹈。陈文治小心翼翼地扶住蒋氏木板似的双肩说:"陈宝年不会回来了你给我吧。"蒋氏尖叫着用手托住陈文治双颊,不让那颗沉重的头颅向她乳房上垂落。她听见陈文治的心在绵软干瘪的胸膛中摇摆着,有气无力一如风中树叶。她的沾满泥浆的十指指尖深深扎进陈文治的皮肉里激起一阵野猫似的鸣叫。陈文治的黑血汩汩流到蒋氏手上,他喃喃地说:"你跟我去吧我在你脸上也刺朵梅花痣。"一顶红轿子拚命地摇呀晃呀,虚弱的祖母蒋氏渐渐沉入黑雾红浪中昏厥过去。轿外的四个汉子听见一种苍凉的声音:

"我要等下雨我要挖野菜啦。"

她恍惚知道自己被投入了水中,但睁不开眼睛。被蹂躏过的身子像一根鹅毛飘浮起来。她又听见了天边的闷雷声,雨怎么还不下呢?临近黄昏时她睁开眼睛。她发现自己睡在死人塘里。四周散发的死者腐臭浓烈地粘在她半裸的身体上。那些熟悉或陌生的死者以古怪多变的姿态纠集在脚边,他们酱紫色的胴体迎着深秋夕阳熠熠闪光。有一群老鼠在死人塘里穿梭来往,仓皇地跳过她的胸前。蒋氏木然地爬起来越过一具又一具行将糜烂的死尸。她想雨怎么还不下呢?雨大概不会下了因为太阳在黄昏时出现了。稀薄而锐利的夕光泻入野地刺痛了她的眼睛。蒋氏举起泥手捂住了脸。她一点也不怕死人塘里的死者,她想她自己已变成一个女鬼了。

爬上塘岸蒋氏看见她的破竹篮里装了一袋什么东西。打开一看她便向天呜呜哭喊了一声。那是一袋雪白雪白的粳米。她手伸进米袋抓起一把塞进嘴里,性急地嚼咽起来。她对自己说这是老天给我的,一路走一路笑抱着破竹篮飞奔回家。

我发现了死人塘与祖母蒋氏结下的不解之缘,也就相信了横亘于我们家族命运的死亡阴影。死亡是一大片墨蓝的弧形屋顶,从枫杨树老家到南方小城覆盖祖母蒋氏的亲人。

有一颗巨大的灾星追逐我的家族,使我扼腕伤神。

陈家老大狗崽于一九三四年农历十月初九抵达城里。他光着脚走了九百里路,满面污垢长发垂肩站在祖父陈宝年的竹器铺前。

竹匠们看见一个乞丐模样的少年把头伸进大门颤颤巍巍的,汗臭和狗粪味涌进竹器铺。他把一只手伸向竹匠们,他们以为是讨钱,但少年紧握的拳头摊开了,那手心里躺着一把锥形竹刀。

"我找我爹。"狗崽说。说完他扶住门框降了下去。他的嘴角疲惫地开裂,无法猜度是要笑还是要哭。他扶住门框撒出一泡尿,尿水呈红色冲进陈记竹器店,在竹匠们脚下汩汩流淌。

日后狗崽记得这天是小瞎子先冲上来抱起了他。小瞎子闻着他身上的气味不停地怪叫着。狗崽松弛地偎在小瞎子的怀抱里,透过泪眼凝视小瞎子,小瞎子的独眼神采飞扬以一朵神秘悠远的血花诱惑了狗崽。狗崽张开双臂勾住小瞎子的脖子长嘘一声,然后就沉沉睡去。

他们说狗崽初到竹器店睡了整整两天两夜。第三天陈宝年抱起他在棉被上摔了三回才醒来。狗崽醒过来第一句话问得古怪,"我的狗粪筐呢?"他在小阁楼上摸索一番,又问陈宝年:"我娘呢,我娘在哪里?"陈宝年愣了愣,然后他掴了狗崽一记耳光,说:"怎么还没醒?"狗崽捂住脸打量他的父亲。他来到了城市。他的城市生活这样开始了。

陈宝年没让狗崽学竹匠。他拉着狗崽让他见识了城里的米缸又从米缸里拿出一只竹箕交给狗崽:狗崽你每天淘十箕米做大锅饭煮得要干城里吃饭随便吃的。你不准再偷我的竹刀,等你混到十八岁爹把十一件竹器绝活全传你。你要是偷这偷那的爹会天天揍你揍到十八岁。

狗崽坐在竹器店后门守着一口熬饭的大铁锅。他的手里总是抓着一根发黄的竹篾,胡思乱想,目光呆滞,身上挂着陈宝年的油布围腰。一九三四年秋天的城市蒙着白茫茫的雾气,人和房屋和烟囱离狗崽咫尺之遥却又飘渺。狗崽手中的竹篾被折成一段一段的掉在竹器店后门。他看见一个女的站在对面麻油店的台阶上朝这儿张望。她穿着亮闪闪的蓝旗袍,两条手臂光裸着叉腰站着。你分不清她是女人还是女孩,她很小又很丰满,她的表情很风骚但又很稚气。这是小女人环子在我家史的初次出现。她必然出现在狗崽面前,两人之间隔着城市湿漉漉的街道和一口巨大的生铁锅。我想这就是一种具体的历史涵义,小女人环子注定将成为我们家族的特殊来客,与我们发生永恒的联系。

"你是陈宝年的狗崽子吗?"

"你娘又怀上了吗?"

小女人环子突然穿越了街道绕过大铁锅,蓝旗袍下旋起熏风花香在我的画面里开始活动。她的白鞋子正踩踏在地上那片碎竹篾上,吱吱吱吱轻柔地响着。狗崽凝神望着地上的白鞋子和碎竹篾，他的血液以枫杨树乡村的形式在腹部以下左冲右突，他捂住粗布裤头另一只手去搬动环子的白鞋。

"你别把竹篾踩碎了别把竹篾踩碎了。"

"你娘，她又怀上了吗？"环子挪动了她的白鞋，把手放在狗崽刺猬般的头顶上。狗崽的十五岁的身体在环子手掌下草一样地颤动。狗崽在那只手掌下分辨了世界上的女人。他闭起眼睛在环子的诱发下想起乡下母亲。狗崽说："我娘又怀上了快生了。"他的眼前隆起了我祖母蒋氏的腹部，那是被他拳头击打过的腹部将要诞生又一个毛茸茸的婴儿。狗崽颤索着目光探究环子蓝布覆盖的腹部，他觉得那里柔软可亲深藏了一朵美丽的花。环子有没有怀孕呢？

狗崽进入城市生活正当我祖父陈宝年的竹器业飞黄腾达之时。每天有无数新竹器堆积如山，被大板车队运往河码头和火车站。狗崽从后门的大锅前溜过作坊，双手紧抓窗棂观赏那些竹器车。他看见陈宝年像鱼一样在门前竹器山周围游动，脸上掠过竹子淡绿的颜色。透过窗棂陈宝年呈现了被切割状态。狗崽发现他的粗短的腿脚和发达的上肢是熟悉的枫杨树人，而陈宝年的黑脸膛已经被城市变了形，显得英气勃勃略带一点男人的倦怠。狗崽发现他爹是一只烟囱在城里升起来了，娘一点也看不见烟囱啊。

我所见到的老竹匠们至今还为狗崽偷竹刀的事情所感动。他们说那小狗崽一见竹刀眼睛就发光，他对陈宝年祖传的大头竹刀喜欢得疯迷了。他偷了无数次竹刀都让陈宝年夺回去了。老竹匠们老是想起陈家父子为那把竹刀四处追逐的场面。那时候陈宝年变得出乎寻常的暴怒凶残，他把夺回来的大头竹刀背过来，用木柄敲着狗崽的脸部。敲击的时候陈宝年眼里闪出我们家族男性特有的暴虐火光，侧耳倾听狗崽皮肉骨骼的碎裂声。他们说奇怪的是狗崽，他怎么会不怕竹刀柄，他靠着墙壁僵硬地站着迎接陈宝年，脸打青了连捂都不捂一下。没见过这样的父子没……

你说说狗崽为什么老要偷那把

你再说说陈宝年为什么怕

  大头竹刀

   丢失呢

  我从来没见过那把祖传的大头竹刀。我不知道。我只是想到了枫杨树人血液中竹的因子。我的祖父陈宝年和伯父狗崽假如都是一杆竹子，他们的情感假如都是一杆竹子，一切都超越了我们的思想。我无须进入前辈留下的空白地带也可以谱写我的家史。我也将化为一杆竹子。

  我只是喜欢那个竹子一样的伯父狗崽。我幻想在旧日竹器城里看到陈记竹器铺的小阁楼。那里曾经住着狗崽和他的朋友小瞎子。阁楼的窗子在黑夜中会发出微弱的红光，红光来自他们的眼睛。你仰望阁楼时心有所动，你看见在人的头顶上还有人，他们在不复存在的阁楼上窥伺我们，他们悬在一九三四年的虚空中。

  这座阁楼，透过小窗狗崽对陈宝年的作坊一目了然。他的脸终日肿胀溃烂着，在阁楼的幽暗里像一朵不安的红罂粟。他凭窗守望入夜的竹器作坊。他等待着麻油店的小女人环子的到来。环子到来，她总把白鞋子拎在手里，赤脚走过阁楼下面的竹器堆，她像一只怀春的母猫轻捷地跳过满地竹器，推开我祖父陈宝年的房门。环子一推门我家历史就涌入一道斑驳的光。我的伯父狗崽被那道光灼伤，他把受伤的脸贴在冰冷的竹片墙上磨擦。疼痛。"娘呢，娘在哪里？"狗崽凝望着陈宝年的房门他听见了环子的猫叫声湿润地流出房门浮起竹器作坊。这声音不是祖母蒋氏的她和陈宝年裸身盘缠在老屋草铺上时狗崽知道她像枯树一样沉默。这声音渐渐上涨浮起了狗崽的阁楼。狗崽飘浮起来。他的双手滚水一样在粗布裤裆里沸腾。"娘啊，娘在哪里？"狗崽的身子蛇一样躁动缩成一团，他的结满伤疤的脸扭曲着最后吐出童贞之气。

  我现在知道了这座阁楼。阁楼上还住着狗崽的朋友小瞎子。我另外构想过狗崽狂暴手淫的成因。也许我的构想才是真实的。我的面前浮现出小瞎子独眼里的暗红色血花。我家祖辈世代难逃奇怪的性的诱惑。我想狗崽是在那朵血花的照耀下模仿了他的朋友小瞎子。反正老竹匠们回忆一九三四年的竹器店阁楼上到处留下了黄的白的精液痕迹。

我必须一再地把小瞎子推入我的构想中。他是一个模糊的黑点缀在我们家族伸入城市的枝干上，使我好奇而又迷惘。我的祖父陈宝年和伯父狗崽一度都被他吸引甚至延续到我，我在旧日竹器城寻访小瞎子时几乎走遍了每一个老竹匠的家门。我听说他焚火而死的消息时失魂落魄。我对那些老竹匠们说我真想看看那只独眼啊。

继续构想。狗崽那年偷看陈宝年和小女人环子交媾的罪恶是否小瞎子怂恿的悲剧呢。狗崽爬到了他爹的房门上朝里窥望，他看见了竹片床上的父亲和小女人环子的两条白皙的小腿，他们的头顶上挂着那把祖传的大头竹刀。小瞎子说你就看个稀奇千万别喊。但是狗崽趴在门板上突然尖厉地喊起来："环子，环子，环子啊！"狗崽喊着从门上跌下来。他被陈宝年揪进了房里。他面对赤身裸体脸色苍白的陈宝年一点不怕，但看见站在竹床上穿蓝旗袍的环子时眼睛里滴下灼热的泪来。环子扣上蓝旗袍时说："狗崽你这个狗崽呀！"后来狗崽被陈宝年吊在房梁上吊了一夜，他面无痛苦之色，他只是看了看阁楼的窗子。小瞎子就在阁楼上关怀着被缚的狗崽。

小瞎子训练了狗崽十五岁的情欲。他对狗崽的影响已经到了出神入化的地步。我尝试着概括那种独特的影响和教育，发现那就是一条黑色的人生曲线。

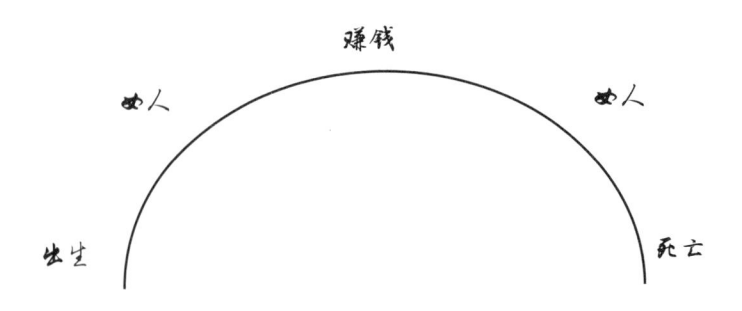

这条黑曲线缠在狗崽身上尤其强劲，他过早地悬在"女人"这个轨迹点上腾空了。传说狗崽就是这样得了伤寒。从前的老人认为男孩都是这样才得伤寒的。一九三四年的冬天狗崽病卧在小阁楼上数着从头上脱落的一根根黑发。头发上仍然残存着枫杨树狗粪的味道。他把那些头发理成一绺穿进小瞎子发明的锥形竹刀的孔眼里，于是那把带头发缨子的锥形竹刀在小阁楼上喷发了伤寒气息。我祖父陈宝年登上小阁楼总闻得见这种古怪的气息。他把手伸进狗崽肮脏而温暖的被窝测量儿子的生命力，不由得思绪茫茫浮想联翩。在狗崽身上重现了从前的陈宝年。陈宝年抚摸着狗崽日渐光秃的前额说："狗崽你病得不轻，你还想要爹的大头竹刀吗？"狗崽在被窝里沉默不语。陈宝年又说："你想要什么？"狗崽突然哽咽起来，他的身子在棉被下痛苦地耸动，"我快死了……我要女人……我要环子！"

陈宝年扬起的巴掌又放下了。他看见儿子的脸上已经开始跳动死亡火焰。他垂着头逃离小阁楼还听见狗崽的沙哑的喊声我要环子环子环子。

这年冬天竹匠们经常看见小瞎子背驮重病的狗崽去屋外晒太阳。他们俩穿过一座竹器坊撞开后门，坐在一起晒太阳。正午时分麻油店的小女人环子经常在街上晾晒衣裳。一根竹竿上飘动着美丽可爱的环子的各种衣裳。城市也化作蓝旗袍淅淅沥沥洒下环子的水滴。小女人环子圆月般的脸露出蓝旗袍之外顾盼生风，她咯咯笑着朝他们抖动湿漉漉的蓝旗袍。环子知道竹器店后门坐着两个有病的男人。（我听说小瞎子从十八岁到四十岁一直患有淋病）她就把她的雨滴风骚地甩给他们。

我对于一九三四年冬天是多么陌生。我对这年冬天活动在家史中的那些先辈毫无描绘的把握。听说祖父陈宝年也背着狗崽去晒过太阳。那么他就和狗崽一起凝望小女人环子晒衣裳了。这三个人隔着蓝旗袍互相凝望该是什么样的情景，一九三四年冬天的太阳照耀这三个人该是什么样的情景，我知道吗？

结局却是我知道的。我知道陈宝年最后对儿子说："狗崽我给你环子，你别死。我要把环子送到乡下去了。你只要活下去环子就是你的媳妇了。"陈宝年就是在竹器店后门对狗崽说的。这天下午狗崽已经奄奄一息。陈宝年坐在门口，烧了一锅温水，然后把狗崽抱住用锅里的温水洗他的头。陈宝年一遍遍地给狗崽擦美丽牌香皂，使狗崽头上的狗粪味消失殆尽，发出城市的香味。我还知道这天下午小女人环子站在她的晾衣竿后面绞扭湿漉漉的蓝旗袍，街上留下一摊淡蓝色的积水。

这么多年来我父亲白天黑夜敞开着我家的木板门，他总是认为我们的亲人正在流浪途中，他敞开着门似乎就是为了迎接亲人的抵达。家中的干草后来分成了六垛。他说那最小的一垛是给早夭的哥哥狗崽的，因为他从来没见过哥哥狗崽但狗崽的幽魂躺到我家来会不会长得硕大无比呢，父亲说人死后比活着要大得多。父亲去年进医院之前就在家里分草垛，他对我们说最大的草垛是属于祖母蒋氏和祖父陈宝年的。

我在边上看着父亲给已故亲人分草垛，分到第六垛时他很犹豫，他捧着那垛干草不知道往哪里放。

"这是给谁的？"我说。

"环子。"父亲说，"环子的干草放在哪儿呢？"

"放在祖父的旁边吧。"我说。

"不。"父亲望着环子的干草。后来他走进他的房间去了。我看见父亲把环子的干草塞到了他的床底下。

环子这个小女人如今在哪里？我家的干草一样在等待她的到达。她是一个城里女人。她为什么进入了我的枫杨树人的家史？我和父亲都无法诠释。我忘不了的是这垛复杂的干草的意义。你能说得清这垛干草为什么会藏到我父亲的床底下吗？

枫杨树的老人们告诉我环子是在一个下雪的傍晚出现在马桥镇的。她的娇小的身子被城里流行的蓝衣裳包裹得厚厚实实，快乐地跺踏着泥地上的积雪。有一个男人和环子在一起。那男人戴着狗皮帽和女人的围巾深藏起脸部，只露出一双散淡的眼睛。有人从男人走路的步态上认出他是陈宝年。

这是枫杨树竹匠中最为隐秘的回乡。明明有好多人看见陈宝年和环子坐在一辆独轮车上往家赶，后来却发现回乡的陈宝年在黄昏中消失了。

我祖母蒋氏站在门口看着小女人环子踩着雪走向陈家祖屋。环子的蓝旗袍在雪地上泛出强烈的蓝光，刺疼了蒋氏的眼睛。两个女人在五十年前初次谈话的声音现在清晰地传入我耳中。

"你是谁？"

"我是陈宝年的女人。"

"我是陈宝年的女人，你到底是谁？"

"你这么说我不知道自己是谁了。我怀孕了，是陈宝年的孩子。他把我赶到这里来生。我不想来他就把我骗来了。"

"你有三个月了我一眼就看出来了。"

"你今年生过了吗我带来好多小孩衣裳给你一点吧。"

"我不要你的小孩衣裳你把陈宝年的钱带来了吗？"

"带了好多钱这些钱上都盖着陈宝年的红印呢你看看。"

"我知道他的钱都盖红印的他今年没给过我钱秋天死了五个孩子了。"

"你让我进屋吧我都快冻死了陈宝年他不想回来。"

"进屋不进屋其实都一样冷是他让你来乡下生孩子的吗？"

（我同时听到了陈宝年在祖屋后面踏雪的脚步声陈宝年也在听吗？）

环子踏进我家首先看见了六股野艾草绳从墙上垂下来缓缓燃烧着，家里缭绕着清苦的草灰味。环子指着草绳说："那是什么？"

"招魂绳。人死了活着的要给死人招魂你不懂吗？"

"死了六个儿女吗？"

"陈宝年也死了。"蒋氏凝视着草绳半晌走到屋角的摇篮边抱起她的婴儿，她微笑着对环子说，"只活了一个，其他人都死了。"

活着的婴儿就是我父亲。当小女人环子朝他俯下脸来时城市的气味随之抚摸了他的小脸蛋。婴儿翕动着嘴唇欲哭未哭，一刹那间又绽开了最初的笑容。父亲就是在环子带来的城市气味中学会笑的。他的小手渐渐举起来触摸环子的脸，环子的母性被充分唤醒，她尖叫着颤抖着张开嘴咬住了婴儿的小手，含糊不清地说："我多爱孩子我做梦梦见生了个男孩就像你小宝宝啊。"

追忆祖母蒋氏和小女人环子在同一屋顶下的生活是我谱写家史的一个难题。我的五代先祖之后从没有一夫多妻的现像，但是枫杨树乡亲告诉我那两个女人确实在一起度过了一九三四年的冬天。环子的蓝衣裳常洗常晒，在我家祖屋上空迎风飘扬。

他们说怀孕的环子抱着婴儿时期的父亲在枫杨树乡村小路上走她的蓝棉袍下的腹部已经很重了。环子是一个很爱小孩的城里女人，她还爱村里东一只西一条的家狗野狗，经常把嘴里嚼着的口香糖扔给狗吃。你不知道环子抱着孩子怀着孩子想到哪里去，她总是在出太阳的时间里徜徉在村子里，走过男人身边时丢下妖媚的笑。你们看见她渐渐走进幽深的竹园，一边轻拍着婴儿唱歌，一边惶惑地环视冬天的枫杨树乡村。环子出现在竹园里时，路遇她的乡亲都发现环子酷似我死去的姑祖母凤子。她们两个被竹叶掩映的表情神态有惊人的相似之处。

环子和凤子是我家中最美丽的两个女人。可惜她们没有留下一张照片，我无法判断她们是否那么相似。她们都是我祖父陈宝年羽翼下的丹凤鸟。一个是陈宝年的亲妹妹，另一个本不是我的族中亲人，她是我祖父陈宝年的女邻居是城里麻油店的老板娘她到底是不是姑祖母凤子的姐妹鸟？我的祖父陈宝年你要的到底是哪只鸟？这一切后代们已经无从知晓。

我很想潜入祖母蒋氏乱石密布的心田去研究她给环子做的酸菜汤。环子在我家等待分娩的冬天里，从我祖母蒋氏手里接过了一碗又一碗酸菜汤，一饮而尽。环子咂着嘴唇对蒋氏说："我太爱喝这汤了。我现在只能喝这汤了。"蒋氏端着碗凝视环子的日渐隆起的腹部，目光有点呆滞，她不断地重复着说："冬天了，地里野菜也没了，只有做酸菜汤给你吃。"

酸菜腌在一口大缸里。环子想吃时就把手伸进乌黑的盐水里捞酸菜，抓在手里吃。有一天环子抓了一把酸菜突然再也咽不下去了，她的眼睛里沁出泪来，猛地把酸菜摔在地上跺脚哭喊起来，"这家里为什么只有酸菜酸菜酸菜啊。"

祖母蒋氏走过来捡起那把酸菜放回大缸里，她威严地对环子说："冬天了，只有酸菜给你吃。你要是不爱吃也不能往地上扔。"

"钱呢，陈宝年的钱呢？"环子说，"给我吃点别的吧。"

"陈宝年的钱没了。我给陈宝年买了两亩地。陈家死的人太多连坟地也没有。人不吃菜能活下去，没有坟地就没有活头了。"

环子在祖母蒋氏古铜般的目光中抱住自己的哭泣的脸。她感觉到脸上的肌肤已经变黄变粗糙了。这是陈宝年的老家给予她的惩罚。哭泣的环子第一次想到她这一生的悲剧走向。她轻轻喊着陈宝年陈宝年你这个坏蛋，重又走向腌酸菜的大缸。她绝望地抓起一把酸菜往嘴里塞，杏眼圆睁嚼咽那把酸菜直到腹中一阵强烈的反胃。哇哇巨响。环子从她的生命深处开始呕吐，吐出一条酸苦的黑色小溪，溅上她的美丽的蓝棉袍。

我知道环子到马桥镇上卖戒指换猪肉的事就发生在那回呕吐之后。据说那是我祖父送给她的一只金方戒，她毫无怜惜之意地把它扔在肉铺柜台上，抓起猪肉离开马桥镇。那是镇上人第二次看见城里的小女人环子。都说她瘦得像一只猫了走起路来仿佛支撑不住怀孕三月的身子。她提着那块猪肉走在横贯枫杨树的黄泥大道上，路遇年轻男人时仍然不忘她的城里女人的媚眼。我已经多次描摹过的黄泥大道上紧接着长出一块石头，那块石头几乎是怀有杀机地绊了环子一下，环子惊叫着怀孕的身体像倒木一样飞了出去。那块猪肉也飞出去了。环子的这声惊叫响彻暮日下的黄泥大道，悲凉而悠远。在这一瞬间她似乎意识到从天而降的灾难指向她的腹中胎儿，她倒在荒凉的稻田里，双手捂紧了腹部，但还是迎来了腹部的巨大的疼痛感。她明确无误地感觉了腹中小生命的流失。

她突如其来地变成一个空心女人。环子坐在地上虚弱而尖利地哭叫着,她看着自己的身子底下荡漾开一潭红波。她拚命掬起流散的血水,看见一个长着陈家方脸膛的孩子在她手掌上停留了短暂一瞬,然后轻捷地飞往枫杨树的天空,只是一股青烟。

流产后的小女人环子埋在我家的草铺上呜咽了三天三夜。环子不吃不喝,三天三夜里失却了往日的容颜。我祖母蒋氏照例把酸菜汤端给环子,站在边上观察痛苦的城里女人。环子枯槁的目光投在酸菜汤里一石激起千层浪。她似乎从乌黑的汤里发现了不寻常的气味,她觉得腹中的胎儿就是在酸菜汤的浇灌下渐渐流产的。猛然如梦初醒:

"大姐,你在酸菜汤里放了什么?"

"盐。怀孩子的要多吃盐。"

"大姐,你在酸菜汤里放了什么把我孩子打掉了?"

"你别说疯话。我知道你到镇上割肉摔掉了孩子。"

环子爬下草铺死死拽住了祖母蒋氏的手,仰望蒋氏不动声色的脸。环子摇晃着蒋氏喊:"摔一跤摔不掉三个月的孩子,你到底给我吃什么了你为什么要算计我的孩子啊?"

我祖母蒋氏终于勃然发怒,她把环子推到了草铺上然后又扑上去揪住了环子的头发,你这条城里母狗你这个贱货凭什么到我家来给陈宝年狗日的生孩子。蒋氏的灰暗的眼睛一半是流泪的另一半却燃起博大的仇恨火焰。她在同环子厮打的过程中断断续续地告诉环子:我不能让你把孩子生下来……我有六个孩子生下来长大了都死了……死在娘胎里比生下来好……我在酸菜汤里放了脏东西,我不告诉你是什么脏东西……你不知道我多么恨你们……

其实这些场面的描写是我应该回避的。我不安地把祖母蒋氏的形象涂抹到这一步但面对一九三四年的家史我别无选择。我怀念环子的未诞生的婴儿,如果他(她)能在我的枫杨树老家出生,我的家族中便多了一个亲人,我和父亲便多了一份思念和等待,千古风流的陈家血脉也将伸出一条支流,那样我的家史是否会更增添丰富的底蕴呢。

环子的消失如同她的出现给我家中留下一道难愈的伤疤,这伤疤将一直溃烂发酵漫漫无期,我们将忍痛舔平这道伤疤。

环子离家时掳走了摇篮里的父亲。她带着陈家婴儿从枫杨树乡村消失了,她明显地把父亲作为一种补偿带走了。女人也许都这样,失去什么补偿什么。没有人看见那个掳走陈家婴儿的城里女人,难道环子凭借她的母爱障碍长出了一双翅膀吗?

我祖母蒋氏追踪环子和父亲追了一个冬天。她的足迹延伸到长江边才停止。那是她第一次见到长江。一九三四年冬天的江水浩浩荡荡恍若洪荒时期的开世之流。江水经千年沉淀的浊黄色像钢铁般的势大力沉,撞击着一位乡村妇女的心扉。蒋氏拎着她穿破的第八双草鞋沿江岸踯躅,乱发随江风飘舞,情感旋入江水仿佛枯叶飘零。她向茫茫大江抛入了她的第八双草鞋就回头了。祖母蒋氏心中的世界边缘就是这条大江。她无法逾越这条大江。

我需要你们关注祖母蒋氏的回程以了解她的人生归宿。她走过一九三四年漫漫的冬天,走过五百里的城镇乡村,路上已经脱胎换骨。枫杨树人记得蒋氏回来已经是年末了。马桥镇上人家都挂了纸红灯迎接一九三五年。蒋氏两手空空地走过那些红灯,疲惫的脸上有红影子闪闪烁烁的。她身上脚上穿的都是男人的棉衣和鞋子,腰间束了一根草绳。认识蒋氏的人问:"追到孩子了吗?"蒋氏倚着墙竟然朝他们微笑起来,"没有,他们过江了。""过了江就不追了吗?""他们到城里去了,我追不上了。"

祖母蒋氏在一九三五年的前夕走回去,面带微笑渐渐走出我的漫长家史。她后来站在枫杨树西北坡地上,朝财东陈文治的黑砖楼张望。这时有一群狗从各个角落跑来,围着蒋氏嗅闻她身上的陌生气息,冬天已过枫杨树的狗已经不认识蒋氏了。蒋氏挥挥手赶走那群狗,然后她站在坡地上开始朝黑砖楼高喊陈文治的名字。

陈文治被蒋氏喊到楼上,他和蒋氏在夜色中遥遥相望,看见那个女人站在坡地上像一棵竹子摇落纷繁的枝叶。陈文治预感到这棵竹子会在一九三四年底逃亡，植入他手心的。

"我没有了——你还要我吗——你就用那顶红轿子来抬我吧——"

陈文治家的铁门在蒋氏的喊声中嘎嘎地打开，陈文治领着三个强壮的身份不明的女人抬着一顶红轿子出来，缓缓移向月光下的蒋氏。那支抬轿队伍是历史上鲜见的，但是我祖母蒋氏确实是坐着这顶红轿子进入陈文治家的。

……

……

……

就这样我得把祖母蒋氏从家史中渐渐抹去。我父亲对我说他直到现在还不知道她叫什么名字。他关于母亲的许多记忆也是不确切的，因为一九三四年他还是个婴儿。

但是我们家准备了一垛最大的干草，迎接陈文治家的女人蒋氏再度抵达这里。父亲说她总会到来的。

祖母蒋氏和小女人环子星月辉映养育了我的父亲，她们都是我的家史里浮现的最出色的母亲形像。她们或者就是两块不同的陨石，在一九三四年碰撞，撞出的幽蓝火花就是父亲就是我就是我们的儿子孙子。

我们一家现在居住的城市就是当年小女人环子逃亡的终点，这座城市距离我的枫杨树老家有九百里路。我从十七八岁起就喜欢对这座城市的朋友们说："我是外乡人。"

我讲述的其实就是逃亡的故事。逃亡就是这样早早地发生了，逃亡就是这样早早地开始了。你等待这个故事的结束时还可以记住我祖父陈宝年的死因。

附：关于陈宝年之死的一条秘闻

一九三四年农历十二月十八夜，陈宝年从城南妓院出来，有人躲在一座木楼顶上向陈宝年倾倒了三盆凉水。陈宝年被袭击后朝他的店铺拚命奔跑，他想跑出一身汗来，但是回到竹器店时浑身结满了冰，就此落下暗病。年底丧命，死前紧握祖传的大头竹刀。陈记竹器店主就此易人。现店主是小瞎子。城南的妓院中漏出消息说，倒那三盆凉水的人就是小瞎子。

我想以祖父陈宝年的死亡给我的家族史献上一只硕大的花篮。我马上将提起这只花篮走出去，从深夜的街道走过，走过你们的窗户。你们如果打开窗户，会看到我的影子投在这座城市里，飘飘荡荡。

谁能说出来那是个什么影子？

一九八七年一月十五日深夜　南京

（原刊于《收获》1987年第5期）

迷 舟

格 非

一九二八年三月二十一日，北伐军先头部队突然出现在兰江两岸。孙传芳部守军引师不战而降。北伐军迅速控制了兰江和涟水交接处的重镇榆关。孙传芳在临口大量集结部队的同时，抽调精锐师驻守涟水下游棋山要塞。棋山守军所属三十二旅旅长萧在一天深夜潜入棋山对岸的村落小河，七天后突然下落不明。萧旅长的失踪使数天后在雨季开始的战役蒙上了一层神秘的阴影。

引 子

萧接到师部给他的秘密指令是四月七日的上午。师部让他率三十二旅驻守棋山对岸的小河村落。这个仅有几十户农家的村落像犄角一样突出在涟水拐道的河口，是一个理想的防御地点。按照师部的命令他必须于九日凌晨潜入小河村，尽快查明那里可以知道的一切详细情况。师部提醒他：既然我部已注意到这片没有遮掩的神秘区域，同样，北伐军对它也不会无动于衷。就在萧准备渡船出发的前夕，发生了一件意想不到的事。

四月八日，闷热的午后阳光使人恹恹欲睡。萧在涟水岸边的柳林里骑马独行。他经过棋山北坡谷底一片炫目的军用帐篷时，一匹枣红色的马追上了他。

警卫员拽住马的缰绳斜侧在萧的左边。阳光正对着他，他的双眼不能完全睁开，警卫员在还没有完全安静下来的枣红马上挺了挺身体，迅疾地举起右手掠过帽沿：

"有一位老太在旅部等着见你。"

萧继续稳稳地朝前溜了几步才拨回马头。天太闷热了，凉风越过山脊，从他的头顶上滑过，北坡谷底的空气是凝固的。警卫员还站在原地，他没有伸手拂掉脸上不断滚动的汗珠，而是怔怔地看着萧，等待着他的答复。

"你想个法把她支走——"萧不耐烦地挥了挥手，警卫员驱马朝前走了几步，压低嗓门怯怯地说：

"她，说是从小河来的。"

萧漫不经心地扫了他一眼，没有搭腔。他已经策马朝旅部疾走，警

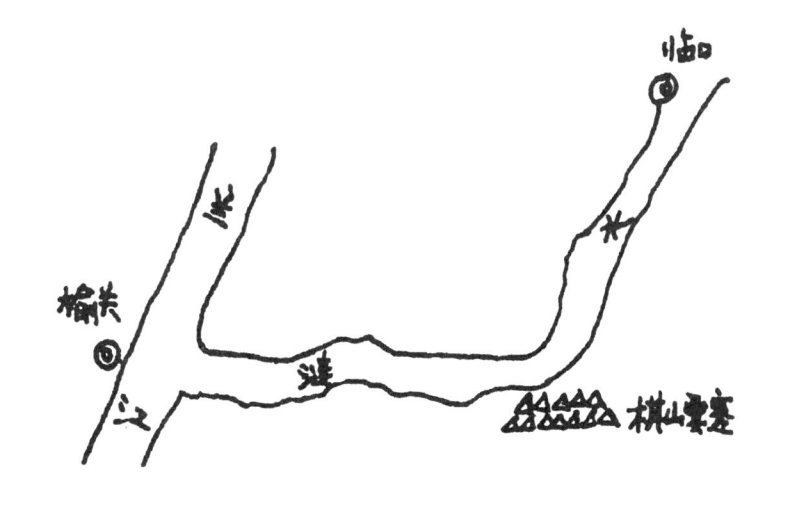

卫员在离他十丈左右的尘土中紧紧跟随着。战争使他厌倦了那些令人心烦的琐事。他知道，因为战争中的阵亡，士兵的家属突然出现在指挥部里是司空见惯的，这些捏着写有儿子和丈夫姓名字条的陌生面孔会提出一些荒唐的要求：索取遗物或打听士兵临终前的种种细节。由于这支没有番号的部队从来没有保留任何阵亡将士的名册，这些可怜的百姓常常在下级军官的叱骂声和枪托的威逼下悻悻离去。尽管萧所在的师是一支精锐的嫡系部队，他也不得不常在供给奇缺的情况下在前沿阵地作战。他的部下有时像夜与昼一样更替得非常彻底，一群仅玩过鸟枪的庄稼人也被临时招募来履行最艰巨的狙击使命。在这几乎和以前一样寂静的午后，对即将开始的大战的某种不祥的预感紧紧地困扰着他。

萧捏着马鞭走进旅部临时指挥所时，一眼就认出了这位来自故乡的老人。她是村子里的媒婆马三大婶。他离开家从军只有短短的几年，这位风流热情充满活力的女人一下子变老了。马三大婶对于村里大部分青壮男人的诱惑和慷慨大度曾引起女人间无穷无尽的纠纷。在战争的间隙中，她常常成为萧对故乡往事回忆的纽结。马三大婶是来向他报告他父亲的死讯的。

他的父亲一天傍晚在灶下生火，呛鼻的回烟使他想起很久没有捅一下烟囱了。这位七十八岁的老人颤巍巍地拿着一根绑满稻草的竹竿爬上了屋顶，他在踩碎了三片瓦和两根烂椽后，摔死在灶屋的水缸里。萧在媒婆尖细的嗓门几乎是滑稽地描述了父亲的死之后，显得格外的平静。他没有丝毫突兀的恐惧和悲痛的感觉。他简略地回忆了一下父亲生前的时光，就向警卫员要来一支烟抽。他划火柴的手指有些颤抖，他知道，那不是源于悲痛而是睡眠不足。萧旁若无人地走出了指挥所，朝着系马的一棵老杨树走去，萧在解马缰的时候听到了身后脚步踩乱草丛的声响。那是警卫员不安地跟了出来。萧回过头狠狠地瞪了他一眼，警卫员不由得止住了脚步。

已是黄昏时分，他独自一个人骑马从北坡登上了棋山的一个不高的山头。连日梅雨的间隙出现了灿烂的阳光。浓重的暮色将涟水对岸模糊的村舍染得橙红。谷底狭长的甬道中开满了野花。四野空旷而宁静。他回忆起往事和炮火下的废墟，涌起了一股强烈的写诗的欲望。他的父亲是小刀会中为数不多的幸存者，也是绝无仅有的会摆弄洋枪的头领之一，他的战争经历和收藏的大量散佚在民间的军事典籍使萧从小便感受到了战火的气氛。萧常常在梦中出现马的嘶鸣和隆隆的炮声。终于有一天，他走到父亲身边询问为什么投身于一支失败的队伍？父亲像是被碰到了痛处，他的回答却是漫不经心的：从来就没有失败或者胜利的队伍，只有狼和猎人。母亲是一个谨小慎微的女人。对她来说，连绵不断的战争和孩子们的突然长大使她寝食不安。他哥哥去黄埔军校的前夕，母亲哭得死去活来，她大声叱骂丈夫的放纵和对于战争的荒唐的预料而将儿子送上绝路。她突然变得专横和坚强起来。她将瘦弱的兄长和两只山羊一起关了三天。第三天深夜萧偷来了坚固的木栅栏门锁上的钥匙。他哥哥几乎没跟他说什么话就踏着月光走了，当时他的父母正在熟睡。后来，母亲担心萧会走上他兄长相同的道路，就雇来一只小船将他送到了繁华的榆关镇。让萧跟他的一位表舅学医。那是一个炎热的夏季。萧从哥哥的出走的一连串麻烦中积蓄了经验。当萧准备跟孙传芳的一位部将当勤务兵时，他穿着浆得毕挺的衣衫回到村子里。他的无声的告别使母亲误以为他是去邻村相亲。

暮色四合。凉爽的晚风吹来了涟水河潮湿的气息。他的白马在山头不安地躁动着，四蹄刨着泥土。和他遥遥相对的村子已经淹没在黑暗之中了。他的白马在跃下山坡的时候，他想起了前些日子在师部开会时听到的战报：三月二十一日攻占榆关的恰恰是他哥哥的部队。

第一天

萧和警卫员是拂晓渡河的。他们的船到达对岸时听到了村中传出的第一声鸡叫。萧将小船划向岸边垂落下来的枝叶繁盛的晚茶花丛，那是藏船的好地方。汨汨的流水轻轻地摇动着小船，一只黑色的水鸟倏地飞出，沿河岸低飞而去。萧在挂满露珠的藤蔓中觉察到了一丝凉意，浓郁的花香和水的气息使他心中充满了宁静的美妙遐想。他对这个美丽的村落不久以后给他带来的灾难一无察觉。

萧上岸后经过一片密密的竹林进入他所熟悉的村舍。村子的背后是西沉的弦月，东方曙河欲晓。在井边打水的女人没有认出他来。偶尔也有一些早起的老人咳嗽从他身边走过，消失在薄雾里。村民对陌生人早已没有了兴趣，他们只是对补锅的风箱、弹棉花的马头木弓和换麦芽糖人的笛声感到亲切。萧横穿过那些狭长的弄堂和茅舍，没有人打量他，只是引起了经久不息令人颤栗的狗的狂吠。萧的平静的心中泛起了一层涟漪，但他很快又在桃花和麦苗的清香中陶醉了。

萧家的宅子在村子的最西边。他远远地看见屋子的门是关着的，走近才发觉开着的门上挂着一匹黑色的孝布。他掀开孝布走进院子时，他的母亲正巧手里擎着一盏煤油灯，两个黑影突然挑起门帘闯了进来把她吓了一跳。不过，那盏煤油灯她还是紧紧地握着。当她认出长着一撮漂亮胡子的儿子时，才把灯扔在了离她大约有一丈远的阴沟里。母亲足足打量了一袋烟工夫，她发现儿子完全地变了。他的眼神和丈夫临终前的眼神一模一样。深陷在眼眶里的眼球没有丝毫新鲜的光泽。丈夫从屋顶上摔进水缸在她心中引起的不祥的预感又开始泛滥起来。她将儿子领进灵堂的时候又烧掉了三叠黄纸。她的举动不是出于对丈夫的哀悼而是为儿子消灾。萧在父亲的棺木前重重地跪下了。他宁静的心绪没有被灵堂的肃穆气氛扰乱，在他看来，父亲在他的那支队伍消失后隐居在涟水之北的村舍之日起就已经死了。他唯一感到内疚的就是离家前对母亲的欺骗和轻蔑。他凝望着母亲瘦削的肩膀，大梦初醒似的意识到了战争带给他的变化。他感觉到像是有一根纤细的鹅毛在拨动内心深处隐藏的往事，这种感觉转瞬即逝。他站了起来，深深地吸了一口气，空气中弥漫了一股香灰和黄纸的气味。

母亲发现儿子面容苍老，头发蓬乱，就给他找来了一把木梳和剪刀，强迫他将胡子收拾干净了。萧若有所思地问起父亲的灵堂为何这样冷清，母亲说，父亲后半生几乎足不出户，不爱交结俗人。由于战争，远近的亲戚早都没有了音讯。家中空余的房屋和后院她只是在重阳节才去赶一次耗子。现在潮湿的地面上也许已经长满了水草和苔藓。萧对母亲说话时的啜泣无动于衷。萧又询问母亲关于葬仪的一些事，母亲像是没有听见，半晌没有回答，萧深深地吸了一口气，就此沉默了。

这是他和母亲最长的一次谈话。

午后，萧和警卫员查遍了村子的每一个角落，没有发现一个异乡人，他暗自庆幸北伐军还没有注意到这个涟水之北偏僻的村落。这个村子至少已有一千年没有受到战火的侵扰了，村民们相信它的宁静会像日复一日流逝的涟水向远处延续。他们丝毫没有联想到在清晨引动狗叫的两个陌生人和战争的瓜葛。在傍晚牧童的牛蹄声中，在屋檐下的阴影逐渐拉长的井边，人们只是传说着经年未改的往事。太阳快落山的时候，萧准备去涟水河面察看地形，警卫员向他报告说，一个来历不明的道人在村子中央的扇形晒场上，他算卦的灵验使那里的人越聚越多。

萧和警卫员从人群中挤进去的时候，晒场上的出于对陌生人的恭敬，给他们让开了一条缝。老道正在预测村子的凶吉。他的牙齿几乎全脱落了，说话含糊不清。他的打满补丁的长衫上积了一层厚腻的油垢。他的面前铺着一张旧黄的旗子。由于墨迹的渗透，旗子上爻、兑、震、巽的字样已经模糊不清。老道盘腿屈膝坐在沙地上，他的脚边堆放着龟壳和蛇皮以及跌打损伤的膏药。另外还有两座可以转动的轮盘和一只洒满黄米的畚箕。

老道沉吟了片刻，然后咕哝了一阵谁也无法听懂的话，朝等着预知村舍未来的虔诚的村民挥挥手：天蝎南游，双鱼北走，摩羯安西，处女嫁东——战争已经过去。

萧的腮边挂着轻蔑的不易察觉的笑意。他觉得人们总是生活在幻觉里。对于他来说，未来已经悄悄地向现在延伸，战争已经开始了。对村民的怜悯并没有扫除萧对自身迷惑的阴影。他同样也生活在一种幻觉里。今天拂晓他踏上薄雾中的小船，遥望对岸熟睡的村子，曾涌起一种莫名其妙的激动。他不知急于回家是因为父亲的死，还是对母亲的思念，或者是对记载着他童年的村子凭吊的渴望。他觉得像是有一种更深远而浩瀚的力量在驱使他。

晒场上的人陆续散去了，天慢慢地黑了下来。萧觉得老道不像是北伐军的密探，在老人收拾包裹和杂物的时候，萧不经意地在道人脚下扔了一枚铜板。道人没有理会那枚在沙地上无声滚动的铜板，也没有停止拾掇，他抬起头瞥了萧一眼：客官莫非有意算一卦？是婚姻还是财路？

生死。

萧说。他点燃了一枝烟。越过那些低矮的紫穗槐树丛，他的目光注视着远处涟水河面弥漫着的空濛的蜃气，道人在掐算萧的生辰八字时，天已经完全黑了下来。

当心你的酒盅。

道人含糊地说了一句。

当天晚上，警卫员拎来了两瓶土烧和一包牛肉。像往常一样，警卫员在萧的面前放了一双竹筷，一只陶瓷酒杯。他坐在萧的侧面，两手垂放在桌沿上。萧将酒杯推到警卫员的面前并给他斟了一杯酒，自己点上了一根烟。

警卫员像个姑娘一样翻动着细长的睫毛，偷觑了他的长官一眼，迟疑地端起了酒杯。萧又从警卫员的眼睛里看到了道人诡谲双目的光芒。

警卫员一定看穿了自己的胆怯，萧想：尽管他的警卫员是一个未谙世事的孩子，他还是感到了一种按捺不住的烦闷和惆怅。

母亲推门进来的时候，萧看见母亲身后一个女人秀顾的身影迅速踅入灵堂冥幽的暗光之中。

第二天

昨天在母亲身后消失的那个女人激起了萧无穷的联想，当时他像是在夏季的热风中闻到了一阵果香那样贪婪地吸了一口气。在第二天举行的他父亲的葬仪上他们再次相遇时，他才认出她来。

那天晚上，萧在灵堂喧述的哭泣声中进入了梦乡。午夜之后，一只调音的胡琴将他惊醒。村子很久没有死人了，这些为死人吹奏丧曲的乐师们失去了往日的默契。技艺的荒废使他们只能摆弄出一些断断续续的嘈杂的音响。萧从床上坐起来的时候，不协调的音乐使他一连打了好几个喷嚏。萧借着从朽蚀的窗骨中泻进来的月光，发现怀表的指针指向三点。葬仪正式开始的时候，萧就紧跟在那些乐师的后面。他还没有完全从睡眠中醒来。月光被疾速移动的乌云遮住了，他的脚步有些蹒跚。晚风中混杂的刺树和青草的气息在他周围酝酿着。他注视着远处影影绰绰的山影，回忆起他在表舅家度过的那个炎热的夏季。

由于哥哥的猝然从军，在母亲的威逼下，他随一只过路的小船来到了涟水和兰江交接处的榆关，跟他的表舅学医。他的表舅是一个温良敦厚的中医。他平素四乡浪迹，行医谋生，妻子在一次难产中死去，他苦于女儿无人照料在榆关临江的街面上开有一片药铺。萧来到榆关的最初一段日子里，总是处在极度的不安和焦躁之中，他在临江而筑的竹楼里翻阅一本本发黄的医药典籍时，只有人体的插图偶尔能引起他模糊的兴趣。在夏季炽热的阳光的辐射下，他从窗口远眺江面静止的帆影，耳畔常常响起杂乱而急促的马蹄声。随着日规的长短伸缩，时间悄悄地流走了，他的表舅发现他对药理和书籍的兴趣不大，就让他学习针灸。这天晌午，天空突然布满了阴云，隆隆的雷声使他在竹楼里坐立不安。他的表舅出诊未归，萧正在一只冬瓜上练习扎针的时候，表舅的女儿走上了竹楼的书斋。她是上来找一把红纸的雨伞的。在她拿了伞要下楼的时候，她看见萧一针接一针地将冬瓜戳出一汪汪清水，就走近萧的身旁，给他示范针灸的扎法。萧那天从渡船上踏上榆关码头的时候，她和表舅来接他。他错过了一次认识她的美丽的机会。由于他对母亲的怨恨和炎炎烈日的蒸烤，他看都没有看她一眼。现在，这个叫杏的姑娘用食指、拇指、中指捻动那根细长的银针，萧忽然觉得喉头涌出了一股咸涩的味道。他的眼睛无法从她那白皙细长的手上挪开了，那根针像是扎在了他的脉上，他闻到了屋子里越来越浓的清新的果香。杏几乎没有和他说上几句话就离开了竹楼。她走后留下的气味像是凝固在这个竹楼内。在萧度过的这个夏季漫长的独坐中，这种气味一直没有消失。

表舅按照他行医的经验苦心孤诣地给萧安排了一次次的练习。他扎了两个星期的冬瓜后，表舅让他试着在一只兔子身上进行练习，他觉得心绪突然变得比先前还要糟。手里活蹦乱跳的这种动物要比冬瓜难以侍候。他当着表舅的面，只能小心翼翼地将针插入它的颈脖和肚子，表舅一旦走开，他立刻不知轻重地乱捅一气，他几乎每天都要弄死一只兔子。表舅在萧面前的摇头叹气越来越频繁。他终于放弃了让萧学针灸的念头，开始让他学习搭脉。使他的表舅感到意外的是，萧只用了两个小时就学会了。

夏末的一个中午，表舅在书屋午休的时候，他来到了竹楼下的院子里。杏在银杏树下的一只躺椅上睡着了。她手里拿着一本关于节气传说的书。那本翻开的书在她胸脯上起伏着。萧痴骏地坐在离她很近的竹凳上，凳子发出的吱吱嘎嘎的响声使他吓出了冷汗。她另一只手在椅背上无力地垂着。萧能听见自己粗重的呼吸，涟水的河面上传过来划船的桨声。一只困倦的白蝴蝶在他眼前飞过，他轻轻地碰了一下她的纤柔的指尖，然后将手搭在她的脉上。他觉得她的乳白的皮肤下血流得很快。她一定不会醒来的，他想。

她真的就没有醒来。

在以后动荡的戎马生涯中，他躺在静谧的山洼里注视满天星斗，吞嚼草根和树叶苦涩的汁水时，他也偶尔记起了那天午后令人窒息的空气中飘飞的时间，他回想起他的指尖轻轻抚过她光滑的手臂，解开她领口的第一只纽扣时令人心醉的一幕，突然觉得杏也许是醒着的。这个念头从此一直没有离开过他。

现在，他又闻到了那股果香。

当棺木在墓地上停稳后，送葬的队伍缓缓朝这个开满梨花的低矮的土坡围过来。萧似乎觉得杏就在这个稀稀落落的人群中。他的脊椎骨上像是爬上了一条冰凉的水蛇。葬仪之后，他从母亲的口中知道，杏已于月前嫁到了小河村，她的丈夫三顺是一个兽医。这个能掀翻一头黄牛的青年对兽医这一职业有着发狂的嗜好。他通读了《医学词典》《本草纲目》，另外还专门研究过很少有人读懂的《黄帝内经》，他在榆关镇的街上和萧的表舅邂逅之后，老人立刻被他渊博的学识吸引住了。当这位老中医得知三顺将给人治病的方法移植到畜生身上取得成功后，不由得感慨相见恨晚。他们在街角的一片茶馆里谈到深夜，这次偶然的相遇便促成了他美满的婚姻。

　　父亲的棺木轻轻地安放在洒满铜钱和黄纸的墓穴中。一个拄杖的老司仪递给萧一把铁锨。萧铲了一块泥土撒在父亲的棺盖上。萧突然觉得背后有一种灼人的目光在打量他。他稍稍地偏转了一下视角，转过身，看见杏穿着孝服站在母亲身边。杏的背后是空空荡荡的田野，一棵孤零零的合欢树上憩息着一只喜鹊和一只绿头翁鸟。

　　墓地上参加葬仪的人陆续散去。杏和母亲在墓前栽下几棵湘妃竹和一棵雪松。萧站在一片黄灿灿的油菜地旁，杏和母亲之间无言的亲密使萧的心头掠过一阵宽慰的意味。萧从口袋里掏出一盒火柴走到墓前，把剩下的被露珠打湿的黄纸烧掉。他用一根棍子将那些在灰烬中卷缩的纸片挑起来。四月的风吹起了这些纸片，有几团灰白的纸烬随风滚到了新栽的雪松旁和杏的脚下。杏正弯下腰用脚踏平树根的新土，她将那些吹过来的纸灰踩进土里，顺着纸团滚过来的方向，她抬头瞥了他一眼，很快。萧蹲在杏不远处的侧面，除了杏秀颀的身体的轮廓外，他的眼前一片空白。

　　他们回村的时候，母亲和杏走在萧的前面。警卫员也许还在熟睡，萧听不到背后跟随着的熟悉的脚步声，有点不习惯。但他眼前的天空却陡然变得开阔起来，他似乎觉得一切都在他的视野之下。

　　他们谁都没有说话，在他的背后，太阳刚刚升起。

第三天

葬仪结束后，村子又恢复了往日的宁静。清新的阳光在中午前后渐渐地增加了它的热度。眼前正是农闲季节，麦苗还没有抽穗，柳树的稚嫩的叶子还没有完全舒展开，耐不住闲暇的农人漫不经心地给桃树和桑木剪枝。午后，村子比夜晚更加宁静。杏去村后的茶林采摘雨前茶，她瘦削的身影在远处闪闪发亮的沟渠旁成为一个静止的黑点时，另一个人也走过村后的木桥，依她的原路朝茶林走去。

这是漫长而又短暂的一天。萧依旧起得很早。马三大婶来到他家院子里的时候，萧正蹲在阴沟旁用盐巴刷牙。警卫员还在熟睡。由于前天晚上的贪杯，出殡的时候，嘹亮的号声和人群的嘈杂没有惊醒他。眼下战情急转直下，部队的每一个将士都感到空前的疲倦。萧平素对下属总是极其严厉，但他性情温怜的一面总是被深深地藏匿着。萧曾一度对这位不谙世事的年轻人的反应迟钝表现出极度的恼怒，但战争使他周围的一些熟悉的面孔相继离去之后，一直跟随在他身边的警卫员就成了他纷飞战火中唯一的伙伴。他在渐渐容忍了警卫员的愚钝的同时，发现自己和这位沉默寡言的下属的关系日见亲密。马三大婶是来借一只细眼的筛子的。她说去年积陈的菜籽生满了白虫，她准备把这些菜籽筛净后送到油坊去。马三大婶拿了筛子没有立即离开，她正想对萧说些什么，萧的母亲从地里锄草回来，她的头巾上落满了湿漉漉的花瓣。马三大婶忙着和母亲搭讪。从院子里盛开的木槿说到了涟水的涨落。马三大婶和母亲说话的时候，不时地朝萧瞥过来几眼，尽管这位昔日的媒婆已经失去了往常秀丽的姿容，但她的诡秘的眼风依然使萧回想起了她年轻时的模样。马三大婶从遥远的山村嫁到小河村来的那一年秋天，她的丈夫突然跟一只过路的大船走了，从此一去没有了音讯。村里人都在传说他是看上了船上的一个洗碗碟的女佣人才走的。知道底细的告诉她，她男人是耐不住眼下越来越紧的饥荒去投了军。这样的猜测被证实是在三年以后，她丈夫的尸首被几个陌生人送了回来。村里的女人用眼泪来安慰这个本分的小媳妇的同时，村里的男人也用另外一种方法来安慰她。没过多久,村里的女人就和她反目为仇。这个几乎和村里的所有女人结下了怨仇的年轻寡妇和母亲却相敬如宾。萧记得他的母亲常常带他到河边她的孤零零的小屋里来。女人间的许多事萧当时没法理解。一天深夜,母亲大口大口地吸着纸烟卷和马三大婶相对而泣。她们低低地叙说着早已消逝的往事,大部分时间,她们彼此不说话,各自揣着心事,陷入了冗长的回忆。墙根油虫的鸣叫陪伴着她们。萧在这两个羊羔子一般亲近的女人的静默中感到无聊。他伏在母亲的膝上进入了梦乡。天快亮的时候,巡夜人的敲更声音提醒了她们。萧清晰地记得马三大婶俯身吹灭桌上摇摇欲灭的油灯时,垂向桌面的软软乎乎被青衫包着的乳房,以及黎明中的晨光渐渐渗入小屋的情景。

马三大婶替母亲掸了掸头巾上的花瓣,母亲回里屋去了。马三大婶把萧带到屋外。他们站在墙旮旯儿的一株盛开的杏花树前,马三大婶朝四周扫了一眼,压低了声音说:

三顺今天去涟水上游很远的水域捕鱼去了。两天后才能回来。

马三大婶说完,就提着竹筛走了。萧感到一种难言的羞涩。这种羞涩在他模糊地懂得了男女之事,母亲在一个澡盆里给他擦身时也感到过。女人们往往把复杂的事情想得太简单,而把简单的事想像得过于复杂。萧伫立在墙角,他渴望从媒婆那里得到更多的关于杏的消息。马三大婶的背影逐渐消失了。他悻悻地回到屋里。他坐在院内的两盆天竹旁,注视着天空缓缓移动的流云,处在一个极度兴奋和茫然不知所措的心境中。这种心境一直到他瞥见杏提着竹篮从河边的柳林里往村后走去才消失。

小河的村后是一大片辽阔的平原。平原的尽头被一线黑魆魆的防风林遮住了。杏的茶林在离村子很远的一个土丘上,土丘的东边是一条深陷的大沟壑。沟壑水底长满了青草。萧远远地看见杏的身影在茶林里湮没了。四下里空旷而寂静,正午的阳光使草尖和麦苗的叶子微微卷起垂落着,追逐野鸡的猎人和黄狗在涟水河弯曲的河道上懒懒地走。萧看见猎人在一个捡牛粪的老人身边停住了,像是向老人借火。那条黄狗就举起前足舔老人的裤管。他们聊了几句,就各自走开了。微弱得几乎使人难以觉察的风吹过来浓郁的茶香。

萧重新陷入了马三大婶早上突然来访所造成的迷惑中。他觉得马三大婶的话揭开了他心中隐藏多时的谜团，但它又仿佛又成了另外一个更加深邃的谜的谜面。他想像不出马三大婶怎么会奇迹般地出现在鲜为人知的棋山指挥所里，她又是怎样猜出了他的心思？另外，杏是否去过那栋孤立在涟水河边的茅屋？在榆关的那个夏天的一幕又在他的意念深处重新困扰他。

褐黄色的土丘像是清澄的水中露出的光秃秃的沙洲。萧在接近土丘的时候，杏几乎没有觉察到。从沟底贴水而飞的雨燕惊动了她。

萧轻轻地将她扳倒了。

在墨绿茶垅阴凉的缝隙中，他闻到了泥土的气息。他的激动不安突然消失了。他匍匐在被太阳烤得恹恹欲睡的大地上，听到了由远及近轻轻搏动的浑厚的地声。一阵和煦的风吹过，他默默地记起了一支古老的民谣。这种静谧安详的感觉没有维持多久，萧又重新被一种漫无际涯的深深孤独溶解了。杏在他怀里啜泣着。萧觉得这哭声和她紧紧扣在他腰间的双手仿佛将他的骨髓都吸尽了，他浑身冰凉。她紧闭着双眼，就像熟睡了一般。他越是用力抱紧她，她就仿佛离他越远。他觉得自己深陷在一个巨大的泥潭里，他的挣扎只会耗尽他的生命。他浑身被热气笼罩着，与生俱来的分离的经验在年轻女人的怀中迅速地漫衍了。萧体味到了一种从未有过的紧张和疲惫。

一只水牛的犄角在沟壑的拐弯处出现了。随后出现的是另一只角。牧童坐在牛背上，用光着的脚丫驱赶着牛虻。

放牛的少年没有注意到他们。

第四天

这天，萧像是梦游一般地走到了杏的红屋里去。

三顺还没有回来。傍晚的时候，涟水河上突然刮起了大风。

第五天

雨是深夜下的。萧在梦中听到了预示着涟水春汛的雷声。他醒来的时候,到处都是鸟叫。吸饱了雨水的硕大的刺树花蕾沉甸甸地落满了被骤雨冲刷得净朗的沙地。诱人的花香和雨后的骄阳使萧有了钓鱼的渴望。他将父亲久年不用的鱼杆从床底下翻了出来,用燕竹做成的鱼杆已经发霉。它的衔接处的铁皮也已经布满了潮湿的黄锈。萧从院里找来了鸡毛,将它剪成漂在水面上的鱼符。萧在整理鱼线的时候,警卫员从屋外的树根下找来了一小瓶蚯蚓作鱼饵。很快,他们来到了涟水河边。

小河位于涟水的下游。涟水在汇入兰江之前的拐弯处,水势并不平稳。那些飘浮在水面上的菜叶和柳絮静静地顺流而下,只是在经过一些水底布满凸凹石块的水面时,才突然被卷进漩涡。在涟水的石码头洗衣的妇女看见萧在对岸的一处流水很急的地方垂下鱼杆,都忍不住地笑出声来。她们说:萧离家才有几年,竟连钓鱼的本领也忘得一干二净,在那样的水面只能钓到水草。

萧没有听到妇女们的议论,却听到了一向沉默少言的警卫员的忠告:

"这里水很急。我们还是往下游走走,找一块平静的水域。"

"在流水很急的地方能钓到箭鱼和梭子①。"萧说。

警卫员不再吱声。萧点了一根烟,他知道在这样的水域钓鱼需要很大的耐心。他记得父亲生前常在涟水河边这块水面垂钓,从日出到日暮,他几乎天天空杆而归。萧坐在那片被榛树覆盖的浓荫之下,凝视着从村子上空飞过的雁阵和静止不动的云朵。他的视线渐渐移到了村西的一堵成直角的红墙上。那是杏的家。萧知道他只有坐在这个位置才能让目光越过那堵红墙,清楚地看见院内的一切。

太阳已经升高了。空阔的院子里寂然无声。堂屋的门关闭着,有几只雏鸡在廊下啄食。昨天夜里,萧离开杏的院子时,杏依在门边痴痴地

---

① 梭子:体呈狭长形一种凶猛的鱼类,鹦鹉嘴。

看着他。南风掠过水面，在竹林里引起了一阵簌簌的喧响。遥远而冷清的星群中是一弯朦胧的晕月。杏衬衣的纽扣没有扣上，头发披散在肩头。萧凝望着她，料峭的春夜使他一连打了好几个寒噤。杏将黑漆大门掩上的时候对萧说：如果三顺今夜不回来，她明天就在院里晾衣服的绳子上挂上一只竹篮。

春阳温和地照临水面。萧不安地眺望雨后的院落。他没有看见院内晾衣服绳上挂上竹篮，却突然发现马三大婶正在河对岸村子的柳丛里向他招手。

"你找来的鱼饵太小了，而且是黑色的，"萧对警卫员说，"在这片水域鱼走得极快，很难发现黑色的蚯蚓。走吧，我们回去。"

警卫员迷惑地看了萧一眼，他也正待得无聊，无风的天气使他昏昏欲睡。他帮助萧收拾鱼线的时候，像是对旅长的反复无常感到茫然不解，又像是丝毫没有猜透旅长的心思。来到小河的短短的几天里，萧所经历的一切，他也似乎毫无察觉。

简直是个孩子。萧一边往回走，一边平静地想。

马三大婶咕咚咕咚地吸着水烟，将萧拉到一处无人的地方，好久没有说话。萧看到了她畏缩胆怯的目光正处处躲闪他，她踮着的小脚也有些颤抖。媒婆压低了粗哑的嗓门神色慌张地告诉萧：他和杏的事发了，昨晚杏的哭叫声惊动了四邻。

三顺是昨天深夜回来的。那是萧刚刚离开后不久。姗姗来迟的梅雨开始零星地下了。这个深夜归来的精明的兽医几乎是一踏进院门就嗅出了气氛的异常。他身上散发出来的浓烈的鱼腥气和连日捕鱼带来的疲惫并没有妨碍他的细心的揣测。他将笨重的渔网搁在院里的鸡埘上，没有理会杏给他端来的烫脚的水盆。杏蹒跚的脚步和脸颊上还未消失的红晕激起了他心中狐疑的涟漪。他将杏带到里屋，放下了窗帘。杏的双腿轻轻地颤栗着，她温爱地摸了摸他长满粗硬胡须的两腮，推说去灶下生火做饭，正要离开卧室，三顺一把拽住了她。他轻轻地用手一推，杏倒退了几步就坐在了床沿上。三顺麻利地给杏脱掉了衣服和鞋子，将她抱起来扔在床上，随手放下了帐子，吹灭了桌上的油灯。杏在黑暗中听到了解皮带的声音，这种声音没能给她带来往日的兴奋，却使她预感到了灾祸的来临，她不由自主地哭了起来。当三顺潮湿的身体一接触到她的肌肤，杏的身体立刻就像触电一样变得僵硬。

萧从口袋里掏出了所有的铜板放在马三大婶手里，他并不是想付给这位连日奔波的老人的酬劳，而是为了让她在说话的时候能安定下来。马三大婶的手握不紧这些铜板，她的手指像小兽一样跳跃着，有两枚从指缝中落到了沙地上。

三顺用粗麻绳将杏吊在了梁柱上，他打断了六根柳条之后，杏说出了萧的名字。邻人被杏的哭叫声惊醒，已是子夜时分。他们涌进了那堵红墙的院内，里屋的门上了栓，他们从门缝里看见杏赤裸的身体被吊着，就开始砸门。门是新银杏木做成的，他们砸扁了门上两个巨大的铁环，门上裂开了一道口子，有人想从门上的豁口伸手进去拨动门闩，但他们突然停住了。从门缝中和裂口朝里看的人都屏住了呼吸。人群圈外的人根本不知道屋子里发生的一切：三顺用一把刲猪用的小刀在油灯上焠了焠火，在杏的下腹处迅速地剜了一下。动作熟练得像从木瓜中往外掏瓤。杏已经无力叫喊了。她的身体剧烈地抽搐了几下，就昏过去了。

马三大婶的水烟早已吸空了。她像是被自己的叙述惊得目瞪口呆，又像是对这位一向老实巴脚的年轻人荒唐的举动感到永远的意外。今天清晨，好心的几个女人将昏迷不醒的杏用小船送到了她娘家——榆关。对于这件事，村里人并不感到新鲜，将不贞的女人阉了送回娘家是常有的事。马三大婶没有告诉萧更多的实情。其中最重要的一点就是：

已经在村里失踪的三顺曾四处扬言要杀死他。

第六天

尽管萧知道了三顺已经在村里失踪了，昨天下午，他还是拎着手枪到杏原先居住的红墙内转了一圈。院内依旧空阔。就在他准备离开这幢散发着奇异果香的红屋时,他发现有一个人影在竹林里闪了一下,他下意识地捏紧了手枪。枪内共有六发子弹,他现在变得异常的暴躁,直想找个人将这六发子弹射出去。竹林的稠密的枝叶像是打了个寒噤似地动了一下,警卫员从里面走了出来,萧长长地舒了一口气。

当他们回到家里时,警卫员极其小心地提醒萧是不是该回棋山了。因为大战即将开始。萧忿怒地将手枪的枪柄重重地敲了一下桌子。母亲被屋里的声音惊动了,推门走了进来。她已经知道了村子里发生的一切,她想找个机会和儿子谈一谈。她惊恐地看见萧愤怒地瞪着警卫员,她走到桌边将手枪抓过来顺手塞进离她最近的一只抽屉内。

萧站起来,一言不发地走了出去。母亲小心翼翼地跟出来。她觉得一定得和儿子谈一次,因为她相信:既然三顺扬言要杀死她儿子,他一定会做到的。她深知这位异姓家族后代的秉性。三顺的父亲原来也是一个本份的打渔人,他曾经为一次微不足道的口角挑起了一场三四十人的格斗。萧没有意识到母亲跟着他。他走进父亲生前的书房,就将房门关上了。

在父亲葬仪之后,从来没有人走进这间阴暗的尘封的屋子。萧点亮了桌上的油灯,挑满了灯芯,灯芯上积满了灰尘。萧坐在父亲的写字桌前,凝望着父亲的那张挂在墙上的半身像。画像的边缘糊上了一圈黑框。黑框是用一方幔布精心剪成的。他仿佛看见了母亲在油灯下细心缝制的身影。这个村子里的人还不知道世上早已发明了照相术,他父亲的像是请一位卖膏药的郎中画的,这位江湖画师把父亲的眼眶画得浅了一些。另外那套马褂也似乎太不合身。他能够从这张走了样的画像中看出画师在他父亲的眼神上耗费了匠心。这种深邃而坦然的眼神是他曾经非常熟悉的,他在离家出走的前夕,父亲正躺在院子里的藤椅上阅读一个姓梅的古行吟诗人的诗抄。父亲的后半生几乎天天都要捧起这本诗抄。他知道哥哥去黄埔军校曾得到父亲无言的赞许,他渴望父亲能像往日一样看穿他要从军的意图,从而给他指点。那天他围在父亲的身边踯躅了好久。

父亲没有注意到他。这时，他从庭院的门中看见了远远的被太阳照得炫目的涟水河，河滩赭黄的沙地，沙地上搁浅的小船，和他一起去投军的一个同伴正在向他招手。那是黄昏时分。他一直没有弄清他给孙传芳的一个部下当勤务兵的时候，父亲也是否表示了默许。后来在频繁的战事中，他越来越怀疑自己是不是在无意之中违背了父亲的意愿。

父亲的褐红色的坐椅被磨成了浅黄，雕花红木制成的高大的书架依然明澈得能照见人影。他随手拿起桌上的一本父亲临终前的手稿翻着，那手稿压在一柄刻有"涟水糯墨"的砚台下。在他翻阅的一瞬间他突然看到这本父亲用来临摹汉魏碑帖的毛边纸簿中抄录了父亲写给兄长的一封书信。由于毛笔吸墨不多，字迹显得过于苍劲、粗粝。萧在这封书信最后几行发现了自己的名字。

至于萧父亲写到：我不再奢望能见他一面，他的军队不久就要覆没，我现在不像以前一样担心，担心听到他的死讯。

萧觉得自己的脊椎像是被针刺了一下。尽管他的父亲在字里行间并没有多少责备他的意味。他还是感觉到了耻辱。他在父亲的桌前呆呆地坐着。下午的时光像沙子一样流走了。他天生的高傲和倔强使他强迫自己镇定起来，他像是第一次从小河的这些天浑浑噩噩的梦魇中苏醒过来，本来他已不再期待什么了，现在，强烈的好胜的欲望使他想立即赶回部队。他回忆起不久前看到的一份份前线的战报，孙传芳的部队在北伐军的攻击下已濒于彻底崩溃的边缘。七十二师、三十一师的不战而降在本来就军心涣散的将士中投下了无法消除的阴影。萧似乎感觉到了一种不祥的预感正向他袭来，但这种感觉很快就消失了，他的任性和醉心于幻想的秉性使他寄希望于不久后开始的战役。他想，既然自己已没有其他出路，他只有铤而走险。他不知道这种荒唐的愿望是出于对父亲的怨恨和嘲笑还是乞求父亲的在天之灵对自己错误抉择给予原宥。他决定立刻赶回棋山。

就在他站起身准备离开父亲书房的瞬间，他意念深处滑过的一个极其微弱的念头使他又一次改变了自己的初衷。

他想到了杏。

他的眼前出现了杏那温柔而迷惘的目光。像是一阵清冽的果香在他面前飘拂而过。他回忆起在榆关度过的那个炎热的夏天，临水而筑的药房竹楼。他想起了在纷飞的战火中她影子重重叠叠地闪现的时刻，想起了他来到小河的这些天给她带来的灾难。一种深深的原罪感在他的心头暗暗滋长了。

傍晚的时候，萧告诉母亲他今夜将去榆关。母亲对儿子的话没有感到意外。她知道自从萧去榆关学医的时候起，他的灵魂就被那个表舅的女儿悄悄地偷走了。她坐在桌边没有说话，无神地看着萧，身体有些颤抖。警卫员喝得酩酊大醉，他像是朦朦胧胧地知道了萧要去榆关，他挣扎着伸直了双腿，准备从床上坐起来，但他刚刚微微抬起了头又重重地摔在床上，沉沉地睡去了。

榆关离小河有二十哩水路，一个晚上来回足够了。萧走出院门的时候，天已经快黑了。他走过村子中间的空空荡荡的扇形晒场，看到了上灯时分涟水河边零星的渔火。他深深地吸了一口气，加快了步子，他的耳畔传来了渐深的夜色中舂米的木桩敲击石臼的声音。

他来到涟水河边，正要去那片洒满夜露的晚茶花丛解开船缆的时候，黑夜中像是有几十个黑影迅速地在他身后突然闪了一下。萧回过头，看到了三顺和几个他不相识的人手持杀猪刀朝他逼过来。

黑影慢慢地朝前挪动着步子，九寸长的刀子在他们手里跳跃着。萧已经退到了河边，他能够清晰地听见涟水河静静地流淌的水声。他徒然地将手按在腰中空空的手枪皮套上。由于一阵忙乱，他出门时竟忘了带手枪。那支装有六发子弹的手枪此刻正关在卧室桌子的抽屉里。三顺没有走上来，他倚在一棵刺树下，嚼着树叶，冷静地看着他手下的人将萧围起来捅死。突然，他吐掉了嘴里嚼烂的碎叶，迅速地朝萧走过来，他像是突然想起了什么：

你的那个警卫员呢？

围着萧的几个黑影也像是猛然醒悟过来，他们立刻撇下萧钻入丛林，四下小心地搜索起来。他们现在相信，警卫员似乎应该就在附近。三顺用刀尖支起萧的下巴：

你的那个警卫员在哪儿？

他喝醉了——萧平静地说。三顺从鼻子里轻轻地哼了一声，没有再说什么。不一会儿，钻进丛林里去的人又一个个闪了出来，他们身上沾满了蛛网和露水。这时，月亮从云层里出现了，他们彼此能够看清对方的脸，三顺知道他手下的人没有搜出什么。

他满心狐疑地打量了一下萧，他对萧回部队不带警卫员感到茫然不解。他的目光紧盯着萧的脸，忽然他的嘴角浮现出一丝不易为人察觉的神色：

你是去榆关看那个婊子吧？

萧没有搭腔。他安详地看着眼前已经发生的一切，同时，他也明白那个阴冷恐怖的将来已经悄悄地来临了。

沉默又重新包围了他们。过了许久，萧听到了一声轻微的长叹，三顺已经将手里的那把杀猪刀扔进了涟水河，转过身径自走了。他在进入丛林前又回过头来朝他手下的几个人摆摆手：

放了他。

也许是萧对于一个已经废掉的女人的迷恋感染了他，也许是他内心深处莫名其妙的喜怒无常，三顺放弃了杀死萧的想法。

当萧朦朦胧胧地想到了这一切的时候，那些人已经在夜幕中消失了。

第七天（结局）

萧从榆关赶回小河已是次日凌晨。在天边泛出的紫红色熹微的光亮中，他依旧在那片晚茶花丛拴好了小船。迷濛的水雾遮住了村子的轮廓，水牛在河边的柳树林里喷着响鼻。这是一个凉爽的黄梅天。萧轻轻地穿过弄堂的时候，狭窄的深巷里回荡着他的脚步声，蜷缩在村里竹篱旁的狗没有吠叫，它们显然把他当成了熟人。萧不禁回忆起第一天来到这个村子时几乎是完全相同的清晨。昨晚的河边幸免于难使他在黎明的和风中感觉良好。

萧来到自家的院门前，母亲已经起来了，她正在清扫院子。萧和母亲打了个招呼，径直朝里屋走去。

他跨进房门的时候，警卫员坐在桌边等他。他正在感叹这个一贯贪睡的年轻人第一次起得这么早，警卫员迅速地拉开抽屉，抓起那支手枪对准了他。

萧起先还以为警卫员在和他开玩笑。但是他立刻从警卫员嘴角的一丝冷笑中感到了情况的不妙。接着他听到了这位一向不善言谈的警卫员迄今为止最冗长的一段话：

三十一师弃城投降后，我就一直奉命监视你。攻陷榆关的是你哥哥的部队，如果有人向他传递情报，整个涟水河流域的防御计划就将全部落空。在离开棋山来小河的前夕，我接到了师长的秘密指令：如果你去榆关，我就必须把你打死。

萧似乎已经闻到了火药硫磺的气味。他强迫自己镇定下来，但由于连夜奔波的疲惫和突如其来的死亡威胁造成的紧张，他的双腿失去控制地剧烈颤动起来。他觉得自己的所有神经都绷紧了，喉咙几乎像被一团棉絮塞住了，他要说的话全被堵死在意识深处，这无异于是自己承认了背叛。最后他用不连贯的声调说了一句：

你可以把我押回去，让师部审问我。

警卫员狡黠地一笑：在你的军营里枪毙一个旅长会扰乱军心的。再说，大战即将开始——已经没有时间了。

萧没等警卫员说完，敏捷地蹬翻了那只桌子，一侧身跳出了里屋。他冲到院子里的时候，他的母亲正在把院子门关紧准备抓鸡。萧像是一只疲狼窜到了院门外，已经来不及拔闩了。他无可奈何地转过身。

警卫员握着手枪走近了他。

天已经突然亮了。黎明的暗红的光消失之后，天空飘飘洒洒地下起了小雨。面对那管深不可测的枪口,萧的眼前闪现的种种往事像散落在河面上的花瓣一样流动、消失了。他又一次沉浸在对突如其来的死亡的深深的恐惧和茫然的遐想中。他回忆起道人闪烁其辞的忠告,现在,迫使他跨入地狱之门的似乎不是盛满美酒的酒盅,而是黑乎乎的枪口,他莫名其妙地感到了一丝遗憾。他看见母亲在离他不远的鸡埘旁吃惊地望着他。她已经抓住了那只母鸡。萧望着母亲矮小的身影——在抓鸡的时候她打皱的裤子上粘满了鸡毛和泥土,突然涌起了强烈的想拥抱她的欲望。他在听到枪声的一刹那,感到有一股湿乎乎的液体贴着他的肚皮和大腿往下流。

　　警卫员站在离萧只有三步远的地方,非常认真地打完了六发子弹。

(原刊于《收获》1987年第6期)

枣树的故事

叶兆言

1

没人知道只是城墙的一个窟窿，粗粗野野一道不规则的裂缝，藏得下这么多人。都想着那不过是道裂缝，隙开着，黑黑的阴影，睡着冬眠的蛇和快饿死的狗。当白脸领着岫云拨开枯草，深伏的黑鸟惊起，蝴蝶乱飞，有着古怪花纹的老鼠嗖嗖游出去，一场围歼匪徒的战斗打响了。

尔勇最担心的，是这该死的城墙窟窿里，另有一条通道。他跟踪白脸已经半年多，整整七个月，二百一十一天。

这次该收场了。

结果证明尔勇的担心多余。那鳡鱼嘴似的洞口下面，是个侧卧着的闷葫芦。白脸一生中犯过无数次错误，偏偏这一次要了他的命。鳡鱼的肚皮里是座废弃的军火仓库，虽然要害部位用钢筋水泥加固，一次致命的爆炸，已经使军火库失了原形。选择这样的洞窟作为藏匿逃避之处,尔勇多少年以后回想起来,都觉得曾经辉煌一时的白脸,实在愚不可及。不用说狡猾的狐狸,就是耗子也知道留条退路。

一九五〇年的春天似乎来得早了些。天气像夏天一样干燥。春风拂过,可以听到干枯茅草折断的裂声。岫云身不由己跌进鳜鱼嘴,她的脑袋刚挨着白脸厚实的胸膛,那厚实的胸膛像堵墙倒过来似的猛地把她闪开,噼里啪啦的枪声响成一片,赛过新年的爆竹。

2

岫云是人们称为小家碧玉的那种角色,细皮嫩肉,很招人喜欢。她的父亲开过一家水果店。当年秦淮河一带,都知道东关头有个筱老板,筱老板有个独养女儿叫岫云。

岫云的祖母堂子里出身,挂牌时虽不曾大红大紫,却碰上了交好运的机会,从良嫁了个阔佬。那阔佬后来做官成了要人,妓女出身的小老婆舍不得丢,便拿出钱来打发小老婆拖油瓶带来的私生子。这私生子就是再后来的筱老板。筱老板十六岁在夫子庙摆摊做生意,生意一时好,一时坏。筱老板不穷也不富。

岫云一看就是老实巴交的人,小小的个,却不瘦。她自己的妈死得早,因此有个后妈张氏。张氏无儿无女,便指望岫云招个好女婿。她娘家开当铺的,挑三拣四最拿手,不是这位不满意,就是那个不称心,拖来拖去,女儿已经十九岁,慢腾腾地依旧不着急。又过了一年,日本人来了。先是新修的店铺一把火烧了,紧接着税务所的小院里,住了日本兵。

那税务所紧挨着筱老板的家。

税务所自从住了日本兵,时常有花里胡哨的女人出出进进。日本兵似乎有些兔子不吃窝边草的意思,高兴时也拿出些糖果来,哄那巷子里的小孩玩。和平共处了几个月光景，那些憋不住的日本兵，终于动起周围女人的脑筋。

幸好筱老板夫妇防护得紧，岫云足足有几个月没有露过面。那些日本兵先向那些容易捕获的目标下手，跟踪到为他们洗衣服的二嫂家里，像逛妓院一样放肆行乐。他们把糖果分给二嫂的五个儿女吃，并请躺在病榻上的二嫂男人抽日本香烟。一个过路的女孩，从二嫂家门口走过，也许是听见里边吃吃的笑声太响，也许是看见孩子们举着花花绿绿的糖果追出来，只是出于好奇心才探了一下头，便被那些日本兵笑着抱进房间，扔在痴痴呆呆斜躺着的二嫂身边。

巷子里的女孩子赶紧忙不迭地找婆家。筱老板夫妇总算明白自己当年过分挑剔，果然是个不可原谅的错误。男人们突然变得紧俏金贵，甚至一班压根没挨过女人边的穷光蛋，也趁火打劫挑肥拣瘦。一时风气大变，女儿多的人家，只要过了十三四岁，有人肯娶便仿佛是天大的恩德。

人都说好运气都是从天上掉下来的。好运气来了，撵都撵不走。好运气也有两条腿，来就是来了，走就是走了。有一天尔汉忽然被领进了岫云家，他跟着李老板，莫名其妙地便坐在人家客厅里吃起茶来。张氏笑容可掬，把个尔汉上上下下辨真假似的看不够，一边看，一边和李老板说笑。李老板曾经是筱老板的伙计，伙计能成老板，手腕上多少有点功夫。张氏看够了尔汉，便是一味地和李老板敷衍。李老板脱离了筱老板自己开店，生意很快做得比筱老板还好，他摆不出财大气粗的派头，嘴里"师娘，师娘"叫个不歇。张氏顿时又年轻了十岁，也顾不上筱老板坐一旁自始至终一声不吭，突然提高了声音叫岫云出来见客。岫云应声而出，慢吞吞地看了大家一眼，挨个地沏了茶回自己闺房。尔汉只觉得她穿了件葱绿色的印度绸单裤，转身进屋时，那屁股又结实又大。这印象至死都留在他的脑子里。

婚事办得匆忙得不像话。那张氏和李老板几乎是把岫云硬塞到了尔汉手里。明知道是捡了个大便宜，但是直到令人难忘的新婚之夜过去，尔汉心头残存的疑惑还是丢不开。他对岫云的清白确信不疑。清白两字，对尔汉却有一种自惭形秽内疚的折磨。

李老板靠做妓女的生意发的财。秦淮河一带的明妓暗娼，很难说谁没有用过李老板店里的东西。所有的妓女都是店里的熟人，所有的伙计不熟识妓女便做不了生意。尔汉十三岁学做生意，十五岁时就领略了女人是怎么回事。他屁颠颠地往妓院送货物，妓院里男男女女都拿下流话吓唬他。一位可以做他母亲的女人终于把他引上床。那是个奶子大得喂得饱五个孩子的女人，她让尔汉脱得就像娘胎里才出来似的，钻进她的大红缎子面的新棉被。她自己慢吞吞地梳洗，又搬了椅子，坐在小尔汉的枕边和他说话。

尔汉所有的积蓄都花在了妓院，他成了个能在妓女身上打滚的好手。好在没有多少钱，他成不了十足的浪荡子。又因为没有多少钱，娶不了女人的尔汉只能往妓院跑。他是个半吊子的浪荡子，整天处在堕落的边缘，想回头却回不了头。娶了岬云以后，他带着新婚的老婆火烧火燎往老家赶。南京的妓院是个大磁场，离得越远越好。

多少年来，岬云一直觉得当年她和尔汉一起返回乡下，是个最大的错误。这个错误是以后一系列悲剧的序幕，错误的开场导致了连续的错误的结束。他们小夫妻根本就不应该离开南京。尔汉为什么要对老丈人唯命是从呢，这样的问题岬云永远想不通。明摆的事实是，筱老板夫妇已叫日本人的荒淫吓破了胆，他们把女儿硬塞给了一个男人，还逼着这男人把女儿带走拉倒。

岬云一共就读了两年书。就是这短短的两年里，她也几乎是门门功课不及格。筱老板虽然就一个女儿，心疼不用说，却从不肯在女儿身上多花一个钱。据说筱老板交给女婿的那笔钱，还是他母亲做妓女时积下的私房。没人分析得出筱老板的用意何在。这位一年四季差不多打扮的水果店老板，常常有些事让人捉摸不透。按照一般的情理推论，筱老板不可能把大笔的钱财，毫无理由地交给女婿保管。很可能他觉得女儿是个没用的人，交给她迟早也是落在女婿手里。更可能的是，他对徐娘半老的续弦不放心，这样的女人倒贴起来没有底。

尔汉的家乡是土匪出没的地方。一百年前，这里没一家没出过土匪。都说土匪猖狂的年代，过路江船不留下买路钱便是奇迹。尔汉为了保住老丈人托付的钱财，一到家急忙和弟弟尔勇商量。当时白脸正在这一带招兵买马，大有占山为王之势。作为国都的南京已落倭寇虎口，天下大乱，长江中这一片沙滩和望不断的芦苇，很自然成了落草的好场所。乱世必出英雄，依了尔勇的见解，既然有了笔不算少的钱财，买两支枪回来看家第一要紧。

这一带民风剽悍，许多人家私藏武器，舞枪弄棍算不得什么稀罕事。当尔汉兄弟俩拿着新买回来的两支短枪，比试来比试去的时候，岫云只知道她的心跳比平日快得多，仿佛有一只手在急速地拍她的胸脯。也许女人在这方面的直觉，出乎意料地比男人准确，岫云意识中，这两支七八成新的短枪，准保会惹出祸来。因此白脸手下的人翻箱倒柜，从墙缝里搜出钱财和那两支枪时，岫云有一种果真应验的感觉。正像十年以后，她看着白脸把驳壳枪往怀里一塞产生的奇异恐惧感一样，她突然觉得白脸即将大祸临头。

直到尔汉像条野狗似的被人宰了，岫云还以为自己是在做噩梦。她像在梦魇中一样无声地、又自以为声嘶力竭地哭喊。这时候，弟弟尔勇正在一个极远的地方。幸好是在极远的地方，要不然十年后的复仇，便将是另一个场面。不要说尔汉就一个弟弟，在当时的情况下，就是有十个弟弟也活不了。

自从那钱和两支短枪搜出来，尔汉就没有再说过一句话。他诚惶诚恐地坐在地上，两条腿叉开着，脸上是岫云熟悉的那种表情。白脸骑坐在一条长凳上，冷笑着不停地剔手指甲。或许是在等尔汉求饶，或许是故意拖延时间，以便可以有更多的人围上来看。熟悉白脸的人都知道，只要他冷笑着剔手指甲，十次中有九次准得杀人。

尔汉便是那么默默地坐在那。围观的人越来越多。无数双眼睛都盯着尔汉看。岫云想象不出，在这无数双眼睛中，她自己的一双眼睛，正闪烁着什么样的光芒。冰凉的眼泪一个劲地在睫毛上打转，打转，喉咙口仿佛有只老鼠想爬出来。没人知道尔汉为什么要这么孩子气地坐在地上。说不定这是他最舒服的姿势,死到临头,他不愿意放弃最后的享受。

很可能是夫妻生活太短的缘故,实际上,在岫云的记忆中,尔汉并没有留下太多太深的印象。尔汉只是她的第一个男人,唯一合法的男人,一个被称为风流寡妇的名义上的已故的丈夫。她印象里最深的是他总喜欢这么叉着腿坐床上。他不是个能说会道的人,除非谈到他的嫖经。他像讲述别人的经历一样,娓娓如诉地说他和那些妓女打的交道。忏悔的心情下说的似乎都不是忏悔的事。他讲他怎样把钱分成三份,因为他从来都是只拿出三分之一的钱上妓院。他精通少花钱多办事的艺术,虽然说得慢条斯理,他的嫖经栩栩如生。男人那种迫切需要女人的欲望,在不动声色的描述中,具体得仿佛手都能摸得到。在那野猫叫春的日子里,尔汉的老板甚至会赊账拿出钱来,让伙计们去嫖。李老板年纪不大,却算得上是老掉牙的色鬼,他向伙计们免费传授他的下流经验,夸耀他过人的精力,好像能使天下的女人都受孕一样。

岫云红着脸听男人讲他讨厌的过去。即使是死神在她眼前走来走去的时刻,一看到尔汉坐地上那熟悉的姿势,那叉开的两条腿,那种没有表情的表情,岫云便要联想尔汉说过的那些故事。她分不清男人是忏悔,还是无意识的卖弄。尔汉的故事使人不得不有一种疑心,好像不是为了挑逗女人的妒嫉,就是为了煽动她的情欲。这些故事让岫云久久不能平静,常有一种置身于大海波浪中颠簸的感觉。故事里的天地像草原一般的广阔,岫云和尔汉置身骏马上飞奔驰骋,夜色如洗,他们放开缰绳,来来往往,一趟一趟,刚刚返回原地便又重新起程。尔汉是个高明的驭手,岫云不可能因此喜欢自己的男人,也不会为过去的陈年旧事真正记恨。尔汉的过去已铸成铁一般的事实。既然是铁一般的事实,原谅本身就变得无关紧要。原谅是一种奢侈品,一种多余的浪费。岫云生来宽宏大量,岫云原谅一切人一切事。很难想象岫云这样柔情似水的女人,会真正仇恨一个男人,她忠心于每一个喜欢她的男人,甚至杀夫仇人的白脸也不例外。有相当一段时间,她恨不能从白脸身上咬下一块肉来。她也挣扎过，哭喊过，不止一次想到用绳子剪刀洗去耻辱。那天晚上，白脸就仿佛回到自己家中一样随便，径直走进她的房间，极闲散地坐在床沿上，用尔汉一般的眼神注视她。这是种因为简单所以复杂的眼神，没有表情并且无从描述的眼神。多少年后，老乔在另一张床沿上这么坐着，薄薄的眼镜片后面，也是这种眼神。

令人难以置信的是，无论在当年，还是在守寡漫长的岁月中，岫云都是真心地喜欢尔汉故事中的那些女人。这些让男人们意识到自己是男人的女人，一次次引起岫云异样的感情，这感情她永远捉摸不透。尔汉所以能把那些隔年陈芝麻的老故事，没完没了反反复复唠唠叨叨，至少也和岫云乐意听下去有关。对于新婚燕尔的小夫妻，这些该死的故事显然的不合适，然而正是在那些近乎猥亵的描述中，岫云知道了小红的轶事。小红的事迹是一串断了线的珠子，零零散散根本连不起一个完整的故事。岫云只知道小红这样的名字成千上万，成千上万的小红中，有一位年纪不大不小的妓女，身上的梅毒已到了第三期。当尔汉讲好了价钱，一件件脱了衣服，正要上床之际，那叫作小红的女人突然良心发现，坐起来把尔汉推向一边。第三期的梅毒传染起来百发百中，尔汉在虎口边上走了一遭，竟然出乎意外地脱了险。

3

尔勇领着人往洞口冲时，唯一的念头，就是活捉白脸。多少年来，他和白脸交替玩着猫捉老鼠的把戏。这一次尔勇稳操胜券。如果不是为了担心岫云，只要很随便地扔几颗手榴弹，便可以早早结束战斗。他手指紧扣着扳机，随时可以旋风一般地射出复仇的子弹。大丈夫报仇，十年不算晚。尔勇替哥哥报仇正好整十年。枪声噼里啪啦又响了一阵。尔勇为自己的形势感到满意。关起门来打狗，瓮中捉鳖，所有的匪徒都将一网打尽。他甚至有一种落水狗不值一打的得意。

固守城墙窟窿的残兵败将，除了白脸被当场击毙，像条死鱼似的躺在离洞口不远的地方，其余经过无效抵抗，都举了手乖乖地走出来。虽然投降已是第二天中午的事，这帮亡命之徒最终免不了兔子一样胆小，他们沿着斜斜的山坡往下走，惊飞的鸟叫声把他们都吓趴在地上，丧魂落魄。

这些残兵败将，有几个是南京本地的地痞。有几个是国民党军队的溃兵。只有三和尚和立信是白脸的老人马。显赫的日子一去不返，白脸很快便到了孤家寡人的地步。第一阵枪声响过，外头"缴枪不杀"的喊声连成一片，三和尚带头高叫，怪罪白脸把人马引了来。"我们临了都会栽在这该死的女人手上，都是什么时候了，你偏要去找这个骚货。"如果不是对白脸还有些残存的畏惧，三和尚很可能一梭子就把岫云撂倒。

三和尚杀人从来不眨眼睛。十年前，三和尚弄死尔汉的时候，他还是个十七岁的毛孩子。虽然嘴上的毛刚长出来，杀人一行显然已经称得上老手。当时围观的人越来越多，白脸骑坐在长板凳上，冷笑着剔手指甲，右脚锃亮的高统皮靴，时而搁地上，时而拎起踩在长凳面上。三和尚拎着把刺刀，从后头悄悄走上去，用刀背在坐地上的尔汉后脑勺，玩似的敲了一记，尔汉如痴如醉，往侧里一歪，倒在地上。

白脸猛地伸手，捞住眼前飞过的一只苍蝇，捏在手心摇了一阵，突然往地上一砸，看苍蝇昏死在地上，笑着说："三和尚，若是没有刀，你难道还弄不死一个人？"三和尚把刺刀向地上一戳，说："别说一个，你要我弄死两个，也不怕。"说着，一把拎起尔汉的衣领，举起来，兜脸一拳，手再就势一推，尔汉滚出几步远。

白脸的手下，有的嘘声叫好，有的唆使尔汉和三和尚对打。三和尚得意万分地站定在那，等尔汉从地上爬起来。尔汉好不容易站稳了，眼梢向四下一扫，急步向人群里钻。人群是一堵活动着的墙，他撞得两眼冒金星，临了依旧被三和尚揪到广场中间。也许是明白了自己必死无疑，死神耗子一般地在他血管里穿来钻去，尔汉的眼里忽然流露出极度的恐惧，眼神里闪现出黑夜深处鬼火一样的光。三和尚拍了拍尔汉的肩膀，笑着示意尔汉站稳站好，他自己嘴角极淘气地撇了一下，猛地跳起来，像豹子扑食似的，一个鱼跃扑在尔汉身上，两只手紧紧卡住他的脖子，不让对手有任何喘气机会。尔汉的腿渐渐弯下去，三和尚居高临下，龇着牙咧着嘴，又是卡又是压。由于用力过度，三和尚的脸几乎和尔汉的贴在一起。仅仅是看表情，简直判断不了两人的情形到底是谁的更糟糕。尔汉奋力抵抗，垂死挣扎地想把三和尚的手腕掰开。

就像三和尚后来把岫云掀翻在城墙洞的草垛上一样肆无忌惮，他无论杀人或者玩弄女性，处处都显得粗野气十足。他总是以那种破坏一切的气势，充分自由地发泄着他身上的那股兽性。他的粗野狂暴，恰恰和白脸在这两方面的潇洒娴熟形成黑白分明的强烈对比。这个由可怜寡妇一手拖大的孤儿，从一懂事开始，就露出生性残忍的种种迹象。还是在四五岁，三和尚一次无缘无故发脾气，便用锅铲柄敲落了他妈的门牙。人们很难理解，为什么一位笃信菩萨的寡妇人家，养得出一个恶魔一般的孽障来。他很显然是魔鬼附了身，等他长到十二三岁，已经没有孩子是他打架的对手。没有孩子敢欺负他，也没有他不欺负的孩子。他能够很轻松地拧断鸡和鸭的颈子。鸭颈子细而且长，三和尚绞麻花似的向一个方向死拧，然后用力向两侧一拉，几声清脆的声响，鸭颈子裂成了几截。

尔汉的生命比鸭子强得多，他跪在地上，力图把大拇指挤进卡他脖子的手环之间。有几次尔汉差不多已经成功，他拚命地后仰，再后仰。终于大拇指取得了进展，钩子似的卡住了三和尚的虎口，所有的力都被分解开。这场无声的搏斗不可能持续太久，但是却以电影手法慢镜头的形式，久久贮存在观众的记忆中。人们被眼前的景象吓得惊慌失措，都知道白脸这样的魔鬼招惹不起，况且他是借破坏抗日的罪名杀鸡儆猴。胆小的人悄悄离开了现场，更多的人依然麻木地在看。

三和尚的同伙开始起哄。接二连三的嘘声使三和尚变得十二分暴躁。他突然咬牙切齿地咒骂对手。从尔汉那张僵化了的痛苦脸上，三和尚看到死神的黑黑的阴影正冲他冷笑。如果不能在最短的时间之内，置尔汉于死地，三和尚便觉得犹如自己被活活掐死一样可耻。这一闪而过的念头，膨胀了三和尚的疯狂，他用全身的重量压向尔汉，嘴里唉呀一声怪叫。

尔汉背朝地和三和尚一块跌地上。三和尚加大了手上的压力，脸上的表情十分狰狞。尔汉因为平躺着地，有了更多的支撑点，对三和尚的反抗卓有成效。呼吸方面的障碍，使尔汉不可能使出最大的劲，不过生命的本能，却宣告了尔汉不会放弃最后的抵抗。两个人都已精疲力竭，明摆的事实是，谁也坚持不了多久。三和尚开始以恶毒的咒骂代替用力，在咒骂的间歇中大声喘气。

尔汉找准了一个机会，竟然鱼跃翻身，把三和尚掀倒在地上。三和尚大失脸面，他孩子气地又骑坐在尔汉身上，又一次被尔汉掀翻在一旁。人群中有了些激动，白脸怪声怪气地叫起好来。两人在场地上辗来滚去，围观的人潮水般地后退，又潮水般地向前涌。

白脸是站在那张长凳上叫好的，他幸灾乐祸地挥着拳头，嘻嘻哈哈。人们清楚地记得，当尔汉被野蛮地杀戮以后，白脸正是冠冕堂皇地站在同一张凳子上，发表了他那通不三不四的所谓演说。从他把杀人当作儿戏的态度上，可以看出他把抗日同样当作儿戏。天下万物都是儿戏。他只知道要钱要枪。枪是立足的本钱，有枪自成王。有了枪，有了人马，天塌下来他管不着。白脸决定杀死尔汉，看起来仿佛只是一时冲动。很显然白脸是奔那两支短枪来的，他不仅知道那枪的型号，而且知道价钱。如果尔汉乖乖地缴出货，很可能会免于一死。白脸最忌恨性格方面的不爽快，尤其不能容忍他的对手苦着脸不说话。私藏武器不是什么大不了的罪过，备几支枪防防盗匪，早在大家的父亲那一辈就成了习惯。问题的关键，在于尔汉私藏武器不肯交出来。白脸自恃一身好功夫，但他更知道枪杆子的厉害。

当时间这匹野马不停蹄向前奔驰一段路程后，人们联系到白脸和岫云的关系，深信不疑地确认是场卑鄙的情杀。虽然真实的情况是白脸连尔汉是否娶亲都不知道，然而岫云毕竟犯了个致命的错误。这个错误足以使她终生蒙上不白之冤。说起来似乎好笑，有那么点喜剧的味道，错误的理由在于岫云哭得太迟。哭这玩意本来是可以召之即来，可惜直到白脸领着人马扬长而去，看热闹的人渐渐散了，她才扑到尔汉尸体上放声大哭。很自然她哭得绝对伤心，年纪轻轻守寡绝不是桩儿戏，她的痛苦明摆着的货真价实，可是人们在施舍同情方面忽然十分吝啬。没人理解她失去丈夫的痛苦。谁也不愿意原谅岫云在尔汉备受折磨的时刻，居然能保持一声不吭的态度。即使是害怕也应该有个极限。大家都为自己不能"路见不平，拔刀相助"的行为害羞。在反省的后悔中，甚至弱夫也陡然勇敢起来。没人相信岫云当真会吓得像傻子一样。就算是傻子，在类似的情况下，也不可能保持那样的沉默，那样无动于衷。感情这玩意做了奇妙的转移，人们对待尔汉的惨死，从害怕到遗憾惭愧自己不能打抱不平。遗憾和惭愧再向前走一小截路，便只剩下了对岫云的怪罪。

　　下结论往往非常容易。人人都可能有考据的兴趣，不过多是浅尝辄止。都说当时就是怎么回事，其实根本就没人知道怎么回事。人们根本不会相信，就在三和尚和尔汉扭一起的时候，从东滚到西，又从西滚到东，白脸站在那张又瘦又细又摇晃的长板凳上，脑子里确是闪过饶恕尔汉的念头。不识时务的尔汉又一次错过了生的机会。就和那两支该死的短枪被搜出以后，尔汉知罪地坐地上不求饶、没人肯出来打圆场一样，尔汉的运气再次糟到了极点。也许压根就没听见白脸吆喝的"住手"两个字，就算是听见了，尔汉可能也不敢相信自己的耳朵。什么事都太突然。尔汉给人的印象，是处在一种半疯狂的状态，他死死地抓住三和尚的手腕，不肯或者说不敢松手，即使三和尚不再用力的时候也一样。白脸终于一时性起，虽然他和揉在一起的三和尚与尔汉有几丈远，但是人们几乎不敢相信自己的眼睛，没人说得清白脸是怎样从长凳上飞下来，又怎样一个箭步蹿到那两人面前，只见黑色锃亮的皮靴在空中划过一道黑弧线，尔汉的背上已经重重挨了一皮靴。这一脚踢得十分潇洒，尔汉立即全线崩溃，彻底失去抵抗力。三和尚跑出去，拔起先前插在地上的刺刀，回过身，戳棉花胎似的，在尔汉身上乱扎一气。

4

有一位四十年代常在上海小报上发表连载小说的作家，解放后很长一段时间内，闲着无事可干。他落实在一家文化单位工作，拿不算太高的作家薪水，却不写作。虽然他非常怀念自己过去大笔捞稿酬的日子，但是他熟悉的世界和艺术方法，已经远远落后时代的要求。直到有一天，他突然决定以尔勇的素材，写一部电影脚本，创作冲动才像远去的帆船，经过若干年的空白，慢慢地向他漂浮着回来。

这位作家细眉大眼，生得极风流的样子。他翻阅了大量无效的资料，卡片做得像一包包香烟。幸好他是那种称为常有信心的人，主意既定，便不犹豫，火烧火燎地向领导打了报告。又告别了妻儿老小，另置了一副行李铺盖，带着本蓝封面的笔记本，一头扎下去蹲点，和尔勇在一起足足体验了一年的生活。一年三百六十五天，他老婆怨天怨地，人瘦了一圈。

尔勇此时已是镇派出所的所长。和过去的岁月相比，这位曾差一点被日本人捉住，几次被白脸追杀的传奇人物，正悄悄开始发胖。他远不是作家设想中的那副模样。只要翻阅一下解放前的旧报纸，人们就会发现这位作家同志心目中的男子汉，常常高大英俊。他在这方面的趣味，和几十年后中国大多数女人的要求不谋而合。尔勇的身材，显而易见地比一般人矮了些。脸是黑的，额头又方又正，略有些前倾。他不是位喜欢说话的人，作家一开始便碰到困难，对这样的人进行采访，毫无疑问吃力不讨好。

最初的会面是办公室。尔勇对一位声称要在他身边待一年的作家疑虑重重。那本蓝封面的笔记本，爬满了蝌蚪一样的文字，似乎要把尔勇的一言一行，统统记录在案。这样的谈话说不出的别扭，而且充满戒意。办公室设在一间阴暗的北屋里，外面正下着冰凉的雨。一架老式的手摇电话机躺在办公桌上打瞌睡，尔勇无话可说的时候，专心致志地看那手摇的把手，有时干脆伸出手去瞎摇几下。在他身后的墙壁上，钉着好几寸长的钉子，钉子头上用旧报纸缠了缠，挂着尔勇使用的驳壳枪。

作家脑海中酝酿的电影序幕，是从尔勇给哥哥尔汉报仇开始。银幕上最初出现的，应该是那把用来复仇的刀。那刀在月光下闪着寒光。考虑到究竟选择什么造型的刀，作家绞尽脑汁煞费心机。现实生活中，尔勇刺杀白脸，用的就是那种割茅草的镰刀，极平常的样式，长长的木把，不过刀背处略厚一些。这样的镰刀用来杀人多少有点煞风景，尤其是要通过电影银幕，以艺术的形式再现在人的眼前。作家曾有过用菜刀代替镰刀的意思，立即遭到尔勇有力的反对。尔勇说："什么菜刀剪刀的，都是女人用的玩意。"虽然作家拐弯抹角，试图以"贺龙两把菜刀闹革命"的故事说服尔勇，尔勇却把作家的故事驳得一钱不值。"革命，拎着脑袋干出来的事，就两把菜刀，你当是玩呀？你们这些写东西的！"

在作家的电影脚本里，尔勇用的是深山老林中砍柴的砍刀。因为电影最终没有拍摄这回事，尔勇也弄不清那把作家视为好看而且实用的砍刀，到底什么模样。月色朦胧，电影上的尔勇默默走在乡间路上。忽然传来潺潺的流水声，尔勇赤着脚从浅溪中走过，蹲在一块大石头边，霍霍地磨起刀来。磨刀声中音乐起，字幕出现。月牙从阴云里露出些面孔，银白色的光射向越磨越亮的砍刀。

早在五十年代，作家就运用了八十年代使观众哗然的现代派技巧，砍刀的闪光中乱跳过一系列蒙太奇镜头。尔勇消失在月色中。黑暗，黑暗，连续的黑暗。黑暗中出现了白脸那张淫邪的脸，丑而且恶。他单独潜进村庄搞女人的细节，已被改作由两个保镖护着，醉醺醺闯进一家地主大院。一个妖冶放荡的女人举着风灯走过来。一扇能看见黑影子的窗户。两个越来越贴近男女剪影。灯灭了，那种听不清又故意是给人听的下流声音。

作家曾翻过当年缉捕白脸的档案。没人知道白脸的正式来历，种种传说都未必靠得住。有人说白脸本来就是土匪出身，一度招过安，本性难移，便又逃到这一带来重操旧业。有人则说白脸是大户人家的子弟，正规军人，只是吃了败仗，无颜回去重见江东父老，才流落在这儿来做草头王。大家一致能肯定的，不过他是北方人，说话极动听，有一身好功夫，而且人长得漂亮。他是靠打抗日旗号起家的，在这之前，他只是凭他那身耍起来好看的武功，为镇上的一家米号做保镖。

档案对白脸的性格做了较多描述，其中特别强调的有两点，这就是凶残和好色。白脸杀人无数，糟蹋女人也无数。和作家最初设想大相径庭的地方，是白脸很有一套勾引女人的办法。他和他的手下不一样，从来不会无论见着什么样的女人，都公狗似的翘起尾巴。白脸糟蹋起女人来也保持着绅士风度。他搞女人的目的，不仅为了肉体的占有，而且包括了心灵的征服。在他横行乡里的日子里，他是一方的皇帝，尽管没有三宫六院的形式，却实在有三宫六院的内容。

确切说，那是个月白风清之夜。白脸去会的那个女人，当年还不能算妖冶放荡。白脸看中的女人肯定不会难看这点毋庸置疑。是白脸使这个良家闺女变成人们眼里的坏女人。这个家境颇宽裕的小家碧玉，所有的美好梦想都在一个瞬间，让白脸的无耻下作扯得粉碎。就像岫云和其他女人有过的经历一样，这姑娘在把自己的美梦重新编织在白脸身上之前，也想到过寻死觅活。"如果不是为了我那可怜的爸爸妈妈，我早就跳了长江。"她不止一次这么对人说，对毫不相干的人说，甚至在后来和白脸打得火热的日子里，也一样唠唠叨叨。她爸爸妈妈人前人后感到脸红，他们只好说："好好的闺女，落到白脸那号乌龟王八蛋手里，就成了这种下流种子，你又有什么办法？"两位老人对白脸深恶痛绝，渐渐对独养女儿也少了些感情。

这姑娘对于白脸，从害怕到盼望他来，又从盼望发展到想做压寨夫人。有那么不长的一段时间，就算白脸这种风月场上的老手，也确实让她搞得神魂颠倒。如果尔勇砍的第一刀再偏左一些，姑娘准保当场送命。锋利的镰刀把姑娘高耸的右乳房，从顶端向心窝斜拉了一下，像剖橘子似的一分为二，并且当场斩断了根肋骨。白脸死到临头，才突然意识到大门洞开，是个多了不得的冒险。当尔勇发现自己袭击错了，举刀重新向白脸砍过去时，白脸往里侧一滚，就势站在床板上。尔勇一刀扑空，紧接着横扫一记，就听见一声惨叫，刀锋剁进白脸的大腿。尔勇的镰刀还没有拔下来，白脸已经抓住了镰刀柄。两人僵持了一会，都想把那唯一的兵器抢在手上。

尔勇有一身蛮力，加上报仇心切，势在置白脸于死地。白脸见夺不下刀来，猛地一松手，尔勇向后面跌去，他自己侧身一跃，那床哗啦一声坍了。白脸和姑娘一起滚在地上。黑暗中光听见姑娘痛苦的呻吟，尔勇举刀摸索过去，不提防白脸捞起衣服，接二连三地乱扔过来，其中一件衣服突然和刀绞在一起。尔勇用左手去扯那件衣服，白脸趁机夺门而出，后背上轻轻擦了一镰刀。值得一提的是，慌乱中白脸竟没有忘了抢条裤子在手上，虽然这是姑娘的裤衩，白脸却用它在尔勇脸上狠狠抽了一下。尔勇顿时眼冒金星，白的雾飘来飘去，分不清东西南北。月光下，白脸赤裸着身体，无心恋战，白色幽灵一般落荒而逃。

那姑娘在尔勇一镰刀之下，活送了半条命。白脸从此和她一刀两分开，断了往来。姑娘后半世的命运，实在说不上一点点好。没人敢娶跟白脸好过的女人。她在只有人恨、没有人爱的环境中又活了十几年。在白脸又和别的什么女人好上的日子里，也许只有这姑娘一个人，真心地吃醋和痛苦。当白脸恶贯满盈，一排子弹拦腰扫过，像堵墙似的坍倒在山坡上的消息传来，小小的江心岛屿无不欢欣鼓舞。孩子们奔走相告，爆竹声一阵又一阵。只有姑娘独自一个表情悲伤，关起房门来尽情哭泣。总算她收起了去南京收尸的念头。人们看见在很长一段时间内，她头上都戴着白花。女人傻起来常常没有底，即使大家眼里的坏女人也一样。

作家采访尔勇的那一年，姑娘坟上的青草勉强遮住黄土。她是一年前的春天死的，就葬在她母亲的坟旁边。尔勇带作家去拜访过姑娘的老父亲，而且在那间尔勇和白脸厮打过的房间里喝了茶。门前是一排杂七杂八的树，其中那株柳树最大，风拂着柳丝，树枝中有鸟儿在叫。尔勇喝了一气茶，笑着对作家说，他和白脸之间的较量，总是不肯轻易结束。"多少次了，不是我差一点弄死他，就是他差一点弄死我。我们多少次，真是差一点。实说了，当年他死了，真死了，我就这么站在他尸首旁边，都有些不放心，真不相信他就算死了。死有时好难，有时又太容易。"

花一年的时间体验所谓生活，对于作家这位机灵的人来说，不仅绰绰有余，而且简直有些奢侈。体验生活对于五十年代的文人，是个含糊不得的字眼。事实上，我们这位作家常常闲着无事可做。在一个与世颇隔膜的江心小岛屿上，作家品尝到了做仙人的寂寞。小镇上虽有个刷了绿漆的邮筒，但是作家已有半年收不到妻子的来信。派出所的工作算不上繁忙，偶尔有些什么事情，也用不到作家插手。那本蓝封面的笔记本似乎再没什么可记，作家就在上面打电影脚本的底稿。小镇上有所极小的小学，作家和小学的女教师总算还谈得来。可惜女教师的男人太喜欢吃醋，动不动就瞪眼睛，常弄得作家十分尴尬。

一年之内，唯一有所改变，是尔勇和作家的关系。尔勇平时乐意住在派出所，很少回家过夜，两位有老婆的单身汉渐渐话多起来。这一带有一种土酿的酒，用大碗喝，就着价钱极贱的荸荠红水菱，很有种雅俗共赏的味道。尔勇与电影脚本里的主人公，相去越来越远，有时听作家谈构思，一会儿无动于衷，一会儿入了迷，好歹和自己毫无关系。尔勇自己真实的经历，已经让七荤八素的艺术处理，折腾得稀里糊涂。时间不顾一切地向前走着，尔勇不免有真假难辨的疑惑。

尔勇家在小镇的另一头，依然是那栋冷清的老房子。有四个孩子，都是一惹就哇哇叫的小千金。那年头计划生育自然谈不上。作家觉得尔勇不乐意住回去，和害怕凑满五朵金花大大有关。既然尔勇的老婆晋芳五六年能养四个女儿，没有任何理由相信第五个就一定是小子。作家曾经有意无意，似笑非笑地向尔勇暗示避孕套这个标志现代文明的玩意，但是尔勇笑而不语，显然羞于把它当桩事。

到了中秋之夜，作家第一次去尔勇家喝酒赏月。前一天晋芳就亲自来请，第二天又差大女儿娟娟来喊。尔勇说："既是叫我们回去，就去，如果不是你在这，这什么倒头的节，我是不想过的。"

菜并没有做多少，有自己制的月饼。那土酿的米酒不觉喝了小半坛。作家解放前在上海小报上写小说，素以健笔与善饮著称，一时有连载小说中李白之誉。这一次棋逢对手，作家尝到了土造酒后劲的厉害。醉眼蒙眬之际，作家听尔勇侃侃而谈往事。

"我哥，那时候，就死在这。当年那血，从这，直流到那枣树底下，就是那——你真不知道，那兔崽子，那杂种捅了我哥多少刀，你根本想不出来。"尔勇取了块月饼，示意作家自己动手，掰了一小块，塞在嘴里慢慢嚼。他小时候，哥哥尔汉弄了两棵小枣树苗来，种好了天天浇水，哄尔勇说这枣树也是弟兄俩。那其中的一棵枣树当年就死了，剩下的一棵已经高大成材，只是水土不服，结的枣子总甜不了。

夜凉如水，枣树坚硬枝干的阴影，重重投在门前发白的空地上。尔勇又说起他哥哥死了以后的种种事。当嫂嫂岫云如何如何痛苦的话题刚刚展开，晋芳便发起脾气。岫云无疑是晋芳不愿听到的人，如果不是尔勇一连串地喝斥，晋芳难听的话可以像小河一样流出来。好好的中秋佳节大有被糟蹋的可能，晋芳赌气而去，四个千金中有两个被打得哇哇直叫。作家因为喝了酒，也不觉着这场面尴尬，朦朦胧胧地觉得这团圆的日子，能叫老婆恶恶地骂一顿也好。他太太是那种小资情调极重的人，看的都是浪漫派的小说，作家无端地有些不放心，后悔不该弄什么电影脚本。晋芳又赌着气走出来，人跛得似乎更厉害，嘴里只是说："凭什么，我一提到她，你就急？"尔勇笑着叹气，说给作家听："明明是我一提，她就跳起来，你说这女人是不是倒打一耙？"大家听了，都笑，尔勇笑着又说："为了这家，县公安局几次调我，我都没去，你和她有什么道理可讲。"晋芳说，"要去县里，你去好了，我不拦你。"尔勇叹气说："你何苦，她好歹也是我们嫂子，这么不容她干什么？"

"干什么？"晋芳双手叉腰，冷笑说，"她是你嫂子。我们可不敢有这种下流的嫂子。"

作家回到住处便大吐一场。然后倒头睡觉，半夜里又起来吐了几场，搞得一房间臭味。他告辞时，尔勇曾提出和他一起回去，作家那时候已有些站不稳，满脸堆笑，嘴里却说："这是什么话，什么话？一年里有几个中秋节，我老婆叫不在这儿，那是没办法！"一路东倒西歪，拖着自己的影子，过了两次极窄的木板桥，竟没有掉到河沟里去。

这天晚上，作家没有梦到老婆。他梦见那株枣树，坚硬的树杖把他从酣梦中戳醒。

5

尔勇几次想和作家谈谈岫云的事。

作家对这个话题，始终不是太用心。

作家后来和岫云见过几次面，都是偶然的原因。

有一件事，尔勇从未对人提起过。这段往事实在窝囊，想到就难受。那一年，他刺杀白脸功亏一篑，多少算报了些仇，连夜带着寡嫂岫云奔南京。他们搭了条江船，溯水而上，一路仍摆脱不了惊慌。船上干活的伙计，都当这两人是夫妻，让他们住在一个舱里，江上时不时遇上日本人的巡逻艇。好不容易快到南京，那船叫日本宪兵扣住了不许开，又活活地耽搁了一天一夜。

不过是一年多的工夫，变化巨大，岫云简直是有隔世之感。尔勇初到南京，第一次领略都市的繁华，痴痴地跟着痴痴的岫云，眼睛不时向四下匆匆乱扫。眼前都是陌生人，没人注意到他们从哪儿来，更没人理会他们往哪儿去。岫云已是极虚弱的人，拖着两条注了铅水的腿，走得失了信心。幸好途中遇到了黄包车，岫云上前要下来，还了价，直奔东关头。

没想到岫云的父亲筱老板半年前就死了。继母张氏无处报丧，从兄弟那儿过继了个儿子，一个半傻不傻，见人不是笑就是瞪眼睛的小伙子。尔勇没见过筱老板的模样，看着寡嫂痛失慈父，心头跟着发酸。他因为避着白脸的缘故，一时不便回乡，原计划在南京躲藏一阵，现在这家里没有个像样的男人，倒有些进退为难。他曾经听嫂子说过这位张氏的厉害。

没想到张氏极爽快地留下他们。筱老板很可能没留下什么钱来,那张氏总是不知不觉地哭穷。岫云好歹也是又惯又宠长大的,本不是那种有心机的人,如今父亲死了,张氏肯收留已是天大的面子。嫁出去的女儿泼出去的水,更何况还领了个不相干的小叔子来。岫云极识相地拿出钱来贴补家用,张氏口是心非地得了钱,却不会见好就收,从此哭穷更急,连个喘气的节奏都舍不得给。

尔勇第一次有了寄人篱下的感觉。他深悔没有一举成功砍死白脸,反落得自己失了退路,有家不能回。打掉了牙往肚里咽,人穷有时只得乖乖志短,他由岫云陪着,去找尔汉当年的老板李老板。李老板这一年生意兴旺,财大气粗,两只牛眼珠子在岫云胸前滚来滚去,满口地答应。尔勇在李老板那干了不到半个月,那李老板借机来看了岫云七八次。岫云的后母是过来人,肚子里点了一千瓦的大灯泡,早已见惯了这类把戏,找机会当着众人的面,什么话都挑明了说:"筱老板生前也没什么对你不到的地方,你那贼肚子里装着什么坏水,当我不知道?"李老板忙不迭赔笑脸,嘴里师娘长师娘短叫个不歇,又说了东家当年的种种好处,但是他那师娘依然竖着脸,不等李老板唠叨完,破口骂道:"你个贼杂种,你的娘我们担当不起,少来灌你娘的迷魂汤。当年吃我耳光的日子忘了?实说了,这家里放着老少两代寡妇,你少来来。若是你这家伙想换换口味,先回去把你那黄脸婆离了,再来明媒正娶,若论想占便宜吃点什么,你试试看!"

李老板好大没趣走了,第二天便找尔勇碴子。尔勇正憋着一团火,三句话没说完,操起拳头就往下砸,揍得李老板鼻血喷涌而出,流得一下巴一胸口。店里其他的伙计捂着嘴一旁看笑话,待尔勇住了手,才一个个上前假装拉架。李老板不比年轻时的气势,嘴里还不服软,骂尔勇是杀人犯,没必要在这抖威风,杀头掉脑袋的日子在后头呢。尔勇也懒得和他斗嘴,取了衣物,和管账的算了工钱,扬长而去。途中经过一家酒店,那女招待用极好看的眼睛勾他进去,尔勇有心赌气进去喝一通酒,立在门口犹豫了再三,又径自去了。

尔勇回家满心不痛快，岫云深悔推荐他去李老板那儿做事。本想借说李老板几句，给尔勇消消气，没料到反惹起尔男一团火，跺着脚骂道："我哥当年怎么会跟这样的畜生做事，依着我，早揍得他屎出来，亏你还有性子和他来往。"岫云有口难辩，又不知道怎样安慰尔勇，只得呆呆地陪小叔子傻坐。她明知道李老板和后母张氏有一手，那筱老板生前也有所察觉，她让尔勇去李老板处谋事，多多少少，有意无意的是想利用这种关系，没想到背了石臼做戏，吃力不讨好，偏偏弄巧成拙，几头都得罪了人。岫云又抱定了家丑不外扬的宗旨，事情的原委不便细说，因此除了陪坐叹气，还是陪坐叹气。

依着岫云的劝说，尔勇将半个月的工钱，如数缴给了张氏。张氏客气了一通，让尔勇看了三天的好脸色。第四天刚刚到，那脸色又和先前的一样，硬邦邦地直竖在那里，叫人都不忍心看。尔勇真心真意地想搬出去住，一来找不到房子，二来即使暂时找到了，也付不起定钱。咬着牙一日三次地出去找工作做，找来找去，有几次还是岫云陪着，没活干仍旧没活干。不得已日日去外秦淮河码头背米，那是桩吃苦的差事，尔勇虽然庄稼人出身，有一股子牛力气，常常也累得半死。回到家中，一身的臭汗都不想靠近人。

尔勇想搬出去住的一个重要原因，实在是住的地方别扭。他和岫云几乎是睡在一间屋子里，中间虽隔了一道极薄的夹墙，那门洞虚设却没有门。拉了半截布做门帘，里外都看得见人的脚走来走去。两边的声音听着清清楚楚。尔勇常常被岫云夜里起来用马桶的声音弄醒，岫云则时时听见外间竹榻叽叽嘎嘎，知道尔勇翻来覆去睡不着。

事实果然如预料的一样，张氏安排他们这么住别有用心。按理由，尔勇完全可以住到她过继的儿子房间。那小伙子近二十岁模样，一副受虐待的苦脸相，除了见他为张氏捶腿捶腰，总不见他做过一桩什么正经事。他住的是厢房，算不了大，再放一张床绰绰有余。尔勇几次三番地想向张氏提出来，搬到她那过继的儿子房间去住，话到嘴边，终究说不出。俗话说，身正不怕影子歪，好藕不怕沾泥，张氏既然觉得安排他们这么住没关系,他提出异议反倒坐实了心虚。何况客随主便,他寄寓人荫下,有个落脚点就不错,哪来的挑三拣四的道理。再说这事也应该由岫云提起来合适,不管怎么说她管张氏叫妈,尔勇如果贸然说了,张氏说不定会疑心岫云对他多情。自己清白了,害得岫云无辜受累,这种事尔勇不能做。

尔勇一门心思地想搬出去住。世上的事偏偏不让人称心,他越是想搬出去,越搬不出去。背米的工钱本来微乎其微,他因为一日三餐吃在外面,加上重体力消耗把个胃弄成无底洞,吃多少都不嫌饱,剩下的钱缴给张氏,连买个笑脸都不够。岫云的那点私房早已贴干净,尔勇拼死拼活的血汗钱,用张氏的话来说,单单岫云一个人吃饭也不够。话难听时,啰里啰嗦地说米贵柴贵,又说如今的房子什么价,若是租给人住,不知要得多少多少钱。

岫云的日子也不好过,她一个小鸟依人的性情,小时有筱老板宠着,嫁了人总以为丈夫是靠山。丈夫横死,回娘家是不得已的事,明摆着后母张氏一日更比一日不容她,岫云有机会和尔勇说心里话,言谈中大有如果不是为了躲白脸的报复,真不如回乡下好。她的意思,是尔勇继续留在南京,她独自回去,嘴上这么说了几次,想到当真一人回去,无论是在路上,还是住乡下家里,心里都有些怕。

张氏有打麻将牌的嗜好,向来是在邻居任家里雀战,输赢不大,日日晚上要过几圈瘾。自从任家新娶了媳妇,张氏便把牌桌移到自家来,就放在尔勇睡觉的地方。时常三缺一,岫云只好坐陪。她难得打,手是生的,脑筋迟钝,又不好意思太顶真,因此只见输,不见赢。尔勇白天里背米差不多散了骨架,到晚上又不能早早睡,硬头皮到张氏那过继的儿子处串门,先还受欢迎,让他翻翻陈年旧月的报纸,渐渐地不客气了,把他晾在一边,小伙子自己倒头睡觉,呼噜声吵得人心烦。

尔勇一生的不得意,一生的窝囊,一生的晦气和别扭,都集中在这不长的一小段时间。他有时想想,真不如索性回到乡下,和白脸拼个你死我活来得痛快。月有阴晴阳缺,尔勇坐在小天井里,头顶上一块极小的天,听着屋内哗啦啦的麻将声,女人之间有一句无一句的闲扯,他心头不由动起了各色各样的念头,其中一个最重要最干脆的想法,就是寻死不如闯祸,索性豁出去,天下之大,总有容人处。

那天注定有事。千年难得轮到岫云赢了些钱,偏偏输家是张氏。张氏原不是有牌品的人,桌面上就横怪竖怨,说岫云存心不给她牌吃,散了伙嘴里还是没完没了。岫云只好当没听见,打完牌,照例是磕了一地的瓜子壳,她一边极麻利地扫着地,一边随口说道:"今天总算赢了个瓜子钱。"没想到张氏突然变脸,冷笑说:"我听出姑娘话里头的意思了,该不是嫌我总吃了你的瓜子吧。幸好还有好几张嘴一起动呢,要不然我们担当不起!"岫云连忙赔笑说:"娘也真会多心,别人家都是一颗心,偏娘多生了一个。女儿买些瓜子孝敬你老人家吗,也是应该的。"

张氏说:"少变着法子骂人,我原是两颗心的,你当心才是。"

岫云做出受委屈的样子,似笑非笑:"娘,你看,叫你不多心,还是多心。"说了,扫帚又在扫过的地上,做掸的动作。张氏看在眼里,嘴角抿着,越发的不高兴。

岫云又说:"譬如今天一分钱也没赢,我全买了瓜子来吃,怎么样?"

张氏脸上极难看地冷笑着,不说话。岫云一时窘在那儿,下不了台,硬头皮十分亲热地又叫了声娘,没想到硬僵僵地得了这么一句:"哟,好姑娘,你那娘,我们做不起,饶了我们吧!"岫云听了,红着脸说:"娘怎么这样说话?"

"什么这样说话那样说话,"张氏看着尔勇板着脸走进来,知道所有的话已经都落在他耳朵里,不示弱地瞪了他一眼,"我在自己家里,想怎么说话还不行?"

尔勇一肚子火憋在心里,赌气对岫云说:"赶明天别打牌,输也不是,赢也不是,这倒头的麻将牌,有什么好打的。"张氏一听这话,双手把定了腰,眼睛使劲斜着,只见白不见黑,说:"乖乖,好大的口气,是嫌我占了你的房间搓了几圈麻将,心里不痛快是不是。我告诉你,这没办法，我又没请你住这！"尔勇热血直往脸上冲，也硬僵僵地还了一句："你呀别凶，我一找到房子就搬，当我想赖在你这儿不成？"张氏冷笑说："阿弥陀佛，早走早好，我烧着香求你快找房子呢！"

岫云在一旁急得没主意，一边替尔勇赔不是，一边暗暗拉扯尔勇，让他别作声。张氏又看在眼里，就跟得了什么把柄似的，胸有成竹地暗暗窃笑。尔勇早看不惯张氏的嚣张，自言自语嘀咕道："别见着我嫂子人老实，就尽捡软的捏。"

张氏立即声高起来，指着岫云对尔勇说："唉哟，我还不晓得呢，你这位嫂子老实在什么地方，说给我们听听。说呀——"她这一声高，惊动了四下乡邻，有推门出来，立在小院里听的，也有直接过来劝架的，那张氏却更来了劲，声音更高，措辞更刻薄。尔勇说，有理不在声高。张氏偏大声叫喊："我凭什么不声高，我又没做什么见不得人的事。"

尔勇恶声说："你把话说说清楚，谁做了见不得人的事了？"

张氏说："我哪敢，哪敢说你，说你们，水牛吃了萤火虫，肚子里雪亮，谁做了什么事，还不自己明白。我说你们杀了人啦？我说你们小叔子偷嫂子，嫂子偷小叔子啦？乖乖，幸好没说，说了还不知怎么不得了呢！"

岫云气得乱打摆子，抽泣着想说什么，却没有辞，依然是拉着尔勇，不让他冲到张氏面前去。张氏别有用心地向观战的人使眼色，嘴角也是那种别有用心的微笑。尔勇忍耐到了极限，撒起乡下人的粗野来，嘴里恶声骂着，一把推开岫云，捞起张小板凳便向张氏扔过去。劝架的见动了真格，赶快把张氏拉走。张氏脸吓白了一阵，回到自己房里，嘴皮子又厉害十倍，话自然更难听。那些邻居听得有味不肯走，附和着说，笑。对尔勇和岫云的关系，人们本来就有些疑心，加上张氏一贯人前背后有意渲染，早存着不过就是那么回事的想法。秦淮河边的人家，向来对男女之事看得穿，想得开。岫云是那种有姿色的女人，既然委屈做了寡妇，人们想象中她就不应该太安分。而且小叔子死赖在寡嫂家里，瓜田李下，多少有些罪过。黄泥巴掉到裤裆里，不是屎也是屎。

这一夜，没人知道他们什么时候睡觉。张氏出了口恶气，极容易地进了梦乡。外面月朗星稀，小窗户往外面看，只觉得十分的亮。尔勇和岫云都睡不着。没有声响，除了里间和外间的人，在床上尽量轻轻辗过的索索声。没有梦的世界，都在等天亮，都在想这地方不能再待了，都有种解脱的感觉。

6

白脸的报复，来得缓慢而凶猛。这中间隔着很长时间。很长的时间内，又有过一个白脸和尔勇携手合作的很短时间。报复既在命中注定，就有避免不开的意味。从一开始，尔勇就知道他和白脸之间，只能是你死我活。你死我活是唯一结局，迟早而已。

很显然，白脸的疯狂报复，和尔汉当年的被杀毫无关系。事实上白脸杀人如麻，根本不把杀个把人当回事。对于他来说，不知道什么叫陈年旧账，杀了就是杀了，没有后果可言，人一死，所谓一了百了。甚至尔勇当年刺死他，他也是至死不曾明白过。他这人的脾气，竟是懒得去想究竟谁想谋害他。他觉得他谁都可以杀，因此，谁都可以反过来杀掉他。当年他拎着女人的花裤衩落荒而逃，说不出的狼狈。正因为威风扫地，所以很少乐意重温这种旧事。大难不死，本是桩感激不尽的买卖，白脸一辈子出生入死，也就不当回事。

那群如狼似虎的人向尔勇家扑过来时，已经入了共产党的尔勇早就得到消息躲开。那一段时间，白色恐怖甚嚣尘上，尔勇肯定不会耽在家里。这一点也恰恰是白脸的预料。他领着手下，气势汹汹，就像当年他高擎抗日旗号一样。这次的招牌是清乡剿共，他从来没把尔勇放在眼里过，捉不捉住尔勇他无所谓，他只不过要向人们证实，即使是日本人来了，他白脸仍然是白脸，仍然是这江心小岛的主人。他靠抗日起家，随着日本人势力的增长，又极识相地变不抗日来保本。

那时候，尔勇在共产党队伍里干了已两年。自从尔汉惨死，尔勇没有一天真正意义上的忘却报仇。虽然他和白脸一度处于同一战壕，共同的抗日主张化敌为友，但是尔勇从来不忘你死我活的唯一结局。尔勇最大的过错，仍然是他的运气还不够好。机会像手指缝里的水一样流过去。死里逃生，在尔勇和白脸漫长的较量中，早有了特殊默契的含义。往后的岁月，短暂而漫长，最终的结局到来之前，他们彼此不止一次死里逃生。

晋芳强敌面前，表现得英勇过人。也许觉得尔勇并不在危险之中，也许根本就没想到危险，她大喊大叫，不停地跳脚。好男难与女敌，白脸的手下一时有些手足无措。转眼间，尔勇家翻箱倒柜，鸡犬不宁。凡是能打碎的东西都砸了，三和尚扛起晋芳陪嫁时带来的一面大方镜，跑到外间，当着众人的面，死劲地摔下去，碎镜片顿时飞了一地。随着那"哐当"一声巨响，晋芳连续几个碎步，跑到了三和尚身边，拉着他的衣服要拚命。三和尚连打带踢，偏偏晋芳死扯住了不放。白脸的手下便笑着说："三和尚，这女人看上你了，瞧她，对你多有那个感情！"说完，极放肆地哈哈大笑。笑声刺激了三和尚，加上他脸上又叫晋芳狠抓了一把，一时性起，把晋芳掀倒在地上，抓起她一只左脚，绞麻花似的转，又乱踏晋芳的下身，嘴里歇斯底里地叫着："我让你凶，让你再凶！"晋芳硬是不讨饶，手乱动，嘴上还是骂，人已经滚了一身泥。

晋芳的一条腿，就是这一次让打瘸的。她痛得满地滚，骂不绝口。她的不屈不挠的抵抗，早让三和尚火冒三丈。不过像三和尚这样的悍匪，手刃晋芳这样手无寸铁的弱女子，同伙面前有失身份。白脸的队伍正在壮大，三和尚已充当了小头目这类的角色。晋芳忽然一声惨叫，三和尚触电一般地撒了手。经过短暂的沉寂，晋芳嚎啕大哭，侧躺在地上，翻不了身。三和尚一边往回走，一边嬉笑着说："碰到这样的女人最丧气，缠着你不放，竟一点办法都没有。"同伙中有一个跟着说笑："这还不算麻烦，你若是在床上碰到这么一位，嗨，那才叫糟呢？"

晋芳大哭了一阵，转成了抽泣。她家里原养头小母狗，禁不起这帮土匪强盗乱打，早跑到一边去了，这会又来到晋芳身边，东闻闻西嗅嗅。

白脸在一旁看着,慢腾腾地摸出手枪来,上了膛,走近了,指着小母狗的脑袋,一扣扳机,小母狗向前一窜,瘫在地上变成了一团死肉。晋芳着实受了些惊吓,睁大了眼睛看白脸,人往后缩。白脸重新瞄了瞄准星,举起来对着晋芳,又笑着把枪收了,懒洋洋地说:"你男人回来,这就是下场。"脚伸出去,踩在僵硬的木棍一般的狗腿上,辗了辗。

和尔汉的被杀大不一样,这一次几乎没什么看客。太平镇上的人似乎对太平失了信心。有杀人的,自然有被杀的人。人既然处在杀或被杀之外,本能地躲得极远,从窗洞里,从不为人知的墙角处,从细细窄窄的门缝,有几双眼睛匆匆扫了几下,一切都归于太平,寂静得恰如什么事也不曾发生。

如果岫云知道白脸那帮人正在说笑什么,她吃了豹子胆,也不会去照应晋芳。显而易见,她的莽撞行动愚蠢之极。那边早有人找了锅来,重新架在灶上,点火煮水。擅长杀狗之徒,在枣树上插上匕首,把狗挂上去双手十分麻利地剥起皮,就听见"哗哗"的声音,转眼间那瘦骨嶙峋的鲜红色的身体,脱了皮袄,全然暴露在人面前。晋芳躺在地上,十分惊恐地望着眼前的一切,那一双手在狗身上熟练地忙乱,血污撒尿似的往下滴,忽快忽慢。一股又腥又臊的臭味,迅速蔓延开,像一阵浓雾直逼过来,压得人喘不过气。

晋芳的腿一定断了,要不便是骨头上有道很深的裂纹。她试着向前爬,刚一启动,慌忙惨叫一声。叫声引起白脸一伙的哈哈大笑。三和尚笑着对那正用刀剖开狗肚、把肚肠子拉出来抖在地上的同伙说:"你小子老喊不碰女人,今儿这不是现成的吗,喏,头儿在这,我算替他答应了,怎么样?就算今儿为弟兄们忙得辛苦,慰劳慰劳。"那杀狗的当真停下手来,看什么似的对晋芳上下打量一番,回转过脑袋,笑着对三和尚说:"你小子一肚子坏水,我的事,用不着你忙。你又不是没那玩意,说得倒好听,你替头儿答应了,乖乖隆里咚,好大的口气!我们干脆以后都听三和尚的算了。"说完,正待进一步去折腾那狗,眼珠子突然定在那儿,直了。

岫云就在这不合时宜的情况下,很不识相地出现。她根本没有预测到自身将会有的危险,她根本顾不上什么危险。一刹那间,她觉得前面躺的就是她那血肉模糊的丈夫,身上全是窟窿全是眼儿全是洞。那个被称作勇气的东西,一旦贸然来到岫云这样怯弱的女人身上,所有的问题便变得更麻烦,更不可收拾。她眼前只有晋芳这个人,这个躺在地上折了腿的,一向对她充满敌意和戒备心的女人,她冲她缓慢地走过去,心头洋溢一种她不明白而人们誉之为崇高的情绪。

所有的眼神都射向岫云,甚至那条倒挂在树上剥了皮的狗眼睛,也痴痴地盯着岫云看。时间突然之间静止,岫云上上下下叫那些男人的眼珠子射得千疮百孔。她身上的衣服已在幻觉中消逝,赤裸裸地按照男人们的想法,活生生地出现在男人们面前。白脸以他在鉴赏女人方面的挑剔,一眼就看到了岫云的过人之处。他还没来得及喘气,没来得及眨眼,便叫眼前的尤物迷住了。

晋芳正好和岫云形成了鲜明对比。一个女人的粗糙,更有力地衬出了另一个女人的细腻。乡下女人典型的黝黑皮肤,让那些乡巴佬出身的土匪强盗,第一次领悟到城市女人的种种好处。晋芳依旧一摊泥似的瘫在地上。岫云缓慢坚定地走了过去。从那死狗身上散发出来的腥臊臭味,陡然无踪无影。白脸侧过脸去,打听岫云的来由。岫云小心翼翼,庄严地走到晋芳身边,竭尽全力想把她扶起来,但是扶不动。白脸示意两个人过去帮忙,立刻有两个人屁颠颠站起来,屁颠颠地走到站着和躺着的两个女人身旁,迟疑了一下,弯下腰,在晋芳的惨叫声中,把晋芳抬起来,送回家放在零乱的床板上。岫云默默跟着,脚步发颤,仿佛走在云里雾里。

这以后,岫云足足忙了一整天。先是帮晋芳擦洗,洗完了,再收拾房间。屋里糟蹋得不成个样子。马桶被砸向墙壁,里面的污秽淌了一地。墙上的一张年画,绝大部分已在地上,剩下的一小块,猪耳朵似的竖在那里。外间狗肉煮熟的气味,和着房间里的恶臭,熏得岫云一阵一阵想吐。房间收拾完,一切安排妥当,外头白脸领着人大呼小叫去了,剩下些狗骨头和汤在锅里。

这一夜，岫云就住晋芳屋里，晋芳一夜呻吟，使得妯娌之间的隔阂，短时间的消失殆尽。岫云很晚才在晋芳脚头睡下，迷迷糊糊记得自家大门都没关。她太累，懒附带有些怕，合上眼睛想休息一下，不料竟睡着了。第二天抽空回去，那大门已经虚掩上了，她因此怀疑起自己的记性，进屋拿了些东西，又去照顾晋芳。那晋芳腿还是疼，还是动不了，到晚上又有留岫云的意思。岫云一口答应，借口回去收拾收拾，让晋芳先睡。

就算岫云知道白脸正在她房间等候她，她依然逃脱不了白脸的手心。白脸只有看不上的女人，却没有弄不上手的女人。妯娌之间暂时的和好，岫云心头十分愉快，她暗暗哼着一首未出嫁时常唱的歌，极轻松地推开房门，老地方摸到了煤油灯，划着火柴。她并不知道自己回来干什么，只是觉得应该回来一下。

白脸正坐在床沿上冲她笑，摇曳的灯光增添了他脸上光彩。疑惑比吃惊更先来到岫云心头，她先怀疑，然后才是害怕。白脸的笑那么平静，岫云一开始都吃不透他的用意，她只是出于本能地向门口跑去，但是白脸比她快了半步。门外一片黑暗，白脸倚在大门口，仍然先前那样的笑，岫云房间的那盏煤油灯还点在那，看得见墙上的黑影跳动。

岫云立刻全线崩溃，她的脚仿佛陷进了泥沼，并且越陷越深。白脸突然背过脸去，大步走过门前的空地，到了那株枣树下面，掏出家伙撒尿。岫云只看到一道白色的曲线，源源不断地浇向树根。尔汉当年也常在同一个地方做同一件事。白脸又慢慢走过来，脸上还是那种漫不经心的笑，就像回自己家一样。

7

多少年以后，尔勇对在南京做保姆的岫云拜访的时候，实际上她已经和老乔那个上了。老乔叫乔发品，人都叫他老乔。用人们常说的话，他们早勾搭上了。尔勇看在眼里,心中不愿意这么想。

尔勇去,正是岫云坐床上,穿着城里人的短裤,哄老乔女儿睡觉的时间。很可能当时岫云也迷迷糊糊地睡着,隐隐听见门外有人敲门,爬起来,开了门,尔勇已站在小院子里。

尔勇来南京参加一个治安方面的会议。通过公安局的熟人,尔勇很轻易就找到了岫云的地址。像岫云这样的女人,只有公安局才能找得到。听尔勇说他想去见见她。公安局的熟人不免吃惊,总觉得去见一个在局里挂了号的女人,多多少少有些冒昧,起码也是不合适。尔勇说:"她好歹还是我嫂子,按礼上说,我也该看看她。就不知道那家人家怎么样?"公安局的熟人说:"我们具体也不太清楚,反正夫妻俩都是干部,那女的好像一直不在家,这女人——你嫂子在那儿,主要是带小孩。"

恰好是梅雨季节,出门时,公安局的熟人让尔勇穿他的雨衣,尔勇嫌闷热,取了把旧纸伞,没料到有一阵无一阵的雨忽然大起来,那纸伞上不止一处破洞,半边身体都淋湿了。地方不算难找,要寻的那条街道,问了几次便在眼前,只是门牌上的号码有些绕人。敲了半天门,没人应,尔勇索性一推,人进了院子。

岫云几年不见,人似乎又胖了些,那两条极白的大腿匆匆在眼前晃过,忙不迭地找裤子穿。尔勇十分自然地看着岫云,岁月磨炼了人的意志,他已由当年过度的腼腆,变得恰到好处的成熟。等岫云慌乱套上长裤,又草草地把头发掸了掸,尔勇才正式开始说话。他一直觉得自己不善言辞,这是典型的乡巴佬的遗憾,因此,他轻易不说什么话,简单的敷衍之后,便望着岫云微笑。

这几年是个空白。岫云不由地两颊发热,羞愧地低下头来,就像那年白脸被打死后,她随着那些举了手的匪徒,从尔勇面前走过时一样,岫云想自己实在无脸面对尔勇。她觉得自己不可饶恕,罪在不赦,而尔勇流露出来的那种善意的微笑,自然而然地显得过分宽容。对于岫云来说,那熟悉的善意宽容的微笑,同时又是十分残忍。它勾起她难以忘怀并且最不想回忆起的旧事。

尔勇自己捡了一张椅子坐下。在岫云眼里，人胖了些总是好事，她对尔勇的腰身注视了一会，又重复那句："真想不到你会来。"

尔勇笑着说："几次想来看嫂子，你的地方不好找，要不然，要不然早来了。"

岫云想问，尔勇又是怎么会问到这个地方来的，话到嘴边，又没问。她知道尔勇在公安局做事，一起做保姆的人常说，像她这样身份不明白的人，躲到天边去也瞒不了公安局。她因为自己和白脸的关系，真想一辈子也不要再见到尔勇。

"嫂子这一向还好吧，"尔勇抓了抓叫雨淋湿的头发，继续笑着说，"看看气色，也还不错，听说这家一家——"

岫云突然脸一红，低着头说："你别叫我嫂子了。"她想说"我没脸做，我——不配"，心里一阵绞疼，眼睛已经酸了，连忙极做作地笑出来。

尔勇怔了一怔，有些吃不透："嫂子这话什么意思？"又说："我是一直没把自家嫂子当外人，除非嫂——子，"一抬头，看见岫云眼泪刷刷流下来，话到嘴边说不下去。

岫云流了一会眼泪，心里头倒痛快了许多，她看着尔勇不言语地坐在那里，嘴里忍不住又说了声："真想不到你会来！"尔勇不由笑着说："嫂子老说这句话，该不是不欢迎我来吧。"岫云听了，情不自禁地说："不要说你亲自来，只要你还能想到一点嫂子，我就感激死了。"说了，破涕为笑，转身去拿脸盆毛巾，让尔勇擦把热水脸，又叫他把半湿的衣服脱了，连声问他凉不凉。这情景仿佛又回到了当年在南京的避难。岫云找了个大白搪瓷缸，放了些白糖，冲开水给尔勇喝。

两人显然都想把中间有过的不愉快事回避掉，因此都只谈眼前的事。岫云与过去相比，老了许多，已是个十足的妇道人家。虽然脸上也会一闪而过那种羞答答的神情，但是那种少女时代的余韵，犹如人临死之前的回光返照，更容易引出人的一段辛酸来。尔勇喝着白糖甜水，心里是另一种滋味。哥哥尔汉死得太惨太早，他做弟弟的，却没能保护好寡嫂。

老乔的女儿，在床上翻了个身，说着梦话又睡。这是个三岁左右的孩子，看上去十分白皙。岫云笑着跑过去，坐在床沿上，一边拍哄早已不做声的小孩，一边回过头来，说："这孩子，人不大，睡着了老做梦。"

尔勇的原意，是看看岫云就走。治安会议已经结束，他打算明后天回太平镇。没想到临了留下吃了饭，还住了一夜。男主人老乔是个极好客的热心肠，见了尔勇，倒像是认识了许多年一样。他在一个机关工作，是个科长之类的干部。人十分潇洒，除了眼睛略小一些，算得上是个美男子。尔勇第一次发现，男人里头，也有皮肤和女人一样细腻的人。老乔比尔勇高出了一个头，因此说起话来，总有些居高临下。他是个话多的人，一说了，就没有完。

岫云做了两样拿手菜，又上街剁了盐水鸭和三毛钱的猪头肉。老乔新开了瓶白酒，取了两个极小的酒盅，嘴里十分热闹地要尔勇不客气。尔勇不客气地坐了，心里暗笑那酒盅半只鸡蛋壳似的太小，太精致。岫云归她哄孩子吃饭，嘴里哄着，耳朵里听两个男人说话。老乔口若悬河，说到有趣处，岫云便抿嘴一笑。这笑里面有种种含义，尔勇没法不往心上去。

老乔的女儿，本来是送幼儿园的，偏偏老要生病。她母亲一年半载地在外头工作，官做得比男人都大，已经是副县长。岫云来了以后，小女儿身体渐渐好了，和医院绝了缘，老乔因此逢人必夸岫云。夸完了岫云，老乔又和尔勇讲他解放前怎样参加地下工作，讲得十分惊险，尔勇听了，又信又不信。

"我们这些人参加革命，老实说，老实说和你们不一样，"老乔喝了两盅酒，示意自己酒量已到了极限，又示意尔勇尽情喝，"喝，这酒，能喝掉，我最高兴。你知道，为什么说我们不一样呢？你想，你们是苦大仇深，为了自身的解放，才投身于革命工作的。我们呢，我们不一样，你想，你只要想想我们是什么出身。像我和我爱人，都出身于剥削家庭，我们参加革命，那是背叛家庭。为了人类的解放，我们背叛了家庭。"

老乔的女儿似懂非懂地听着，一个极小的孩子脸上已有了些大人的表情，尔勇觉得非常有趣。岫云总是在偷偷地注意他，他不得不做出十分认真听讲的样子。老乔说："像我这样的家庭，那还算不了什么，你知道我爱人,我是说我爱人她家,当年有半个县城都是她家的。半个县!"

"半个县?"尔勇吃一惊,想象不出半个县有多大。

"可不是半个县,"老乔拎起酒瓶,给尔勇斟满了,喊着,"来,你能喝,看得出的,一口一杯,喝完,干掉!"尔勇生性贪杯,喝酒是爽快脾气,艺高人胆大,一气喝了大半瓶。老乔说,留一点没意思。于是喝个精光。

那老乔最佩服能喝酒的人,佩服之余,又嫉妒尔勇当真喝了这么多酒。尔勇脸微红,话也多了几句。趁尔勇去上厕所,老乔便向岫云说他已经醉了。岫云连忙留心,果真觉得尔勇走路似乎摇晃,而且多多少少有一些垂头丧气。外面又下起大雨来,尔勇要告辞,老乔和岫云执意不让他走。

尔勇也奇怪自己竟然会住下来。老乔和岫云都以为他醉了,他也不愿意强辩,索性由他们说去。两个人背着他做了几次眼色,只当他酒后糊涂,不知道他一肚子算盘珠,心里全有数。岫云倒了水,伺候他和老乔洗了脸,又洗了脚,又说了会话,大家睡觉。岫云和小孩睡一间屋,哄睡着了小孩,又从床上下来,听见老乔还在那边大声说笑,一眼瞥见尔勇的衣服孤单单地挂在那,情不自禁上前摸了摸,还是湿的。尔勇和老乔睡一张床,听了大半夜话。他有些后悔不该来看什么嫂子,他已经没有嫂子了,心头有的只是一种厌恶和疲倦。究竟厌恶谁他说不清。天亮时他才迷迷糊糊睡着,在梦中,他第一次梦到了早死的谢司令。

8

谢司令是无锡人,家乡口音极重。尔勇最初给他当警卫员时,常常为听岔了音,闹出笑话来。司令部的警卫员,平时闲着开玩笑,便是模拟谢司令的腔调。谢司令十十足足一副书生模样,原先是县中学的校长,地下党,抗战爆发,领了一群人在这一带打游击,队伍发展得很快。尔勇投身革命，最想不通的一件事，就是收编白脸的人马。多少年过去了，尔勇仍然觉得谢司令当年棋错一着。

自从刺杀白脸不成，尔勇第一次和白脸见面，是白脸接受改编后一个月。那时候日本人已经注意到了这个孤立的岛屿，几次和白脸发生冲突。那白脸手下一帮乌合之众，先不把日本兵放在眼里，仗着地头熟，小打小敲斗了几次。等到正式接触，叫机关枪压住了一扫，一个个顿时傻了眼，溃不成军。幸好谢司令带了人马赶来接应，白脸才在绝境中，有了条活路。

白脸因此躲着不敢见人，谢司令派人和他谈判，谈妥了，封白脸为第四小队队长。当谢司令领着尔勇到白脸那里视察时，白脸已经恢复了元气，乌合之众依然凑拢起来。

谢司令自然要用共产党的一套，对白脸的队伍进行改造。但是大敌当前，许多事情事实上也顾不过来。谢司令约法三章，白脸一口答应，高声说谢司令既是他白脸的救命恩人，不要说约法三章，就是成千上百条意见，也不敢说个"不"字。

白脸在谢司令面前装足了孙子。尔勇再次眼睁睁地失去送白脸归天的机会。他和谢司令在白脸的大本营住了三天，干掉白脸可说是唾手可得。那天晚上，白脸和谢司令谈了许久，临走，谢司令嘱咐尔勇送他一程。

这是尔勇和白脸之间，唯一的一次正面交往。他们俩你死我活，追过来，杀过去，实际上的面对面并不多。这次机会失之太可惜。虽然尔勇只是个普通警卫员，白脸却放下小队长的架子对他百般敷衍。那是个星光之夜，细细的月牙儿尖刀一般地戳在天上。微风吹过，庄稼沙沙响。青蛙叫着，仿佛在叫"报仇，报仇"。乡间小路忽宽忽窄，白脸一会和他并排，一会又走在他前面。第一次刺杀白脸失误的阴影重现在尔勇心头，他发誓这一次务必要干得出色些。头一枪当然是打脑袋，然后可以从容地打完其他子弹。或许匕首更好，不声不响从后面扑上去，干净利落，也捅他个千疮百孔。天下之大，何处不可以抗日，只是，只是这么做有些对不起谢司令。犹豫这玩意一出现，尔勇到手的机会便没了踪影。

白脸的手下突然从路边冒出来。他们和尔勇打着招呼，然后拥着白脸扬长而去。

多少年后，时过境迁，轮到尔勇领着人缉拿白脸。白脸已经穷途末日，丧家之犬似的到处乱奔。如果不是为了一网打尽，尔勇早把白脸抓获归案。大约有半个月，白脸的一举一动，始终处在尔勇的严密监视之下。这是猫和耗子一起玩的游戏。甚至尔勇也觉得这结局，太可笑太可悲。恶有恶报，白脸杀了他的哥哥，奸了他的嫂子，又打断了他老婆的一条腿，当三和尚被押回原籍公审时，整个太平镇的人，都为不能亲眼看见枪毙白脸感到遗憾。三和尚剃光了脑袋壳，让开花子弹打成一摊稀泥，血浆喷出去多远。相比之下，白脸的死实在有些太便宜。

谢司令直到临死，才认清白脸的真面目。死到临头，一切都变得太晚，太无济于事。谢司令生前威名远扬，死后又竖碑立传，但是他的遇害太惨，太不明不白，太叫人心碎。想不到英雄一世，日本人听到名字就头疼和胆寒，却毫不值得地死于白脸的暗算。那时候长江南岸的新四军，或是挥师西撤，或是渡江北上。日本人为了疏通长江下游的航运，调集了重兵围打这孤立无援的岛屿。

已经有情报证明，白脸和日本人进行了接触。如果谢司令当机立断，运用优势兵力，在日本人大举进攻之前，迅速解决白脸，历史便明摆着是另外一个面貌。可是谢司令又轻犯了英雄脾气，他领着尔勇直闯到白脸那里，找到了白脸儿子一般地教训。谢司令的轻率吓得白脸手足无措，对于送上门的肥肉却不敢下手，他小心翼翼地向谢司令赌咒发誓，又把日本人恶骂一通。白脸过分的表演并不高明，尔勇第一眼就看穿了他的把戏。当时已是剑拔弩张，白脸的手下都把手按在枪柄上，千钧一发，十万火急，但是谢司令依然大声叫喊，全不把这帮土匪放在眼里。

谢司令从白脸那里回来，立即着手准备和日本人的决战。他决定诱敌深入，来一个反包围。他万万没有想到，既然白脸已经决心背叛，他的决战方案便失去了意义。在最后关键的一刹那间，谢司令表现得书生气十足。他为了换取白脸的信任，不是把他调去打头阵，而是让他作为预备队。

当白脸领着手下从背后扑过来，谢司令的人马全垮了。暗箭难防，这种偷袭太出乎意外，司令部十多个人几乎如数活捉。日本人坐山观虎斗，事后凭一张空头委任状，极轻松地拿下了梦寐以求的地盘。这场交易也注定了日后白脸对日本人的背叛。在抗战结束前夕，用的差不多是一样的偷袭手段，白脸的手下把捉住的日本人杀得一个不剩。

谢司令的队伍，因为群龙无首，相约到苏北和主力部队会师。做了阶下囚的谢司令，依然不失英雄本色，对白脸骂不绝口，又鼓动白的手下奋起抗日。白脸说："谢司令，我这么做，也是不得已。你是我救命的恩人，我哪敢背信弃义。谁若是敢碰你一根毛，我先揭了他的皮，你信不信？"谢司令只是蔑视地冷笑，不愿和白脸对话。白脸又说："若论为人，谢司令，我要是不佩服你，我就是这地上的砖头。有人劝我把你交给日本人，真是太看轻我白脸了。谢司令什么人？我能这么做……胡说八道。我白脸就是白脸，不是黑脸。这几位弟兄，我留下了。你谢司令，我派弟兄送你走。你放心，我白脸也还数得上条汉子，你的性命安全，保在兄弟我身上。"说完了，冷笑着看自己的手指甲，剔了一下，又剔了一下。

尔勇过后才知道谢司令怎么死的，不过大家早就意识到了他必死无疑。谢司令昂首挺胸离开的时候，任何人都可以从他脸上，看到异常的光芒。那光芒叫人激动，更叫人害怕。白脸毕恭毕敬目送谢司令离去，然后懒洋洋地回过头来，懒洋洋地看着剩下的几个人，懒洋洋地想着，又懒洋洋地说："你们怎么办？不比人家谢司令，对我大恩大德，你们呢？"没人回答，尔勇想到了死，感觉中死近得仿佛一抬手就可以触摸到。

"我不为难你们，想回家的，滚他妈蛋，回家抱老婆养儿子去，不想回家的，跟老子干，老子正他妈缺人呢，我亏不了你们的，跟我干，比跟着谢司令有味，不信你们问他们。"白脸手点出去，顿时有人笑着答：

"我们这儿可没什么规矩,你若干好了,见着漂亮的娘儿们,扑上去就是了,没人管。"白脸听了,笑着骂:"放你娘的狗屁。"

谢司令让两个匪徒押上一条小船,小船向江心驶去。江水滔滔,风很大,谢司令想立在船头上,两匪徒不允许,非要他坐在船中间。忽然,站在谢司令身后的一个匪徒,举起事先准备好的麻袋,猛地往谢司令身上一套,另一个匪徒急忙捆住谢司令的手和脚,又绑上两块大石头。绑好之后,大石头往江心一扔,就势轻轻一拨,一代英豪谢司令便永远沉入江底。那麻袋很快就浮了上来,两匪徒静对着毫无动静的江水看了一会,摇船而去。

9

解放后,追捕白脸,起先由县公安分局负责,紧接着上升到省局直接部署。尔勇自始至终处在第一线。事实上,早在大军渡江前夕,白脸便没了踪影。他手下的队伍,让尔勇领的挺进支队,打得落花流水。多少年来,自从尔勇从白脸手里脱身之后,自从他又回到太平镇一带为谢司令报仇,白脸一直处在追杀尔勇的位置上。这个位置的颠倒显然来之不易。尔勇不止一次陷入绝境,又不止一次死里逃生。多少次,尔勇被迫离岛远去。但是他总是重整旗鼓,不屈不挠,一有可能,就再次回到老地方和白脸较量,即使在极短的时间内又告失败。

追捕白脸,一开始就断了线索。有人说他已经逃往浙西,有人却说他在安徽大别山。没人相信白脸会赖在太平镇上不肯走,更没人想到他就藏在尔勇身边,躲在他嫂子岫云的房间里。虽然这日子极短,却是尔勇和白脸生死搏斗,最末了一次死里逃生。当南京市局发现了白脸的线索,尔勇火急火燎赶到南京,从隐匿的地方,看着白脸和岫云同出同进,尔勇如同五雷轰顶,根本都不敢相信自己的眼睛。

白脸成了太平镇的主人以后,他和岫云的关系早已不是什么瞒人的秘密。寡妇风流已是桩不可饶恕的罪过，何况她勾搭的是杀夫仇人。除了尔勇有自己的看法之外，岫云处在万人唾骂的地位。没人相信岫云曾有过的强烈反抗，甚至白脸的手下也为她的顺从感到生气。多少年以后，白脸像条狗似的死在离城墙洞不远的地方，三和尚拎包袱一般把岫云扔在草垛上，一边动手撕她的衣服，一边恶骂她给男人带来的不幸。外面枪声吵得让人心乱，尔勇正领着人在喊缴枪不杀。三和尚处在那种绝对的疯狂之中，他光着下身在城墙洞里跑来跑去，手里提着枪管冒热气的驳壳枪，不时地伏在洞口，朝外头没目标地乱打一气。

岫云左边脸颊上有几颗痣，看相的都说不是吉相。筱老板就一个爱女，心肝宝贝地疼着，家里一有灾难，忍不住要看女儿脸上的痣。那痣是黑的，排成一个三角形。痣的黑，衬出了皮肤的白。皮肤的白，更显得那痣的黑颜色黑得瘆人。岫云三岁死了妈，岫云自小就多病，岫云注定了要吃苦，注定了要遭罪，注定了一生的恩恩怨怨。

当年看着岫云从那城墙洞里衣衫不整走出来的人，都记得她那种淡漠的表情。那是一种不成表情的表情。头发是乱的，眼圈发黑，目中无人没有知觉向前走，甚至对站在显要位置的尔勇都没看一眼。尔勇注视着她默默从眼前走过，先是看她的正面，然后是侧影，最后是越来越远的背影。

那只是具行尸走肉。被称作为生命的那个玩意，对岫云来说，已经失去全部意义。自从白脸留下的那个罪恶之夜，岫云便算彻底完了蛋。那天晚上，岫云的一去不返，使得刚刚和缓的妯娌关系又恢复水火。白脸留下一场永远做不完的噩梦。晋芳躺在床上，对岫云痛苦无望的呼唤，渐渐只能在岫云的想象中才能听见。没人知道晋芳腿断了最初的几天是怎么熬过来的。

想象中的岫云早死过许多次。没人能够理解她心灵经过的不平凡历程。她从来没有死心塌地地爱过白脸，她所做的不过是对命运的一个顺从。很难想象，像她这样的懦弱女子，凭一把绣花用的剪刀，就能置白脸这样的悍匪于死地。也许老天爷压根不愿意成全她，也许老天爷压根不赞成那些本来不大可能的可能性,反正在岫云胸揣剪刀,心敲鼓一般乱跳的周里,白脸连影子也没有出现过。除了让人送来一小箱女人用品之外,白脸似乎对岫云并没有多大兴趣。他向来不把已经到手的女人当回事,即使是岫云这样看来很不错的女人。他是寻花问柳的高手,在岫云鼓足了勇气,准备用剪刀对付他的同时,他早又在动别的女人的脑筋。

白脸在这个孤单单的岛屿上的霸业,有一段时期仿佛很牢固。日、蒋、汪三方面的人都和他有来往。他一改土匪习气,把司令部扎在太平镇上,正正经经地摆出统治者的模样来。他甚至扮演过清官这样的角色,凡是被抢劫过的老百姓,被强奸过的妇女,只要有胆量告状,白脸便要严惩一二以树威信。为了解决弟兄们的那个问题,白脸亲自到扬州去挑了几个妓女回来。太平镇第一次有了妓院和露天的唱戏舞台,良家妇女的安全似乎有了些保障,戏班子零零落落来了几次,看的人真不少。

这太平镇说大不大,说小又不小。它形状如蜘蛛,中间极密集的一团,有好几条腿延伸出去。南北两条细腿上,各住着一位美人。南美人青春年少,只有十六七岁,正做着押寨夫人的美梦。北美人是白脸一个手下的婆娘,三十岁光景,一身肉摸不到骨头。一段时间内,白脸把爱情平均地用在这两位女人身上。常常可以看到白脸携着南美人从街上招摇走过,那北美人只好在床上暗下功夫,弄得白脸神魂颠倒,然后再找尽偏心一类的字眼,向白脸发嗲撒娇。北美人收拾起男人来另有一种门道。她丈夫相貌堂堂,活像《水浒》中的打虎英雄武松,难得他有一身力气,却一贯不吃醋。知道内情的人都晓得他怕的不是白脸,而是怕他那妖精一般的媳妇。

白脸迷上岫云明显是在日本人完蛋之后。虽然还都的南京政府没与他过分顶真,但是做过汉奸的罪名并非轻易就可以抹掉。如果不是共产党势力一天天增大,老蒋苦于打内战,他这支半兵半匪的队伍,早让人家开了刀。时过境迁,南美人怀了胎做月子,难了一回产,从此花容失色。北美人又毕竟是人家的老婆,相好归相好,天下没有不散的筵席。

白脸已经走下坡路。走下坡路的白脸又一次看上岫云。

那天自然是偶然相逢，冤家路窄这种旧小说中迂腐的套话用不上，人都处在太平镇上，碰碰面从来不稀罕。偏偏这次相遇非同一般。对于岫云来说，时间的流逝，甚至仇恨也变得模糊。她记得是这个人让她成了寡妇，又是这个人毁了她的贞节。她知道自己最应该恨的无疑就是这个人。但是，就连岫云自己也不曾意识到，她最恨的，是白脸根本不把她当回事。白脸的风流韵事一直是太平镇上公开的笑话，人们背后没完没了地说南美人北美人。世上或许没有什么比玩弄女人、又不把女人放在眼里，更伤女人的心。白脸那种无动于衷，仿佛根本不乐意认识她的态度，在岫云胸中引起莫名怒火，这怒火熊熊燃烧，使她不仅仇恨白脸，同时也仇恨什么南美人北美人。

大约岫云狠狠瞪了一眼，反正白脸突然停步，目不转睛看岫云，脸上是想不通的表情。也许他一时想不起面前的女人是谁，也许正因为想起这个女人是谁，白脸好像做错事的孩子一样尴尬起来。岫云已从他身边擦肩而过，这个不可一世的土匪头子，正在走下坡路的魔王，看着岫云离去的背影发怔。岫云走着，忍不住地想回头，背后却有双眼睛知道白脸准盯着她看，脚步一阵乱，人已经拐了弯。

白脸和岫云的下流关系，第一个知道者是晋芳。没几天就闹得太平镇风风雨雨。大家对这种关系的前因后果毫无兴趣。岫云的声誉顿时跌落千丈。北美人调唆南美人大闹一场，这位因为憔悴而不再美丽的失宠姑娘，披头散发有失体统地赶了来，当众扇了岫云两耳光，又揪住了胸口要拚命。作为更不幸的女人，岫云一次又一次出尽洋相。她越来越糟糕，无可救药。没人想得通到底怎么一回事，甚至她自己也百思不解。以一个床上的男人来说，白脸丝毫不比尔汉出色。这种比较常让岫云充满负罪之感。但是也许正因为有了负感的缘故，白脸的邪恶反显得和她般配。是白脸把她毁了，因此惟有在一种毁灭的状态中，岫云才能得到心灵深处的满足。岫云很快喜欢上了白脸温文尔雅的粗话，喜欢他那种把人不当人，或是把她当作下流女人的态度。女人的一切弱点，仿佛都体现在她一个人身上。她无疑成了那号嫁鸡随鸡，嫁狗随狗，嫁了石头抱着走的女子。作为女人，尤其处境不好的女人，她需要男人的保护，哪怕是坏男人也一样。她已经被钉在耻辱架上，除了自暴自弃，别无出路。没人知道路遇的戏剧场面，没人去管那么多闲事，谁也不知道多少年前，还有岫云受辱这一幕。

天才知道白脸怔在那里想什么。岫云从他身边走过的时候，简直就感受到大地在颤抖。事实上，当岫云拐弯之际，白脸就向前极机械地追了两步，又突然停下来，继续怔在那里看岫云的背影。看起来仅仅是凭直觉，岫云便知道白脸一定会来，她似乎早晚都要落入白脸的手心，一回家慌忙把门闩了，又徒劳无益地搬了张八仙桌把门顶住。那天晚上天仿佛黑得迟了些，周围的猫无缘无故一起乱叫。没有月亮，也没有云，只有满天星星毫不相干瞎眨眼睛。岫云微弱的反抗有点滑稽而且多余，门闩和八仙桌也只能是摆摆样子。白脸说得理直气壮，"是我让你做了寡妇，就应该还是我让你不守寡。"他既然能够落草做土匪，破门入民宅便明摆着的轻而易举。

10

我深感自己这篇小说写不完的恐惧。事实上添油加醋，已经使我大为不安。我怀疑自己这样编故事，于己于人都将无益，自己绞尽脑汁吃力不讨好，别人还可能无情地戳穿西洋镜。现成的故事已让我糟蹋得面目全非。当我拿着以上篇幅去见岫云的时候，我突然产生了瞒着她的念头，虽然我答应要把她的一生编成小说，并因为这样的许诺骗得她一次次说真话。我和岫云非亲非故。为了给自己的创作不得不作些理直气壮的广告，我只能说我和岫云这个人关系非同一般。我和她死去的儿子同年同月生，也许就凭这一点，她对我就有种特殊的感情。一旦提到那些难以启齿的事，她总是重复着这句话："你和我儿子一样，我什么都告诉你。"

我的确骗取了她相当的感情。那时候,我和她一起在一个街道办的小厂做工人,她徐娘已老,孤身一人,住在夫子庙一带的矮房子里。她属于那种有暴露狂的女人,你只要耐心地和她坐一起,等她抽完了两支香烟,眨着干巴巴的嘴唇,你便可以源源不断听到关于她自己的故事。她的故事在街道小厂里算不了什么机密。实际上,她的为人和我以上的描写,有着明显的格格不入。她在自己叙述的故事里再造了一个人,而这个人又被我自讨苦吃加工一番。润色这玩意有时是桩好事,并且必不可少,有时却比坏事还要糟。只要一桩小事,便可以说明她性格中我故意漏写的一面。一次,几个男女学徒坐在电扇旁边,听她讲日本人在南京时的旧事。刘师傅突然进来,极轻薄地说了几句什么,小眼睛眯成一条缝,岫云脸一板,大喊:"小姑娘们你们出去,小伙子,你们给我守着门,"正当几个女学徒红着脸往外走的时候,她又喊,人已经站了起来,叉着腰,"来呀,姓刘的,谁含糊了不是人!"

自从我有了做作家的痴想以后,她对我便刮目相待。有一段时间之内,我是她那间简陋小屋里唯一的客人。当时她已经退休,闲着无事,在繁华地带照看停放的自行车。我陪着她在成排的自行车旁边坐过好几天,一次又一次套她的话,一遍一遍核对细节,并想从她那证实我自以为是的种种猜想。我们的关系特殊到了快给人以非议的地步,我甚至陪她回到那个孤单的江心小岛,见到了我小说中所写到的还活着的人。

很难说清我最初打算写这么一篇小说的动因是什么。我打着写小说的幌子,自我感觉良好,探听到了许多常人不易打听到的隐私。毫无疑问,我掌握了一打根本没有办法写进小说的细节。我最深刻的体会就是,如果想按期把什么小说写完,唯一的办法是忘记眼前的活人。但是要想忘记岫云这样一个已经老了的女人,忘掉她叙述往事时的音容相貌,又怎么可能是桩容易事。

岫云在谈到她勾引老乔的时候,总是十二分从容。勾引这个词绝非我的杜撰,她不止一次向我说道:"我就不信把他勾引不过来。"她在老乔家做了将近六年的保姆，六年之中，有五年他们常常像夫妻一样在一张床上睡觉。"刚开始，刚开始都是他来找我，黑黑地就摸了来了，后来因为老要把小孩弄醒，我就去找他。"她说到这类事情，最让人吃惊的是她的坦率，木匠推刨子，直来直去，"有个小孩要添不少麻烦。老乔那女儿，胆小得不知道像什么，醒过来只要一个人，就死哭。"

按照她的说法，老乔事实上绝对的正派人。捉弄这样的老实人，岫云常常感到后悔。她的意思似乎是，自己反正是个堕落的人，拉着老乔一起往下流的坑里跳，实在有些不应该。"要怪也该怪他那个女人，那女人，成年整月地不回家。真是一点也不为男人想想。你反正也是结过婚的人了，你知道有老婆，偏让他一个人的滋味。"她的叙述中没有老乔的一句坏话。如果借用旁人的眼睛，老乔抵赖不掉地是那种忘恩负义的家伙，但是，但是她总小心翼翼地避开这个意思。她故事中的老乔永远是个老实巴交唯命是从的男人。

堕落这玩意最大的坏处，或者说一个不太小的好处，就是给下一次堕落提供信心上的借口。也许这就是我们说的破罐子破碎的意思。老年岫云的暴露癖是否和她一生的屈辱有关。令人费解的是，她只乐于暴露那些一般人难于说出口的东西。在她冷冰冰不动声色的叙述中，说故事的和听故事的之间，仿佛隔了层薄薄的窗纸。幸好这层窗纸掩盖了人的羞耻之心，然而有时候依然使人坐立不安。记忆中有这么一天，好像也下着雨，人有一种到处都是湿润的感觉，我去那间简陋的小屋核对白脸死后的时间问题。街面上有男人女人在吵架。我第一次知道有老红这么一个女人。老红是岫云做保姆时期的朋友，在一个办药厂的资本家家中做事。解放前干过私娼，想来总是叫小红吧，解放后经过一番改造，进一家手工业社做工，不久又当了保姆。岫云曾给我看过一张她们俩合拍的照片，那是一张发黄的历史文献一样的照片，照片上的老红显然不及岫云漂亮，小眼睛，嘴又厚又大，是副傻样。照片的左小角印有公私合营的照相馆落款，字有些模糊，很可能当时就没有印好。

"那个什么资本家，还是什么红色资本家呢。红色，其实狗屁，老红叫不检举他，要不然，坐牢都够的。"我从岫云那儿知道了老红和老板的淫乱关系，她说起这类事来多少有点津津有味，"那资本家老婆，可怜哪是什么太太，男人眼里狗屎一堆，叫治得服服帖帖，活是一团面泥，想怎么捏，就怎么捏。哪敢对男人说一个'不'字。"岫云不止一次说到老红常当着女主人的面，和资本家上床做夫妻。"那男人不要看吃这药，吃那药，他那是毛病，不这样，就不行。你懂不懂，就不行。"

依我的傻想法，岫云的叙述中夹了一大堆不实之辞。也许她只是为了引人注意，才有意说一些她自以为男人们喜欢听的故事。人们往往喜欢掩盖见不得人的东西，一旦这种东西掩盖不住，便索性把丑玩意都兜底抖出来。我甚至怀疑老红的作为，就是岫云自己的事。如果仅仅就凭一张发黄的照片，我竟然相信一个女人说另一个女人的事全是真话，那我一定傻得没有药能治。虽然我的人生经验还到不了什么了不得的程度，还辨不出什么真假，然而我起码懂得了什么叫怀疑。每当我从岫云那狭小的房间走出来，一走上熙熙攘攘的夫子庙大街，看着毫不相干的人热热闹闹地说笑，我便想到岫云一个人可能会有的孤独。按说人老了万念俱灰，凡事都会收了心，人们只要看到今日之岫云的不肯安分，自然而然地会想到她当年勾引老乔时的魅力。

我想象中老乔最吃不消的，很可能就是岫云一次又一次冷冰冰地谈她的屈辱。她不止一次提到老乔深深同情她的遭遇，"他起先只是同情我，他可怜我，老说我这人怎么怎么不幸。"看来他们的缘分，最早不过是同情和被同情。凡有暴露狂的人，往往都是为了获得人之同情那玩意，虽然弄不好效果适得其反。而喜欢同情别人的人，却很容易借了同情的名目，大意失荆州，无意中干了和同情丝毫不相干的事。"他一次又一次地要我讲我经过的那些事，"这话同时还可以理解成岫云存心这么做，因为她紧接着便说，"我知道他要听什么，是呀，我什么事都不瞒他。不瞒，既然他想知道，我就把什么都告诉了他。"

在最初的一段日子里，他们各自似乎都有自己永恒不变的谈话主题。老乔总是谈他当年怎样从事学生运动，岫云则几次三番地描述那些和她发生过关系的男人。不过，三和尚这个人从来不曾向老乔提起过。她告诉我，出于一种莫名其妙的目的，她甚至编了个和小叔子通奸的故事。这个谎言一度老让她问心有愧，"我给老乔造成了一个印象，什么样的男人我都拒绝不了。我喜欢看他那付发急的腔调，红着脸，红着眼睛，一只脚在地上划来划去，然后突然抬起头来，偷偷地盯着你看，就这样。"

我对老乔的印象始终好不了。坦白说，我真不乐意在我的蹩脚小说中，描述岫云那种自以为是的胜利者心情。令人难以理解之处，在于她仿佛根本就不知道仇恨这回事。对于她来说，对于那些和她发生联系的男人，不提到或者干脆不想他们，就算作是惩罚。

终于有一天，常见的谈话快结束时，老乔要岫云等一会到他房间里走一趟。"我知道，一去准会发生那种事，整整一天，他都跟丢了魂一样。"岫云好不容易把小丫头哄睡着，去洗了脸，洗了脚，大约还抹了点雪花膏，然后信心百倍地去见老乔。"他吓了我一跳，他吓了我一跳，"她反复说着，眼睛里闪着狡黠的笑，"我们说了一会话，他就吓了我一跳。"这一次老乔十分狼狈，没想到岫云毫不含糊地拒绝了他。作为一个偷鸡摸狗的男人，老乔最初的表现最多是小学生水平。他用的是中世纪的方法，错把岫云当作贵妇人一样来求欢做爱。一刹那间，岫云不知所措，老乔方寸全乱，僵了几分钟，岫云突然落荒而去。

岫云以十分欢快的心情和我一起进入回忆。虽然过了许多许多年，老乔的大出洋相，仍然足以引得她大笑不止。"第二天他一本正经把我找去认错，就跟干了坏事的小孩子一样。他支支吾吾，舌头抽了筋似的，什么话都说不清楚。"我忘不了岫云说这话时，露出了粉红色的牙床，不知什么原因让她卸掉了镶着的假牙，牙齿间过大的缝隙使她有几个音发得非常怪，我仿佛听见是另一个人在说话。"他一有机会就认错，那几天，那几天他天天是一张闯了祸的脸。他像骂别人似的拚命骂自己。"岫云说隔了没几天正好老乔夫人回来。副县长回省城开会，匆匆几天过去，依然风尘仆仆的样子。"那女人哪会把男人放在眼里。成天也不知怎么个忙法，老乔屁颠颠地跟出跟进，老是那张认罪和真心悔过的脸。真的，我就担心老乔那人会向老婆认错，他那人做得出来。吃饭时候，他老可怜巴巴看看我，又可怜巴巴地看看她。那几天，那女人身上正好来女人的那东西，我真想不通，她捡这样的日子回家，到底有什么意思。真是的。"

11

岫云的儿子和我同年同月，她总是随口说道："你就和我儿子一样，"令人猜不透的，是她很少向我说关于她儿子的事，"我家勇勇如果不死，不也是正像你这么大吗？"她反反复复这几句话。我见到勇勇最清楚的一张照片，是在太平镇，那是个七八岁的小男孩，腰里束着帆布制的儿童腰带，别一支玩具手枪，傻傻地冲看照片的人笑。

另一张照片是抱在晋芳手上，仍然是七八岁的模样，脸紧贴着晋芳，似乎对拍照有些紧张，又仿佛有些不耐烦。这张焦距不准又皱又黄的照片，要附带着许多说明才能弄清楚。

晋芳向我说起这张照片的来龙去脉是后来的事。她最初给我的印象，是对勇勇的毫无兴趣。她喋喋不休说她的一个女婿，一个邻近村子里土生土长做生意发了财的小伙子。当知道我的月薪还不如她女婿一天赚的钱，晋芳带着可怜而又可笑的表情看着我，叹了叹气，好半天才说一句话：

"念大学，啊作孽！"

她的女婿在县城里炒瓜子，极便宜地买进来，炒熟了，并非太贵地卖出去，不当回事地就发了财。晋芳无疑地已是个老太太形象，白的脸黑的皱纹，却不像岫云说的那般难看。她的跛脚迫使她慢吞吞地走路，路走得慢，反而有了沉着的感觉。很快我意识到她存心避开谈勇勇，因为事实上一谈到勇勇，她便不可能不是滔滔不绝。

"真是的，我真是只缺个肚子装装他了。勇勇自到了我手里，到了我手里,唉,自己亲生的儿子又怎么样了,真是只缺个肚子——"

晋芳没完没了地大谈勇勇,证实了岫云所说的晋芳抢走了她儿子绝非虚言。那种被岫云一再提到的晋芳强烈的妒嫉心,突然活生生地出现在我面前。"她觉得我想抢走她男人,便拚命地抢我儿子。"在晋芳叙述的勇勇的故事里,我对岫云所描绘的晋芳有了新的认识。真的东西和假的玩意有机地纠缠在一起,真是一片绿茵茵的草地,假是草地上那几朵美丽的黄花。我第一次产生了这么个不雅的担心,如果世界上当真没有假的玩意,该是一桩多么煞风景的事。

据岫云说,当年所以要把两岁的勇勇送到乡下,实在出于无奈。无奈在晋芳嘴里却成了借口,她毫不客气地攻击岫云:"什么没办法,不知道又遇上了什么相好的了,她熬得住?可怜两岁不到的娃儿,瘦得哪像个人样,我说了你也不会相信,那娃儿要不是我来带,真,早死了。"

那时候晋芳正怀着第五个女儿,岫云捧着勇勇跪在她面前,垂着脑袋不肯起来。晋芳听见岫云说:"他婶子,你只当抱了个儿子,儿子归你,我月月寄钱回来。——我给你磕头,求你了。"勇勇忽然大哭,晋芳只觉得肚子里猛地一动,慌忙说:"磕头这玩意,我们消受不了的,娃儿留不留,总得问问我家男人,你怎么不去问他?你去求他呀!"

晋芳承认自己当初收下勇勇,是盼着自己能够借光生个儿子。她生第四个女儿时,婴儿哇哇地哭着,就意识到自己下一胎还得是千金。勇勇给她带来了希望。她信心十足地抚摸着肚子,那种越来越滚圆的感觉,改善了她和勇勇的关系。"那娃儿,命里注定是我的儿子,"晋芳抽出一块又皱又脏的手绢,在眼角处揉着说,"我自己那五个娃儿,哪个不喜欢他。她们自己打来吵去,一天到晚不肯安生的,就是都护着他,都护着他。他那时候,你知道,人已经多大的了,常说,常说就是二妈妈好,我不到南京去,我不要南京妈妈,就是要和二妈妈在一起吗?"晋芳突然一噎,喊了声"我的娃儿呀",把我撂在一旁,独自哭开了,哭了一会,向我摆摆手,表示她不想再说下去。

勇勇第一次回南京,是开始要念小学。晋芳似乎没有理由继续拖住他不放。当岫云兴冲冲来领儿子时，晋芳正正经经大病一场。电动玩具汽车在地上嘟嘟开着，勇勇哭着闹着不肯走，人走了多远哭声闹声依然传回来。母子间的陌生感是岫云终生的遗憾，她千方百计地讨好儿子，但是为时已晚，儿子的心永远给了第二个妈妈。有时候勇勇一个人坐在那发怔，任岫云千呼万唤不开口，问急了，只说："我想二妈妈。"半年后，晋芳收到一封勇勇几个月前写的信，就那么歪歪倒倒的几个字，读了叫人心碎：

我想二妈妈，要回家，二妈妈，快来。

勇勇人瘦了许多，眼睛更大更黑，在学校里念书成绩差得不像话，邻里街坊的又一味欺负他，三天两头被打得鼻青脸肿。岫云已经整个地失去信心，接二连三地和邻居吵架，把心境弄得十二分的坏。换回了个母老虎的声名，儿子却还是不即不离。晋芳没花太大的气力就把勇勇接走。看着儿子大喜望外扑向晋芳，看着儿子小鸟依人一般地随晋芳而去，岫云忍不住咬牙切齿，挤出了一句恨透的话："既然死去了，你再也不要回来好了！"

我虽然只在太平镇住了两天。短短的两天，足以使我想象出勇勇是个什么样的角色。这个和我同岁却又早逝的青年人，这个束着帆布皮带别着玩具手枪的孩子，已经部分地改变了晋芳在我小说中的形象。人们总是自以为是，自以为这样，自以为那样。我发现晋芳完全游离于我构思的小说框架之外，她根本不进入我设想的情节的圈套。当我再一次回到她身边，琢磨着就勇勇这个小插曲，说些劝慰之类的废话，晋芳依然在和我谈勇勇的地方垂泪。我敢说她是真正的伤心。那块又脏又皱的手绢，抹去了我脑海中试图涌现出的每一个词。在这种场合里，什么样的话都是装腔作势。晋芳自顾自地哭泣着，根本无视其他人的存在。我默默地陪她站了好半天，直到外面岫云叫我，才趁机应声跑出去。

晚饭不是预料中的那般丰盛。尔勇的酒量还是那么豪爽。我看不出他和别的派出所所长有什么区别,尽管事实上我并不熟悉什么派出所所长,而尔勇也离休多年。他总是冷眼看着你,让人家十分尴尬。我吃不准自己是陪他喝酒好,还是不喝酒好。晚上看电视时,大家坐在黑地里,屏幕上乒乒乓乓在打枪,我脑子一热,忽然想到关于尔勇的电影脚本。也许我的提问不合时宜,也许他压根就讨厌我知道得太多,冷了好半天场,尔勇才说:"我们那时候,哪是这样,真笑话!"

晚饭期间,晋芳那位万元户的女婿来转了转。他果然有了发财的气派,从口袋里掏出"三五"牌香烟,请我和他的老丈人抽。临走,回过头来,从口袋里掏出另一包"三五"烟,连同原先的那半包,都留在茶几上,笑着出门。

我被安排在勇勇过去住的小厢房里,睡的床和床头的小桌据说也是勇勇的遗物。有一段时间内,我简直就不知道岫云躲到哪里去了。我和晋芳坐在床沿上,没完没了地说着话。当然,总是她在说,我在听。晋芳告诉我,如果勇勇不死,便没有那位能寻钱的女婿。"什么事命中注定了,真叫一点点办法都没有。我们家小五子,和勇勇那娃儿,用你们城里人的话,青梅竹马,真叫是,唉!"

小五子是位很漂亮的乡下姑娘。仅仅是凭照片,我发现自己就有爱上她的可能性。当小厢房只剩下我一个人时,灯色昏黄,我久久注视着墙上挂的六寸小镜框,心头有一种说不出的滋味。小五子圆圆的脸,圆圆的眼睛,又粗又短两条辫子。幸福也许就是那么回事,近时一抬手便摸得到,远了,就好比气枪打飞机,不知道差多少多少。我望着镜框中的小五子笑,她正对着我笑,笑了一会,掀开被子坐在床上。后背一靠结实,那种称为疲倦感的玩意,毫不客气地向我直扑过来。我的结结实实的梦,不止一次叫江面上的汽笛声撞破,那凄凉的呜呜声,不能不让人联想到沙漠上的狼嚎。我从未见过真正的沙漠,动物园里见到的狼又太像狗一样。狼和狗一样总有些讨厌。我想象中的狼应该是江轮的一般大,钢一般的牙,那嚎叫铿锵有力,绝不输于汽笛。它极孤独地来来去去,漂亮而且潇洒。月光下的江面波光闪闪,江轮一般大有着钢一般牙的灰狼在梦中轻轻走过，又轻轻走回来。

12

勇勇直到十五岁，才开始做城里人的梦。城里人的梦五光十色。乡下人勇勇忽然开了窍，觉得当年死活要赖在乡下，大错特错。高中他是上不了的，初中生的字写得比小学生还要糟糕。一年里总有几封信写给岫云，内容都是催她快把他的户口调上去。岫云也不知道儿子调不回来的关键是什么。居委会不肯开证明，派出所也不相信她有这么个亲生儿子。所有的人都是对私生子的父亲更有兴趣。既然岫云在这方面守口如瓶，任何具有考古癖的人便有理由将她拒之门外。

勇勇死的时候是二十二岁，再过三天就是他的生日。说起来真有些可惜。调回南京已经接近事实。勇勇做好了一切走的准备。他对未婚妻小五子信誓旦旦，又许诺日后一定把晋芳接到南京去住。万事俱备，只欠一纸调令。

太平镇虽然是镇，毕竟有残存的田园风格。稀稀落落的树木，白墙黑瓦的矮房子，三五缕炊烟，鸡鸭，牛羊，猫和狗，滚了一身泥的猪，都在街上走。出了镇，满眼大块小块的农田，一道小溪绕来绕去。秋雨过后，江风徐徐吹来，麦苗青青。等调令的日子让人心烦意乱。等调令的日子长得像失恋之夜无尽的懊恼和相思。勇勇一干活就觉得没劲，一日的农忙下来，带着小五子走在田野上。夕阳残照，勇勇领着未婚妻，田埂上一前一后。红红的太阳血一般的热烈，血一般热烈的红太阳点缀了勇勇的城里人的梦。

勇勇迎着太阳撒尿，哗哗地洒出去。小五子离他远远的，背朝着他。紫红色的酱油汤一般的尿滴在翠绿的麦田里，勇勇有一种湿漉漉凉嗖嗖的感觉。红红的太阳一动不动，勇勇站在那一动不动。小五子笑着迟疑着朝他走过来，走过来。

医生的诊断是必须手术摘除一个腰子。这诊断有些莫名其妙，而且蛮不讲理。那血始终滴滴嗒嗒和尿一起淌出来，勇勇在县医院输了血，风尘仆仆赶南京，火烧火燎找医院。手术并不是想象中那么长，一位年轻医生捧着个饭盆走出来，用镊子钳起摘除下来的血淋淋的肾脏，给等在门外的亲属看。小五子冲上去，又急忙退下来，在一旁呕开了，岫云和晋芳一肚子话，想问却不敢开口，可怜兮兮地看着年轻医生，看着白底上印着小红字的大口罩，看着大口罩上那双没表情的眼睛。隔了半天，那大口罩里咕哝出轻描淡写的四个字："手术不错"。

三个人轮流侍候勇勇。小五子年轻，日日夜里陪。大病房的病友很快相互熟悉，照例出主意的出主意，提建议的提建议，热心的还用自己的公费医疗证，领了药给勇勇吃。感谢的话不知说了多少，终于到出院的日子。借来了一辆三轮货车，搁一张躺椅，把勇勇拉回岫云那间简陋的小屋。勇勇躺在吱吱咔咔的小铁床上，瞪着眼看三个女人忙来忙去，都围着他转，心头免不了极难受。难受也不愿意挂在脸上，那表情让人捉摸不透。只有小五子一个人敢当着他面哭，默默坐床沿上，捉住了未婚夫的手，泪珠一滴一滴往下落。小床正冲着两扇对开的玻璃窗，窗外是个没有树的小院子。转眼已是三九严寒，天阴了好几天，悄悄地下起雪。雪大大小小，小小大大，积了厚厚一层。雪后初晴，强烈的阳光折射进来，小屋子里亮得刺眼。门前的炉子上煎着药，热气嗤嗤向上冒，岫云和晋芳一前一后走进来，一个弯腰去揭那药罐的盖，一个就那么站在那，对着小五子和勇勇出神。小五子擦了擦眼角，打开床头的收音机，却是现代器乐伴奏的黄梅戏《天仙配》。

病中的日子特别长。太阳升起来，屋檐上的冰凌慢吞吞地滴水。天天就这么滴着，慢条斯理的，一滴一滴，仿佛永远也滴不完。勇勇有时也想，人如果老是这么生病，老是这么让人侍候着，又有多好。他的尿中总是有那种红红的血丝。去问医生，都说手术过后这样，也不能算不正常。

岫云忽然决定去找老乔。她的决定令人欢欣鼓舞。春天的气息立刻降临，甚至沉闷的小房间也有了笑声回荡。事过境迁，老乔的官已做得有几分大。他唯一的女儿在一家不大不小的医院当干部，年轻而且有为。多少年来，岫云第一次向人提起老乔这个人。她让别人吃了一惊，自己也吓了一跳。她的一生实在乱七八糟，乱七八糟的一生中，又究竟有几桩是清晰的，连她自己也弄不清楚。

岫云到老乔的单位去找他。坐在大的皮沙发里，秘书极不当回事地送了茶，又极不当回事地去了，她一时无话可说。一张大得放得下两张世界地图的办公桌，仿佛把她和老乔隔得更远。老乔忽然笑着走过来，那熟悉的手势扬了扬，请她喝茶。她喝着茶，心定了定，把准备要说的话都说了。没有人进来打扰。老乔脸上总是十二分尴尬的笑，他不愿意让岫云觉得他很为难，不声不响地听着，听完了叭嗒叭嗒地抽烟，又把半截香烟在烟灰缸里戳来戳去。

最后，最后他答应去看看勇勇。

老乔在勇勇房间里坐了一会。勇勇觉得那时间短得就像蚊子叮了一下。小五子忙不迭地烧开水，水开了，用一把勺子搅拌了一下，将三个鲜鸡蛋磕入旋转的水中，鸡蛋浮起来后，细心地撇去浮沫，盛在碗里加上糖，端来给老乔吃。老乔笑着客气了一下，站起来告辞。他极留恋地对小屋打量一番，对勇勇点点头，让他好好养病。

出了院子门，老乔回过头来，只有岫云一个人送他。他叹了口气，说："勇勇都这么大了，"从兜里摸出四百块钱，交给岫云，说是给勇勇随便买些什么。老乔的太太年轻时从来不理家政，渐入老境，反而养成了锱铢必较的脾气。这四百块钱来之不易，老乔想了几句话，安慰着岫云，说有机会可以再拿些钱来。他的遗憾是医疗方面无能为力，他女儿的那个医院没什么名气，甚至泌尿科都没有，他自己看病，向来是干部门诊，跑了去就能看。岫云说不出的失望，看着老乔为难和苦恼的模样，不忍心逼他，跟在他后面走走停停，忽然想到似的说："勇勇顶替，基本上就算定下来，在我们厂，炊事员，烧烧饭。花了好多力气。"老乔一怔，说："噢，蛮好，蛮好。"

勇勇的病好好坏坏，一直起不了床。大家的情绪都围着那痰盂罐子转。一时尿清了，便喜形于色，于是有了说笑。一时尿里见了红色，都愁眉苦脸，说什么话皆小心翼翼。时间拖拖沓沓过去了，勇勇的病情终于严重起来。吃辛吃苦地去医院看，医生一脸的不高兴，埋怨勇勇不该这不该那，又怪罪家属麻痹大意，不及时将病人送医院。医院的病人不知怎么的会那么多，勇勇的病小医院治不了，大医院住不进。

这一年的春天也是来得特别早。时髦的女人争先恐后穿了裙。那小五子耐不了小屋的寂寞，换了洗干净的出客衣服，梳了头，在附近找电影院看电影。虽不是第一次来南京，对外边世界上任何一桩事却都有兴趣。她担心勇勇久卧着太无聊，把马路上的新闻说给他听，又极认真地讲电影里的故事。影片里的情节往往相似，讲着讲着，这部故事就和那部故事串在一块。勇勇似懂非懂地听，有时候兴致非常好，有时候也发脾气。有时候，听着听着，人睡着了。

晋芳和小五子轮番劝岫云去找老乔。明知道未必有作用，都当作最后的希望。妯娌间又有了口角之争，老乔也成了挨骂的攻击对象。有一天，因为没有第三个人在旁边，勇勇说："就不能再去找找他，妈，他那么大的官，"说了，挤出一句话，"妈，你就我这么一个儿子，我——"

岫云第二次也是最后一次找老乔。正下着春天的细雨，空气湿漉漉沉甸甸，挤得出水，压得人心烦。仍然还是过去的门牌号码，远远地望过去，一切都旧了些。她没有贸然敲门，却远远站在那，举着伞，十分犹豫。一切就像预料中那样精确。老乔和夫人果然打着伞迎面过来，步伐悠闲，节拍合标准的慢。很显然，老乔已经看见岫云。当那伞与伞擦边而过，当那伞下的人本能地重心向外移，岫云的心口突然抽紧起来。她觉得老乔一定会停下步，扬起熟悉的手势。等老乔走过去了，又无望地觉得他可能会回过头来。那黑的雨伞忠实地保护着主人，钢丝骨架锃锃发亮，黑伞下老乔夫妇挨得更近更紧。眼见着到了门口，老乔让夫人照应伞，掏出钥匙来，门不重不轻地关上了。雨依然自顾自地下，岫云举伞的手有些酸。她想象中的自己已经跟进院子，登堂入室，名正言顺。

多少年前，白脸被击毙在荒凉的山坡上，四脚朝天躺着，岫云衣衫不整地从城墙洞里走出来。她当年确实就是这么走的，每走一步，人便有飘然欲仙的感觉。白脸死了，岫云最实在的感觉，是他依然拖着她东躲西藏。永远的东躲西藏。儿子是她最后的骄傲，如今这最后的骄傲也将烟消云散。老乔的家就在眼前。岫云步履蹒跚，走向那熟悉的碰上和涂了漆的木门。她像读一本书似的，注视着木门的漆纹，注视着门牌上的阿拉伯数字，无形的手指戳向门铃的红揿钮。她知道自己很快就要转过身去，毫无知觉地往回走，无论哪条都是回那破旧简陋的小屋。儿子勇勇还躺在小床上，小铁床一翻身吱吱咔咔直叫。等候在门口的一定是小五子，穿着出客的衣服，新洗了脸，抹了零拷的凤凰珍珠霜，远远地迎过来，迎过来。

一九八七年十二月

（原刊于《收获》1988年第2期）

一个谜语的几种简单的猜法

史铁生

X

有一部很老的谜语书,书中收录了很多古老的谜语。成书的具体年月不详,书中未注明,各类史书上也没有记载。

这是现存的最老的一部谜语书,但肯定不是人类的第一部谜语书,因为此书中谈到了一部更为古老的谜语书,并说那书中曾收有一条最为有趣而神奇的谜语。书中说,可惜那部更为古老的谜语书失传已久,到底它收了怎样一条有趣而神奇的谜语,业已无人知晓。

书中说,现仅知道这条谜语有三个特点:一、谜面一出,谜底即现;二、已猜不破,无人可为其破;三、一俟猜破,必恍然知其未破。

书中还说,这似乎有违谜语的规则,但相传那确是一条绝妙的、非常令人信服令人着迷的谜语。

书中在说到这似乎有违谜语的规则时还说，人总是看不见离他最近的东西，譬如睫毛。

那究竟是怎样一条谜语呢？——便成为这部现存最老的谜语书中收录的最后一条谜语。

A + X

要想回答譬如说——世界是从什么时候开始的？——这样的问题，我想最大的难点就在于：我只能是我。因为事实上我只能回答——世界对我来说开始于何时？——这样的问题。因为世界不可能不是对我来说的世界。当然可以把我扩大为"我"，即世界还是对一切人来说的世界，但就连这样的扩大也无非是说，世界对我来说是可以或应该这样扩大的。您可以反驳我，您完全可以利用我的逻辑来向我证明：世界同时也是对您来说的世界。但我说过最大的难点在于我只能是我，结果您的这些意见一旦为我所同意，它又成了世界对我来说的一项内容了。您豁达并且宽厚地一笑说：那就没办法了，反正世界不是像你认为的那样。我也感到确实是没有办法了：世界对我来说很可能不是像我认为的那样。

如果世界注定逃脱不了对我来说，那么世界确凿是开始于何时呢？

奶奶的声音清清明明地飘在空中："哟，小人儿，你醒啦？"

奶奶的声音轻轻缓缓地落到近旁："看什么哪？噢，那是树。你瞧，刮风了吧？"

我说："树。"

奶奶说："嗯，不怕。该尿泡尿了。"

我觉到身上微微的一下冷，已有一条透明的弧线蹿了出去，一阵玎珰珰的响，随之通体舒服。我说："树。"

奶奶说："真好。树——刮风——"

我说："刮风。"指指窗外，树动个不停。

奶奶说:"可不能出去了,就在床上玩儿。"

脚踩在床上,柔软又暖和。鼻尖碰在玻璃上,又硬又湿又凉。树在动。房子不动。远远近近的树要动全动,远远近近的房顶和街道都不动。树一动奶奶就说,听听这风大不大。奶奶坐在昏暗处不知在干什么。树一动得厉害窗户就响。

我说:"树刮风。"

奶奶说:"喝水不呀?"

我说:"树刮风。"

奶奶说:"树。刮风。行了,知道了。"

我说:"树!刮风。"

奶奶说:"行啦,贫不贫?"

我说:"刮风,树!"

奶奶说:"嗯。来,喝点儿水。"

我急起来,直想哭,把水打开。

奶奶看了我一会,又往窗外看看,笑了,说:"不是树刮的风,是风把树刮得动活儿了。风一刮,树才动活儿了哪。"

我愣愣地望着窗外,一口一口从奶奶端着的杯子里喝水。奶奶也坐到亮处来,说:"瞧风把天刮得多干净。"

天。多干净。在所有的房顶上头和树上头。只是在以后的某一时刻才知道那是蓝。蓝天。灰的房顶和红的房顶。树在冬天光是些黑的枝条,摇摆不定。

奶奶扶着窗台又往楼下看,说:"瞧瞧,把街上也刮得多干净。"

街。也多干净。房顶和房顶之间,纵横着条条灰白的街。

奶奶说:"你妈就从下头这条街上回来。"

额头和鼻尖又贴在凉凉的玻璃上。那是一条宁静的街。是一条被楼阴遮住的街。是在楼阴遮不住的地方有根电线杆的街。是有个人正从太阳地里走进楼阴去的街。那是奶奶说过妈妈要从那儿回来的街。玻璃都被我的额头和鼻尖焐温了。

奶奶说："太阳快没了，说话要下去了。"

因此后来知道哪是西，夕阳西下。远处一座高楼的顶上有一大片整整齐齐灿烂的光芒。那是妈妈就要回来的征兆，是所有年轻的妈妈都必定要回来的征兆。

奶奶指指那座楼说："你妈就在那儿上班。"

我猛扭回头说："不！"

奶奶说："不上班哪儿行呀？"

我说："不！"

奶奶说："哟，不上班可不行噢。"

我说："不——！"

奶奶说："嗯，不。"

那楼和那样的楼，在以后的一生中只要看见，便给我带来暗暗的恓惶；或者除去楼顶上有一大片整齐灿烂的夕阳的时候，或者连这样的时候也在内。

奶奶说："瞧瞧，老鸹都飞回来了。奶奶得做饭去了。"

天上全是鸟，天上全是叫声。

街上人多了，街上全是人。

我独自站在窗前。隔壁起伏着咯咯咯奶奶切菜的声音，又飘转起爆葱花的香味。换一个地方，玻璃又是凉凉的。

后来苍茫了。

再后来，天上有了稀疏的星星，地上有了稀疏的灯光。

世界就是从那个冬日的午睡之后开始的。或者说，我的世界就是从那个冬日的午后开始的。不过我找不到非我的世界，而且我知道我永远不可能找到。在还没有我的时候这个世界就已存在了——这不过是在有我之后我听到的一种传说。到没有了我的时候这个世界会依旧存在下去——这不过是在还有我的时候，我被要求同意的一种猜测。

就像在那个冬日的午后世界开始了一样，在一个夏天的夜晚，一个谜语又开始了。您不必管它有多么古老，一个谜语作为一个谜语必定开始于被人猜想的那一刻。银河贯过天空，在太阳曾经辉耀过的处处，倏而变为无际的暗蓝。奶奶已经很老，我已懂得了猜谜。

奶奶说："还有一个谜语，真是难猜了。"

我说："什么？快说。"

奶奶深深地笑一下，说："到底是怎么个谜语，人说早就没人知道了。"

我说："那您怎么知道难猜？"

奶奶说："这个谜语，你一说给人家猜，就等于是把谜底也说给人家了。"

我说："是什么？"

奶奶说："你要是自个儿猜不着，谁也没法儿告诉你。"

我说："您告诉我吧，啊？告诉我。"

奶奶说："你要是猜着了呢，你就准得说，哟，可不是吗，我还没猜着呢。"

我说："那怎么回事？"

奶奶说："什么怎么回事？就是这样儿的一个谜。"

我说："您哄我呢，哪有这样的谜语？"

奶奶说："有。人说那是世上最有意思的一个谜语。"

我说："到底是什么样儿的呢，这谜语？"

奶奶说："这也是一个谜语。"

我和奶奶便一齐望着天空，听夏夜地上的虫鸣，听风吹动树叶沙沙响，听远处婴儿的啼哭，听银河亿万年来的流动……

好久好久，奶奶那飘散于天地之间的苍老目光又凝于一点，问我："就在眼前可是看不见，是什么？"我说："眼睫毛。"

B + X

多年来我的体重恒定在59.5公斤，吃了饭是60公斤，拉过屎还是回到59.5公斤。我不挑食，吃油焖大虾和吃炸酱面都是吃那么多，因为我知道早晚还是要拉去那么多的。吃掉那么多然后拉掉那么多，我自己也常犯嘀咕：那么我是根据什么活着的？我有时候懒洋洋地在床上躺一整天，读书看报抽烟，或者不读书不看报什么事也不做光抽烟，其间吃两顿饭并且相应地拉两次屎，太阳落尽的时候去过秤，是59.5公斤。这比较好理解。但有时候我也东跑西颠为一些重要的事情忙得一整天都不得闲，其间草率地吃两顿饭拉两次屎，月亮上来了去过秤，还是59.5公斤。就算这也不难解释。可是有几回我是一整天都不吃不喝不拉不撒沿着一条环形公路从清晨走到半夜的，结果您可能不会相信，再过秤时依旧是59.5公斤。

还有一件奇怪的事就是，我每天早晨醒来的时间总是在6:30，不早不晚准6:30，从无例外。我从不上闹钟。我也没有闹钟。我完全不需要什么闹钟。如果这一夜我睡着了，谁也别指望闹钟可以让我在6:30以前醒。那年地震是在凌晨三点多钟，即便那样我也还是睡到了6:30才醒。醒来看见床上并没有我，独自庆幸了一会发现完全是扯淡，我不过是睡在地上，掸掸身上的土爬起来时看出房顶和门窗都有一点歪。如果我失眠了一直到6:29才睡着的话，我也保证可以在6:30准时醒，而且没有诸如疲劳之类不好的感觉。人们有时候以我睡还是醒来判断时光是在6:30以前还是以后。

因此我对这两个数字——595和630——抱有特殊的好感，说不定那是我命运的密码，其中很可能隐含着一句法力无边的咒语。

譬如我决定买一件东西，譬如说买拖鞋、餐具、沙发什么的，我不大在意它们的式样和质量，我先要看看它们的标价，若有5.95元的、59.5元的、595元的，那么我就毫不犹豫地买下。再譬如看书，譬如说是一本很厚的书，我拿到它就先翻到第630页，看着那一页上究竟写了些什么，有没有什么不同寻常的暗示。我一天抽三包香烟，但最后一支只抽一半，这样我一天实际上是抽59.5支。除此之外我还喜欢在晚饭之后到办公室去嗑瓜子，那时候整座办公大楼里只亮着我面前的一盏灯，我清晰地听到瓜子裂开的声音和瓜子皮掉落在桌面上的声音，从傍晚嗑到深夜，嗑595个一歇，嗑6小时30分钟之后回家。总之我喜欢这两个数字，我相信在宇宙的某一个地方存在着关于我和这两个数字的说明。再譬如我听相声，如果我数到595或630它仍然不能使我笑，我就不听了。

所以有一次我走到一座楼房的门前时我恰恰数到595，于是我对这楼房充满了幻想，便转身走了进去。我感到一种从未有过的激动，我相信我必须得做一件不同凡响的事情来记住这座楼房了。我在幽暗的楼道里走，闭上眼睛。我想再数三十五下也就是数到630时我睁开眼睛，那时要是我正好停在一个屋门前的话，我一定不再犹豫一定不管三七二十一就敲门进去，也不管认不认得那屋里的主人我一定要跟他好好谈一谈了。630。我睁开眼睛。这儿是楼道的尽头，有三个门，右边的门上写着"女厕"，左边的门上写着"男厕"，中间的门开着上面写着"隔音间"。右边的门我不能进。左边的门我当然可以进，但我感觉还不需要进。我想中间这门是什么意思呢？我渐渐看清门内昏黑的角落里有一架电话。我早就听说有这样的无人看管的公用电话。我站在第630步上一动不动想了595下，我于是知道该做一件什么事情了。我走进电话间，把门轻轻关上，拿起电话，慎重地拨了一个号码：595630，慎重得就像母亲给孩子洗伤口一样。这样的事我做过不止一次了。有两次对方是男的，说我有病，"我看您是不是有病啊？"说罢就把电话挂了。有两次对方是女的，便骂我是流氓，"臭流氓！"这我记得清楚，她们通过电话线可以闻到你的味儿。

"喂，您找谁？"这一回是女的。

"我就找您。"我还是这么说。

她笑起来，这是我没料到的。她说："您太自信了，您的听力并不怎么好。我不是这儿的，我偶尔走过这儿发现电话在响没人管，这儿的人今天都休息。您找谁？"

"我就找您。"

她愣了一会又笑起来："那么您以为我是谁？"

"我不以为您是谁，您就是您。我不认识您，您也不认识我。"

电话里没有声音了。我准备听她骂完"臭流氓"就去找个地方称称体重，那时天色也就差不多了，我好到办公室嗑瓜子去。但事情再一次出乎我的意料，她没有骂。

"那为什么？"她说，声音轻得像是自语。

"干嘛一定要为什么呢？我只是想跟您谈谈。"

"那为什么一定要跟我呢？"

"不不。我只是随便拨了一个号码，我不知道这个号码通到哪儿。您千万别误会，我根本不知道您是谁，我向您保证我以后也不想调查您是谁，也不想知道您在哪儿。"

她颤抖着出了一口长气，从电话里听就像是动荡起一股风暴，然后她说："您说吧。"

"什么？"

"您不是想跟我谈谈吗？您谈吧。"

"您别以为我是个坏人。"

"当然不会。"

"为什么呢？为什么是当然？"

"坏人不会像您这么信任一个陌生人的。"

多年来我第一回差点哭出来。我半天说不出话，而她就那么一直等着。

"您也别以为我是个无聊透顶的人。"

她说她也对我有个要求，她说请我不要以为她是那种惯于把别人想得很坏的人。她说："行吗？那您说吧。"

"可我确实也没什么有意思的话要说。我本来没指望您会听到现在的。"

"随便说吧，说什么都行，不一定要有意思。"

我想了很久，觉得一切有意思的话都是最没意思的话，一切最没意思的话才是最有意思的话,所以我想了很久还是犹豫不决难以启口。我几次问她是否等得不耐烦了,她说没有。最后我想起了那个谜语。

"有一个早已失传了的谜语,现在已经没有人知道那是怎么一个谜语了。现在只知道它有三个特点。您有兴趣吗?"

"哪三个特点?"

"一是谜面一出谜底即现,二是如果你自己猜不到别人谁也无法告诉你,三是如果你猜到了你就肯定会认为你还没猜到。"

"噢,您也知道这个谜语?"她说。

"怎么,您也知道?"我说。

"是,知道,"她说,"这真好。"

"您不是想安慰我吧?"我说。

"当然不是。我是说这谜语真绝透了。"

"据说是自古以来最根本的一个谜语。离你最近可你看不见的,是什么?是睫毛。"

"我懂真的我懂。您也知道这个谜语真是绝透了。"电话里又传来一阵阵小小的风暴。我半天不说话,多年来我就渴望听到这样的风暴。然后她在电话里急切地喊起来:"喂,喂!下回我怎么找您?"

我说:"别说'您'好吗?说'你'。"我说我们最好是只做电话中的朋友,这样我们可以说话更随便些,更自由更真实些。她说她懂而且何止是懂,这也正是她所希望的。

以后我就每星期给她打一次电话,都是在595630电话所在之地的人们休息的那一天。我从不问她姓什么叫什么、是干什么的、多大年龄了等等。她也是这样,也不问。我们连为什么不问都不问。我们只是在愿意随便谈谈的时候随便谈谈。第二次通电话的时候,她告诉我,男人到底是比女人敢干,她早就想干而一直不敢干的事让我先干了。我说:"你是怕人说你是臭流氓吧?"她听了笑声灿烂。第三次我们谈的是蔬菜和森林,蔬菜越来越贵,森林越来越少。第四次是谈床单和袜子,尤其谈了女人的长袜太容易跳丝,有一处跳丝就全完了。我说:"你挺臭美的。"她说:"废话你管着吗?"我说第一我根本不管,第二臭美在我嘴里不是贬意词。她便欣然承认她相当喜欢臭美:"但得是褒意词!"我说就如同我认为"臭流氓"是褒意词一样。第五次谈猫,二月正是闹猫的季节,于是谈到性。我没料到她会和我一样认为那是生活中最美的事情之一,同时她又和我一样是个性冷漠患者。"这很奇怪是吗?""很奇怪。"第六次谈狗,我说可惜城市里不让养狗,我真想搬到农村去住,那样可以养狗。她说:"是吗?那我真搬到农村住去。"我说:"算了吧,我们都是伪君子。"第七次说到钱,钱是一种极好的东西,连拉屎撒尿放屁都得受它摆布。她笑得喘不过气来:"你夸张了,怎么会管得了最后一种?"我说:"你想要是你能住到高级饭店去你还敢随便放屁吗?""干吗要随便?""所以我说钱是好东西。"第八次我们自由自在地骂了半天人,骂得畅快淋漓。第九次谈到上帝和烩猪肠子,她说:"吓,那东西多脏啊!"我问她是指上帝还是指猪肠子?她说你知道那是装什么的吗?我说你是说上帝还是说猪肠子?她说:"算了算了,和你这人缠不清。"第十次谈到宇宙、飞碟、特异功能、四维时空、测不准原理和蚂蚁。第十一次我们一块唱了好多真正的民歌,真正的民歌都是极坦率极纯情又极露骨的情歌。第十二次是说气候、季节、山野河流、鹿的目光与释迦牟尼何其相似,以及她的一只非常好看的扣子挤汽车时挤丢了,而我昨天差点让煤气罐给炸死。第十三次说到了爱情,她说这是说不清的事。我说什么是说得清的事呢?她说就连这也说不清,我们不过是在胡说八道。我说有谁不是在胡说八道呢?她便又笑声灿烂。我说我冒了被骂为臭流氓的危险就是为了能胡说八道和能听到纯正的胡说八道。她听了许久无声然后哭声辉煌经久不息,使我振奋不已。她说她骨子里非常软弱。我说你别怕,我也一样。她说她外强中干其实自卑极了。我说我也一样,你别在意。她的哭声便转而娇媚。我说我何止于此,我还是个枯燥乏味的人。她说她也是。我说我还很庸俗简直无聊透顶。她让我别急,她说这下就好了她也是个俗不可耐的人。我说我无才无能一无可取之处。她让我别急,她说她也一样没有一点吸引人的地方。她不哭了,问我:"你是个好人吗你觉得？"我说我觉不出来，你呢？她说她就是因为不知道怎样才能觉出自己是不是个好人，所以才问我的，可惜我也不知道。我说要是这样说，我大概是个灵魂肮脏的人。她说为什么呢？我便给她举一些实例，讲我当着人是怎样说，背着人是怎样想，讲我所做过的一切事情，讲我所有的一切念头，讲我白天的行为，也讲我黑夜的梦境，直讲到口干舌燥气喘吁吁，直讲到我自己也很难不承认自己是个臭流氓时，我才害怕了不讲了。类似这样的害怕是最可怕的事，好在我知道她不知道我是谁，不知道我在哪儿，即便在街上擦肩而过她也认不出我而我也认不出她，这样我才不害怕了。我说："嘿，怎么样，我是个坏人吧？"她说她不知道。我说那你究竟知道什么呢？她说她只知道她多年来一直在找我这样的人。"找我干什么？""找你，然后嫁给你。"于是我们约定在晚6:30见面，在一条环型公路的59.5公里处，她穿一身白，我穿一身黑。

我提前赶到了那里，这个提前很可能是个绝大的错误。我找到了59.5公里处的小石碑，并且坐在上头。我相信这个数字很吉利而这个姿势又很保险，但我没想到会在这儿碰上了我的妻子。我想不出有谁能告密。大概这是因为我提前来了，因为我没有恪守630这个数字。我们相距差不多有二十米至二十万光年远。我把帽子压得低些，我见她也把围巾围得高些。这说明我们都已发现了对方，并且都不想让对方发现自己。我想这也好，何必不这样呢？但她并不离开，当然我也没离开。她想监视我，那好吧，我正好可以抓住她监视我的证据，免得她过后又不承认。这样过了有十几分钟，到了6:30。我坦荡地朝四周望望，我看见她也在朝四周望而且毫不加掩饰。这时我发现她穿了一身白，她正朝我走来。

她说："我怎么没听出来是你？"

我说："可不是吗，我也没听出是你。"

我们相对无言，很久。公路上各种车辆从我们身边呼啸而过。

她看看我，看我的时候仍然面有疑色。她说："你再把那个谜语说一遍行吗？"

我说："我不知道那个谜语，既不知道它的谜面也不知道它的谜底，只知道它有三个特点，第一……"

"行了，别说了，"她说，"看来真的是你。你的声音跟多年以前不一样了。"

我说："你也是。"

她说："你要是在电话里打打呼噜就好了，像每天夜里那样。那样我就知道是你了。"

我说："我听见你夜里总咬牙。我给你买了打虫药一直没机会给你。"

我们就在小石碑旁坐下，沉默着看太阳下去，听晚风起来。

"我们明天还能那样打打电话吗？"

"谁知道呢？"

"还那样随便谈谈，还能那样随便谈谈吗？"

"谁知道呢？"

"试试行吗？"

"试试吧，试试当然行。"

然后我们一同回家，一路上沉默着看月亮升高，看星星都出来。快到家的时候我顺便去量了量体重，不多不少 59.5 公斤，我便知道明天早晨我会在 6:30 醒来。

C + X

她向我俯下身来。她向我俯下身来的时候，在充斥着浓烈的来苏味的空气中我闻到了一阵缥缈的幽香，缥缈得近乎不真实，以致四周的肃静更加凝重更加漫无边际了。

她的手指在我赤裸的胸上轻轻滑动，认真得就像在寻找一段被遗忘的文字。我把脸扭向一旁，以免那幽香给我太多的诱惑，以免轻轻的滑动会划破我濒死的安宁。

我把脸扭在一旁。我宁愿还是闻那种医院里所特有的味道。这味道绝非是因为喷洒了过多的来苏，我相信完全是因为这屋顶太高又太宽阔造成的。因为墙壁太厚，墙外的青苔过于年长日久。因为百叶窗的缝隙太规整把阳光推开得太远。因为各种治疗仪器过于精致，而她的衣帽又过于洁白的缘故。

她的手指终于停在一个地方不动。我闭上眼睛。我感到她走开。我感到她又回来。我知道她拿了红色的笔，还拿了角尺，要在我的胸上画四道整齐的线。笔尖在我的骨头上颠簸，几次颠离了角尺。笔和尺是凉的硬的，恰与她纤指的温柔对比鲜明。轻轻的温柔合着幽香使我全身一阵痉挛。我睁开眼睛，看见四道红线在我苍白嶙峋的胸上连成一个鲜艳的矩形，灿烂夺目。

然后她轻声说："去吧。"

然后她轻声问："行吗？"

我就去躺到一架冰冷的仪器下面，想到室外正是五月飞花的时光。

我问一床："也是她管你吗？"

一床眯起浑浊的眼睛看我："怎么样，滋味不坏吧，哎？"

我摸摸胸上的红方块。我说："不疼。"

"我没说这个。"一床狡黠地笑起来，"她。刚才我们说谁来着？"他在自己身上猥亵地摩挲一阵，"哎？滋味不坏吧"

三床那孩子问："什么？什么滋味不坏？"

我对那孩子说："别理他，别听他胡说。"

一床嗤嗤地笑着走到窗边，往窗外溜一眼，回身揪揪那孩子的头发："真的二床说得不错，你别理我，我眼看着就不是人了。"

"你现在就不是！"我说。

那孩子问："为什么？"

"眼看着我就是一把灰了。"一床说。

那孩子问："为什么？"

一床又独自笑了一会儿。

柳絮在窗外飘得缭乱，飘得匆忙。

一床从窗边走回来，眼里放着灰光，问我："说老实话，那滋味确实不坏是不是？"

"我光是问问，是不是也是她管你。"

"你这人没意思。"他把手在脸前不屑地一挥，"你这年轻人一点不实在。"

三床那孩子问："到底什么呀滋味不坏？"

一床又放肆地笑起来，对我说："我情愿她每天都给我身上多画一个红方块，画满，你懂吗？画满！"

那孩子笑了，从床上跳起来。

"用她那暖乎乎的手，你懂吗？用她那双软乎乎的手，把我从上到下都画满……"

三床那孩子撩起了自己的衣裳，喊："她今天又给我多画了一个！你们看呀，这个！"

一床和我整宿整宿地呻吟，只有三床那孩子依旧可以睡得香甜。只有三床那孩子不知道红方块下是什么。只有他不知道那下面是癌。那下面是癌，但他不知道。他不知道。但确实是癌。他说是他爸爸说的，那不是癌。他说他妈妈跟他说过那真的不是癌。他妈妈跟他这样说的时候，用乞求的目光看着我和一床。他的父母走后，他看看一床的红方块，说："这不是癌。"他又看看我的红方块，说："你也不是癌。"我说是的我们都不是癌。

"那这红方块下是什么呀？"

"是一朵花。"

"噢，是一朵花呀？"

是一朵花。一朵无比艳丽的花。

月亮把东楼的阴影缩小，再把西楼的阴影放大，夜夜如此。在我和一床的呻吟声中，三床那孩子睡得香甜。我们剩下的生命也许是为盼望那艳丽的花朵枯萎，也许仅仅是在等待它肆无忌惮地开放。

细细的风雨中，很多花都在开放。很多花瓣都伸展开，把无辜的色彩染进空中。黑土小路上游移着悄无声息的人。黑土小路曲折回绕分头隐入花丛，在另外的地方默然重逢。

掐一朵花，在指间使它转动，凝神于它的露水它的雌蕊与雄蕊，贴近鼻尖，无比的往事便散漫到细雨的微寒中去。

把花别在扣眼上，插在衣兜里，插在瓶中再放到床头去，以便夜深猛然惊醒时，闪着幽光的桌面上有一片片轻柔的落花。

三床的孩子问："就像这样的花吗？"

"兴许比这漂亮，"我说。

"那像什么？"

"也许就是这样的花吧。"

孩子仔细看自己小小肚皮上的红方块，仔细看很久，仰起脸来笑一笑承认了它的神秘："它是怎么长进去的呢？"

一床双目微合，端坐花间。

"他在干吗？喂！你在干吗？"

"他在做梦。"

"他在练功？"

"不，他在做梦。"

一床端坐花间，双手叠在丹田。

"今天会给他多画一个红方块吗？"

"你别信他胡说。"

"你呢？你想不想让她多给你画一个？"

"随她。"我说。

"你看那不是她来了？"

她正走上医院门前高高的白色的台阶，打了一把红色的雨伞，在铅灰色的天下。

一床端坐花间，双手摊开在膝盖上掌心朝天。天正赐细细的风雨给人间。

每天都有一段充满盼望的时间：在呻吟着的长夜过后，我从医院的东边走到西边，穿过湿漉漉的草地和阳光和鸟叫，走进另一条幽暗的楼道，走进那个仪器林立的房间，闻着冰冷的金属味和精细的烤漆味等她。闻着过于宽阔的屋顶味和过于厚重的墙壁味，等她。室内的仪器仿佛旷古形成的石钟乳。室外的青苔厚厚地漫上窗台。

所有仪器的电镀部分中都动起一道白色的影子，我渐渐又闻到了缥缈的幽香。

她温柔的手又放在我赤裸的胸上。她鬓边的垂发不时拂过我的肩膀。我听见她细细的呼吸就像细细的风雨，细细的风雨中布进了她的体温。我不把头扭开。我看见她白皙脖颈上的一颗黑痣。我看见光洁而浑实的她的脊背，隐没在衬衫深处。隐没了我从未见过的女人的躯体，和女人的花朵……她又走开。她又回来。在我的胸上，把退了色的红方块重新描绘得鲜艳，那才是属于我的花朵。

然后她轻声说："去吧。"

然后她轻声问："行吗？"

然后她轻盈而茁壮地走开，把温馨全部带走到遥远的盼望中去。我相信一床那老混蛋说得对，画满！把那红方块给我通身画满吧，无论出于什么样的原因。

一床问我："你怎么没结婚？"

我说："我才二十一岁。"

一床浑浊的眼睛便越过我，望向窗外深远的黄昏。

三床那孩子在淡薄的夕阳中喊道："我妈跟我爸结过婚！"

一床探身凑近我，踌躇良久，问道："尝过女人的味了没有？"

我狠狠地瞪他，但狠狠的目光渐渐软弱并且逃避。"没有。"我说。

三床那孩子在空落的昏暗中喊道:"我妈跟我爸结婚的时候还没有我呢!"

一床不说话。

我也不说。

那孩子说:"真的我不骗你们,那时候我妈还没把我生出来呢。"

一床问我:"你想看那个女人吗?"

"你少胡说!"

一床紧盯着我,我闭上眼睛。

很久,我睁开眼睛,一床仍紧盯着我。

我说:"你别胡说。"却像是求他。

我们一齐看那孩子——月光中他已经睡熟。月光中流动着绵长的夜的花香。

我们便去看她。反正是睡不着。反正也是彻夜呻吟。我们便去看她,如月夜和花香中的两缕游魂。

一床说他知道她的住处。

走过一幢幢房屋的睡影,走过一片片空地的梦境,走过草坡和树林和静夜的蛙声。

一床说:"你看。"

巨大的无边的夜幕之中,便有了一方绿色的灯光。灯光里响着细密柔和的水声。绿蒙蒙的玻璃上动着她沐浴的身影。幸运的水,落在她身上,在那儿起伏汇聚辗转流遍;不幸的便溅作水花化作迷雾,在她的四周飘绕流连。

一床说:"要不要我给你讲些女人的事?"

"嘘——"我说。

水声停了。那方绿色的灯光灭了。卧室的门开了。卧室中惟有月光朦胧,使得那白色的身影闪闪烁烁,闪闪烁烁。便响起轻轻的钢琴曲,轻轻的并不打扰别人。她悠闲地坐到窗边,点起一支烟。小小的火光把她照亮了一会，她的头发还在滴水，她的周身还浮升着水气。她吹灭了火，同时吹出一缕薄烟，吹进月光去让它飘飘荡荡，她顺势慵懒地向后靠一靠，身体藏进暗中，唯留两条美丽的长腿叠在一起在暗影之外，悠悠摇摆，伴那琴声的节拍。

一床说："你不会像我，你还能活。"

"嘘——"我说。

她抽完了那支烟。她站起来。月亮此刻分外清明。清明之中她抱住双肩低头默立良久，清明之光把她周身的欲望勾画得流畅鲜明。钢琴声换成一段舞曲。令人难以觉察地，她的身体缓缓旋转，旋转进幽暗，又旋转进清明，旋转进幽暗再旋转进清明，幽暗与清明之间她的长发铺开荡散她的胸腹收展屈伸，两臂张扬起落，双腿慢步轻移，她浑身轻灵而紧实的肌肤飘然滚动，柔韧无声。

一床说："你不会死，你才二十一岁。"

"嘘——"我说。

她转进幽暗，很久没有出来。月光中只有平静的琴声。

她在哪儿？在做什么？她跳累了。她喘息着扑倒在地上，像一匹跑累了的马儿在那儿歇息，在那儿打滚儿，在那儿任意扭动漂亮的身躯，把脸紧贴在地面闭上眼睛畅快地长吁，让野性在全身纵情动荡，淋漓的汗水缀在每一个毛孔，心就可以快乐地嘶鸣……

她从暗影中走出来，已经穿戴齐整，端庄而且华贵而且步态雍容。她捧了一盆花，走到窗前，把花端放在窗台。她后退几步远远地端详，又走近来抚弄花的枝叶，便似有缥缈的幽香袭来。然后，窗帘在花的后面徐徐展开，将她隐没，只留花在玻璃和窗帘之间，只留满窗月色的空幻。

一床说："我给你讲一个谜语。你不会死你还年轻，听我给你讲一个谜语。"

一个已经没人知道了的谜语。没人知道它的谜面，也没人知道它的谜底。它的谜面就是它的谜底。你要是自己猜不到，谁也没法告诉你。你要是猜到了，你就会明白你还没有猜到你还得猜下去。

我躺在冰冷的仪器下面等她，她没有来。我们去看她，她的窗户关着，窗帘拉得很严。那盆花在玻璃和窗帘之间，绿绿的叶子长得挺拔。

一床又给三床的孩子讲那个谜语。

"那到底是个什么样的谜语呀？"孩子问。

"噢，这一样是个谜语。"

我闻着医院里所特有的那种味道，等她，她还是没来。去看她，窗户关着窗帘还是拉得很严。那盆花在玻璃和窗帘之间，在太阳下，冒出了花蕾。

一床用另一个谜语提醒三床的孩子。

"就在眼前可是看不见的，你说是什么？"

"是什么？"

"眼睫毛。"

她一直没来。她的窗户一直关着。她的窗帘一直拉得很严。玻璃和窗帘之间已绽开鲜红的花朵，鲜红如血一样凄艳。

那孩子一直在猜那个谜语。

"你敢说那不是你瞎编的吗？"

"噢，当然。传说那是所有的谜语中最真实的一个谜语。"

有一天我们去看她，她的住处四周嗡嗡嘤嘤挤满了围观的人群。

据说她在死前洗了澡，洗了很久，洗得非常仔细。据说她在死前吸了一支烟，听了一会音乐，还独自跳了一会舞。然后她认真地梳妆打扮。然后她坐到窗边的藤椅中去，吃了一些致命的药物。据最先发现她已经死去的人说，她穿戴得高雅而且华贵，她的神态端庄而且安详，她坐在藤椅中的姿势慵懒而且茁壮。

她什么遗言也没留下。

她房间里的一切都与往日一样。

只是窗台上有一盆花，有一根质地松软的粗绳一头浸在装满清水的盆里另一头埋进那盆花下的土中。水盆的位置比花盆的位置略高，水通过粗绳一点点洇散到花盆中去，花便在阳光下生长盛开，流溢着缥缈的幽香。

D + X

我常有些古怪之念。譬如我现在坐在桌前要写这篇小说，先就抽着烟散散漫漫呆想了好久：触动我使我要写这篇小说的那一对少年，此时此刻在哪儿呢？还有那个上了些年纪的男人，那个年轻的母亲和她的小姑娘，他们正在干什么？年轻的母亲也许正在织一件毛衣（夏天就快要过去了），她的小姑娘正在和煦的阳光里乖乖地唱歌；上了年纪的那个男人也许在喝酒，和别人或者只是自己；那一对少年呢？可能正经历着初次的接吻，正满怀真诚以心相许，但也可能早已互相不感兴趣了。什么都是可能的。什么都不确定。唯一可以确定的是，就在我写下这一行字的同时，他们也在这天底下活着，在这宇宙中的这颗星球上做着他们自己的事情。就在我写下这一行字的时候，在太平洋底的某一处黑暗的珊瑚丛中，正有一条大鱼在转目鼓鳃悄然游憩；在非洲的原野上，正有一头饥肠辘辘的狮子在焦灼窥伺角马群的动静；在天上飞着一只鸟，在天上绝不止正飞着一只鸟；在某一片不毛之地的土层下，有一具奇异动物的化石已经默默地等待了多少万年，等待着向人类解释人类进化的疑案；而在某一个繁华喧嚣城市的深处，正有一件将要震撼世界的阴谋在悄悄进行；而在穷乡僻壤，有一个必将载入史册的人物正在他母亲的子宫中形成。就在我写下这一行字迹的时候，有一个人死了，有一个人恰恰出生。

那天我坐在一座古园里的一棵老树下，也在作这类胡思乱想：在这棵老树刚刚破土而出的时候，我的爷爷的爷爷的爷爷的爷爷是不是刚好走过这里呢？或者他正在哪儿，做什么呢？当时的一切都是注定几百年后我坐在这儿胡思乱想的缘由吧？我这样想着的时候，落日苍茫而沉寂的光辉从远处细密的树林间铺展过来，铺展过古殿辉煌落寞的殿顶，铺展过开阔的草地和草地上正在开花的树木，铺展到老树和我这里，把我们的影子放倒在一大片散落的断石残阶上面，再铺开去，直到古园荒草蓬生的东墙。这时我看见老树另一边的路面上有两条影子正一跃一跃地长大，顺那影子望去，光芒里走着一男一女两个少年。我听见他们的噪音便知道他们既不再是孩子了也还不是大人。说他是小伙子似乎他还不十分够，只好称他是少年。另一个呢，却完全是个少女了。他们一路谈着。无论少女说什么，少年总是不以为然地笑笑，总是自命不凡地说"那可不一定"，然后把书包从一边肩上潇洒地甩到另一边肩上，信心百倍地朝四周望。少女却不急不慌专心说自己的话，在少年讥嘲地笑她并且说"那可不一定"的时候，她才停下不说，她才扭过脸来看他，但不争辩，仿佛她要说那么多的话只是为了给对方去否定，让他去把她驳倒，她心甘情愿。他们好像是在谈人活着到底是为什么，这让我对他们小小的年纪感到尊敬，使我恍惚觉得世界不过是在重复。

"嘿，那儿！"少年说。

他指的是离老树不远的一条石凳。他们快步走过去，活活泼泼地说笑着在石凳上坐下。准是在这时他们才发现了老树的阴影里还有一个人，因为他们一下子都不言语了，显得拘谨起来，并且暗暗拉开些距离。少女看一看天，又低头弄一弄自己的书包。少年强作坦然地东张西望，但碰到了我的目光却慌忙躲开。一时老树周围的太阳和太阳里的一对少年，都很遥远都很安静，使我感到我已是老人。我后悔不该去碰那样的目光，他们分明还在为自己的年幼而胆怯而羞愧。我只是欣喜于他们那活活泼泼的样子，想在那儿找寻永远不再属于我了的美妙岁月；无论是他的幼稚的骄狂，还是她的盲目的崇拜，都是出于彻底的纯情。这时少女说："我确实觉得物理太难了。"少年说："什么？噢，我倒不。"过了一会儿少女又说:"我还是喜欢历史。"少年说:"噢,历史。"不不,这不是他们刚才的话题,这绝不是他们跑到这儿来想要说的,这样的话在一定程度上是说给我听的。我懂。我也有过这样的年龄。他们准是刚刚放学,还没有回家,准是瞒过了老师和家长和别的同学,准是找了一个诸如谈学习谈班上工作之类的借口,以此来掩盖心里日趋动荡的愿望,无意中施展着他们小小的诡计。我想我是不是应该走开。我想我是不是漫不经心地转过身去,表示我对他们的谈话丝毫不感兴趣最好。这时候少年说:"嚯,这儿可真晒。"少女说:"是你说的这儿。"少年说:"我没想到这儿这么晒。"少女说:"我去哪儿都行。"我想我还是得走开,这初春的太阳怎么会晒呢?我在心里笑笑,起身离去,我听见在这一刻他们那边一点声音都没有。我猜想他们一定也是装作没大在意我的离去,但一定也是庆幸地注意听我离去的脚步声。没问题,也是。世界在重复。

太阳更低垂了些,给你的感觉是它在很远的地方与海面相碰发出的声音一直传到这里,传到这里只剩下颤动的余音;或许那竟是在远古敲响的锣鼓,传到今天仍震震不息。

世界千万年来只是在重复,在人的面前和心里重演。譬如,人活着到底是为什么?人应该怎么活,人怎么活才好?这便是千万年来一直在重复的问题。有人说:你这么问可真蠢真令人厌倦,这问不清楚你也没必要这么问,你想怎么活就去怎么活好了。就算他说的对,就算是这样我也知道:他是这么问过了的,他如果没这么问过他就不会这么回答,他一刻不这么问他就一刻不能这么回答。

我走过沉静的古殿,我就想,在这古殿乒乒乓乓开始建造的时候,必也有夕阳淡淡地照耀着的一刻,只是那些健壮的工匠们全都不存在了,那时候这天下地上数不清的人,现在一个都没有了。自从我见到那一对少年,我就知道我已经老了。我在这古园里慢慢地走,再没有什么要着急的事了,稀奇古怪的念头便潮水似的一层层涌来,只不过是毫无用处的乐趣。也可以说是休息,是我给我自己这忙忙碌碌的一生的一点酬劳。一点酬劳而已。我走过草地,我想,这儿总不能永远是这样的草地吧,那么在总要到来的那一天这儿究竟要发生什么事呢？我在开花的树木旁伫立片刻，我想，哪朵花结出的种子会成为我的孙子的孙子的孙子的面前的一棵大树呢？我走在断石残阶之间，这些石头曾经在哪一处山脚下沉睡过？它们在被搬运到这儿来的一路上都经历过什么？再譬如那一对少年，六十年后他们又在哪儿？或者各自在哪儿呢？万事万物，你若预测它的未来你就会说它有无数种可能，可你若回过头去看它的以往你就会知道其实只有一条命定之路。

这命定之路包括我现在坐在这儿，窗里窗外满是阳光，我要写这篇叫作小说的东西；包括在那座古园那个下午，那对少年与我相遇了一次，并且还要相遇一次；包括我在遇见他们之后觉得自己已是一个老人；包括就在那时，就在太平洋底的一条大鱼沉睡之时，非洲原野上一头狮子逍遥漫步之时，一些精子和一些卵子正在结合之时，某个天体正在坍塌或正在爆炸之时，我们未来的路已经安顿停当；还包括，在这样的命定之路上人究竟能得到什么——这谁也无法告诉谁，谁都一样，命定得靠自己几十年的经历去识破这件事。

我在那古园的小路上走，又和少年少女相遇。我听见有人说："你不知道那是古树不许攀登吗？"又一个声音嗫嚅着嘴犟："不知道。"我回身去看，训斥者是个骑着自行车的上了些年纪的男人，被训斥的便是那个少年。少女走在少年身后。上了些年纪的男人板着面孔："什么你说？再说不知道！没看见树边立的牌子吗？"少年还要说，少女偷偷拽拽他的衣裳，两个人便跟在那男人的车边默默地走。少女见有人回头看他们，羞赧地低头又去弄一弄书包。少年还是强作镇定不肯显出屈服，但表情难免尴尬，目光不敢在任何一个路人脸上停留。

世界重演如旭日与夕阳一般。

就像一个老演员去剧团领他的退休金时，看见年轻人又在演他年轻时演过的戏剧。

我知道少女担心的是什么，就好像我记得她曾经跟我说过：她真怕事情一旦闹大，她所苦心设计的小小阴谋就要败露。我也知道少年的心情要更复杂一点,就好像我曾经是他而他现在是我:他怎么能当着他平生的第一个少女显得这么弱小,这么无能,这么丢人地被另一个男人训斥!他准是要在她面前显摆显摆攀那老树的本领,他准是吹过牛了,他准是在少女热切的怂恿的眼色下吹过天大的牛皮了,谁料,却结果弄成现在这副狼狈的模样。

我停一停把他们让到前面。我不远不近地跟在他们身后走。我有点兔死狐悲似的。我想必要的时候得为这一对小情人说句话,我现在老了我现在可以做这件事了,世界没有必要一模一样地重复,在需要我的时候我要过去提醒那个骑车的男人(我想他大概是古园的管理人):喂,想想你自己的少年时光吧,难道你没看出这两个孩子正处在什么样的年龄?他们需要羡慕也需要炫耀,他们没必要总去注意你立的那块臭牌子!

我没猜错。过了一会儿,少女紧走几步走到少年前边走到那个男人面前,说:"罚多少钱吧?"她低头不看那个男人,飞快地摸出自己寒伧的钱夹。

"走,跟我走一趟,"那个男人说,"看看你们到底知不知道自己是哪个学校的。"

我没有猜错。少年蹿上去把少女推开,样子很凶,把她推得远远的,然后自己朝那个男人更靠近些,并且瞪着那个男人并且忍耐着,那样子完全像一头视死如归的公鹿。年轻的公鹿面对危险要把母鹿藏在身后。我看见那个男人的眼神略略有些变化。他们僵持了一会儿,谁也没说话,然后继续往前走。

我还是跟在他们身后。如果那个男人仅仅是要罚一点钱我也就不说什么,否则我就要跟他谈谈,我想我可以提醒他想些事情,也许我愿意请他喝一顿酒,边喝酒边跟他谈谈:两颗初恋的稚嫩的心是不能这么随便去磕碰的,你懂吗?任何一个人在恋爱的时候都比你那棵老树重要一千倍你懂吗?你知不知道你和我是怎么老了的?

三个人在我前面一味地走下去。阳光已经淡得不易为人觉察。这古园着实很大，天色晚了游人便更稀少。三个人，加上我是四个，呈一行走，依次是：那个上了些年纪的骑车的男人、少年、少女和我。可能我命定是个乖僻的人，常气喘吁吁地做些傻事。气喘吁吁地做些傻事，还有胡思乱想。

渐渐的，我发现骑车的男人和少年之间的距离越拉越大了。我一下子没看出这是怎么回事。只见那距离在继续拉大着，那个男人只顾自己往前骑，完全不去注意和那少年之间的距离。我心想这样他不怕他们乘机跑掉吗？但我立刻就醒悟了，这正是那个男人的用意。噢，好极了！我决定什么时候一定要请这家伙喝顿酒了。他是在对少年少女这样说呢：要跑你们就快跑吧，我不追，肯定不追，就当没这么回事算啦，不信你们看呀我离你们有多远了呀，你们要跑，就算我想追也追不上了呀——我直想跑过去谢谢他，为了世界在这个节骨眼上没有重演。我心里轻松了一下，热了一下，有什么东西从头到脚流动了一下，其实于我何干呢？我的往事并不能有所改变。

但少年没跑。他比我当年干得漂亮。他还在紧紧跟随那男人。我老了我已经懂了：要在平时他没准儿可以跑，但现在不行，他不能让少女对他失望，不能让那个训斥过他的男人当着少女的面看不起他，自从你们两个一同来到这儿你就不再是一个人了你就不再是一个孩子，你可以胆怯你当然会胆怯，但你不该跑掉。现在的这个少年没有跑掉，他本来是有机会跑的但他没有跑，他比我幸运。他紧紧跟着那个男人。现在我老了我一眼就能看得明白：他并非那么情愿紧跟那个男人，他是想快快把少女甩得远远的甩在安全的地方，让她与这事无关。这样，他与少女之间的距离也在渐渐拉大。

少女慢慢地走着，仿佛路途茫茫。她心里害怕。她心里无比沮丧。她在后悔不该用了那样的眼色去怂恿少年。她在不抱希望地祈祷着平安。她在想事情败露之后，像她这样小小的年龄应该编一套什么样的谎话，她心乱如麻，她想不出来，便越想越怕。

当年的事情败露之后，我的爷爷问我："你为什么要跑掉？"他使劲冲我喊："你为什么要跑掉！"我没料到他不说我别的，只是说我："你为什么跑掉！"他不说别的，以后也没说过别的。

我跟在少女身后，保持着使她不易察觉的距离。我忽然想到：当年，是否也有一个老人跟在我们身后呢？我竟回身去看了看。当然没有，有也已经没有了。我可能真是乖僻，但愿不是有什么毛病。

少女也没有跑掉。她一直默默地跟随。有两次少年停下来等她，跟她匆匆说几句话又跟她拉开距离。他一定是跟她说："你别跟着你快回家吧，我一个人去。"她呢？她一定是说："不。"她说："不。"她只是说："不。"然后默默地跟随。在那一刻，我感到他们正在变成真正的男人和女人。

那个上了些年纪的男人最后进了一间小屋。过了一会儿，少年走到小屋前，犹豫片刻也走进去。又过了一会儿少女也到了那里，她推了推门没有推开，她敲了敲门，门还是不开，她站在门外听了一会儿，然后就在门前的台阶上坐下。她坐下去的样子显得沉着。这一路上她大概已经想好了，已经豁出去了，因而反倒泰然了不再害什么怕，也不去费心编什么谎话了。她把书包抱在怀里，静静地坐着，累了便双手托腮。天色迅速暗下去了。少女要等少年出来。

我也坐下，在不惊动少女的地方。我走得腰酸腿疼。我一辈子都在做这样费力而无用的事情。我本来是不想看到重演，现在没有重演，我却又有点悲哀似的，有点孤独。

当年吓得跑散了的那一对少年这会儿在哪儿呢？有一个正在这儿写一种叫作小说的东西。另一个呢？音信皆无。自从当年跑散了就音信皆无。

我实在是走累了。我靠在身旁的路灯杆下想闭一会眼睛。世界没有重演，世界不会重演，至少那个骑车的男人没有重演，那一对少年也没有重演他们谁也没有抛下谁跑掉。这真好，这让我高兴，这就够了，这是我给我自己这气喘吁吁的一个下午的一点酬劳。那对少年不知道，他们永远不会知道，正像我也不知道当年是否也有一个乖僻的老人跟在我们身后。大概人只可以在心里为自己获得一点酬劳，大概就心可以获得的酬劳而言，一切都是重演，永远都是重演。我老了，在与死之间还有一段不知多长的路。大鱼还在游动，狮子还在散步，有一颗星星已经衰老，有一颗星星刚刚诞生，就在此时此刻，一切都已安顿停当。但在这剩下的命定之路上能获得什么，仍是个问题，你一刻不问便一刻得不到酬劳。

我睁开眼睛，路灯已经亮了，有个小姑娘站在我面前。她认真地看着我。看样子她有三岁，怀里抱着个大皮球。她不出声也不动，光是盯着我看，大概是要把我看个仔细，想个明白。

"你是谁呀？"我问。

她说："你呢？"

这时候她的母亲喊她："皮球找到了吗？快回来吧，该回家啦！"

小姑娘便向她母亲那边跑去。

Y + X

Y = 50 亿个人 = 50 亿个位置

Y = 50 亿个人 = 50 亿条命定之路

Y = 50 亿个人 = 50 亿种观察系统或角度

"测不准原理"的意思是：实际上同时具有精确位置和精确速度的概念在自然界是没有意义的。人们说一辆汽车的位置和速度容易同时测出，是因为对于通常客体，这一原理所指的测不准性太小而观察不到。

"并协原理"的意思是：光和电子的性状有时类似波，有时类似粒子，这取决于观察手段。也就是说它们具有波粒二象性，但不能同时观察波和粒子两方面。可是从各种观察取得的证据不能纳入单一图景，只能认为是互相补充构成现象的总体。

"嵌入观点"得出这样的结论：我们是嵌入在我们所描述的自然之中

的。说世界独立于我们之外而孤立地存在着这一观点，已不再真实了。在某种奇特的意义上，宇宙本是一个观察者参与着的宇宙。

现代西方宇宙学的"人择原理"，和古代东方神秘主义的"万象唯识"，好像是在说着同一件事：客体并不是由主体生成的，但客体也并不是脱离主体而孤立存在的。

那么人呢？那么人呢？他既有一个粒子样的位置，又有一条波样的命定之路，他又是他自己的观察者。在这样的情况下要猜破那个谜语至少是很困难的。那个谜语有三个特点：

一、谜面一出，谜底即现。

二、已猜不破，无人可为其破。

三、一俟猜破，必恍然知其未破。

（此谜之难，难如写小说。我现在愈发不知写小说应该有什么规矩了。好不容易忍到读完了以上文字的读者，不必非把它当作小说不可，就像有些人建议的那样——把它当作一份读物算了。大家都轻松。）

（原刊于《收获》1988 年第 6 期）

死亡的诗意

马 原

> 男人和女人都知道自己有罪。他们知道自己造成的苦痛，他们的过错，他们的谎言，他们的背叛。
>
> ——格·格林

> 所以我觉得，我编撰这些故事的时候，并不像许多人想的那样，远离着缪斯女神居住的帕纳塞斯山。
>
> ——卜迦丘《十日谈》

一

去年圣诞日在拉萨发生的命案是这个故事的结尾。有着惊人美丽的林杏花在一场小规模火灾中被烧死了。拉萨地方不大，林杏花活着的时候又过分招摇，因而她的死成了直到藏历年以前那两个月里最受咀嚼的话题，差不多全拉萨的汉族没有一个人不知道这件事。

这以后是藏历年，是刚刚恢复三年的传召盛会，是以大骚乱闻名于世的三月五日冲淡了林杏花的殒没。过了三月五日，全拉萨能记得林杏花的人已经屈指可数，其中肯定包括曾经处于那场命案中心的小伙子李克。

所有熟悉李克的人几乎全数认定他在这场事变中负有无法推卸的责任，不是指他锁了那间小木屋的门，那部分责任是极其明确的，估计连他本人也不会起任何逃避的念头。人们认定他要负的是另外一些很难界定范围的责任，比如死者林杏花过分地鲜艳了，以至于有人说她的美绝不在《冈底斯的诱惑》中记述的美丽姑娘央金之下。再比如李克的妻子正在上海李克父母的家里休产假，她刚刚为李克分娩出一个相貌神态与李克一般无二的女儿，李克女儿的生日是失火的前一天十二月二十四日，女儿落地的准确时间是晚上二十点十七分，几乎在十小时以后几分钟里李克就收到了报喜的加急电报。这时是圣诞节早上六点半不到，时差关系拉萨城还在拂晓前的大黑暗包裹之中。李克先是被送报人的摩托引擎惊醒，接着听到了急促的敲门声。

据送报人说，李克当时光着上身披了一件酱红色的羽绒大衣，三角裤下面是两条长满黑毛的细光腿，李克当时睡眼惺忪，还是马上明白出了件好事情。他接过电报看了又看，直到送报员不耐烦了转身走开他才如梦初醒，他马上在玻璃酒柜上抓起一包良友香烟追出门，那时摩托车已经点火，送报人熟练接过飞来的金装良友烟的同时车轮就动了。他说李克大叫："谢谢！祝你好运气！"

他说他当时心情很好，他说他做一个送报员经常为人报喜报忧，报喜的时候他心情好得无法说，他这么说的时候我马上体会到他的特别的心情。他不说我也知道他不喜欢报忧。

至少有些人认定李克在生女儿的当口把林杏花弄到自己住处是作孽。他们要李克负的是道义上的责任。

估计也是这其中的一部分人展开了无边想象,于是社会上一时间传说四起,说死者林杏花怀了三个半月身孕是最流行的一种。接着而来的便是对失火原因的演绎性猜测。既然林杏花怀孕了,那么她必然要对李克提出要求,要求李克什么呢?可能要钱,要东西,可能要的数目非常之大。最要命的可能是要李克离婚,有什么可能是绝对不可能的呢?李克在拉萨是数得着的美男子,是出了名的风流小子,也是条讲义气为朋友两肋插刀的汉子;李克门路广交游多人又聪明,经常做些本钱少利润大的生意,一句话他很有点搞钱的本事,这样的男人正是漂亮女孩所仰慕的呵。

可是熟悉李克的人都知道李克的妻子是个少见的贤惠女人,她待李克之好可以说在拉萨汉族年轻人中绝无仅有,朋友们都说她是八十年代仅存的古典式老婆,温存体贴而且能干,全部心思都在丈夫一个人身上,脾气又好,朋友们都知道李克把妻子肖君当成了自己的骄傲。所以李克是绝对不肯和妻子离婚的。如果林杏花以怀孕要挟李克离婚,可能出现什么样的后果呢?多么强有力的假设呵。

一场小规模的火灾带来了市民阶层无穷无尽的想象,当然要点在于火焰中吞噬了一条人命,而且是个绝顶美艳的女孩子。传言使李克变成了一个谋杀嫌疑犯,我知道传言的依据有相当充分的基础。

二

我之所以从结尾开始讲述这个故事,部分是因为这个故事早已经发生过,它与那些边讲述边发生的故事有大不同,它自身能够提供的可能性都已经完成了或接近完成,或者可以说这个故事的弹性已经被它的过去时态销蚀得一干二净了。

我要写它的时候,我无法不正视这个事实的严酷,我于是只有下气力认真考察余下的部分,看看还剩下了什么,值不值得我花上半个月时间去重复它。在进行了深入的考察之后，我不得不沮丧地说我收获不大，但是我已经决定写它，我对写好它充满绝望，我干脆以这种省力的方式开始，我尽可能准确地还原已经发生过的一切，我寄希望于明敏的读者朋友，请他们一道在以后讲述的事件过程当中发现一点这个故事表象以外的东西，于是果就先因而呈现了。

另外一部分原因说起来有点荒唐，本来这个《拉萨的小男人》系列想法已经接近完成，这个李克一直在这个系列想法之外，如果不是这个突然事件的发生，恐怕整个小说世界就是另外一种样子了。是李克的这个突发的遭遇使他走进了小说世界，这是他的命数。而我，作为这部小说的著作者，作为他的熟人朋友，我当然希望他以惹人注目的方式进入这个世界，我因此为他选择了谋杀嫌疑犯的身份。哈，这下读者和他的熟人朋友都没法不关注他了。

三

林杏花生前喜欢诗，她经常谈起北岛舒婷梁小斌这些名字。她有时下女孩子们少有的良好习惯，她记日记，也写些类似散文的纪实性文字，这些文字给我们留下了极宝贵的了解她的第一手资料，虽然可以想见她文学修养不是很高，而且她的文字与她的内心肯定有相当的距离，我还是很看重这些死者的文字。

林杏花到拉萨的准确日期是去年九月十九日，她是作为荷兰汽车工会退休者旅游团的导游率团来拉萨的。这个团的全部成员都是老年人，是个豪华团体，三分之二是男性，一个年轻漂亮的中国女孩做导游无疑是很受欢迎的。她的日记里记述了在成都和在拉萨的那段美好时光。她接受许多精美的小礼物，其中她最珍爱的那只镀金手镯留在她后来被烧得焦缩的手腕上。那个旅游团到成都是九月十二日，一周后到了拉萨，离开拉萨本来该在九月二十六日但由于飞机压班推迟到二十七日。

她没有随团离开。她原来在成都一家国际旅行社任职，也是合同性质，按照合同规定她要到去年年底（十二月三十一日，也就是她忌日以后六天）才结束这个合同期的工作。她这次带团到拉萨的任务截止到这个团离开拉萨。这个团从拉萨登飞机绕开成都直飞北京。按正常情况她该同时买去成都的机票回成都继续她在那家国际旅行社的工作。

　　她这个团住在拉萨一家庞大的外资宾馆，她在八天时间里突如其来地爱上了拉萨，她在跟宾馆经理部经理（华人）熟识了以后马上提出要留在这家宾馆工作的请求。她英语口语能力相当强，加上几年导游实践和美丽的姿容，她轻而易举地被录用了。她毁了在成都的合同要付一笔赔偿金，大约一千元人民币左右，可是这里的新合同使她每个月可以拿到七百元外汇券，这个合同为期六个月，宾馆提供她的住处以及有高额补贴的膳食。她不但美丽而且丰满，她举止得体谈吐适度，这样的人才在拉萨是很难招聘到的，她和她的雇主各得其所。

　　她没有再做导游，她被聘为前厅经理，总服务台包括门卫和两个清扫员是她的全部管辖范围，相当于一个领班或工长。

　　她在日记里告诉我们她满意这个新角色。

　　她很快给家里写了信，报告自己的情况，这是她发回成都的第一封家信，她在信里没有一点商量的口吻，可以据此推断她在家里的地位是很特别的，她自己的事自己完全可以做主决定，不必对父母亲请示更不需要批准。

　　她上班任职与荷兰汽车工会退休者旅游团飞离拉萨是同一天。她在来拉萨之前对拉萨的任何情况一无所知，她不认识一个拉萨人，可是在她带团导游的八天里她办妥了在拉萨工作的一切必要手续，可以想得出这个女孩能量之大吧。早上她随空调客车到机场送走了荷兰老人，吃过中饭不久，她就在美国总经理伴送下到前厅与未来六个月的下属们见面了。

　　有一点小出入。合同上规定六个月，她实际在位三个月差两天。也是命数。

四

用李克自己的话说，纯粹是缘分把林杏花拉到他的生活当中来。

李克是个技工，他的工作单位是个性质很特别的保密工厂。我认识他六整年了，居然完全不知道他的具体工作。我常到他住处去。他工作的单位与生活区域完全隔离开，在拉萨这是个特例。我没进过厂区，厂区从外面看面积不算太大，高墙上没有电网，院子四周围都被高大的乔木荫蔽了，是落叶乔木，叶子浅绿中带一点灰白，有点像杨树。我知道整个厂区只有一个大门，门卫是穿绿衣服的武装警察，工作证是绿颜色的，进出厂门都必须出示，李克说厂里职工都叫它绿卡。

李克回上海休假三个月，他们走时妻子怀孕近四个月，他十月九日回拉萨时老婆离生产预产期只有两个半月了。妻子当时很希望他不走，在上海等她生孩子以后再回拉萨。他算了一下时间，如果那样他将超假四个月（他把侍候月子的时间也考虑进去了），他还是决定先回去，说等生孩子的时候再回上海。西藏国营单位规定妇女产假一年，在生产期间丈夫可以享受一个月有工资报销路费的事假。李克的决定叫肖君说不出别的，而且肖君确实爱李克，肖君知道李克也爱她。

李克本来还有两个月的待休可以利用，他没告诉肖君是因为另外一些他不打算让肖君知道的原因。是生意上的事，一般生意方面的交往他都尽量避开肖君，出于什么心理连他自己也说不清楚。他只是把赚来的钱给肖君很大一部分，让她去花掉，随便买什么她喜欢的东西——金银首饰和各种时装，化妆品，各种各样女人喜欢的小摆设小玩物。在这一点上，作为女人和妻子，肖君百分之百地感到满足。

上海的一个朋友说可以搞到上海-桑塔纳牌轿车，李克在休假前知道拉萨有几个单位都在设法买车，当时这个牌子的轿车正看俏，很不容易买到。李克想马上回拉萨联系买车的事，事成了一辆车他至少可以拿一个大数。如果运气好，也许可以成交两辆三辆也说不定。

买车的事也是他和林杏花最初的缘分。不然他可能拖延到元月份以后回拉萨，这样圣诞节的那场劫难林杏花也就躲过去了。

如果说缘分还可以举出一些例子。抵达拉萨的当天晚上他拿到了一张群艺馆舞厅的入场券。群艺馆舞厅去年是拉萨最豪华的一家，有乐队奏电声，更有歌星伴唱，每逢节假日票价高达十元一张（黑市价格）。他尽管多少有点高山反应还是去了舞场，也没太多的道理，总之那天林杏花碰巧也去了，虽然彼此还没有机会认识，毕竟算是见过面有了初步印象。

李克当时很注意了林杏花一阵，林杏花除了身材过于丰满，穿着也过于特儿了，在已经很凉快的十月的拉萨穿一件纯白色的连衣裙，无论如何是太耍了点儿，没法叫男人们错开眼珠的。又何况是花花公子李克。

李克特别注意到从开得很低的领口中挤出来的两坨嫩肉之间的沟槽，他同来的伙伴小旺堆说那道肉沟足有一寸半深浅。

李克说："把这个娘们儿弄到床上肯定别有一番滋味。怎么样？"

小旺堆说话办事都干脆，从不拖泥带水，他在这个曲子间歇开始就已经凑到惹人注目的林杏花旁边，新曲子又起的同时他已经摊开右手，极有礼貌地邀请白衣少女了。

李克站在旁边，开心地看着小旺堆紧搂着林杏花快速旋转。裙裾开始随着身体的转动向上飘浮，像一把半开的白绸伞。于是看到了像裙子一样白的膝盖，看到了膝盖上面短短一截多肉的大腿。李克后来说他第一次就记住了那段结实的大腿，他说他没想别的，因为他觉得有些疲惫他早早就退场了。

第二天小旺堆告诉他，说"那个穿白裙的女孩说什么也不跟我跳第二回了。"

李克笑着打趣他："嫌你太黑。要不就是你把她搂得太紧了。""她说她转迷糊了，她说我转得太快。我转得快吗？"

李克以为这件事就算过去了，他从来不把哪个女人长时间放在心上。小旺堆这时又说："她他妈的不跟我跳就不说了，最气人的是她问跟我一起来的那个小伙是谁，他妈的就是你嘛，我跟她跳了好几圈她没问问我姓什么叫什么,怎么问起你来了?"

李克说:"这就叫魅力。好好学学吧。"

小旺堆说:"这女孩看上你啦,她肯定嫌我长得黑,我好悲哀呀,我好吃醋哇!"

他的怪模怪样逗得李克大笑,李克说:"别吃醋,吃什么也别吃醋,哥们把她让给你了,今晚回去做个好梦吧。"

小旺堆说:"我可真是看中她那两个大奶子啦,又白又鼓。我就喜欢奶子大的女孩。"

可惜林杏花喜欢的不是他。那天晚上林杏花跟那个介绍她受聘的经理部经理一道来的,她也看出小旺堆在打她的主意,她跟小旺堆周旋了一阵,终于问到了李克的名字。她相信她总会找到这个名叫李克的小伙,她在日记里告诉我们她不知道为什么对这个没跳舞中途退场的小伙感兴趣,她说她记住了他。

那时拉萨正是落叶时节,曾经枝繁叶茂的绿色拉萨正给秋叶染得一派金黄。到了晚上,满街的野狗在路上谈恋爱妨碍交通。养猫的家庭更是苦不堪言,屋外院外总有情种野猫彻夜呼唤,那声音跟婴孩啼哭全没两样,瘆死人。阴历八月万物成熟,正是世界的发情时节。

根据日记所载,我们知道那位宾馆经理部经理正在向林杏花发起攻势。他的老婆是个香港客,常年住香港难得来一次大陆,他一个人先是在广州,后来到成都又到拉萨,他月薪四百美元,他是资方经理人员所以拿外币,他不用给家里寄一文钱,因为他老婆家里是阔佬,而且他老婆有两个老情人供养。他一个人在大陆好寂寞哟。他说他三十九岁,不过林杏花猜他要更大些,估计在四十五岁的样子。

他常陪林杏花出来,只要他碰巧和她在同一个时间里休息。有趣的是这一类碰巧实在太频繁了。林杏花的前厅属那位经理部经理的职权范围。因此碰巧碰得多了一点也是意料之中的事。日记里一直没出现他的姓氏,很怪。

五

先是李克自己说认识了十天之后他才和林杏花上了床，我对此投完全不信任票。以李克日常自我吹嘘的猎艳手段，如果他想，把一个女孩弄到床上绝对用不着等第二次见面。这次是肉感性感到极点的林杏花，他反而老实了？

他的解释也有几分道理。

首先他结婚以后很少出去找女孩，他不是要对妻子忠实，他真是从心底里对她好，他知道找肖君这样的妻子是他的幸运。他不想跟自己的好运气失之交臂。说他爱肖君不如说他更爱自己来得准确。他结婚了便开始滋生出一种柔软的自我约束意识。

接着他说他对林杏花第一印象不怎么样。他和小旺堆以极其下流的口吻谈论过她，这也是他后来对跟她上床缺乏热忱的原因之一。他鼓动小旺堆向林杏花进攻，这以后又说过把她让给他，虽然只是口头玩笑，林杏花从来不曾被小旺堆沾染，但李克却打心里不能忍受与朋友共同享用一个女人，哪怕只是在想法上享用他也受不了。

据他说是林杏花主动，他的话可以信也可以不信。他说到拉萨的第三天机会来了。他先是给上海的朋友发了电报说有买主要见车主，上海方面的电报是第三天中午到的，说他隔日飞抵拉萨，让李克马上为他到拉萨最好的饭店订一间房，要包下来。李克就到了林杏花任职的宾馆，这家宾馆是拉萨唯一的四星级饭店。接待员与他交涉，这时林杏花从内间走出来，林杏花一下认出了他（李克的一面之辞），接着他感到了有目光在注视他，他抬起头也认出了她，这一天是十月十一日。

她先是得体地点一下头。可以把这看作是熟人朋友在不便说话的场合打招呼，当然也可以作惯常理解——公共关系人员的职业训练使然。总之这个动作颇具效果，让李克感到说不出的舒服。他说他下意识地点头作答，虽然他根本没搞清对方点头的准确含义。

林杏花站到接待员旁边，接待员礼节性地回头告诉她："林经理，他要包一间房，预订明天的。"

林杏花说："南边七楼吧，"她这时把目光迎向一直在看她的李克。"从窗子里可以看到罗布林卡的全景……"

李克说她似乎在用目光征询他的意见。他能有什么意见？"那太好啦！"

办好了预订手续，他说："再见！"

林杏花说的却是："明天见。"

他认为她的告别语中有另外的意味，我听不出来。据他说林杏花也矢口否认。林杏花说她以为包房子的是他本人，她说他用的就是李克这名字，她根本不知道他是代别人包房间。我倾向同意林杏花的说法。

这是他所说的十天的第一天。他自己说第二天他本来可以不到宾馆来，他后来陪朋友来到宾馆完全是因为林杏花头一天说的明天见。他们从机场搭宾馆的接机空调车直接到宾馆，这次他和林杏花已经俨然是老熟人了，像老熟人一样招呼。林："来啦，李先生？"李："林经理，给你添麻烦啦。"

上海来的朋友说一个人住太寂寞，他要李克在这里陪他。他在上海滩算个人物，常在江湖上走动的李克知道最恰当的恭敬莫过于从命，他也就顺水推舟在宾馆里住下来。每天洗热水澡，吃三十六元钱的日餐，这八天他没上班，终日在宾馆客房享福。

上海客在前三天里集中会见了三方买主，其中有一个是家正做大买卖的旧贵族，结果居然谈成了两宗。两辆上海-桑塔纳轿车一个半月之后（十一月二十九日）运抵拉萨。

上海客提前订好了十月十九日直飞上海的机票。买卖谈成只用了三天时间，余下四天他决定跑一趟后藏重镇日喀则。他对李克说他要摸摸日喀则的商品行情，看有没有买卖好做。他随身带的行李箱就留在拉萨，他让李克不要退房不要离开宾馆。他没说箱子里的东西如何贵重，但是李克明白。这只行李箱是特制的，里面还有一层钢胆，既防火又防撬，而且有包括密码锁在内的三套保安锁。在上海客去日喀则的三天里李克老老实实待在宾馆当守卫。每天看电视，洗热水澡，再就是——

跟新结识前厅经理林杏花聊天。

几乎从他们住进宾馆那一天开始，林杏花每天都要找一点借口到他们的客房来一两次，当然她做得非常巧妙，不会使谁觉得她唐突。她搭话主要是跟李克，因为他们是老熟人了是吗？她同样不会使上海客人感到受了冷落。

她每天当班时间是固定的，因而她可以在固定的休息时间来闲聊。后来上海客走了，把李克一个人留下，她在这间客房里逗留的时间就更多了。他们在不知不觉中已经成了朋友。

她告诉李克许多关于林杏花的故事，作为相应的回报李克也讲了自己的故事。这一切都是在谁也不明白正在发生什么的背景下发生和发展的，李克相当诚实地讲了自己幸福的家庭生活，这一点给了林杏花相当深刻的印象。因为恰好同时有一个比较，那位经理部经理的讲述事实上描摹出另一幅家庭生活图景。

她的上司的故事使她产生戒备，她几乎一眼就看到了他紧束在那套英国西装里面的花花肠子，她甚至猜出他下一步要对她说什么，提什么要求，想出他将如何哀求她怜悯他的那副丑样子。而李克使她产生了莫名的信任。

她值班的时候穿统一服装，下了班马上换健美体型裤，那裤子白得耀眼，质地极佳，甚至使着迷于欣赏她下身线条的李克不能集中精神。她上身总是穿一件不断变换色彩的毛织外套，有时是猩红色的，有时又是纯黑纯白的，她另外有一件蓝色一件黄色的，都是细绒线精梳的那种，跟时下最流行的粗羊毛蝙蝠袖的宽松衫绝不相似，她的所有外装都是紧身式的。

李克认为林杏花属于那种最懂得装扮的女孩，她对自己的身段有着少见的自信，她尤其喜欢白色。李克说她至少有三件白颜色毛织外套，式样小有不同，另外她的裤子清一色是白的，李克说不会少于五条。

在光线充足的七楼客房里，雪白的紧身裤使她下身曲线毕露，任何微小的起伏都被阳光和白色质地相应地突出了，尤其她坐在沙发椅上，坐在李克对面，腿又叉得很开，那种时候李克连她浮凸的乳头乳峰连同平滑圆润的下腹部都看得真真切切，不免心猿意马，胡思乱想是万万免不去的。

有点意思的一个事实是她的住室也在南幢七楼，也是一间客房，所不同的是北屋。她和一些资方经理人员都住在闲置的客房里，这一点与那些当地招聘的服务员、导游不同。这家宾馆床位空余量一直很大，恰好安置这些临时性质的外地经理人员。从经营角度考虑，客人大都喜欢向阳的房间，所以经理人员住的客房都在北面。林杏花的房在走廊的尽头，陈设简单素雅，整个是白色调的，如同她的衣着。

上海客住进来的时候交了一笔押金，他走前告诉李克在餐厅记账吃饭就是，他从日喀则回来后一并结算。这几天他们一直在吃三十六元一天的定餐，李克就以此为标准继续，两天以后记账伙食中断。

从此开始在林杏花的房间里自己动手了，先是买了鱼来烧，后来又增加了青菜。也是林杏花说职工食堂伙食太单调了，该自己动手变换一下口味。李克说自己最初只是响应而已。"你想，我吃三十六元的标准，每天换花样，我何必自讨苦吃自己买自己做？我吃多了撑出毛病了？"

他想表明是林杏花追他，这一点我从一开始就看得非常之清楚。

一起开伙吃了两天，上海客临走前的那一顿也是李克在林杏花房里做的，电炉瓦数小不能烹炒炸，李克总是做出味道极佳的汤菜叫吃者赞叹。上海客自然看出了这两个少男少女的心情，临上飞机前他嘱咐来送他的李克说："这个小娘们儿阴气太重，你怕吃不消她；我学过一点相面术，觉得她晦气满脸，你当心才是。我是过来人啦，吃的盐比你多几钵子，好吧再见，再回上海来找我就是了。"

关于他俩生意上的勾当李克不想多讲，我想他讲了也大可不必在这里津津乐道，总之他们之间处理得还算融洽，没听说有什么纠葛。

一来二去李克也熟悉了林杏花的房间，房里又只有她一个人，本来可以生出许多浪漫细节，偏偏李克自持太过竟把时间虚度了。后来发生的偏偏又去到李克住处,那是上海客离开拉萨的第二天夜里。欲望的河水泛滥了。

六

林杏花在凋谢的那一天中午突然讲起我在中篇小说《低声呻吟》里写到的女孩牛牛。

实在拉萨太小,几乎所有汉族都互相知道名字,那么辗转一下便可以经过谁介绍使你刚知道名字的那个人成为熟人,物以类聚的法则又常常使人们在一次交道中就交好为友。

以李克的话说:"牛牛是死了,不死肯定要跟林杏花成朋友。那天林杏花简直像吃错了药,从中午开始就不停地谈论牛牛。谈到后来我烦透了,索性不理她,让她一个人发神经,那天一整个晚上我觉得别扭透了,是不是那就是所说的预感?"

活人如果哪一天突然大谈某个死人,旁观的人肯定觉得有什么不对头的地方,当然如果是我,我也不会联想到这是一种追随的迹象。事后这么想一下,也足以让心脏突突跳着抖上一阵。这太恐怖了。

还有叫人同样恐怖的白颜色。为什么不是别的而偏偏喜欢白色呢?我私下忖度,这也许跟她雪白的肤色有关系,她太白了,皮肤细嫩光洁,没有一点点色素积沉,同样没有一点点血色,这是否就是上海客说的阴气太重?

在那以前他们已经有五天没见面,主要原因是李克到日喀则去了,李克恰好是十二月二十四这一天回到拉萨的,回到单位天色已晚,他又累得不行,就没打电话告诉她回来了。李克比平时睡得要早些,也没睡在那间被林杏花装饰过的爱情小屋里。这里已经潜藏了随便谁都嗅得出来的宿命气息。到了早上,天没亮他就被送报员的摩托惊醒,之后被送报员握起的空拳从床上提起来,那是无论什么时候想起来都难能忘怀的敲门声，带着十二分的理直气壮仅仅由于他带来了喜讯。

至少那个早上他不曾想起就在这房间前面三步远处还有一间藏匿私情的小木屋里面全是用白色装饰的，而跟那木屋有关的那个人跟刚收到的消息中提到的这个刚来到世界上的小生命不但全没有关联，而且对新来的小生命是个狠命的亵渎。他暂时忘了那间过去做厨房用的简易木房子，忘了跟那木房子有关的人。

他刚刚添了人，他肯定不会想到大自然还有另外一个对立的法则。所以这个中午碰到她以前他绝对不相信如此仁慈的上帝会如此残酷地开他的玩笑。他忘了他该给她打电话。而那个早晨是上帝的儿子的生日，于是机遇把她很恰当地投到他面前。他先被告之当晚他值夜，二十二点到凌晨六点。他先跑到工业有色金属试验室去问了有关他手里掌握这批矿石的熔炼工艺问题，而后蹬着自行车经过人民医院大门往回去。

几乎就在他来到医院大门口的一刹那，穿着白色羽绒上装的林杏花正从大门的巨柱后走出来，精神委顿，垂着头完全不睬这个世界。也是她的白衣服太显眼了，李克马上发现了并想起这个美丽的女孩。

他喊她的时候，她竟愣了好一阵，站在原地呆呆看着喊她的那个人，她没有露出丝毫惊喜，眼泪悄悄涌出又悄悄堕下去，李克马上就知道她受伤了。他已经下了车，已经来到她身边，他声音极其温柔，"上车吧。"

他等她坐好，让她扶住他的腰，这才蹬动链轮，八分钟以后他们到李克住处。林杏花什么也没问，是李克主动解释了这六天里他干了些什么，为什么没在家没见到她。他巧妙地撒了个小谎，说是当天早上赶夜车从仁布县回来的，到这里已经是十点多了。

他一眼瞥见林杏花的目光正注视着电报马上话锋一转，"刚进大门收发室就喊住我，说大喜，让我请客，原来是家里来电报，说昨天晚上我女儿出生了。"

她这时第一次开口了。"你喜欢女孩？"

李克犹豫了一下，还是肯定地点点头。

她就又说："可是我喜欢男孩儿。女孩儿长大以后活得太不容易了。"

李克来到她身后，用双手揽住她的下颏，"想我了吗？"她不说话，却把两臂向后高扬起，等着他的头向前低探过来，这样她便也揽住了他的脖子。"我真为你高兴。我知道你一直盼着要个女儿，可是我不能给你生孩子。"

他的有胡子的下巴在她头顶摩挲，"我知道，我都知道，可是我没怪你，这也是咱们的命数，你怪我吗？"

她说："我怪我命不好。"她的手这时在揉搓他的脸颊，"还有我也不想生孩子，我想自己快活一辈子，我不要别人分去我的快活，哪怕是我自己生的儿子也不行。我是个自私的女孩，你说我是吗？"

他不说是不说不是，他说："想我了吗？"

她故意说："不想。"

他就又把两手往下移，同时抓住她两只乳房，把它们往中间挤压。她也把手臂垂下来，向后兜住他的两条大腿。"你为什么不说你是不是也想我了？你想我了吗？"

他把头探得更低，他看着她的眼睛并把嘴唇压到她额上，慢慢朝下滑动，在吻了鼻尖之后找到了她的嘴唇。

一阵没命的吸吮，接着开始了身体的痉挛般抖动。他知道是时候了，他说："上床吧。"可是她挺直身子站起来，"还是到木房子里去吧。"

七

送走上海客的那一天下午，李克因为没有客房可回只能回自己住处。他正这么想着，走在旁边的林杏花竟也问他同样的问题。"你回家吗？"

李克说："回家。你呢？"

林杏花说："我下午休班，没事。"

据李克说，她正等着他邀请她，于是他便邀她了。"到我家坐一会儿吧。"

这一天是去年十月十九日，这是林杏花第一次到李克的住处去，当然她绝对想不到两个月零一周后的夜里，这地方会变成她的葬身之地。下面简略画出房屋鸟瞰示意图。

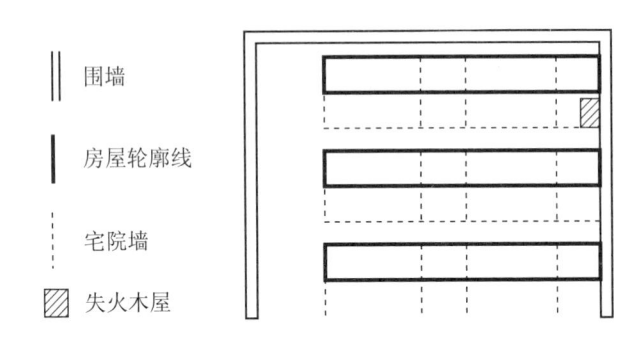

```
‖  围墙
|  房屋轮廓线
:  宅院墙
▨  失火木屋
```

失火木屋是李克的厨房，是用方木做框，之后用胶合板封闭起来的，就在林杏花初次到这里来的时候木屋也仍然是厨房，是这以后林杏花改造了它，使它焕然一新之后化为灰烬。

李克只有一间屋，大约二十平方米面积，里面塞得很满。双人床占去三点五平方米，电视柜占一平方米，双人沙发占二平方米，一个两部分的小组合柜占去二平方米，一个圆桌占一点五平方米。其余大约十平方米空地上至少有两把折叠椅，因而显得空间很狭窄。大概也是这个原因吧，李克结婚之初就在院子里盖了厨房。李克的院子面积几乎跟居室面积一样大，所以他可以很阔气地在院子里建起约六平方米的宽敞木屋。

他们从民航售票处出来时顺便在布达拉宫下面的市场上买了三条活鱼。第一次做鱼受到林杏花的夸奖，李克又买鱼有显而易见的讨好意味。到家以后李克在厨房里收拾鱼，林杏花先是参观居室，之后也搬了个小凳坐到李克对面。

她说："你结婚时间不长。"

李克说："你怎么知道？"

她说："墙上的红双喜字和天花板挂的彩纸条都还是新的呢。"

李克说:"西藏不成文的规矩,结婚了'囍'字要贴一年。你看是新的,其实我刚用吸尘器把房子整个吸了一遍。"

她说:"几月?五一?"

李克说:"什么五一?"

她说:"结婚呐。"

李克说:"没那么早,十一月七号,十月革命节那天。"

她吃惊了:"你是说去年?"

李克笑了:"你以为是今年?"他用手扣出鱼鳃片,"我老婆再有两月该生了,五一结婚有这么快吗?"

她也笑了。"我就不信你没先斩后奏。"

李克没懂:"什么意思?"

她笑得更开心了,他也忽然明白过来。

当鱼汤的香气弥漫开来,林杏花很突然地问李克:"有酒吗?这么香的鱼汤,没酒太遗憾了。"

李克说只有白酒,是好白酒剑南春,"我出去买瓶葡萄酒吧?"她却说:"剑南春太棒了!"李克说:"我不知道你能喝白酒。"

李克又说:"你不是后半夜班吗?喝酒行吗?"她说:"十二点才接班,现在几点?"

当时的时间是下午五点半。

她说:"我也喝不多,情绪好的时候总想来点白的,我不多喝。"

鱼汤一直在电炉上翻沸。搞电的李克在电炉电源线前端装了电压调压器,在沸腾以后他把电压调低,使通红的炉丝变成暗红,他们两个围着锅坐在小凳上,先斟满玻璃酒盅,然后操起汤匙。

大约喝了两小盅时林杏花说:"墙上的大照片肯定是你太太了?""自然了。""你太太很年轻嘛。""比我小六岁。""哟,那比我还小三岁呀!""喝酒喝酒。把这杯干了?""以什么名目?为你太太?"

李克突然变了颜色,把已经举到嘴边的酒一下泼到地上,转身站起来过去拉了电炉闸,出了厨房进到居室里把身子摔到沙发上。

这边林杏花愣了好一阵才流出泪来，她一动不动坐在原地看着渐渐平息了的鱼汤发呆。

后来还是李克想开了，他从里屋过来，站在门口声音很低地请林杏花原谅，"对不起，刚才我心情突然坏了。"出乎他意料，她说："是我对不起你。我再也不提你太太了。"

李克重新回到他的座位，天正黑下来。林杏花过去把电炉闸合上，过了一阵，鱼汤重新沸腾了。屋子里光线很暗，李克看不到林杏花满脸泪水，他只看着她大口喝酒，觉得这样下去不合适，他说不出别的，"不要喝了吧？"

她马上回答他："好的。"那以后她再没喝过一口。李克说："进去坐吧？"

她说："这里坐挺好的，我喜欢坐在黑黑的小房子里。我一个人坐一会，你进去吧。"

李克没有说别的，随她一个坐在厨房里，他回到居室开了大灯，他为自己点燃了一支香烟，他坐在沙发里一连吸了四支烟之后发现墙上的石英钟已经指出十一点三十七分，他知道她到时间了。他关了大灯锁了屋门，喊她出来以后又锁了院门。他推着自行车跟她出了单位大门，他告诉门卫他马上回来请留门，之后他上了车，她麻利地跑两步跳上后座，他在七分钟里把她送回宾馆。

她剩下一点时间刚好来得及换衣化妆。

二十日凌晨八点，天还没亮透她下班了。她先是决定去李克那儿。她知道这个时间李克还在被窝里，她有恶作剧念头，可是马上就打消了。她改变主意要先睡一阵。

李克过来这一夜睡得不好。不管怎么说林杏花都是个可爱的女人，他不能在伤害了她之后心安理得。他像所有男人一样，在需要承担责任的时候大丈夫气十足，虽然林杏花不该拿他妻子随便开玩笑，毕竟说一句"干杯"也绝不能断定有什么恶意。他觉得自己太躁了，他骂自己无能，无端对女孩子发起脾气。

心里不踏实，他早早就醒了，想什么了不好说，但他睁着眼躺了好一阵。大约八点半左右他开始穿衣，洗漱，吃了一点饼干而后沏了满杯浓茶慢慢斟酌。

这时候他看到一只灰色泛白的小老鼠悄悄从柜子后溜出来，贼头贼脑地张望了一阵，以为天下太平就大摇大摆沿着墙根开始踱步。他说那时很奇怪忽然想起他休假前寄养到一个朋友家的小狗巴顿。他自己也奇怪为什么想起狗而不是猫，老鼠是很容易让人联想到猫的。

他说他当时就决定了当天上班。他到了拉萨十几天了，法定休息一星期时间早过，他想上班了大概情绪会相对稳定些。十点上班，十三点三十分下班，十六点三十分上班，十九点下班。夏时制加时差，这是拉萨独有的工作日时间表。

他在上午工作时间给寄养巴顿那个朋友打了电话。那个朋友说明天（十月二十一日）中午把狗带来，这就又给了这个性爱故事的开始以时间上的契机。因为他今天马上要到机场送一位贵宾，要明天上午才回来。

如果他今天（二十日）中午就把巴顿送来的话，很可能这故事的最初发展要延缓一段时间，也许这个小障碍因此改变了我的女主人公的命运。设想一下，有了小狗巴顿，恐怕它不会安安静静地容忍林杏花（一个陌生人）完全占有久违了的主人李克，它肯定要留在主人身旁，肯定要跳上跳下向李克邀宠撒娇，肯定要跑前跑后汪汪吠叫，它有撒不尽的欢它已经离开主人三个多月了。可以肯定说，它在一旁会破坏那种逐渐培养起来的性亢奋，它将使两个饥渴的少男少女逗不起足以导致上床的情绪，一切都将是另外一种结果。

没有如果，巴顿要到明天中午才会来。或者只好说什么什么都是早就决定好了的，所说的命数。

刚上班事不多，大约在十三点零几分李克就离开了工作地点，他回到住处用了一分钟多一点时间，他无论如何没料到林杏花会安安静静等在他院子里。林杏花显得心平气和，她买了些菜，买了一小块牛胸口肉，她脸上施了淡妆就更美更娇嫩了。李克回忆那个瞬间时，说他见到她的全部感受就是把她吞了，嚼也不嚼地整个咽下去。李克说他受不了她全身洁白的紧身衫带来的无穷想象，他说他当时就隐约觉到了她这种装扮的潜在想法，但是他又说他觉到的只是些很朦胧的东西，这使他的警惕性在很短时间里就被瓦解了。

他也说如果巴顿在就好了，事后他这么说。我想如果不出圣诞节的事故，他说的肯定不是这而是相反。如果巴顿在就晦气透了。巴顿会搅了他的好事，他不叫晦气才怪。

林杏花先说她跟餐厅部经理（是个德国厨师）学了正宗汉堡牛排的烧制方法，接着说今天想实际操作一下。她又说她特地把存了一周的一瓶法国酒带来佐餐，而且她明天休息（其实是请了一天事假），这样可以喝尽兴。

我没吃过更没见过制作汉堡牛排，这里关于工艺过程及品尝感受只好从略不谈。说是像雀巢咖啡广告上那句台词一样，"味道好极了！"

这句颂词涵盖的不单是林杏花的手艺，也在数的还有那瓶洋酒。李克夸赞可以认定不是附庸风雅，李克不在我们这些文人圈子里，他是个实用主义者，只求实惠，没有文人们务虚的臭毛病。至少他喝过的洋酒品类不在少数。还有关系的也许包括酒的度数。

他说那个晚上他第一次发现了林杏花柔嫩的脸上泛起红潮。她说她身上热，这以后就把那绒线外套脱了，她的真丝衬衫也是纯白的，领边胸前也都用白色绣线绣出凸起的简单的图案。衬衫下摆束在裤子里，显出极诱人的细腰身。李克说没人能抗拒那种诱惑。她不单双乳坚挺鼓胀，别的该凸起的部分都异乎寻常地突出，特别是她正面看去窄窄的臀，与大幅度凹下去的后腰形成性感的大起伏。也许这一切如李克所说，都是由于酒精作用而变形，我想别的男人也一定愿意让洋酒麻醉几次以期达到相类似的结果。性爱都是从陷入幻觉开始的。我一直认定太清醒了不行，太理智了不行。

那个晚上没有来别的人。那个晚上的汉堡牛排味道好极了。那个晚上喝的是叫人浑身燥热又叫人想没完没了喝下去的法国酒。那个晚上一切的一切都预示着一件好事。看来干那件事的时机已经成熟，只是时间的早晚了。

这一次他们坐在长沙发上，先前播放的电视节目已经结束，牛排也收拾干净了，剩的只是少半瓶酒和说不完的闲话。

林杏花以前的经历相当坎坷。她三年前从一所师范学校英语专业毕业，先是到市郊的一所中学里当教师，因为喜欢穿特别的衣服，惹了数不清的麻烦。第一次校长对她说："你是教师，为人师表，怎么能光胳膊光大腿只穿游泳衣下河游泳呢？学生家长反映很大，怕这样的教师要带坏他们的孩子。"她笑着问校长："您说游泳的时候不穿游泳衣穿什么好呢？"校长说："你不要忘了这里是农村！"

第二次还是校长说她："你裤子太瘦了点吧，也不怕绽线？"她说："您的关心我心领了，我也没办法，这裤子都是我小时候的，又没穿破，舍不得扔，只好凑合着穿，我怕绽线特别用机器轧了来回，您放心，绽不了线。"校长说："你还挺幽默的？你是个年轻教师，我提醒你，你应该自尊自爱才是。"她说："还不是您先来的幽默。我正年轻，正是因为爱自己我才喜欢瘦裤子，怎么跟您解释呢？"

不用说她不喜欢这里。这里似乎也不怎么喜欢她，于是她提出要调动工作，校长没说行也没说不行。她回家休假的时候恰好赶上深圳一家酒店来招聘职员，考英语口语能力以及形象，她综合分数排在第七位，酒店录取数为十三，她恰好占了中间数。酒店要求十日后集中起程，她只有马上赶回去办调动手续。她太骄傲了，拿着录取通知去找校长，大约正是深圳外国人办的酒家这个名头刺激了老教育家，他坚决地摇头，说国家培养一名人民教师花费了无数钱财，不能轻易就从教育战线调到其他行业去。林杏花在那些日子里好话说尽，终于延误了动身日期，这时好话奏效也已经没戏了。她猛然醒悟，之后说了无数再没一句好话，她为了争取主动先打了报告，辞职了。

回到市里先进了一家出租汽车公司，在业务科做翻译工作，她的一些小诗在这期间陆续发表了，引起年轻的公司经理的注意。经理在搞企业管理之前也是文学爱好者，年轻的女诗人很快成了他的挚友。大概也是物理学法则的导引，经理有事无事总要凑到女诗人所在的业务科，久而久之自然而然就有了闲话。

先是机关里的人当饭后茶余的调节，后来司机们说说也无伤大雅，再后来经理老婆找上门来了，穿金戴银马上显出刁钻毒辣，林杏花招架不住只好提前毁了合同一走了事。不敢高声的经理偷偷为她垫付了赔偿金，他真够晦气的，连女诗人的手他都没机会握一下。

她也变成了另外一个人。她知道她的不幸全都来源于她性感、美丽而且爱美，假如她不是这样而是相反的话，即使年轻的经理跟她多说了几句话，那位经理夫人也不会怎么在意。她恨自己太软弱，竟没有勇气跟珠光宝气的经理太太干一场。再遇上这样的事她会是完全不同的一个人了。

她自然不会讲第一次失身的情形，她没有贞操观念这一点李克从开始就感觉到了，用她自己的话说只要喜欢，只要喜欢就足够了，要是没命地喜欢上一个人，她说不定会嫁给他。

后来跟她同居的那个人是她在舞场上认识的，她也知道这种地方结交的人多半不可靠，但是她喜欢这个人的大块头和那一脸憨态，她接受了他最初的邀请，他对她没有一点非礼，也是他通过他父亲的老朋友把她介绍给她后来工作的那家国际旅行社当上合同制导游。

"看他块头那么大，到了床上其实不怎么行，男人光看外表不行。他太拘谨，这以前从没碰过女人，全靠我教他。不过他的体重叫人舒服极了。你说逗不逗，他居然郑重其事向我求婚，"她扬起左手无名指，"这个戒指就是他给我的，他妈妈的东西，听说还是他奶奶送给他妈妈的呢，整整三钱重，是赤金的。"

李克说："你准备和他结婚是吗？"

她沉思着说："还没想好。如果我结婚的话，我想我可能是跟他结婚。只是现在我还没拿定主意，我有点怕结婚，我看到那么多结了婚的女人，她们的生活叫我感到害怕。"

李克说:"可是你收下了订婚戒指,这等于说你接受了求婚。"

她说:"是我没不接受求婚。如果我最终没和他结婚,我肯定要把它还回去。"

李克说:"你们女人更喜欢被爱。如果让女人在爱别人和被别人爱当中只选一项,我看女人多半都要选择被爱。这一点男人和女人截然相反。男人对被别人爱的事实没太大兴趣,男人都是进攻型的,攻占了以后热情就没了,除非又有了新的进攻对象。"

她说:"你在说你自己吧?"

李克说:"结婚以前我是这样,如果不是我运气好娶了个好老婆,也许现在还是如此。"

她说:"请原谅我这么问你,她对你满意吗,我的意思是各方面都包括了?你明白我的意思。"

李克说:"我认为她满意。我当然懂得你的意思,我敢说她绝对满意。"

她说:"不知为什么,从一开始我就认定你是个可以使女人满足的男人。"

她把满意这个词悄悄换成满足。她这话使一个男人说不出的自豪,也——满足。但是李克还是告诉她:"我在这个世界上最宝贵的就是我老婆带给我的婚姻,我是无论怎样都不会离婚,都不会抛弃我老婆的。"

她悄没声息地过了好一阵才又开口了,声音又低又弱:"你太太真是个幸运的女人。"

李克最后一次把瓶里所剩不多的酒先为她斟了满盅,轮到他自己只有半盅了。她见了便把自己盅里的酒匀一些给他,她用心细致,尽量使两个盅里的酒一样多少。她率先举杯了。"来,干了吧。""干了!"

就干了。

她头有些晕,说:"靠你一会行吗?"

长沙发只有那么长,她的头歪在他怀里很快就睡着了。她的体温和她微弱的鼻息开始孕育他的激情。直到他浑身酸疼实在需要换个姿势时他才小心地把她的头她的身体从自己身上移开。已经过了午夜,快两点钟了,他终于过去把灯关了。

他把嘴凑近她耳朵。"上床睡吧。"

她半睡半醒,嘟哝着:"我不想动。"

李克也是后来才知道她不肯上床的原因。她忌讳,那是他的婚床。他的婚姻是她绕不开的暗礁,她的船永远只能朝着那已知的暗礁航行。她不说这个,可是执意不肯在他的床上行事,在以后两个多月里从没有过一次。

他只好从柜子里找出新毛毯,一床铺到她身上,另一床作被子。他为她脱去了衣服,剩下胸罩和三角裤时他犹豫了一下,后来还是把它们都扒掉了。

她一动不动地任他摆布,也可以认为她一直在睡。黑暗中他看不到她的眼睛是否睁着,反正那也没他什么关系。他只是用舌头一味动作,从额头直到脚趾密密地梳理下来。开始她轻轻痉挛,后来呻吟了,她的两手下意识地在他头发上摩挲。他是情场老手,可以说熟谙各种房中术,他在脱去自己衣服之前已经弄得她完全无法自持,丰腴的身子早就酥瘫得如泥如水。

当他第一次漂亮地进入时她突然没命地大叫一声,他吓坏了以为弄疼了她,他更怕的是她的叫声在静如秋水的深夜惊动一墙之隔的邻居。邻居是个专门喜欢窥探熟人隐私的家伙,四十岁了还没找到老婆,曾经因为扒女厕所后墙被警察机构拘留十五天。毕竟这不是什么正大光明的事,虽然李克平日活得算潇洒了,也还是不想引来过多是非。

而且他马上就知道她不是疼痛而是亢奋,经验告诉他这是个成熟的女孩,是个疯狂的激情无限的女孩。她的呻吟掺和着快意的哼叫,经过高度抑制以后曲折地传导出来,既叫李克神经紧张又使他很快进入了无法思索的谵妄状态。

他像跳伞员一样离开了飞行舱,在降落伞没有抖开以前他经历了美妙无比的时间,他的身体正在失去控制,那是一种真正意义的自由自在,他飘浮着向下面坠落，然而大地还远，大地仿佛躲到了世界尽头，坠落过程被无限拉长了，下面没有底。

他的思维系统突然被通上电，重新开始运转。她的声音太刺耳了，他甚至想得出邻居正把耳朵贴到相邻的墙那边凝神谛听的样子。而且他一心二用，知道最后的喷射在即，他居然及时地想到她可能怀上孩子。他来不及问她是否采取了什么措施突然就泄气了，这种时候发生阳痿太那个了，他长时间不能原谅自己。

这一章已经太长，正如他也曾想过漂亮地结束一样，一切都变得无法挽回。他只有在接下来的时间里加倍努力去弥补，我也一样。

他的主动据他讲是从这个不愉快发生了才开始的，他使她一次又一次升到幸福（也许是快乐吧？）的山顶其实是男性自尊在作祟。

八

那以后很长一段时间他一想起那个夜晚就不寒而栗。他认为先是破罐子破摔的心理占了上风，反正扒女厕所那家伙已经知道这边的好事了，索性让他过足了耳瘾吧。

只隔了很短一点时间他又变得精气如剑，他锐利无比势不可挡，他全不管身下的叫声并且自己也加入了恶骂，句句不离那个表示性交的脏字。风助火势，失态后的人声比牲畜更狂乱更少人味儿。

他似乎有无限的精力，而且全然不在乎身下的容器是否盛得下他再三的鲁莽。他说："那时候真疯了，怀孕就怀孕根本不在乎，连我自己都不知道哪来那么大的劲头，据她说我半个夜里干了七次。我是记不清了，只觉得几乎不停地干，不停地想干，那以前和那以后都从来没有过这种时候。"

她日记里关于这个夜晚的记载相当含蓄。

"……那是我们的初次相爱。他太急，心里也有些紧张，因此出了一点小故障。这以后他简直疯了似的，我觉到了那不全是由于爱和欲望，更主要的，他是个男子汉，他心里受伤了，这比爱更能激发他的热情，他这个晚上比全世界任何男人都更有力量。虽然他这样做带给我的已经不再是愉快了，我还是更爱他了。他用行动给了我爱的表示……"

到天亮时他竟全无睡意。这一次的全部结果都跟他以往的经验相悖，他把头埋在她丰腴坚挺的双乳间没命地吸吮，两手不停地揉搓她的臀和大腿，他知道他再也离不开这个女孩子了。他同时发现以往他得到的那些关于女人的经验都是不确实的，他第一次真正理解了天外有天这个成语的实在涵义。

还有她告诉他一个让人心里踏实的消息，刚刚到来的那天下午老朋友来了，例假。至少眼下他可以不必为怀孕与否提心吊胆了。

激情过后两个人都变得相当理智。首先，两个人都意识到离不开对方，而如果希冀长远就必须顾及眼前，那种刺激邻居神经的呻吟哼叫是再也不能容许了。可林杏花说到时候她无论如何控制不了自己，这是导致后来那幕惨剧的第一步，也就是决定搬到木屋去。屋里的间壁墙太薄，另外毕竟木屋与居室拉开一段距离。

后来有知情者说林杏花死于无法自持的情欲，说如果她在贪恋床笫之乐的同时保持一点自我控制，又何苦搬到又冷又不安全的木房子里去呢？她纯粹因为无法不叫出声音才躲到厨房里去。这话说对了大约三分之一。

林杏花的日记里有这么一段。

"……我喜欢有自己的房子。他的房子是他和他太太的，我自己没有房子，所以我把那个做厨房的木屋当成我的。我不急，一点一点地改造它，建设它，这间小木屋才是我和他的房子。虽然我也知道时间不会太长，他太太生完孩子总要回来，我的合同也不可能无限期地延长，但是我还要不停地建设它……"

这是第二个三分之一。林杏花要自己的房子自己的床，她在某些方面显得相当在乎。

可以设想,不搬到木屋去住这场火灾和这桩命案都将子虚乌有,事实推翻了如上假设。第一场暴风骤雨过后,由于生理原因晴了一星期。这个星期没有虚度,林杏花每天休息时间都来从事她计划中的建设。

先是把炊具餐具请到上屋,接着彻底打扫清洗。一个长近三米宽两米高两米的空间,需要清洗的总面积是——地面六平方米,天花板六平方米,四壁共二十平方米,包括门窗在内——三十二平方米。可以说这里每一平方厘米都积满油垢。整个工程不可谓不浩大。洗衣粉冲温水,马莲根刷子加抹布,一星期下来她累坏了,可是日记里告诉我们,她心情很好。

当然建设是长时期的,后来我见到的那间极其别致的爱情小屋是她(也包括李克)两个月的心血和汗水。当时只是把它收拾出来了,干净了,可以住在里面了,如此而已。这已经非常不容易了。

李克设法搞来一些毛毡条,用小钉把所有接合部分的缝隙都堵得严实合缝。又用一条破旧的棉毯做门帘,小房开始有了起码的隔音墙壁,尽管效果不能尽如人意。

没有床,也没有理由再去弄床,同时林杏花又不喜欢床,李克听从女孩子的建议,索性把睡铺安在地上。建房时屋里打了水泥地面,这时只需要一些牛皮纸铺垫就可以了,在拉萨不必担心水门汀返潮问题。李克把家里能找的全部棉絮和褥子都铺到小屋地上,加上后来买的两床新棉絮一共七层,上面还有那两床崭新的厚羊毛毯,叠在一起有半尺多厚,别提多舒适了。

所有的贴身用品都是林杏花带来的。床单被罩枕套枕巾等等,她在这方面显示出极高的天分,这在以后还要谈到。总之很短时间里她把原本简陋破旧的木屋变成了独特的新房,她忌讳新房这类容易使人联想到婚姻的称谓,她一直叫它"我的爱情小屋"。

她的小心后来竟到了无以复加的程度,比如她为了测一下木屋里的声音传到外面以后的音量,专门用录音机来反复调试,她围着房子转来转去，想消灭任何一处遗漏的缝隙，漏光漏声都不放过。及至后来在做爱时她怕自己喊出声音，事先便把自己的毛巾咬住，真难为她了，她是个那么美丽那么年轻又那么性感的女孩呵！她本来可以轻易得到她想得到的东西，而这些就是她生命最后那段时间她得到的。也是上帝他老人家的意思吗？

后来又想出了新的方法，李克又一次穷尽了家里所有旧被里，被林杏花背到宾馆洗衣房洗净，这些白颜色的棉布做了小屋的内衬。具体一点说，连同天花板在内，四壁加头顶都被白布幔罩住了，形成布造的屋中之屋。这一创举不但大大增强了隔音效果，而且从保暖到房间装饰都大大改善了。

秋天正在过去，天气状况逐渐变坏了。

李克把电炉线和灯线分装好。林杏花不知从哪儿搞到了两盏装饰橱窗用的射壁灯，分别安置在白色布屋的两个呈对角线的上屋角，灯光照射的效果奇特而别致，我十二月初从内地回来，十八日来访就亲眼目睹了这桩奇迹。

九

这个故事的另外一部分情节该展开了。

是关于另外一个叫邹颖的女孩子，如果不是由于特殊的婚变，她本来没有机会走进我的这个故事。她曾经是李克的小恋人，后来成了另外一个人的妻子，她在这个故事开始之前已经走出了李克的生活，现在她回来了。

李克与她相爱时她还只有十六岁，现在她十九，饱经忧患，心灵已经至少有两倍的年龄了。她是李克最纯洁的一段生活的镜子，她也曾是李克唯一的幻觉。

那时候她是初中三年级的学生，她和李克相识又是另外一段故事。

她被李克迷住了。

那时候李克正在内地休假，跟他有来往的女孩不止邹颖一个。李克有钱（因为在高工薪的西藏工作），跟女孩在一起出手也大方，因而总是有几个女孩经常跟他来往。

邹颖在那几个人当中年龄最小，模样也最孩子气。李克请她看过几次电影去过几次音乐茶座，觉得这个女孩太纯情了，完全不知道这个世界上随便哪个男孩都可能欺侮她。她愿意听李克云山雾罩地吹西藏，也愿意跟李克到那些需要花钱的娱乐场所去奢侈一下。她不懂，她只是以一个孩子的视角去崇拜他这个来自西藏的漂亮小伙子。她对李克毫无戒备，这一点反而在李克的良知上重重地敲了一下。

他跟别的女孩全没有这些鬼名堂。女孩要什么他给，他要的东西女孩也都心里清楚。这种女孩今天来了，明天也就去了，像陌生人一样马上淡忘了。

邹颖非常神秘地告诉他，说自己爱上了一个人，他问是谁？"你。"他知道她还根本不懂得什么叫爱，男女相爱归根结底是怎么一回事。后来的事实最终也证明了这一点。

他从来不碰她敏感部位，他说不出他在护卫着的是什么东西。他情愿邹颖带着这份稚拙和纯情长大，至少到十八岁，那时候他再去爱她，把她当一个纯粹的女人去爱。

在五个月的交往中，李克没吻过她，没抱过她，而她有时像孩子那样在街上揽着他的手臂走路，那样子绝对像一对亲兄妹。

她告诉李克，说有个做买卖的男人总是找她，她不想跟他出去，可是他送了她一串金项链，她不知道该把这么贵重的东西怎么办。李克明确地告诉她："还给他！"

可是她有点舍不得。毕竟她是个秀美的女孩子，她像所有的女孩子一样喜欢贵重的和精美的装饰品。

她以为答应跟那个人出去一次不算什么，可是回来以后李克大光其火。这是李克第一次对她发脾气，她真受不了他发脾气。

她躲了李克不再露面。李克发火时下的命令她也没有执行。"马上还回去！再也不准跟那个胖猪见面！听见了没有？！"

那个人胖是胖了一点，可并不像猪。至少他没对她这么凶过。他再见到她时，她想到李克的凶相就哭了。那个人再三安慰她，请她到高级餐馆吃西餐喝外国酒，她头晕他就叫了出租轿车，他陪她到市里最豪华的饭店开了房间，他让她洗个热水澡之后睡一觉，说那样头就不晕了。她还是第一次进大饭店，洗澡热水都是自来水叫她惊奇，她还没洗完就被他闯进浴间，抱出来放到床上就奸污了。她也试图反对他，可是她怎么能反对得了他呢？她只有十六岁，只有一米五二高，只有七十九斤重。而他是个三十八岁的大男人，是个一百七十斤的大胖猪男人啊！

她哭了，哭得很伤心，哭得李克非常不耐烦，李克在那几天里整天揣一把磨得锋快的藏刀来回转。他后来因为要回拉萨就打消了杀人的念头。过了一段时间他听说邹颖被学校开除了，很快跟一个三十多岁的生意人结了婚，很快生了一个男孩。那以后他再没有她的消息。

十

感谢林杏花的日记，几乎与这个故事有关的所有事件，所有事件发生的准确的时间，那个绣缎面的本子里都有记载。

在这之前一切都显得平和，平淡。

自然林杏花对李克一直不那么满意，李克不说爱，李克只说喜欢，女孩子对这个字眼都绝对敏感。她们认准这两个词表达的意思大不一样。李克说他说不来，也许他这不是假话。我甚至以为他从来不曾对肖君这么说，爱你。曾经沧海难为水。

但也仅止而已。林杏花也看得出来李克的心思都在她身上。既然肖君已经在那，她也就只好不在乎名分，不在乎李克是不是对她说那个单音词。妣不管他怎么想,她觉得在爱他就告诉他,她爱他。

李克也问她:"那么那个人呢?"

林杏花知道他问的是她的男朋友。"我当然也爱他,爱不一定只属于一个人,一个人可能会爱几个人,许多人。你说呢?"

李克说:"我不知道。也许一个人谁都不爱,连一个人都不爱。你说呢?"

林杏花:"男人和女人好像不太一样。"

李克:"人和人,一个人和另一个人我看太不一样了。大马写过一首诗,就是我跟你说过的那个写小说的大马,他在诗里说,一个人和另一个人,就像一个小甲虫和一个同样颜色的小石头一样,看上去差不多,其实没一点相似的地方。"

林:"大马叫马什么?我也许看过他写的诗。"

李:"他写诗的名字叫陆高。"

林:"陆地的陆,高低的高,对吧?他有一首长诗,题目是《两个男人》,我差不多可以背下来。他的诗很怪,但是我特别喜欢。"

李:"他说马上就要回拉萨了,他是我大哥,我们关系特好。"

林说:"他诗里说,男人住在一个屋子里是违反自然的事,可是命运一直跟他作对,好像他的屋子里他的世界总是只有两个男人,怎么回事,他是同性恋吗?"

李克大笑,告诉她,"大马写的小说里总有同性恋,有时候是女的,好像多半都是女的,我觉得大马不怎么喜欢搞同性恋的,哪怕那是个漂亮的女孩他也不喜欢。"

林杏花想了再三,说:"可是我一直有点喜欢女孩子,从小到大我总有几个女朋友,她们长得都比我美,个子比我小,五官也比我精巧。我最受不了她们谈恋爱、结婚,她们一有男朋友我就难受得要命,觉得被人抛弃了,总要一个人躲到清静的地方大哭一场。你说我是不是同性恋?"

李克说:"我没研究。等大马回来问他。我光知道我不是,我最受不了别的男人碰我。如果两个男人只有一张床，我宁可不睡，困死了我也不跟别的男人在一个床上睡觉。"

这天的气氛一直很融洽，是李克到宾馆去买外国烟，之后在林杏花的房里等她下班。林杏花每隔一段时间就偷偷跑上来跟李克厮磨上几分钟再下去。李克平日难得来宾馆一次，他来了林杏花真是说不出的高兴。

她说："今天我们阔气一回，吃西餐去，我刚发了工资，我请你，下班了就去。"

她下午四点下班，她说她已经跟西餐厅经理打过招呼，可以在收费上打一点折扣。西餐厅经理跟她关系不错，这是个广东人，在香港和新加坡都干过。

这一餐两份大菜两份乡下浓汤两罐太阳啤酒，打了三成折扣后收了她四十五块钱，她非常得意。回到房间喝了一点清茶之后，他们一道去李克家。

这一天是十一月十四日。到家时大约十九点多不到二十点，天色已经暗下来。

李克走进那排房的窄巷，林杏花徒步（她没有自己的车，多半坐李克的二等）跟在他后面。李克先一眼看见了他院门前有个人，接着林杏花也看到了。那人脚下有个很大的皮包。

那就是千里迢迢从上海专程赶来的邹颖。

走到跟前李克才认出是她，吓了一跳。他完全没有精神准备，邹颖来得太突然了。

邹颖还是那副小样儿，怯生生喊他："李哥，认不出我啦？"

李克来不及多想，脱口而出："你怎么来啦？"他这话或多或少含了一点责怪，这大概是一种本能的保护性反应吧。毕竟他的新情人就在他身边，旧恋人的不期而至使他有点措手不及。他没注意自己连名字都没叫她一下。

邹颖以为他认不出她了（过去他从来不会对她这样），说："你没认出我是小颖啊。"

李克当然第一眼就认出她了。

李克有些慌乱，竟忘了给两个女孩相互介绍一下，这么一来事情就变得复杂了。

他开了锁进院又进屋，他把邹颖的皮包提到已经没有铺盖（全弄到木屋去了）的床上，他坐进沙发，满脸狐疑的林杏花紧挨着他也坐下来，邹颖只好坐到一把满是灰尘的折椅上。

李克："你来干什么？"

邹颖张了张嘴，没说出话反而先哭了。李克也觉得他问得太不客气了。他站到邹颖跟前又像回到三年前，他像个大哥哥一样用手掌轻抚邹颖的头顶，说："有什么话慢慢说，别哭了小颖，小颖……你还没吃饭吧？"

邹颖哭得更凶了，呜呜咽咽地说："等你五个小时了……阿拉以为你不回来了呢……"

李克暂时忘了林杏花就在身后。他伸出手为邹颖擦眼泪，一切都自然而然地发生了，仿佛三年时间被谁突然挤掉了，李克回到了他和邹颖分手前的心境。

林杏花说话了。"这是谁呀？怎么不介绍一下？"

李克说："看我都忘了介绍一下。杏花，这是邹颖，是上海来的；小颖，这是林杏花，你就叫她林姐姐吧。"

邹颖听话地叫了一声："林姐姐。"

林杏花很得体地应了一声，说："你们慢慢谈，我到下屋去了。"

李克可算松了一口气。他一边听邹颖讲，一边为她做一点热面汤。他住下屋，上屋成了临时厨房，炊具餐具都在这里。

邹颖的丈夫最近又弄了个女人，并且找个借口把这女人弄到家里来住。先是说她是外地的表妹，后来索性当着小颖的面跟那女人调情并且住到那女人住的房间里。

小颖当着保姆的面不吵不闹，她不能很果断地提出离婚主要是考虑到孩子。孩子两岁多一点，父母亲一离婚孩子就惨啦。

邹颖一狠心撂下孩子回到娘家。可是她妈妈恶言恶语也叫她受不了。她爸爸早夭,她被学校开除,小小年纪就先怀孩子接着结婚,这些事狠狠伤了她妈妈的心,她是家里最小的孩子,可她被母亲骂出了家门。这次出事以前她没回娘家一次,她要强,倔犟得要命,无奈回了娘家妈妈又不肯原谅她,于是她想到李克。她知道这个世界上至少有一个人不会伤害她,这个人就是李克。

她决定只身到拉萨来找他。

李克这里每天开伙做饭,配菜佐料齐全,他给邹颖烧了一大碗金钩热汤面,地道的上海风味,可口可意。邹颖知道他还是三年前的那个李克哥,那以后再没有过的安全感重新回来了,她觉得有了倚靠。

一边吃,他们一边聊天。

邹颖说:"说出来你也许不信,我来拉萨的路费都是肖姐姐给的呐。"

李克完全没反应过来:"哪个肖姐姐?"

邹颖说:"还有哪个肖姐姐呀?"笑了。

李克这才知道邹颖说的是自己老婆肖君。这太出人意料了。他跟肖君认识是在跟邹颖断绝来往以后半年,按理说肖君绝不可能认识邹颖的。肖君是陕西人,而邹颖一直都在上海。

李克说:"我不知道你认识肖君,肖君从来没谈到过你。"

邹颖说:"在这以前肖姐姐根本就不认识我,是我到你家里找到她我们才认识的。我早就知道你结婚了,夫人叫肖君,是西北人,我还知道她待你特别好,我真为你高兴。"

李克说:"你怎么知道得这么详细?"

邹颖露出一份狡黠:"想知道总有办法知道,就看你想不想吧?"

李克说:"倒是我跟肖君讲过你,她知道你这名字是吧?我给她看过你的照片呢,她认出你了吗?"

邹颖说:"她说我跟照片上一模一样,她不知道我生过孩子,听我说了大吃一惊,说一点看不出来。我比过去变化大吗?"

邹颖对肖君讲了自己的遭遇,肖君一直陪着她掉泪。最后也是肖君出主意叫她到拉萨来找李克,说让李克想办法帮邹颖找个临时的工作安顿下来,干一段时间再说。肖君告诉她,"有你李哥在那,总不会让你受委屈,去吧。"肖君给了她三百元钱,让她乘直达拉萨的飞机——说是女孩子途中转车买票什么的太不容易了。邹颖当时不知怎么腿一软,就给肖君跪下了。"肖姐姐,我一辈子忘不了你的恩情。"

邹颖就这么到了拉萨。

连李克也听呆了。他耽搁得太久,终于导致以后一个多月无法调节的大矛盾。林杏花给一个人撂在下屋几乎一整夜,她想了些什么或者可能想些什么呢?李克做男人是太疏忽了。

十一

天亮以前李克到下屋搬了一套被褥给邹颖铺好。他也犹豫了一下才决定告诉邹颖,他现在和林杏花住在一起。他特别观察了邹颖的反应,他看得出邹颖虽然不说什么可心里并不对头。他想解释几句,也觉得有点此地无银三百两。就没解释什么。毕竟他现在对邹颖没有这方面的义务。不知为什么他觉得心里不踏实。

他回到下屋。林杏花是睡是醒他不知道。他不想惊动她。她脸朝墙里,一动不动。

他这时也没太多考虑林杏花会怎么想。他想得更多的是该怎么处理眼前的关系。他不开灯,躺在她身边一个人大睁着眼。他没注意到林杏花正悄悄把身子翻过来,她却细心听着李克又重又稳的呼吸声。她把这个夜里的诸多想法写进了日记。

"我不想吵。但是我想让他明白我用心在爱他。我要他明白我容忍他太太是因为那是既成事实,对他太太我说不出别的,可是别的女人就又当别论了。我绝对不能容忍第二个人,不管这个人是谁,她过去和他有过什么。

他是个男人，他应该知道我把至少一半的爱给了他，他一点都不笨他绝对应该知道。

我不知道这个叫邹颖的女孩子跟他有过怎样一种关系，以前的事我也不想知道。但是现在不行了，现在他是我的，我不会让她把他抓过去，我看得出他对她是有特别的关心的，我不在乎她，我相信我不会败在她手下。问题是他自己，他的情绪变化太大，他还是第一次对别的女孩这么关注，我觉得这不是好兆头。

但我还是不想吵，我不要让他觉得我在吃邹颖的醋，不要让他觉得我离不了他。我没有谁都没有关系，我相信我自己。"

李克觉得最难办的还是邹颖的住宿问题。邹颖在拉萨举目无亲，她来投靠他，而他又不能在和林杏花同居的同时让邹颖也住在这。

林杏花做的恰好相反。她抽出两床棉絮，用李克原来的被面被罩做好被褥，自己亲自到上屋给邹颖铺摆。

李克告诉她，邹颖住这里不行。"怎么不行？""这样不好。""有什么不好？""叫别人知道这成什么了？说我家里住了俩女孩，我跳到黄河也洗不清了。"

林杏花说不做亏心事不怕鬼叫门。李克怀疑她这话有潜台词。"我不懂你的意思。"

林杏花说："你跟我好大家也都知道，你反正不怕别人说你什么。你又没跟邹颖发生什么事，别人说你你又何必往心里去呢？"

林杏花越是说邹颖住这里没关系，李克越是觉得这事情不妥。可他又想不出别的主意，也只好暂时将就两天再说。

十一月十五日夜。林杏花是下午四点班，下班刚好是零点。她平时这个班就不出宾馆原地睡觉了。她下了班脱掉皮鞋换上运动鞋，一路走回到李克单位，这时大约零点二十分。大门已锁，门卫已经睡过去了。她居然逗着余勇翻过两米多高的铁栅栏门。非常不幸的是她动作还不够利落，弄得铁栅栏门大响，结果引起值夜保卫人员的注意把她逮住了。

她无奈只好说是李克的妹妹。保卫人员便把她带到李克家，敲门，李克还没躺下马上开了门。李克没往里请人，他堵在门口认可了林杏花的谎言，说了一百多声"对不起"，终于把保卫人员打发走了。

李克显得极其恼火，他问她为什么深更半夜还往这跑闹出这么多麻烦？她却只顾注意她的小木屋门是锁着的，这说明李克一直在上屋跟那个邹颖在一起。

她说她不想去上屋打扰邹颖了，说太晚了还是让邹颖好好休息，她言外之意是说邹颖肯定已经睡下。这层意思李克听出来了，就说也好。他一个人去了上屋，一分钟内邹颖提着热水瓶过来到下屋，说"请林姐姐烫烫脚"。

林杏花明白这是李克在向她提供证据。她心里知道只有邹颖被蒙在鼓里，以为他让她过来送热水真是送热水来了，想到这个她心里对邹颖涌出一线怜悯。

李克这次没耽搁，差不多在邹颖回去的同时他就到了下屋。这是他们同住以来连续两夜没有性关系的第二夜，这以前两个人都是十二倍的疯狂从不错过任何一个良宵，这以后的日子会是什么状态只有天知道了。谁也不碰谁。还是李克先开口了："回来监视我对吧？这下成了我表妹了！"

林杏花说："你不该这样猜疑我。我下了班觉得精神挺好就出来了，谁知道大门关了？要是知道关大门我也就不回来了。"

李克："你哪能不回来呢？不回来你睡得着吗？""你过去不这么说话。""你过去也不这么叫人受不了。""可是我走了这么多路，又叫保卫科的人训了这么半天，你就不会说一点安慰人的话？"

李克杀人不用刀，说："是你自找的。"

一句话僵了至少一小时，后来还是林杏花主动和解。"你不困吗？"

"你不来我早就该睡了。"

她声音奇特地问了一句："是吗？"

他本来马上就冒出"你他妈的少来这套阴阳怪气！"话到嘴边又卡

住了。过了一阵他却说了另外一句："明天无论如何也得叫她走，她上哪我不管，哪怕住到大街上那是她自己的事，又不是我叫她来的！"

林杏花："如果你一定叫她走，我就叫她住到我那去。就说是我表妹。睡吧。"

她每次都可以叫李克说不出话，他也只好照她说的，马上睡着了，打起轻鼾。林杏花要过去好长一段难捱的时间才艰难地进入梦境。她在梦里结婚，客人里也没有李克，她的大块头憨丈夫幸福地对着她微笑。

她把这个梦写进日记。可以断定这个本子她是绝不打算让李克看见的。李克到现在也没缘份看到它，它眼下就摆放在我书案上。

邹颖十六日住进宾馆林杏花的房间。她也看出了林杏花与李克产生了隔膜，她又聪慧看出这一切与她有关，她于是努力跟她的林姐姐搞好关系，她同时发现做到这一点并不难，林杏花其实是个极容易相处的女伴。

有了固定住处，邹颖心绪也稳定多了，每天很少出门，两三天才到李克家去一次，都是与林杏花同行，没有一次单独行动。

林杏花仍然每天住到李克那里去，并且每天把她对邹颖的新认识讲给李克，林杏花对邹颖全是夸赞，没有一句带贬意的话。

一直焦灼不安的反而是李克。他认定林杏花之所以对邹颖做了这么多事，完全是为了相反的目的，他不相信那个占有欲极强的林杏花突然变得宽容大度了。他也觉得长此下去不是办法，遵从肖君和邹颖自己的意见，他应该帮助邹颖在拉萨找个临时工作和立脚点。他是个大男子主义者，他不能忍受眼前这个叫他屈辱的事实——让他的情妇又充当他过去恋人的庇护人。他想这个人无论是谁都没有关系，只要不是林杏花。这时他想到了他的朋友小旺堆。

十二

他跟小旺堆是这么说的。

"兄弟，帮个忙。邹颖一来弄得我焦头烂额，杏花一天到晚盯住我不放，生怕我跟邹颖干点什么事，我简直恼火透了！邹颖在拉萨要是有个相好的就没事了，哪怕是假的，做个样子给杏花看看就行。怎么样，帮个忙？你照顾一下邹颖，让杏花认为你们俩好，让杏花别一天到晚醋劲儿十足，李克绝对亏待不了你。"

旺堆阁下以为自己义不容辞。都说好了之后，李克利用一个事先安排好的机会，为邹颖和小旺堆作了介绍。李克借引子和林杏花有事要走，便顺水推舟把邹颖托付给小旺堆照看。

这个主意儿几乎马上就奏效了。当天晚上林杏花接到邹颖的电话，说她晚上不回去了，叫林杏花不要等她。林杏花去李克那儿的时候，不知是故意还是忘记了，她没把邹颖留宿在小旺堆住处的事告诉李克。

十月二十一日来的老朋友在十一月二十一日又准时光顾了。这主要归功于双方面的理智以及国产避孕药物的卓越性能。这意味着李克不管情愿与否，都要过四五天禁欲生活，这在早就解决了饥渴的李克来说不是什么难事。

那方面的事态发展终于涉及这方面了，邹颖和小旺堆再出面时俨然是一对情人，李克心里感激小旺堆也只能感于心底，当着林杏花的面他要装出吃惊和意外。

"怎么两天不见他俩就勾搭上啦？"他看见林杏花心安理得的神态不禁心里小有得意。

小旺堆要请客，专门在绿房子餐馆定了座位。两对男女大吃大喝，一顿饭从小旺堆腰包里扣出两百几十元钱。

席间李克渐渐地觉出不对了。因为酒精的作用，他发现小旺堆居然当着众人的面搂抱邹颖，还在邹颖腿上放肆地摸来摸去。开始他还以为这是小旺堆故意做给林杏花看的，后来他发现小旺堆已经醉得一塌糊涂，完全不能控制自己了。李克的血涌上两眼，指着小旺堆的脸叫道："你，我说你呢，手放老实一点！"

小旺堆也指定李克的脸："你，嘴巴放老实一点！我干什么不准你乱开口！听见没有？"

这时最叫李克无法忍受的是邹颖站起来，看也不看李克一眼，只顾拉着小旺堆的胳膊，带着哭腔央求他："别喝了！别再吵啦！"

李克无名火高三千丈，他把酒杯用力摔碎在桌上的盘子中间，拉起林杏花："我们走！就算我没认识这家伙！"

林杏花不知如何是好，她看看小旺堆又看看李克，一边被李克拉拽着走一边说："看你们俩都醉成什么样子啦？！"

回到家里以后李克越想越气，吼着对林杏花说："你去给宾馆打电话，叫邹颖马上到这来一下！"

林杏花说："邹颖早就从宾馆搬出去了，从那天认识小旺堆以后，她就没回去住过，她的皮包也早拿走了。"

李克大叫："你为什么不早说！！！"

那个晚上他醉得完全失去控制了。

十三

酒醒之后小旺堆来赔礼了，买了两条李克最喜欢的万宝路香烟。李克自知也有莫名其妙的地方，虽然对邹颖被小旺堆弄去当了情妇耿耿于怀，也没有再因此赌气或责怨对方。如果是邹颖自己乐意的话，他李克管得着吗？有钱难买我乐意。一句现代人的箴言。

在以后的时间里他和小旺堆像往常一样，在一起做生意吃喝玩乐，这过程里他逐渐由不习惯到完全习惯了邹颖做他人情妇的事实。他变得无所谓，至少表面上做出无所谓的样子。

我知道他感情上的折磨比第一次还要甚，这次占有邹颖作践邹颖最终将抛弃邹颖不再是她那个胖猪丈夫而是他自己的朋友。至少那个胖猪还把邹颖明媒正娶了一次，李克知道小旺堆绝不会来这一手，他是个百分之百的享乐独身主义者，玩够一丢是他一贯的作风。但是李克不能集中全部情感去恨他。是李克自己把这只鲜嫩的羊羔送到色狼嘴里去的，李克知道他自己无法把责任推卸干净。

他因此更恨邹颖。是她自己扎不紧腰带，要怨只怨她腰带太松。是她乐意。不是吗？是她自作自受。他想不出她怎么变成这种人，这是那个小姑娘邹颖吗？他开始怀疑自己。

他于是拚命要证明自己是个男人是个真正的男子汉，他只有找他的林杏花来证明这个，她的（也是和他的）爱情小屋每天每天都充满了真正的男人和真正的女人的嚎叫。

连续的进击终于使他精疲力竭。而时间很快走进一年里最后的一个月，很快走过一星期又一星期。天正在变冷，空气中的氧气比重已经仅及六七月的一半。

十二月十五日。失踪半个月的小旺堆带着被他打扮得妖娇妩媚的小情人来了。李克也是刚刚发现小颖一举一动都带着万种风情，而且她有年龄优势有青春，她才只有十九岁啊。

肖君二十一，林杏花二十四，他自己已经是个二十七岁的老头子了。这个发现让他大吃一惊，他几乎在一瞬间突然就老了。

他不愿意承认他对女人厌倦了。那样太丢人，他丢得别的丢不起人，那样会让人以为他不再是个男人。趁两个女人说悄悄话的时候，小旺堆附在他耳边说了没头没尾的四个字。

"换换行吗？"

他马上就懂了。这是个极其恶毒的主意，如果在两个月前，就为这句话他可以要小旺堆死。现在他听了可以泰然处之。

"干吗要换？白给我也不要。"

"可是我想要。说个价吧。"

"八角街有三大秘密都在一个磕长头的人心里藏着。我要第二个。"

"那是什么？你总得告诉我那是什么。"

"西藏的金窟。是西藏最大的天然金矿，只有那个人知道金窟的准确地址。"

"一言为定？"

"我给你三天时间。这件事不要让娘们儿知道记住了？"

"错不了。三天后听我的回话。"

十四

十二月十八日。我第一次来到那间有着传奇色彩的木屋，我受到了李克和林杏花两人的欢迎。我在这里吃晚饭，李克和林杏花两个人烧的菜，我说不准谁的手艺更合我的口味。

我惊叹小屋里那些精美的床上用品，李克告诉我都是林杏花的。林杏花毫不惭愧地说："哪有一件是我的？都是从宾馆里搞来的，宾馆管理很乱，服务员都往家里带东西。我这只是借着用一段时间，等我走时都给他还回去。"

那个晚上晚些时间我的朋友小旺堆来了。我们坐了一阵一道告辞出来，他说有点事跟李克说，让我先走。这以后李克突然不见了，直到二十五日上午我才收到他的电话。

这中间我有事找他没找到，便蹭车去到林杏花所在的宾馆，林杏花把我让到她的房间坐了好一阵。我说我对她和李克的这段缘份有兴趣，说可能以后要写一下。我还答应送她两本我自己的小说。她有点局促，犹豫着说："我自己平日记了些不像样的东西，如果您要了解我和李克，这个本子也许会对您能有点帮助。我写得不像样子，您不要笑话……"

我觉得我不便翻看私人（特别是女孩）的日记，她说对作家来说没有什么秘密。难得她有这份信任。这样这个本子就到了我手里。

我准确记得这一天是十二月二十一日。

还有一桩小事看来也非常要紧。在林杏花屋里坐的时间不短，其间我两次到盥洗间解小手，我碰巧记住了一样男人本来不便去记住的东西，就是带血的卫生巾，是新血所以印象很深。按她日记所载，她的经期非常准确，都是二十一日，提前错后从没超出一天。

这本来是桩不值得提的小事，我想到关于她怀孕的流言，便把这个反证回忆起来了。

二十五日他回来后打电话给我，问我这几天看到小旺堆了没有。没有。他让我明天去他那，他正有件要紧事想找我拿主意。我告诉他今天是圣诞节，我们几个朋友要按西式方法聚一次，我诚心诚意地邀请他也来。我说了在零点时我去找他。他说他要值夜班，十点到明早六点，我说可以请几小时假，到零点时我去他单位找他，让他有个合适的请假借口。最后他说："祝贺我吧，我昨天生了个女儿。"

十五

差七分零点我到了他单位工作区的门口，门警先验了我的身份证，之后给他的工区挂通了电话。他马上下来了。他说他刚才试着请假没有请准，现在坐十分钟问题不大。经过门警同意，我俩进了门警休息室。这是个大约八平方米的小房子，有一张桌和两条长椅。

我俩关了门，守着通红的电炉聊起天。

他先告诉我小旺堆被公安局收进去了。我问什么时间，"昨天一大早。""为什么？"他便给我讲了他俩的交易。十八日晚小旺堆找李克专门谈的就是这个。李克拿到了金窟的地址，作为交换把自己的门钥匙交给小旺堆。这钥匙的另一套在林杏花手里。这几天林杏花都没住在这里，唯有二十三号这天她来了没走。小旺堆每天都来看一下，二十三号他来时已经是下半夜，他发现林杏花回来了已经睡熟，他按原来说好的，把钥匙塞在门外的青石下面，之后便动手了。据林杏花说她原就不喜欢小旺堆，执意不从，终因体力不支被强奸了。小旺堆干完就溜了，留下林杏花一个人收拾残局。她在天亮以前果断地报了案，小旺堆马上就被抓获。她整个昨天都在公安局里提供证词，讲述案件的前因后果。

这时候电灯突然灭了，电炉也黑下来。李克说："不知道哪里又短路了。我们单位是特殊供电单位，从来不停电，停电就是内部电线短路造成的。没事，一会准修好。"

他接着往下讲。他昨晚就回来了，太累，也没挂电话找林杏花。他今天给我打过电话之后才碰到林杏花上医院，才知道了这些烂事。林杏花开始一个劲打听死去的女孩牛牛，像得了神经病。她刚来过月经，按理说绝不可能怀孕，可她还是跑到医院做了吸宫术，她说她一想起小旺堆就觉得恶心，她做手术就当是做一次清洗。她刚从医院出来就被李克撞上了。

这时灯又亮了，电炉丝也慢慢变红。

"刚才她一定要我跟她性交，说是把脏东西吸出去了，正好该来点新鲜的干净的。我怕她刚做了手术有擦伤，她说没关系，一定非让我来。没办法，这个女人叫我没法违抗。"

我说："你这么干太不像话了，她要得毛病了怎么办？""没办法。我临上班时把小屋门锁了，我让她好好睡一觉……"

这时外面喊声大作，我俩夺门而出，是他和林杏花的爱情小屋失火了！许多人闻讯赶去其时已经太晚了。小屋给烧得只剩下一些焦黑的残骸，只穿了三角裤的林杏花焦缩在门内，皮肉黑黄像烙糊的锅巴，里面什么都烧毁了，只因为李克的院子在最后排，恰好邻居又出去了，被发现时已经太晚太晚。

李克完全傻了。保卫人员正守在他身边等候公安局的警车。这以后的一百多天他是在收审隔离所度过的。这期间肖君来看过他几次，他只有垂首说不出一句话。后来经过司法部门多方调查审理，加上验尸结果表明死者林杏花是窒息烧灼而亡，他有无法推卸的责任，但是法院结论排除了他蓄意犯罪的可能。

十六

征询司法部门的同意,死者手指上那枚赤金戒辗转回到它的主人手里。而李克专门跑后藏带回来的金灿灿的矿石标本,经工业有色金属实验室鉴定,是一种比较罕见的金云母矿。到此为止,需要讲述和交待的事件及其后果就都完成了。我要多说的一句话是——借真实事件来编撰我的人物,虚构我的故事,这第一次经验带给了我永远的激动。

(原刊于《收获》1988年第6期)

妻妾成群

苏 童

四太太颂莲被抬进陈家花园的时候是十九岁,她是傍晚时分由四个乡下轿夫抬进花园西侧后门的,仆人们正在井边洗旧毛线,看见那顶轿子悄悄地从月亮门里挤进来,下来一个白衣黑裙的女学生。仆人们以为是在北平读书的大小姐回家了,迎上去一看不是,是一个满脸尘土疲惫不堪的女学生。那一年颂莲留着齐耳的短发,用一条天蓝色的缎带箍住,她的脸是圆圆的,不施脂粉,但显得有点苍白。颂莲钻出轿子,站在草地上茫然环顾,黑裙下面横着一只藤条箱子。在秋日的阳光下颂莲的身影单薄纤细,散发出纸人一样呆板的气息。她抬起胳膊擦着脸上的汗,仆人们注意到她擦汗不是用手帕而是用衣袖,这一点给他们留下了深刻的印象。

颂莲走到水井边,她对洗毛线的雁儿说,"让我洗把脸吧,我三天没洗脸了。"雁儿给她吊上一桶水,看着她把脸埋进水里，颂莲的弓着的身体像腰鼓一样被什么击打着，簌簌地抖动。雁儿说，"你要肥皂吗？"颂莲没说话，雁儿又说，"水太凉是吗？"颂莲还是没说话。雁儿朝井边的其他女佣使了个眼色，捂住嘴笑。女佣们猜测来客是陈家的哪个穷亲戚。他们对陈家的所有来客几乎都能判断出各自的身分。大概就是这时候颂莲猛地回过头，她的脸在洗濯之后泛出一种更加醒目的寒意，眉毛很细很黑，渐渐地拧起来。颂莲瞟了雁儿一眼，她说，"你傻笑什么，还不去把水泼掉？"雁儿仍然笑着，"你是谁呀，这么厉害？"颂莲搡了雁儿一把，拎起藤条箱子离开井边，走了几步她回过头，说："我是谁？你们迟早要知道的。"

第二天陈府的人都知道陈佐千老爷娶了四太太颂莲。颂莲住在后花园的南厢房里，紧挨着三太太梅珊的住处。陈佐千把原先下房里的雁儿给四太太做了使唤丫环。

第二天雁儿去见颂莲的时候心里胆怯，低着头喊了声四太太，但颂莲已经忘了雁儿对她的冲撞，或者颂莲根本就没记住雁儿是谁。颂莲这天换了套粉绸旗袍，脚上趿双绣花拖鞋。她脸上的气色一夜间就恢复过来，看上去和气许多。她把雁儿拉到身边，端详一番，对旁边的陈佐千说，她长得还不算讨厌。然后她对雁儿说，你蹲下，我看看你的头发。雁儿蹲下来感觉到颂莲的手在挑她的头发，仔细地察看什么，然后她听见颂莲说："你没有虱子吧，我最怕虱子。"雁儿咬住嘴唇没说话，她觉得颂莲的手像冰凉的刀锋切割她的头发，有一点疼痛。颂莲说："你头上什么味？真难闻，快拿块香皂洗头去。"雁儿站起来，她垂着手站在那儿不动。陈佐千瞪了她一眼："没听见四太太说话？"雁儿说："昨天才洗过头。"陈佐千拉高嗓门喊："别废话，让你去洗就得去洗，小心揍你。"

雁儿端了一盆水在海棠树下洗头，洗得委屈，心里的气恨像一块铁坠在那里。午后阳光照射着两棵海棠树，一根晾衣绳拴在两根树上，四太太颂莲的白衣黑裙在微风中摇曳。雁儿朝四处环顾一圈，后花园阒寂无人，她走到晾衣绳那儿，朝颂莲的白衫上吐了一口唾沫，朝黑裙上又吐了一口。

陈佐千这年刚好五十挂零。陈佐千五十岁时纳颂莲为妾，事情是在半秘密状态下进行的。直到颂莲进门的前一天，元配太太毓如还浑然不知。陈佐千带着颂莲去见毓如，毓如在佛堂里捻着佛珠诵经。陈佐千说，这是大太太。颂莲刚要上去行礼，毓如手里的佛珠突然断了线，滚了一地，毓如推开红木靠椅下地捡佛珠，口中念念有词，罪过，罪过。颂莲相帮去捡，被毓如轻轻地推开，她说，罪过，罪过，始终没抬眼看颂莲一眼。颂莲看着毓如肥胖的身体伏在潮湿的地板上捡佛珠，捂着嘴无声地笑了一笑，她看看陈佐千，陈佐千说，好吧，我们走了。颂莲跨出佛堂门槛，就挽住陈佐千的手臂，说："她有一百岁了吧，这么老？"陈佐千没说话，颂莲又说："她信佛？怎么在家里念经？"陈佐千说："什么信佛，闲着没事干，滥竽充数罢了。"

颂莲在二太太卓云那里受到了热情的礼遇。卓云让丫环拿了西瓜子、葵花子、南瓜子还有各种蜜饯招待颂莲。他们坐下后卓云的头一句话就是说瓜子，这儿没有好瓜子，我嗑的瓜子都是托人从苏州买来的。颂莲在卓云那里嗑了半天瓜子，嗑得有点厌烦，她不喜欢这些零嘴，又不好表露出来。颂莲偷偷地瞟陈佐千，示意离开，但陈佐千似乎有意要在卓云这里多呆一会，对颂莲的眼神视若无睹。颂莲由此判断陈佐千是宠爱卓云的，眼睛就不由得停留在卓云的脸上、身上。卓云的容貌有一种温婉的清秀，即使是细微的皱纹和略显松弛的皮肤也遮掩不了，举手投足之间，更有一种大家闺秀的风范。颂莲想，卓云这样的女人容易讨男人喜欢，女人也不会太讨厌她。颂莲很快地就喊卓云姐姐了。

陈家前三房太太中，梅珊离颂莲最近，但却是颂莲最后一个见到的。颂莲早就听说梅珊的倾国倾城之貌，一心想见她，陈佐千不肯带她去。他说，这么近，你自己去吧。颂莲说，我去过了，丫环说她病了，拦住门不让我进。陈佐千鼻孔里哼了一声，她一不高兴就称病。又说，她想爬到我头上来。颂莲说，你让她爬吗？陈佐千挥挥手说，休想，女人永远爬不到男人的头上来。

颂莲走过北厢房，看见梅珊的窗上挂着粉色的抽纱窗帘，屋里透出一股什么草花的香气。颂莲站在窗前停留了一会儿，忽然忍不住心里偷窥的欲望，她屏住气轻轻掀开窗帘，这一掀差点把颂莲吓得灵魂出窍，窗帘后面的梅珊也在看她，目光相撞，只是刹那间的事情，颂莲便仓皇地逃走了。

到了夜里，陈佐千来颂莲房里过夜。颂莲替他把衣服脱了，换上睡衣，陈佐千说，我不穿睡衣，我喜欢光着睡。颂莲就把目光掉开去，说，随便你，不过最好穿上睡衣，会着凉。陈佐千笑起来，你不是怕我着凉，你是怕看我光着屁股。颂莲说，我才不怕呢。她转过脸时颊上已经绯红。这是她头一次清晰地面对陈佐千的身体，陈佐千形同仙鹤，干瘦细长，生殖器像弓一样绷紧着。颂莲有点透不过气来，她说，你怎么这样瘦？陈佐千爬到床上，钻进丝棉被窝里说，让她们掏的。

颂莲侧身去关灯，被陈佐千拦住了，陈佐千说，别关，我要看你，关上灯就什么也看不见了。颂莲摸了摸他的脸说，随便你，反正我什么也不懂，听你的。

颂莲仿佛从高处往一个黑暗深谷坠落，疼痛、晕眩伴随着轻松的感觉。奇怪的是意识中不断浮现梅珊的脸，那张美丽绝伦的脸也隐没在黑暗中间。颂莲说，她真怪。你说谁？三太太，她在窗帘背后看我。陈佐千的手从颂莲的乳房上移到嘴唇上，别说话，现在别说话。就是这时候房门被轻轻敲了两记。两个人都惊了一下，陈佐千朝颂莲摇摇头，拉灭了灯。隔了不大一会，敲门声又响起来。陈佐千跳起来，恼怒地吼起来，谁敲门？门外响起一个怯生生的女孩声音，三太太病了，喊老爷去。陈佐千说，撒谎，又撒谎，回去对她说我睡下了。门外的女孩说，三太太得的急病，非要你去呢。她说她快死了。陈佐千坐在床上想了会儿，自言自语说她又要什么花招。颂莲看着他左右为难的样子，推了他一把，你就去吧，真死了可不好说。

这一夜陈佐千没有回来。颂莲留神听北厢房的动静，好像什么事也没有。唯有知更鸟在石榴树上啼啭几声，留下凄清悠远的余音。颂莲睡不着了，人浮在怅然之上，悲哀之下，第二天早早起来梳妆，她看见自己的脸发生了某种深刻的变化，眼圈是青黑色的。颂莲已经知道梅珊是怎么回事，但第二天看见陈佐千从北厢房出来时，颂莲还是迎上去问梅珊的病情，给三太太请医生了吗？陈佐千尴尬地摇摇头，他满面倦容，话也懒得说，只是抓住颂莲的手软绵绵地捏了一下。

颂莲上了一年大学后嫁给陈佐千，原因很简单，颂莲父亲经营的茶厂倒闭了，没有钱负担她的费用。颂莲辍学回家的第三天，听见家人在厨房里乱喊乱叫，她跑过去一看，父亲斜靠在水池边，池子里是满满一池血水，泛着气泡。父亲把手上的静脉割破了，很轻松地上了黄泉路。颂莲记得她当时绝望的感觉，她架着父亲冰凉的身体，她自己整个比尸体更加冰凉。灾难临头她一点也哭不出来。那个水池后来好几天没人用，颂莲仍然在水池里洗头。颂莲没有一般女孩无谓的怯懦和恐惧。她很实际。父亲一死，她必须自己负责自己了。在那个水池边，颂莲一遍遍地梳洗头发，藉此冷静地预想以后的生活。所以当继母后来摊牌，让她在做工和嫁人两条路上选择时，她淡然地回答说，当然嫁人。继母又问，你想嫁个一般人家还是有钱人家？颂莲说，当然有钱人家，这还用问？继母说，那不一样，去有钱人家是做小。颂莲说，什么叫做小？继母考虑了一下，说，就是做妾，名分是委屈了点。颂莲冷笑了一声，名分是什么？名分是我这样人考虑的吗？反正我交给你卖了，你要是顾及父亲的情义，就把我卖个好主吧。

陈佐千第一次去看颂莲，颂莲闭门不见，从门里扔出一句话，去西餐社见面。陈佐千想毕竟是女学生，总有不同凡俗之处，他在西餐社订了两个位置，等着颂莲来。那天外面下着雨，陈佐千隔窗守望外面细雨濛濛的街道，心情又新奇又温馨，这是他前三次婚姻中从所未有的。颂莲打着一顶细花绸伞姗姗而来，陈佐千就开心地笑了。颂莲果然是他想象中漂亮洁净的样子，而且那样年轻。陈佐千记得颂莲在他对面坐下，从提袋里掏出一大把小蜡烛。她轻声对陈佐千说,给我要一盒蛋糕好吧。陈佐千让侍者端来了蛋糕,然后他看见颂莲把小蜡烛一根一根地插上去,一共插了十九根,剩下一根她收回包里。陈佐千说,这是干什么,你今天过生日?颂莲只是笑笑,她把蜡烛点上,看着蜡烛亮起小小的火苗。颂莲的脸在烛光里变得玲珑剔透,她说,你看这火苗多可爱。陈佐千说,是可爱。说完颂莲就长长地吁了口气,噗地把蜡烛吹灭。陈佐千听见她说,提前过生日吧,十九岁过完了。

　　陈佐千觉得颂莲的话里有回味之处,直到后来他也经常想起那天颂莲吹蜡烛的情景,这使他感到颂莲身上某种微妙而迷人的力量。作为一个富有性经验的男人,陈佐千更迷恋的是颂莲在床上的热情和机敏。他似乎在初遇颂莲的时候就看见了销魂种种,以后果然被证实。难以判断颂莲是天性如此还是曲意奉承,但陈佐千很满足,他对颂莲的宠爱,陈府上下的人都看在眼里。

　　后花园的墙角那里有一架紫藤,从夏天到秋天,紫藤花一直沉沉地开着。颂莲从她的窗口看见那些紫色的絮状花朵在秋风中摇曳,一天天地清淡。她注意到紫藤架下有一口井,而且还有石桌和石凳,一个挺闲适的去处却见不到人,通往那里的甬道上长满了杂草。蝴蝶飞过去,蝉也在紫藤枝叶上唱,颂莲想起去年这个时候,她是坐在学校的紫藤架下读书的,一切都恍若惊梦,颂莲慢慢地走过去,她提起裙子,小心不让杂草和昆虫碰蹭,慢慢地撩开几枝藤叶,看见那些石桌石凳上积了一层灰尘。走到井边,井台石壁上长满了青苔,颂莲弯腰朝井中看,井水是蓝黑色的,水面上也浮着陈年的落叶,颂莲看见自己的脸在水中闪烁不定,听见自己的喘息声被吸入井中放大了,沉闷而微弱。有一阵风吹过来,把颂莲的裙子吹得如同飞鸟,颂莲这时感到一种坚硬的凉意,像石头一样慢慢敲她的身体,颂莲开始往回走,往回走的速度很快,回到南厢房的廊下,她吐出一口气,回头又看那个紫藤架,架上倏地落下两三串花,很突然地落下来,颂莲觉得这也很奇怪。

卓云在房里坐着，等着颂莲。她乍地发觉颂莲的脸色很难看，卓云起来扶着颂莲的腰，你怎么啦？颂莲说，我怎么啦？我上外面走了走。卓云说，你脸色不好。颂莲笑了笑说身上来了。卓云也笑，我说老爷怎么又上我那儿去了呢。她打开一个纸包，拉出一卷丝绸来，说，苏州的真丝，送你裁件衣服。颂莲推卓云的手，不行，你给我东西，怎么好意思，应该我给你才对。卓云嘘了一声，这是什么道理？我见你特别可心，就想起来这块绸子，要是隔壁那女人，她掏钱我也不给，我就是这脾气。颂莲就接过绸子放在膝上摩挲着，说，三太太是有点怪。不过，她长得真好看。卓云说，好看什么？脸上的粉霜一刮掉半斤。颂莲又笑，转了话题，我刚才在紫藤架那儿待了会，我挺喜欢那儿的。卓云就叫起来，你去死人井了？别去那儿，那儿晦气。颂莲吃惊道，怎么叫死人井？卓云说，怪不得你进屋脸色不好，那井里死过三个人。颂莲站起身伏在窗口朝紫藤架张望，都是什么人死在井里了？卓云说，都是上代的家眷，都是女的。颂莲还要打听，卓云就说不上来了。卓云只知道这些，她说陈家上下忌讳这些事，大家都守口如瓶。颂莲愣了一会，说，这些事情，不知道就不知道罢。

陈家的少爷小姐都住在中院里。颂莲曾经看见忆容和忆云姐妹俩在泥沟边挖蚯蚓，喜眉喜眼天真烂漫的样子，颂莲一眼就能判断她们是卓云的骨血。她站在一边悄悄地看她们，姐妹俩发觉了颂莲，仍然旁若无人，把蚯蚓灌到小竹筒里。颂莲说，你们挖蚯蚓做什么？忆容说，钓鱼呀，忆云却不客气地白了颂莲一眼，不要你管。颂莲有点没趣，走出几步，听见姐妹俩在嘀咕，她也是小老婆，跟妈一样。颂莲一下懵了，她回头愤怒地盯着她们看，忆容嗤嗤地笑着，忆云却丝毫不让地朝她撇嘴，又嘀咕了一句什么。颂莲心想这叫什么事儿，小小年纪就会说难听话。天知道卓云是怎么管这姐妹俩的。

颂莲再碰到卓云时，忍不住就把忆云的话告诉她。卓云说，那孩子就是嘴上没拦的，看我回去拧她的嘴。卓云赔礼后又说，其实我那两个孩子还算省事的，你没见隔壁小少爷，跟狗一样的，见人就咬，吐唾沫。你有没有挨他咬过？颂莲摇摇头，她想起隔壁的小男孩飞澜，站在门廊下，一边啃面包，一边朝她张望，头发梳得油光光的，脚上穿着小皮鞋，颂莲有时候从飞澜脸上能见到类似陈佐千的表情，她从心理上能接受飞澜，也许因为她内心希望给陈佐千再生一个儿子。男孩比女孩好，颂莲想，管他咬不咬人呢。

只有毓如的一双儿女，颂莲很久都没见到。显而易见的是他们在陈府的地位。颂莲经常听到关于对飞浦和忆惠的谈论。飞浦一直在外面收账，还做房地产生意，而忆惠在北平的女子大学读书。颂莲不经意地向雁儿打听飞浦，雁儿说，我们大少爷是有本事的人。颂莲问，怎么个有本事法？雁儿说，反正有本事，陈家现在都靠他。颂莲又问雁儿，大小姐怎么样？雁儿说，我们大小姐又漂亮又文静，以后要嫁贵人的。颂莲心里暗笑，雁儿褒此贬彼的话音让她很厌恶，她就把气发到裙裾下那只波斯猫身上，颂莲抬脚把猫踢开，骂道，贱货，跑这儿舔什么骚？

颂莲对雁儿越来越厌恶，至关重要的一点是她没事就往梅珊屋里跑，而且雁儿每次接过颂莲的内衣内裤去洗时，总是一脸不高兴的样子。颂莲有时候就训她，你挂着脸给谁看，你要不愿跟我就回下房去，去隔壁也行。雁儿申辩说，没有呀，我怎么敢挂脸，天生就没有脸。颂莲抓过一把梳子朝她砸过去，雁儿就不再吱声了。颂莲猜测雁儿在外面没少说她的坏话。但她也不能对她太狠，因为她曾经看见陈佐千有一次进门来顺势在雁儿的乳房上摸了一把，虽然是瞬间的很自然的事，颂莲也不得不节制一点，要不然雁儿不会那么张狂。颂莲想，连个小丫环也知道靠那一把壮自己的胆，女人就是这种东西。

到了重阳节的前一天，大少爷飞浦回来了。

颂莲正在中院里欣赏菊花，看见毓如和管家都围拢着几个男人，其中一个穿白西服的很年轻，远看背影很魁梧的，颂莲猜他就是飞浦。她看着下人走马灯似的把一车行李包裹运到后院去，渐渐地人都进了屋，颂莲也不好意思进去，她摘了枝菊花，慢慢地踱向后花园，路上看见卓云和梅珊，带着孩子往这边走。卓云拉住颂莲说，大少爷回家了，你不去见个面？颂莲说，我去见他？应该他来见我吧。卓云说，说的也是，应该他先来见你。一边的梅珊则不耐烦地拍拍飞澜的头颈，快走快走。

颂莲真正见到飞浦是在饭桌上。那天陈佐千让厨子开了宴席给飞浦接风，桌上摆满了精致丰盛的菜肴，颂莲睃巡着桌子，不由得想起初进陈府那天，桌上的气派远不如飞浦的接风宴，心里有点犯酸，但是很快她的注意力就转移到飞浦身上了。飞浦坐在毓如身边，毓如对他说了句什么，然后飞浦就欠起身子朝颂莲微笑着点了点头。颂莲也颔首微笑。她对飞浦的第一个感觉是出乎意料地英俊年轻，第二个感觉是他很有心计。颂莲往往是喜欢见面识人的。

第二天就是重阳节了，花匠把花园里的菊花盆全搬到一起去，五颜六色地搭成福、禄、寿、禧四个字。颂莲早早地起来，一个人绕着那些菊花边走边看，早晨有凉风，颂莲只穿了一件毛背心，她就抱着双肩边走边看。远远地她看见飞浦从中院过来，朝这里走。颂莲正犹豫着是否先跟他打招呼，飞浦就喊起来，颂莲你早。颂莲对他直呼其名有点吃惊，她点点头，说，按辈分你不该喊我名字。飞浦站在花圃的另一边，笑着系上衬衫的领扣，说，应该叫你四太太，但你肯定比我小几岁呢，你多大？颂莲显出不高兴的样子侧过脸去看花。飞浦说，你也喜欢菊花？我原以为大清早的可以先抢风水，没想你比我还早。颂莲说，我从小就喜欢菊花，可不是今天才喜欢的。飞浦说，最喜欢哪种？颂莲说，都喜欢，就讨厌蟹爪。飞浦说，那是为什么？颂莲说，蟹爪开得太张狂。飞浦又笑起来说，有意思了，我偏偏最喜欢蟹爪。颂莲睃了飞浦一眼，我猜到你会喜欢它。飞浦又说，那又为什么？颂莲朝前走了几步，说，花非花，人非人，花就是人，人就是花，这个道理你不明白？颂莲猛地抬起头，她察觉出飞浦的眼神里有一种异彩水草般地掠过，她看见了，她能够捕捉它。飞浦叉腰站在菊花那一侧，突然说，我把蟹爪换掉吧。颂莲没有说话。她看着飞浦把蟹爪换掉，端上几盆墨菊摆上。过了一会儿，颂莲又说，花都是好的，摆的字不好，太俗气。飞浦拍拍手上的泥，朝颂莲挤挤眼睛，那就没办法了，福禄寿禧是老爷让摆的，每年都这样，老祖宗传下来的规矩。

颂莲后来想起重阳赏菊的情景，心情就愉快。好像从那天起，她与飞浦之间有了某种默契。颂莲想着飞浦如何把蟹爪搬走，有时会笑出声来。只有颂莲自己知道，她并不是特别讨厌那种叫蟹爪的菊花。

你最喜欢谁？颂莲经常在枕边这样问陈佐千，我们四个人，你最喜欢谁？陈佐千说那当然是你了。毓如呢？她早就是只老母鸡了。卓云呢？卓云还凑合着但她有点松松垮垮的了。那么梅珊呢？颂莲总是克制不住对梅珊的好奇心。梅珊是哪里人？陈佐千说，她是哪里人我也不知道，连她自己也不知道。颂莲说那梅珊是孤儿出身？陈佐千说，她是戏子，京剧草台班里唱旦角的。我是票友，有时候去后台看她，请她吃饭，一来二去的她就跟我了。颂莲拍拍陈佐千的脸说，是女人都想跟你。陈佐千说，你这话对了一半，应该说是女人都想跟有钱人。颂莲笑起来，你这话也才对了一半，应该说有钱人有了钱还要女人，要也要不够。

颂莲从来没有听见梅珊唱过京戏，这天早晨窗外飘过来几声悠长清亮的唱腔，把颂莲从梦中惊醒，她推推身边的陈佐千问是不是梅珊在唱？陈佐千迷迷糊糊地说，她高兴了就唱，不高兴就哭，狗娘养的。颂莲推开窗子，看见花园里夜来降了雪白的秋霜，在紫藤架下，一个穿黑衣黑裙的女人且舞且唱着。果然就是梅珊。

颂莲披衣出来，站在门廊上远远地看着那里的梅珊。梅珊已沉浸其中，颂莲觉得她唱得凄凉婉转，听得心也浮了起来。这样过了好久，梅珊戛然而止，她似乎看见了颂莲的眼睛里充满了泪影。梅珊把长长的水袖搭在肩上往回走，在早晨的天光里，梅珊的脸上、衣服上跳跃着一些水晶色的光点，她的绾成圆髻的头发被霜露打湿，这样走着她整个显得湿润而忧伤，仿佛风中之草。

你哭了？你活得不是很高兴吗，为什么哭？梅珊在颂莲面前站住，淡淡地说。颂莲掏出手绢擦了擦眼角，她说也不知是怎么了，你唱的戏叫什么？叫《女吊》。梅珊说你喜欢听吗？我对京戏一窍不通，主要是你唱得实在动情，听得我也伤心起来。颂莲说着她看见梅珊的脸上第一次露出和善的神情，梅珊低下头看看自己的戏装，她说，本来就是做戏嘛，伤心可不值得。做戏做得好能骗别人，做得不好只能骗骗自己。

陈佐千在颂莲屋里咳嗽起来，颂莲有些尴尬地看看梅珊。梅珊说，你不去伺候他穿衣服？颂莲摇摇头说他自己穿，他又不是小孩子。梅珊便有点悻悻的，她笑了笑说他怎么要我给他穿衣穿鞋，看来人是有贵贱之分。这时候陈佐千又在屋里喊起来，梅珊，进屋来给我唱一段！梅珊的细柳眉立刻挑起来，她冷笑一声，跑到窗前冲里面说，老娘不愿意！

颂莲见识了梅珊的脾气。当她拐弯抹角地说起这个话题时，陈佐千说，都怪我前些年把她娇宠坏了。她不顺心起来敢骂我家祖宗八代。陈佐千说这狗娘养的小婊子，我迟早得狠狠收拾她一回。颂莲说，你也别太狠心了，她其实挺可怜的，没亲没故的，怕你不疼她，脾气就坏了。

以后颂莲和梅珊有了些不冷不热的交往。梅珊迷麻将，经常招呼人去她那里搓麻将，从晚饭过后一直搓到深更半夜。颂莲隔着墙能听见隔壁洗牌的哗啦哗啦的声音，吵得她睡不好觉。她跟陈佐千发牢骚，陈佐千说，你就忍一忍吧，她搓上麻将还算正常一点，反正她把钱输光了我不会给她的，让她去搓，让她去作死。但是有一回梅珊差丫环来叫颂莲上牌桌了，颂莲一句话把丫环挡了回去，她说，我去搓麻将？亏你们想得出来。丫环回去后梅珊自己来了，她说，三缺一，赏个脸吧。颂莲说我不会呀，不是找输吗？梅珊来拽她的胳膊，走吧，输了不收你钱，要不赢了归你，输了我付。颂莲说，那倒不至于，主要是我不喜欢。她说着就看见梅珊的脸挂下来了，梅珊哼了一声说，你这里有什么呀？好像守着个大金库不肯挪一步，不过就是个干瘪老头罢了。颂莲被呛得恶火攻心，刚想发作，难听话溜到嘴边又咽回去了，她咬着嘴唇考虑了几秒钟说，好吧，我跟你去。

另外两个人已经坐在桌前等候了，一个是管家陈佐文，另一个不认识,梅珊介绍说是医生。那人戴着金丝边眼镜,皮肤黑黑的,嘴唇却像女性一样红润而柔情。颂莲以前见他出入过梅珊的屋子,她不知怎么就不相信他是医生。

颂莲坐在牌桌上心不在焉,她是真的不太会打,糊里糊涂就听见他们喊和了,自摸了。她只是掏钱,慢慢地她就心疼起来,她说,我头疼,想歇一歇了。梅珊说,上桌就得打八圈,这是规矩。你恐怕是输得心疼吧。陈佐文在一边说,没关系的,破点小财消灾灭祸。梅珊又说,你今天就算给卓云做好事吧,这一阵她闷死了,把老头儿借她一夜,你输的钱让她掏给你。桌上的两个男人都笑起来。颂莲也笑,梅珊你可真能逗乐,心里却像吞了只苍蝇。

颂莲冷眼观察着梅珊和医生间的眉目传情,她想什么事情都是逃不过她的直觉的。当洗牌时掉下一张牌以后,颂莲弯腰去捡,一下就发现了他们的四条腿的形状,藏在桌下的那四条腿原来紧缠在一起,分开时很快很自然,但颂莲是确确实实看见了。

颂莲不动声色。她再也不去看梅珊和医生的脸了。颂莲这时的心情很复杂,有点惶惑,有点紧张,还有一点幸灾乐祸。她心里说梅珊你活得也太自在了也太张狂了。

秋天里有很多这样的时候,窗外天色阴晦,细雨绵延不绝地落在花园里,从紫荆、石榴树的枝叶上溅起碎玉般的声音。这样的时候颂莲枯坐窗边,睇视外面晾衣绳上一块被雨淋湿的丝绢,她的心绪烦躁复杂,有的念头甚至是秘不可示的。

颂莲就不明白为什么每逢阴雨就会想念床笫之事。陈佐千是不会注意到天气对颂莲生理上的影响的。陈佐千只是有点招架不住的窘态。他说,年龄不饶人,我又最烦什么三鞭神油的。陈佐千抚摸颂莲粉红的微微发烫的肌肤,摸到无数欲望的小兔在她皮肤下面跳跃。陈佐千的手渐渐地就狂乱起来,嘴也俯到颂莲的身上。颂莲面色绯红地侧身躺在长沙发上,听见窗外雨珠迸裂的声音,颂莲双目微闭,呻吟道,主要是下雨了。陈佐千没听清，你说什么？项链？颂莲说，对，项链，我想要一串最好的项链。陈佐千说，你要什么我不给你？只是千万别告诉她们。颂莲一下子就翻身坐起来，她们？她们算什么东西？我才不在乎她们呢。陈佐千说，那当然，她们谁也比不上你。他看见颂莲的眼神迅速地发生了变化，颂莲把他推开，很快地穿好内衣走到窗前去了。陈佐千说你怎么了，颂莲回过头，幽怨地说，没情绪了，谁让你提起她们的？

　　陈佐千怏怏地和颂莲一起看着窗外的雨景。这样的时候整个世界都潮湿难耐起来。花园里空无一人，树叶绿得透出凉意，远远地那边的紫藤架被风掠过，摇晃有如人形。颂莲想起那口井，关于井的一些传闻。颂莲说，这园子里的东西有点鬼气。陈佐千说，哪来的鬼气？颂莲朝紫藤架努努嘴，喏，那口井。陈佐千说，不过就死了两个投井的，自寻短见的。颂莲说，死的谁？陈佐千说，反正你也不认识的，是上一辈的两个女眷。颂莲说，是姨太太吧。陈佐千脸色立刻有点难看了，谁告诉你的？颂莲笑笑说谁也没告诉我，我自己看见的，我走到那口井边，一眼就看见两个女人浮在井底里，一个像我，另一个还是像我。陈佐千说，你别胡说了，以后别上那儿去。颂莲拍拍手，那不行，我还没去问问那两个鬼魂呢，她们为什么投井？陈佐千说，那还用问，免不了是些污秽事情吧。颂莲沉吟良久，后来她突然说了一句，怪不得这园子里修这么多井。原来是为寻死的人挖的。陈佐千一把搂过颂莲，你越说越离谱，别去胡思乱想。说着陈佐千抓住颂莲的手，让她摸自己的那地方，他说，现在倒又行了，来吧。我就是死在你床上也心甘情愿。

　　花园里秋雨萧瑟，窗内的房事因此有一种垂死的气息，颂莲的眼前是一片深深幽暗，惟有梳妆台上的几朵紫色雏菊闪烁着稀薄的红影。颂莲听见房门外有什么动静，她随手抓过一只香水瓶子朝房门上砸去。陈佐千说你又怎么了，颂莲说，她在偷看。陈佐千说，谁偷看？颂莲说是雁儿。陈佐千笑起来，这有什么可偷看的？再说她也看不见。颂莲厉声说，你别护她，我隔多远也闻得出她的骚味。

黄昏的时候，有一群人围坐在花园里听飞浦吹箫。飞浦换上丝绸衫裤，更显出他的倜傥风流。飞浦持箫坐在中间，四面听箫的多是飞浦做生意的朋友。这时候这群人成为陈府上下观注的中心，仆人们站在门廊上远远地观察他们，窃窃私语。其他在室内的人会听见飞浦的箫声像水一样幽幽地漫进窗口，谁也无法忽略飞浦的箫声。

颂莲往往被飞浦的箫声所打动，有时甚至泪涟涟的。她很想坐到那群男人中间去，离飞浦近一点，持箫的飞浦令她回想起大学里一个独坐空室拉琴的男生，她已经记不清那个男生的脸，对他也不曾有深藏的暗恋，但颂莲易于被这种优美的情景感化，心里是一片秋水涟漪。颂莲踟躇半天，搬了一张藤椅坐在门廊上，静听着飞浦的箫声。没多久箫声沉寂了，那边的男人们开始说话。颂莲顿时就觉得没趣了，她想，说话多无聊，还不是你诓我我骗你的，人一说起话来就变得虚情假意的了。于是颂莲起身回到房里，她突然想起箱子里也有一管长箫，那是她父亲的遗物。颂莲打开那只藤条箱子，箱子好久没晒，已有一点霉味，那些弃之不穿的学生时代的衣裙整整齐齐地摞着，好像从前的日子尘封了，散出星星点点的怅然和梦想。颂莲把那些衣服腾空了，也没有见那管长箫。她明明记得离家时把箫放进箱底的，怎么会没有了呢？雁儿，雁儿你来。颂莲就朝门廊上喊。雁儿来了，说，四太太怎么不听少爷吹箫了？颂莲说，你有没有动过我的箱子？雁儿说，前一阵你让我收拾箱子的，我把衣服都叠好了呀？颂莲说，你有没有见一管箫？箫？雁儿说，我没见，男人才玩箫呢！颂莲盯住雁儿的眼睛看，冷笑了一声，那么说是你把我的箫偷去了？雁儿说，四太太你也别随便糟践人，我偷你的箫干什么呀？颂莲说，你自然有你的鬼念头，从早到晚心怀鬼胎，还装得没事人似的。雁儿说，四太太你别太冤枉人了，你去问问老爷少爷大太太二太太三太太，我什么时候偷过主子一个铜板的？颂莲不再理睬她，她轻蔑地瞄着雁儿，然后跑到雁儿住的小偏房去，用脚踩着雁儿的杂木箱子说，嘴硬就给我打开。雁儿去拖颂莲的脚，一边哀求说，四太太你别踩我的箱子，我真的没拿你的箫。颂莲看雁儿的神色心中越来越有底，她从屋角抓过一把斧子说，劈碎了看一看，要是没有明天给你个新的箱子。她咬着牙一斧劈下去，雁儿的箱子就散了架。衣物铜板小玩意滚了一地，颂莲把衣物都抖开来看，没有那管箫，但她忽然抓住一个鼓鼓的小白布包，打开一看，里面是个小布人，小布人的胸口刺着三枚细针。颂莲起初觉得好笑，但很快地她就发觉小布人很像她自己，再细细地看，上面有依稀的两个墨迹：颂莲。颂莲的心好像真的被三枚细针刺着，一种尖锐的刺痛感。她的脸一下变得煞白。旁边的雁儿靠着墙，惊惶地看着她。颂莲突然尖叫了一声，她跳起来一把抓住雁儿的头发，把雁儿的头一次一次地往墙上撞。颂莲噙着泪大叫，让你咒我死！让你咒我死！雁儿无力挣脱，她只是软瘫在那里，发出断断续续的呜咽。颂莲累了，喘着气候而想到雁儿是不识字的，那么谁在小布人上写的字呢？这个疑问使她更觉揪心，颂莲后来就蹲下身子来，给雁儿擦泪，她换了种温和的声调，别哭了，事儿过了就过了，以后别这样，我不记你仇。不过你得告诉我是谁给你写的字。雁儿还在抽噎着，她摇着头说，我不说，不能说。颂莲说，你不用怕，我也不会闹出去的，你只要告诉我我绝对不会连累你的。雁儿还是摇头。颂莲于是开始提示。是毓如？雁儿摇头。那么肯定是梅珊了？雁儿依然摇头。颂莲倒吸了一口凉气，她的声音有些颤抖了。是卓云吧？雁儿不再摇头了，她的神情显得悲伤而愚蠢。颂莲站起来，仰天说了一句，知人知面不知心呐，我早料到了。

　　陈佐千看见颂莲眼圈红肿着，一个人呆坐在沙发上，手里捻着一枝枯萎的雏菊。陈佐千说，你刚才哭过？颂莲说，没有呀，你对我这么好，我干什么要哭？陈佐千想了想说，你要是嫌闷，我陪你去花园走走，到外面吃宵夜也行。颂莲把手中的菊枝又捻了几下，随手扔出窗外，淡淡地问，你把我的箫弄到哪里去了？陈佐千迟疑了一会儿，说，我怕你分心，收起来了。颂莲的嘴角浮出一丝冷笑，我的心全在这里，能分到哪里去？陈佐千也正色道，那么你说那箫是谁送你的？颂莲懒懒地说，不是信物，是遗物，我父亲的遗物。陈佐千就有点发窘说是我多心了，我以为是哪个男学生送你的。颂莲把手摊开来，说，快取来还我，我的东西我自己来保管。陈佐千更加窘迫起来，他搓着手来回地走，这下坏了，他说，我已经让人把它烧了。陈佐千没听见颂莲再说话，房间里一点一点黑下来。他打开电灯，看见颂莲的脸苍白如雪，眼泪无声地挂在双颊上。

　　这一夜对于他们两个人来说都是特殊的一夜，颂莲像羊羔一样把自己抱紧了，远离陈佐千的身体，陈佐千用手去抚摸她，仍然得不到一点回应。他一会儿关灯一会儿开灯，看颂莲的脸像一张纸一样漠然无情。陈佐千说，你太过分了，我就差一点给你下跪求饶了。颂莲沉默了一会儿，说，我不舒服。陈佐千说，我最恨别人给我看脸色。颂莲翻了个身说，你去卓云那里吧，反正她总是对人笑的。陈佐千就跳下床来穿衣服，说，去就去，幸亏我还有三房太太。

　　第二天卓云到颂莲房里来时，颂莲还躺在床上。颂莲看见她掀开门帘的时候打了个莫名的冷颤。她佯睡着闭上眼睛，卓云坐到床头伸手摸摸颂莲的额头说，不烫呀，大概不是生病是生气吧。颂莲眼睛虚着朝她笑了笑，你来啦。卓云就去拉颂莲的手，快起来吧，这样躺没病也孵出毛病来。颂莲说，起来又能干什么？卓云说，给我剪头发，我也剪个你这样的学生头，精神精神。

　　卓云坐在圆凳上，等着颂莲给她剪头发。颂莲抓起一件旧衣服给她围上，然后用梳子慢慢梳着卓云的头发。颂莲说，剪不好可别怪我，你这样好看的头发，剪起来实在是心慌。卓云说，剪不好也没关系的，这把年纪了还要什么好看。颂莲仍然一下一下地把卓云的头发梳上去又梳下来，那我就剪了。卓云说，剪呀，你怎么那样胆小？颂莲说，主要是手生，怕剪着了你。说完颂莲就剪起来。卓云的乌黑松软的头发一缕缕地掉下来，伴随着剪刀双刃的撞击声。卓云说，你不是挺麻利的吗？颂莲说，你可别夸我，一夸我的手就抖了。说着就听见卓云发出了一声尖厉刺耳的叫声，卓云的耳朵被颂莲的剪刀实实在在地剪了一下。

　　甚至花园里的人也听见了卓云那声可怕的尖叫，梅珊房里的人都跑过来看个究竟。她们看见卓云捂住右耳疼得直冒虚汗,颂莲拿着把剪刀站在一边,她的脸也发白了,惟有地板上是几绺黑色的头发。你怎么啦?卓云的泪已夺眶而出,她的话没说完就捂住耳朵跑到花园里去了。颂莲愣愣地站在那堆头发边上,手中的剪刀当地掉在地上。她自言自语地说了一声,我的手发抖,我病着呢。然后她把看热闹的佣人都推出门去,你们在这儿干什么?还不快给二太太请医生去。

梅珊牵着飞澜的手,仍然留在房里。她微笑着对颂莲看,颂莲避开她的目光,她操起芦花帚扫着地上的头发,听见梅珊忽然格格笑出了声音。颂莲说,你笑什么?梅珊眨了眨眼睛,我要是恨谁也会把她的耳朵剪掉,全部剪掉,一点不剩,颂莲沉下了脸,你这是什么意思?难道我是有意的吗?梅珊又嘻笑了一声说那只有天知道啦。

颂莲没再理睬梅珊,她兀自躺到床上去,用被子把头蒙住,她听见自己的心怦然狂跳。她不知道自己的心对那一剪刀负不负责任,反正谁都应该相信,她是无意的。这时候她听见梅珊隔着被子对她说话,梅珊说,卓云是慈善面孔蝎子心,她的心眼点子比谁都多。梅珊又说,我自知不是她对手,没准你能跟她斗一斗,这一点我头一次看见你就猜到了。颂莲在被子里动弹了一下,听见梅珊出乎意料地打开了话匣子。梅珊说你想知道我和她生孩子的事情吗?梅珊说我跟卓云差不多一起怀孕的我三个月的时候她差人在我的煎药里放了泻胎药结果我命大胎儿没掉下来后来我们差不多同时临盆她又想先生孩子就花很多钱打外国催产针把阴道都撑破了结果还是我命大我先生了飞澜是个男的她竹篮打水一场空生了忆容不过是个小贱货还比飞澜晚了三个钟头呢。

天已寒秋,女人们都纷纷换上了秋衣,树叶也纷纷在清晨和深夜飘落在地,枯黄的一片覆盖了花园。几个女佣蹲在一起烧树叶,一股焦烟味弥漫开来,颂莲的窗口砰地打开,女佣们看见颂莲的脸因愤怒而涨得绯红。她抓着一把木梳在窗台上敲着,谁让你们烧树叶的?好好的树叶烧得那么难闻。女佣们便收起了笤帚箩筐,一个胆大的女佣说,这么多的树叶，不烧怎么弄？颂莲就把木梳从窗里砸到她的身上，颂莲喊，不准烧就是不准烧！然后她砰地关上了窗子。

四太太的脾气越来越大了。女佣们这么告诉毓如。她不让我们烧树叶，她的脾气怎么越来越大了？毓如把女佣喝斥了一通，不准嚼舌头，轮不到你们来搬弄是非。毓如心里却很气，以往花园里的树叶每年都要烧几次的，难道来了个颂莲就要破这个规矩不成？女佣在一边垂手而立，说，那么树叶不烧了？毓如说，谁说不烧的？你们给我去烧，别理她好了。

女佣再去烧树叶，颂莲就没有露面，只是人去灰尽的时候见颂莲走出南厢房。她还穿着夏天的裙子，女佣说她怎么不冷，外面的风这么大。颂莲站在一堆黑灰那里，呆呆地看了会，然后她就去中院吃饭了。颂莲的裙摆在冷风中飘来飘去，就像一只白色蝴蝶。

颂莲坐在饭桌上，看他们吃。颂莲始终不动筷子。她的脸色冷静而沉郁，抱紧双臂，一副不可侵犯的样子。那天恰逢陈佐千外出，也是府中闹事的时机。飞浦说，咦，你怎么不吃？颂莲说，我已经饱了。飞浦说，你吃过了？颂莲鼻孔里哼了一声，我闻焦煳味已经闻饱了。飞浦摸不着头脑，朝他母亲看。毓如的脸就变了，她对飞浦说，你吃你的饭，管那么多呢。然后她放高嗓门，注视着颂莲，四太太，我倒是听你说说，你说那么多树叶堆在地上怎么弄？颂莲说，我不知道，我有什么资格料理家事？毓如说，年年秋天要烧树叶，从来没什么别扭，怎么你就比别人娇贵？那点烟味就受不了。颂莲说，树叶自己会烂掉的，用得着去烧吗？树叶又不是人。毓如说，你这是什么意思，莫名其妙的。颂莲说，我没什么意思，我还有一点不明白的，为什么要把树叶扫到后院来烧，谁喜欢闻那烟味就在谁那儿烧好了。毓如便听不下去了，她把筷子往桌上一拍，你也不拿个镜子照照，你颂莲在陈家算什么东西？好像谁亏待了你似的。颂莲站起来，目光矜持地停留在毓如蜡黄有点浮肿的脸上。说对了，我算个什么东西？颂莲轻轻地像在自言自语，她微笑着转过身离开，再回头时已经泪光盈盈，她说，天知道你们又算个什么东西？

整整一个下午，颂莲把自己关在室内，连雁儿端茶时也不给开门。颂莲独坐窗前，看见梳妆台上的那瓶大丽菊已枯萎得发黑，她把那束菊花拿出来想扔掉，但她不知道往哪里扔，窗户紧闭着不再打开。颂莲抱着花在房间里踱着，她想来想去结果打开衣橱，把花放了进去。外面秋风又起，是很冷的风，把黑暗一点点往花园里吹。她听见有人敲门。她以为是雁儿又端茶来，就敲了一下门背，烦死了，我不要喝茶。外面的人说，是我，我是飞浦。

颂莲想不到飞浦会来。她把门打开，倚门而立。你来干什么？飞浦的头发让风吹得很凌乱，他抿着头发，有点局促地笑了笑说，他们说你病了，来看看你。颂莲嘘了一声，谁生病啊，要死就死了，生病多磨人。飞浦径直坐到沙发上去，他环顾着房间，突然说，我以为你房间里有好多书。颂莲摊开双手，一本也没有，书现在对我没用了。颂莲仍然站着，她说，你也是来教训我的吗？飞浦摇着头，说，怎么会？我见这些事头疼。颂莲说，那么你是来打圆场的？我看不需要，我这样的人让谁骂一顿也是应该的。飞浦沉默了一会儿说，我母亲其实也没什么坏心，她天性就是固执呆板，你别跟她斗气，不值得。颂莲在房间里来回走着，走着突然笑起来，其实我也没想跟大太太斗气，真的，我也不知道自己是怎么回事，你觉得我可笑吗？飞浦又摇头，他咳嗽了一声，慢吞吞地说，人都一样，不知道自己的喜怒哀乐是怎么回事。

他们的谈话很自然地引到那支箫上去。我原来也有一支箫，颂莲说，可惜，可惜弄丢了。那么你也会吹箫啦？飞浦高兴地问。颂莲说，我不会，还没来得及学就丢了。飞浦说，我介绍个朋友教你怎么样？我就是跟他学的。颂莲笑着，不置可否的样子。这时候雁儿端着两碗红枣银耳羹进来，先送到飞浦手上。颂莲在一边说，你看这丫头对你多忠心，不用关照自己就做好点心了。雁儿的脸羞得通红，把另外一碗往桌上一放就逃出去了。颂莲说，雁儿别走呀，大少爷有话跟你说。说着颂莲捂着嘴扑哧一笑。飞浦也笑，他用银勺搅着碗里的点心，说，你对她也太厉害了。颂莲说，你以为她是盏省油灯？这丫头心贱，我这儿来了人，她哪回不在门外偷听？也不知道她害的什么糊涂心思。飞浦察觉到颂莲的不快，赶紧换了话题，他说，我从小就好吃甜食，像这红枣银耳羹什么的，真是不好意思，朋友们都说，女人才喜欢吃甜食。颂莲的神色却依旧是黯然。她开始摩挲自己的指甲玩，那指甲留得细长，涂了凤仙花汁，看上去像一些粉红的鳞片。喂，你在听我讲吗？飞浦说。颂莲说，听着呢，你说女人喜欢吃甜食，男人喜欢吃咸的。飞浦笑着摇摇头，站起身告辞，临走他对颂莲说，你这人有意思，我猜不透你的心。颂莲说，你也一样，我也猜不透你的心。

十二月初七陈府门口挂起了灯笼，这天陈佐千过五十大寿。从早晨起前来祝寿的亲朋好友在陈家花园穿梭不息。陈佐千穿着飞浦赠送的一套黑色礼服在客厅里接待客人，毓如、卓云、梅珊、颂莲和孩子们则簇拥着陈佐千，与来去宾客寒暄。正热闹的时候，猛听见一声脆响，人们都朝一个地方看，看见一只半人高的花瓶已经碎伏在地。

原来是飞澜和忆容在那儿追闹，把花瓶从长几上碰翻了。两个孩子站在那儿面面相觑，知道闯了祸。飞澜先从骇怕中惊醒，指着忆容说，是她撞翻的，不关我的事。忆容也连忙把手指到飞澜鼻子上，你追我，是你撞翻的。这时候陈佐千的脸已经幡然变色，但碍于宾客在场的缘故，没有发作。毓如走过来，轻声地然而又是浊重地嘀咕着，孽种，孽种。她把飞澜和忆容拽到外面，一人捆了一巴掌，晦气，晦气。毓如又推了飞澜一把，给我滚远点。飞澜便滚到地上哭叫起来，飞澜的嗓门又尖又亮，传到客厅里。梅珊先就奔了出来，她把飞澜抱住，睃了毓如一眼，说，打得好，打得好，反正早就看不顺眼，能打一下是一下！毓如说，你这算什么话？孩子闯了祸，你不教训一句倒还护着他？梅珊把飞澜往毓如面前推，说，那好，就交给你教训吧，你打呀，往死里打，打死了你心里会舒坦一些。这时卓云和颂莲也跑了出来。卓云拉过忆容，在她头上拍了一下，我的小祖奶奶，你怎么尽给我添乱呢？你说，到底谁打的花瓶？忆容哭起来，不是我，我说了不是我，是飞澜撞翻了桌子。卓云说，不准哭，既然不是你你哭什么？老爷的喜日都给你们冲乱了。梅珊在一边冷笑了一声，说，三小姐小小年纪怎么撒谎不打愣？我在一边看得清清楚楚，是你的胳膊把花瓶带翻的。四个女人一时无话可说，唯有飞澜仍然一声声哭嚎着。颂莲在一边看了一会儿，说，犯不着这样，不就是一只花瓶吗？碎了就碎了，能有什么事？毓如白了颂莲一眼，你说得轻巧，这是一只瓶子的事吗？老爷凡事喜欢图吉利，碰上你们这些人没心没肝的，好端端的陈家迟早要败在你们手里。颂莲说，咄，怎么又是我的错了？算我胡说好了，其实谁想管你们的事？颂莲一扭身离开了是非之地，她往后花园去，路上碰到飞浦和他的一班朋友，飞浦问，你怎么走了？颂莲摸摸自己的额头，说，我头疼，我见了热闹场面头就疼。

颂莲真的头疼起来，她想喝水，但水瓶全是空的，雁儿在客厅帮忙，趁势就把这里的事情撂下了。颂莲骂了一声小贱货，自己开了炉门烧水。她进了陈家还是头一次干这种家务活，有点笨手拙脚的。在厨房里站了一会儿，她又走到门廊上，看见后花园此时寂静无比，人都热闹去了，留下一些孤寂，它们在枯枝残叶上一点点滴落，浸入颂莲的心。她又看见那架凋零的紫藤，在风中发出凄迷的絮语，而那口井仍然向她隐晦地呼唤着。颂莲捂住胸口，她觉得她在虚无中听见了某种启迪的声音。

颂莲朝井边走去，她的身体无比轻盈，好像在梦中行路一般。有一股植物腐烂的气息弥漫井台四周，颂莲从地上拣起一片紫藤叶子细看了看，把它扔进井里。她看见叶子像一片饰物浮在幽蓝的死水之上，把她的浮影遮盖了一块，她竟然看不见自己的眼睛。颂莲绕着井台转了一圈，始终找不到一个角度看见自己，她觉得这很奇怪，一片紫藤叶子，她想，怎么会？正午的阳光在枯井中慢慢地跳跃，幻变成一点点白光，颂莲突然被一个可怕的想象攫住，一只手，有一只手托住紫藤叶遮盖了她的眼睛，这样想着她似乎就真切地看见一只苍白的湿漉漉的手，它从深不可测的井底升起来，遮盖她的眼睛。颂莲惊恐地喊出了声音，手。手。她想返身逃走，但整个身体好像被牢牢地吸附在井台上，欲罢不能。颂莲觉得她像一株被风折断的花，无力地俯下身子，凝视井中。在又一阵的晕眩中她看见井水倏然翻腾喧响，一个模糊的声音自遥远的地方切入耳膜：颂莲，你下来。颂莲，你下来。

卓云来找颂莲的时候，颂莲一个人坐在门廊上，手里抱着梅珊养的波斯猫。卓云说，你怎么在这儿？开午宴了。颂莲说，我头晕得厉害，不想去。卓云说，那怎么行？有病也得去呀，场面上的事情，老爷再三吩咐你回去。颂莲说，我真的不想去，难受得快死了，你们就让我清静一会吧。卓云笑了笑，说，是不是跟毓如生气呀？没有，我没精神跟谁生气，颂莲露出了不耐烦的神情，她把怀里的猫往地上一扔，说，我想睡一会儿。卓云仍然赔着笑脸，那你就去睡吧，我回去告诉老爷就是了。

这一天颂莲昏昏沉沉地睡着，睡着也看见那口井，井中那片紫槐叶，她浑身沁出一身冷汗。谁知道那口井是什么？那片紫槐叶是什么？她颂莲又是什么？后来她懒懒地起来，对着镜子梳洗了一番。她看见自己的面容就像那片枯叶一样憔悴毫无生气。她对镜子里的女人很陌生。她不喜欢那样的女人。颂莲深深地叹了一口气，这时候她想起了陈佐千和生日这些概念，心里对自己的行为不免后悔起来。她自责地想我怎么一味地耍起小性子来了，她深知这对她的生活是有害无益的，于是她连忙打开了衣橱门，从里取出一条水灰色的羊毛围巾，这是她早就为陈佐千的生日准备的礼物。

晚宴上全部是陈家自己人了。颂莲进饭厅的时候看见他们都已落座。他们不等我就开桌了。颂莲这样想着走到自己的座位前，飞浦在对面招呼说，你好了？颂莲点点头，她偷窥陈佐千的脸色，陈佐千脸色铁板阴沉，颂莲的心就莫名地跳了一下，她拿着那条羊毛围巾送到他面前，老爷，这是我的微薄之礼。陈佐千嗯了一声，手往边上的圆桌一指，放那边吧。颂莲抓着围巾走过去，看见桌上堆满了家人送的寿礼。一只金戒指，一件狐皮大衣，一只瑞士手表，都用红缎带扎着。颂莲的心又一次咯噔了一下，她觉得脸上一阵燥热。重新落座，她听见毓如在一边说，既是寿礼，怎么也不知道扎条红缎带？颂莲装作没听见，她觉得毓如的挑剔实在可恶，但是整整一天她确实神思恍惚，心不在焉。她知道自己已经惹恼了陈佐千，这是她唯一不想干的事情。颂莲竭力想着补救的办法，她应该让他们看到她在老爷面前的特殊地位，她不能做出卑贱的样子，于是颂莲突然对着陈佐千莞尔一笑，她说，老爷，今天是你的吉辰良日，我积蓄不多，送不出金戒指皮大衣，我再补送老爷一份礼吧。说着颂莲站起身走到陈佐千跟前，抱住他的脖子，在他脸上亲了一下，又亲了一下。桌上的人都呆住了，望着陈佐千。陈佐千的脸涨得通红，他似乎想说什么，又说不出什么，终于把颂莲一把推开，厉声道，众人面前你放尊重一点。

陈佐千这一手其实自然，但颂莲却始料不及，她站在那里，睁着茫然而惊惶的眼睛盯着陈佐千，好一会儿她意识到发生了什么，她捂住了脸，不让他们看见扑簌簌涌出来的眼泪。她一边往外走一边低低地碎帛似的哭泣，桌上的人听见颂莲在说，我做错了什么，我又做错了什么？

即使站在一边的女佣也目睹了发生在寿宴上的风波，他们敏感地意识到这将是颂莲在陈府生活的一大转折。到了夜里，两个女佣去门口摘走寿日灯笼，一个说，你猜老爷今天夜里去谁那儿？另一个想了会儿说，猜不出来，这种事还不是凭他的兴致来，谁能猜得到？

两个女人面对面坐着，梅珊和颂莲。梅珊是精心打扮过的，画了眉毛，涂了嫣丽的美人牌口红，一件华贵的裘皮大衣搭在膝上，而颂莲是懒懒的刚刚起床的样子，手指上夹着一支烟，虚着眼睛慢慢地吸。奇怪的是两个人都不说话，听墙上的挂钟嘀嗒嘀嗒响，颂莲和梅珊各怀心事，好像两棵树面对面地各怀心事，这在历史上也是常见的。

梅珊说我发现你这两天脾气坏了，是不是身上来了？

颂莲说这跟那个有什么联系，我那个不准，也不知道什么时候来，什么时候又去了。

梅珊说聪明女人这事却糊涂，这个月还没来？别是怀上了吧？

颂莲说没有没有哪有这事？

梅珊说你照理应该有了，陈佐千这方面挺有能耐的，晚上你把小腰儿垫高一点，真的，不诓你。

颂莲说梅珊你嘴上真是没栅栏亏你说得出口。

梅珊说不就这么回事有什么可瞒瞒藏藏的，你要是不给陈家添个人丁，苦日子就在后面了。我们这样的人都一回事。

颂莲说陈佐千这一阵子根本就没上我这里来，随便吧，我无所谓的。

梅珊说你是没到那个火候，我就不，我跟他直说了，他只要超过五天不上我那里，我就找个伴。我没法过活寡日子。他在我那儿最辛苦，他对我又怕又恨又想要，我可不怕他。

颂莲说说这事多无聊，反正我都无所谓的，我就是不明白女人到底是个什么东西，女人到底算个什么东西，就像狗、像猫、像金鱼、像老鼠，什么都像，就是不像人。

梅珊说你别尽自己糟践自己，别担心陈佐千把你冷落了，他还会来你这儿的，你比我们都年轻，又水灵，又有文化，他要是抛下你去找毓如和卓云才是傻瓜呢，她们的腰快赶上水桶那样粗啦。再说当众亲他一下又怎么样呢？

颂莲说你这人真讨厌，我不是这个意思，我是说我自己。

梅珊说别去想那事了，没什么，他就是有点假正经，要是在床上，别说亲一下脸，就是亲他那儿他也乐意。

颂莲说你别说了真让人恶心。

梅珊说那么你跟我上玫瑰戏院去吧，程砚秋来了，演《荒山泪》，怎么样，去散散心吧？

颂莲说我不去，我不想出门，这心就那么一块，怎么样都是那么一块，散散心又能怎么样？

梅珊说你就不能陪陪我，我可是陪你说了这么多话。

颂莲说让我陪你有什么趣呢，你去找陈佐千陪你，他要是没工夫你就找那个医生嘛。

梅珊愣了一下，她的脸立刻挂下来了。梅珊抓起裘皮大衣和围脖起身，她逼近颂莲朝她盯了一眼，一扬手把颂莲嘴里衔着的香烟打在地上，又用脚碾了一下。梅珊厉声说，这可不是玩笑话，你要是跟别人胡说我就把你的嘴撕烂了。我不怕你们，我谁也不怕，谁想害我都是痴心妄想！

飞浦果然领了一个朋友来见颂莲，说是给她请的吹箫老师。颂莲反而手足无措起来，她原先并没把学箫的事情当真。定睛看那个老师，一个皮肤白皙留平头的年轻男子，像学生又不像学生，举手投足有点腼腆拘谨。通报了名字，原来是此地丝绸大王顾家的三公子。颂莲从窗子里看见他们过来，手拉手的。颂莲觉得两个男子手拉手地走路，有一种新鲜而古怪的感觉。

看你们两个多要好，颂莲抿着嘴笑道我还没见过两个大男人手拉手走路呢。飞浦的样子有点窘，他说，我们从小就认识，在一个学堂念书的。再看顾家少爷，更是脸红红的。颂莲想这位老师有意思，动辄脸红的男人不知是什么样的男人。颂莲说，我长这么大，就没交上一个好朋友。飞浦说，这也不奇怪，你看上去孤傲，不太容易接近吧。颂莲说，冤枉了，我其实是孤而不傲，要傲总得有点资本吧。我有什么资本傲呢？

飞浦从一个黑绸箫袋里抽出那支箫，说，这支送你吧，本来也是顾少爷给我的，借花献佛啦。颂莲接过箫来看了看顾少爷，顾少爷颔首而笑。颂莲把箫横在唇边，胡乱吹了一个音，说，就怕我笨，学不会。顾少爷说，吹箫很简单的，只要用心，没有学不会的道理。颂莲说，就怕我用不上那份心，我这人的心像沙子一样散的，收不起来。顾少爷又笑了，那就困难了，我只管你的箫，管不了你的心。飞浦坐下来，看看颂莲，又看看顾少爷，目光中闪烁着他特有的温情。

箫有七孔，一个孔是一份情调，缀起来就特别优美，也特别感伤，吹箫人就需要这两种感情。顾少爷很含蓄地看着颂莲说，这两种感情你都有吗？颂莲想了想说，恐怕只有后一种。顾少爷说有也就不错了，感伤也是一份情调，就怕空，就怕你心里什么也没有，那就吹不好箫了。颂莲说，顾少爷先吹一曲吧，让我听听箫里有什么。顾少爷也不推辞，横箫便吹。颂莲听见一丝轻婉柔美的箫声流出来，如泣如诉的。飞浦坐在沙发上闭起了眼睛，说，这是《秋怨曲》。

毓如的丫环福子就是这时候来敲窗的，福子尖声喊着飞浦，大少爷，太太让你去客厅见客呢。飞浦说，谁来了？福子说，我不知道，太太让你快去。飞浦皱了皱眉头说，叫客人上这儿来找我。福子仍然敲着窗，喊，太太一定要你去，你不去她要骂死我的。飞浦轻轻骂了一声，讨厌。他无可奈何地站起来，又骂，什么客人？见鬼。顾少爷持箫看着飞浦，疑疑惑惑地问，那这箫还教不教？飞浦挥挥手说，教呀，你在这儿，我去看看就是了。

剩下颂莲和顾少爷坐在房里，一时不知说什么好。颂莲突然微笑了一声说，撒谎。顾少爷一惊，你说谁撒谎？颂莲也醒过神来，不是说你，说她，你不懂的。顾少爷有点坐立不安，颂莲发现他的脸又开始红了，她心里又好笑，大户人家的少爷也有这样薄脸皮的，爱脸红无论如何也算是条优点。颂莲就带有怜悯地看着顾少爷，颂莲说，你接着吹呀，还没完呢。顾少爷低头看看手里的箫，把它塞回黑绸箫袋里，低声说，完了，这下没情调了，曲子也就吹完了。好曲就怕败兴，你懂吗？飞浦一走箫就吹不好了。

顾少爷很快就起身告辞了。颂莲送他到花园里，心里忽然对他充满感激之情，又不宜表露，她就停步按了按胸口，屈膝道了个万福。顾少爷说，什么时候再学箫？颂莲摇了摇头，不知道。顾少爷想了想说，看飞浦安排吧，又说，飞浦对你很好，他常在朋友面前夸你。颂莲叹了口气，他对我好有什么用？这世界上根本就没人可以依靠。

颂莲刚回到屋里，卓云就风风火火闯进来，说飞浦和大太太吵起来了。颂莲先是愣了一下，接着就冷笑道，我就猜到是这么回事。卓云说，你去劝劝吧。颂莲说，我去劝算什么？人家是母子，随便怎么吵，我去劝算什么呢？卓云说，你难道不知道他们吵架是为你？颂莲说，咂，这就更奇怪了，我跟他们井水不犯河水，干吗要把我缠进去？卓云斜睨着颂莲，你也别装糊涂了，你知道他们为什么吵。颂莲的声音不禁尖厉起来，我知道什么？我就知道她容不得谁对我好，她把我看成什么人了？难道我还能跟她儿子有什么吗？颂莲说着眼里又沁出泪花，真无聊，真可恶。她说，怎么这样无聊？卓云的嘴里正嗑着瓜子，这会儿她把手里的瓜子壳塞给一边站着的雁儿，卓云笑着推颂莲一把，你也别发火，身正不怕影子斜，无事不怕鬼敲门，怕什么呀？颂莲说，让你这么一说，我倒好像真有什么怕的了。你爱劝架你去劝好了，我懒得去。卓云说，颂莲你这人心够狠的，我是真见识了。颂莲说，你太抬举我了，谁的心也不能掏出来看，谁心狠谁自己最清楚。

　　第二天颂莲在花园里遇到飞浦。飞浦无精打采地走着，一路走一路玩着一只打火机。飞浦装作没有看见颂莲，但颂莲故意高声地喊住了他。颂莲一如既往地跟他站着说话。她问，昨天来的什么客人？害得我箫也没学成。飞浦苦笑了一声，别装糊涂了，今天满园子都在传我跟太太吵架的事。颂莲又问，你们吵什么呢？飞浦摇摇头，一下一下地把打火机打出火来，又吹熄了，他朝四周潦草地看了看，说，待在家里时间一长就令人生厌，我想出去跑了，还是在外面好，又自由，又快活。颂莲说，我懂了，闹了半天，你还是怕她。飞浦说，不是怕她，是怕烦，怕女人，女人真是让人可怕。颂莲说，你怕女人？那你怎么不怕我？飞浦说，对你也有点怕，不过好多了，你跟她们不一样，所以我喜欢去你那儿。

　　后来颂莲老想起飞浦漫不经心说的那句话，你跟她们不一样。颂莲觉得飞浦给了她一种起码的安慰，就像若有若无的冬日阳光，带着些许暖意。

　　以后飞浦就极少到颂莲房里来了，他在生意上好像也做得不顺当，总是闷闷不乐的样子。颂莲只有在饭桌上才能看他，有时候眼前就浮现出梅珊和医生的腿在麻将桌下做的动作，她忍不住地偷偷朝桌下看，看她自己的腿，会不会朝那面伸过去。想到这件事她心里又害怕又激动。

这天飞浦突然来了，站在那儿搓着手，眼睛看着自己的脚。颂莲见他半天不开口，扑哧笑了，你葫芦里卖的什么药，怎么不说话？飞浦说，我要出远门了。颂莲说，你不是经常出远门的吗？飞浦说，这回是去云南，做一笔烟草生意。颂莲说，那有什么，只要不是鸦片生意就行。飞浦说，昨天有个高僧给我算卦，说我此行凶多吉少。本来我从不相信这一套，但这回我好像有点相信了。颂莲说，既然相信就别去，听说那里土匪特别多，割人肉吃。飞浦说，不去不行，一是我想出门，二是为了进账，陈家老这样下去会坐吃山空。老爷现在有点糊涂，我不管谁管？颂莲说，你说得在理，那就去吧，大男人整天窝在家里也不成体统。飞浦搔着头沉默了一会，突然说，我要是去了回不来，你会不会哭？颂莲就连忙去捂他的嘴，别自己咒自己。飞浦抓住颂莲的手，翻过来，又翻过去研究，说，我怎么不会看手纹呢？什么名堂也看不出来。也许你命硬，把什么都藏起来了。颂莲抽出了手，说，别闹，让雁儿看见了会乱嚼舌头。飞浦说，她敢我把她的舌头割了熬汤喝。

颂莲在门廊上跟飞浦说拜拜，看见顾少爷在花园里转悠。颂莲问飞浦，他怎么在外面？飞浦笑笑说，他也怕女人，跟我一样的。又说，他跟我一起去云南。颂莲做了个鬼脸，你们两个倒像夫妻了，形影不离的。飞浦说，你好像有点嫉妒了，你要想去云南我就把你也带上，你去不去？颂莲说，我倒是想去，就是行不通。飞浦说，怎么行不通？颂莲揉了他一把，别装傻，你知道为什么行不通。快走吧，走吧。她看见飞浦跟顾少爷从月牙门里走出去，消失了。她说不清自己对这次告别的感觉是什么，无所谓或者怅怅然的，但有一点她心里明白，飞浦一走她在陈家就更加孤独了。

陈佐千来的时候颂莲正在抽烟。她回头看见他时的第一个反应就是把烟掐灭。她记得陈佐千说过讨厌女人抽烟。陈佐千脱下帽子和外套，等着颂莲过去把它们挂到衣架上去。颂莲迟迟疑疑地走过去，说，老爷好久没来了。陈佐千说你怎么抽起烟来了，女人一抽烟就没有女人味了。颂莲把他的外套挂好，把帽子往自己头上一扣，嬉笑着说，这样就更没有女人味了，是吗？陈佐千就把帽子从她头上捞过来，自己挂到衣架上，他说，颂莲你太调皮了。你调皮起来太过分，也不怪人家说你。颂莲立刻说，说什么？谁说我？到底是人家还是你自己，人家乱嚼舌头我才不在乎，要是老爷你也容不下我，那我只有一死干净了。陈佐千皱了下眉头说，好了好了，你们怎么都一样，说着说着就是死，好像日子过得多凄惨似的，我最不喜欢这一套。颂莲就去摇陈佐千的肩膀，既不喜欢，以后不说死就是了，其实好端端的谁说这些，都是伤心话。陈佐千把她搂过来坐到他腿上，那天的事你伤心了？主要是我情绪不好，那天从早到晚我心里乱极了，也不知道为什么，男人过五十岁生日大概都高兴不起来。颂莲说，哪天的事呀？我都忘了。陈佐千笑起来，在她腰上掐了一把，说，哪天的事？我也忘了。

　　隔了几天不在一起，颂莲突然觉得陈佐千的身体很陌生，而且有一股薄荷油的味道，她猜到陈佐千这几天是在毓如那里的，只有毓如喜欢擦薄荷油。颂莲从床边摸出一瓶香水，朝陈佐千身上细细地洒过了，然后又往自己身上洒了一些。陈佐千说，从哪儿学来的这一套。颂莲说，我不让你身上有她们的气味。陈佐千踢了踢被子，说，你还挺霸道。颂莲说了一声，想霸道也霸道不起呀，忽然又问，飞浦怎么去云南了？陈佐千说，说是去做一笔烟草生意，我随他去。颂莲又说，他跟那个顾少爷怎么那样好？陈佐千笑了一声，说，那有什么奇怪的，男人与男人之间有些事你不懂的。颂莲无声地叹了一口气，她摸着陈佐千精瘦的身体，脑子里倏而浮现出一个秘不告人的念头。她想飞浦躺在被子里会是什么样子？

　　作为一个具有了性经验的女人，颂莲是忘不了这特殊的一次的。陈佐千已经汗流浃背了，却还是徒劳。她敏锐地发现了陈佐千眼睛里深深的恐惧和迷乱。这是怎么啦？她听见他的声音变得软弱胆怯起来。颂莲的手指像水一样地在他身上流着，她感觉到手下的那个身体像经过了爆裂终于松弛下去，离她越来越远。她明白在陈佐千身上发生了某种悲剧，心里有一种奇怪的感情，不知是喜是悲，她觉得自己很茫然。她摸了下陈佐千的脸说，你是太累了，先睡一会儿吧。陈佐千摇着头说，不是不是，我不相信。颂莲说，那怎么办呢？陈佐千犹豫了一会，说，有个办法可能行，就是不知道你肯不肯？颂莲说，只要你高兴，我没有不肯的道理，陈佐千的脸贴过去，咬着颂莲的耳朵，他先说了一句话，颂莲没听懂，他又说一遍，颂莲这回听懂了，她无言以对，脸羞得极红。她翻了个身，看着黑暗中的某个地方，忽然说了一句，那我不成了一条狗了吗？陈佐千说，我不强迫你，你要是不愿意就算了。颂莲还是不语，她的身体像猫一样蜷起来，然后陈佐千就听见了一阵低低的啜泣，陈佐千说，不愿意就不愿意，也用不到哭呀。没想到颂莲的啜泣越来越响，她蒙住脸放声哭起来。陈佐千听了一会，说，你再哭我走了。颂莲依然哭泣，陈佐千就掀了被子跳下床，他一边穿衣服一边说，没见过你这种女人，做了婊子还立什么贞节牌坊？

陈佐千拂袖而去。颂莲从床上坐起来，面对黑暗哭了很长时间，她看见月光从窗帘缝隙间投到地上，冷冷的一片，很白很淡的月光。她听见自己的哭声还萦绕着她的耳边，没有消逝，而外面的花园里一片死寂。这时候她想起陈佐千临走说的那句话，浑身便颤得很厉害，她猛地拍了一下被子，对着黑暗的房间喊，谁是婊子，你们才是婊子。

这年冬天在陈府是不寻常的，种种迹象印证了这一点。陈家的四房太太偶尔在一起说起陈佐千脸上不免流露暧昧的神色，她们心照不宣，各怀鬼胎。陈佐千总是在卓云房里过夜，卓云平日的状态就很好，另外的三位太太观察卓云的时候，毫不掩饰眼睛里的疑点，那么卓云你是怎么伺候老爷过夜的呢？

有些早晨，梅珊在紫藤架下披上戏装重温舞台旧梦，一招一式唱念做都很认真，花园里的人们看见梅珊的水袖在风中飘扬，梅珊舞动的身影也像一个俏丽的鬼魅。

四更鼓哇

满江中啊人声寂静
形吊影影吊形我加倍伤情
细思量啊
真是个红颜薄命
可怜我数年来含羞忍泪
枉落个娼妓之名
到如今退难退我进又难进
倒不如葬鱼腹了此残生
杜十娘啊拼一个香消玉殒
纵要死也死一个朗朗清清

颂莲听得入迷，她朝梅珊走过去，抓住她的裙裾，说，别唱了，再唱我的魂要飞了，你唱的什么？梅珊撩起袖子擦掉脸上的红粉，坐到石桌上，只是喘气。颂莲递给她一块丝帕，说，看你脸上擦得红一块白一块的，活脱脱像个鬼魂。梅珊说，人跟鬼就差一口气，人就是鬼，鬼就是人。颂莲说，你刚才唱的什么？听得人心酸。梅珊说，《杜十娘》，我离开戏班子前演的最后一个戏就是这。杜十娘要寻死了，唱得当然心酸。颂莲说，什么时候教我唱唱这一段？梅珊瞄了颂莲一眼，说得轻巧，你也想寻死吗？你什么时候想寻死我就教你。颂莲被呛得说不出话，她呆呆地看着梅珊被油彩弄脏的脸，她发现她现在不恨梅珊，至少是现在不恨，即使她出语伤人。她深知梅珊和毓如再加上她自己，现在有一个共同的仇敌，就是卓云。颂莲只是不屑于表露这种意思。她走到废井边，弯下腰朝井里看了看，忽然笑了一声，鬼，这里才有鬼呢，你知道是谁死在这井里吗？梅珊依然坐在石桌上不动，她说，还能是谁？一个是你，一个是我。颂莲说，梅珊你老开这种玩笑，让人头皮发冷。梅珊笑起来说，你怕了？你又没偷男人，怕什么，偷男人的都死在这井里，陈家好几代了都是这样。颂莲朝后退了一步，说，多可怕，是推下去吗？梅珊甩了甩水袖，站起来说，你问我我问谁，你自己去问那些鬼魂好了。梅珊走到废井边,她也朝井里看了会,然后她一字一句念了个道白:屈、死、鬼、呐——

她们在井边断断续续说了一会话,不知怎么就说到了陈佐千的暗病上去。梅珊说,油灯再好也有个耗尽的时候,就怕续不上那一壶油呐。又说,这园子里阴气太旺,损了阳气也是命该如此,这下可好,他陈佐千陈老爷占着茅坑不拉屎,苦的是我们,夜夜守空房。说着就又说到了卓云,梅珊咬牙切齿地骂,她那一身贱肉反正是跟着老爷抖你看她抖得多欢恨不得去舔他的屁眼说又甜又香她以为她能兴风作浪看我什么时候狠狠治她一下叫她又哭爹又喊娘。

颂莲却走神了,她每次到废井边总是摆脱不了梦魇般的幻觉。她听见井水在很深的地层翻腾,送上来一些亡灵的语言,她真的听见了,而且感觉到井里泛出冰冷的瘴气,湮没了她的灵魂和肌肤。我怕。颂莲这样喊了一声转身就跑,她听见梅珊在后面喊,喂你怎么啦你要是去告密我可不怕我什么也没说过。

这天忆云放学回家是一个人回来的,卓云马上就意识到什么,她问,忆容呢?忆云把书包朝地上一扔说,她让人打伤了,在医院呢。卓云也来不及细问,就带了两个男仆往医院赶。他们回家已是晚饭时分,忆容头上缠着绷带,被卓云抱到饭桌上。吃饭的人都放下筷子,过来看忆容头上的伤。陈佐千平日最宠爱的就是忆容,他把忆容又抱到自己腿上,问,告诉我是谁打的,明天我扒了他的皮。忆容哭丧着脸,说了一个男孩的名字。陈佐千怒不可遏,说他是谁家的孩子?竟敢打我的女儿。卓云在一边抹着眼泪说,你问她能问出什么名堂来?明天找到那孩子,才能问个仔细,哪个丧尽天良的禽兽不如的东西,对孩子下这样的毒手?毓如微微皱了下眉头,说,吃你们的饭吧,孩子在学堂里打架也是常有的事,也没伤着要害,养几天就好了。卓云说,大太太你也说得太轻巧了,差一点就把眼睛弄瞎了,孩子细皮嫩肉的受得了吗?再说,我倒不怎么怪罪孩子,气的是指使他的那个人,要不然,没冤没仇的,那孩子怎么就会从树后面窜出来，抡起棍子就朝忆容打？梅珊只顾往碗里舀鸡汤，一边说，二太太的心眼也太多，孩子间闹别扭，有什么道理好讲？不要疑神疑鬼的，搞得谁也不愉快。卓云冷冷地说，不愉快的事在后面呢，这口气怎么咽得下去？我倒是非要搞个水落石出不可。

谁也想不到的是，第二天吃午饭的时候，卓云领了一个男孩进了饭间，男孩胖胖的，拖着鼻涕。卓云跟他低声说了句什么，男孩就绕着饭桌转了一圈，挨个看着每个人的脸，突然他就指着梅珊说，是她，她给了我一块钱。梅珊朝天翻了翻眼睛，然后推开椅子，抓住男孩的衣领，你说什么？我凭什么给你一块钱？男孩死命挣脱着，一边嚷嚷，是你给我一块钱，让我去揍陈忆容和陈忆云。梅珊啪地打了男孩一个耳光，骂，放屁，我根本就不认识你个小兔崽，谁让你来诬陷我的？这时候卓云上去把他们拉开，佯笑着说，行了，就算他认错了人，我心中有个数就行了。说着就把男孩推出了吃饭间。

梅珊的脸色很难看，她把勺子朝桌上一扔，说，不要脸。卓云就在这边说，谁不要脸谁心里清楚，还要我把丑事抖个干净啊。陈佐千终于听不下去了，一声怒喝，不想吃饭给我滚，都给我滚！

这事的前后过程颂莲是个局外人，她冷眼观察，不置一词。事实上从一开始她就猜到了梅珊，她懂得梅珊这种品格的女人，爱起来恨起来都疯狂得可怕。她觉得这事残忍而又可笑，完全不加理智，但奇怪的是，她内心同情的一面是梅珊，而不是无辜的忆容，更不是卓云。她想女人是多么奇怪啊，女人能把别人琢磨透了，就是琢磨不透她自己。

颂莲的身上又来了，没有哪次比这回更让颂莲焦虑和烦躁了。那摊紫红色的污血对于颂莲是一种无情的打击。她心里清楚，她怀孕的可能随着陈佐千的冷淡和无能变得可望而不可及。如果这成了事实，那么她将孤零零地像一叶浮萍在陈家花园漂流下去吗？

颂莲发现自己愈来愈容易伤感，苦泪常沾衣襟。颂莲流着泪走到马桶间去，想把污物扔掉。当她看见马桶浮着一张被浸烂的草纸时，就骂了一声，懒货。雁儿好像永远不会用新式的抽水马桶，她方便过后总是忘了冲水。颂莲刚要放水冲，一种超常的敏感和多疑使她萌生一念，她找到一柄刷子，皱紧了鼻子去拨那团草纸，草纸摊开后原形毕露，上面有一个模糊的女人，虽然被水洇烂了，但草纸上的女人却一眼就能分辨，而且是用黑红色的不知什么血画的。颂莲明白，画的又是她，雁儿又换了个法子偷偷对她进行恶咒。她巴望我死，她把我扔在马桶里。颂莲浑身颤抖着把那张草纸捞起来，她一点也不嫌脏了，浑身的血液都被雁儿的恶行点得火烧火燎。她夹着草纸撞开小偏屋的门，雁儿靠着床在打盹。雁儿说，太太你要干什么？颂莲把草纸往她脸上摔过去，雁儿说，什么东西？等到她看清楚了，脸就灰了，嗫嚅着说不是我用的。颂莲气得说不出话，盯视的目光因愤怒而变得绝望。雁儿缩在床上不敢看她，说，画着玩的，不是你。颂莲说，你跟谁学的这套阴毒活儿？你想害死我你来当太太是吗？雁儿不敢吱声，抓了那张草纸要往窗外扔。颂莲尖声大喊，不准扔！雁儿回头申辩，这是脏东西，留着干嘛？颂莲抱着双臂在屋里走着，留着自然有用。有两条路随你走。一条路是明了，把这脏东西给老爷看，给大家看，我不要你来伺候了，你哪是伺候我？你是来杀我来了。还有一条路是私了。雁儿就怯怯地说，怎么私了？你让我干什么都行，就是别撵我走。颂莲莞尔一笑，私了简单，你把它吃下去。雁儿一惊，太太你说什么？颂莲侧过脸去看着窗外，一字一顿地说，你把它吃下去。雁儿浑身发软，就势蹲了下去，蒙住脸哭起来，那还不如把我打死好。颂莲说，我没劲打你，打你脏了我的手。你也别怨我狠，这叫做以其人之道还治其人之身，书上说的，不会有错。雁儿只是蹲在墙角哭，颂莲说，你这会儿又要干净了，不吃就滚蛋，卷铺盖去吧。雁儿哭了很长时间，突然抹了下眼泪，一边哽咽一边说，我吃，吃就吃。然后她抓住那张草纸就往嘴里塞，发出一阵撕心裂肺的干呕声。颂莲冷冷地看着，并没有什么快感，她不知怎么感到寒心，而且反胃得厉害。贱货。她厌恶地看了一眼雁儿，离开了小偏房。

雁儿第二天就病了，病得很厉害，医生来看了，说雁儿得了伤寒。

颂莲听了心里像被什么钝器割了一下，隐隐作痛。消息不知怎么透露了出去，佣人们都在谈论颂莲让雁儿吞草纸的事情，说四太太看不出来比谁都阴损，说雁儿的命大概也保不住了。

陈佐千让人把雁儿抬进了医院。他对管家说，尽量给她治，花费全由我来，不要让人骂我们不管下人死活。抬雁儿的时候，颂莲躲在房间里，她从窗帘缝里看见雁儿奄奄一息地躺在担架上，她的头皮因为大量掉发而裸露着，模样很怕人。她感觉到雁儿枯黄的目光透过窗帘，很沉重地刺透了她的心。后来陈佐千到颂莲房里来，看见颂莲站在窗前发呆。陈佐千说，你也太阴损了，让别人说尽了闲话，坏了陈家名声。颂莲说，是她先阴损我的，她天天咒我死。陈佐千就恼了，你是主子，她是奴才，你就跟她一般见识？颂莲一时语塞，过了会儿又无力地说，我也没想把她弄病，她是自己害了自己，能全怪我吗？陈佐千挥挥手，不耐烦地说，别说了，你们谁也不好惹，我现在见了你们头就疼。你们最好别再给我添乱了。说完陈佐千就跨出了房门，他听见颂莲在后面幽幽地说，老天，这日子让我怎么过？陈佐千回过头回敬她说，随你怎么过，你喜欢怎么过就怎么过，就是别再让佣人吃草纸了。

一个被唤做宋妈的老女佣，来颂莲这儿伺候。据宋妈自己说，她在陈府里从十五岁干到现在，差不多大半辈子了，飞浦就是她抱大的，还有在外面读大学的大小姐，也是她抱大的，颂莲见她倚老卖老，有心开个玩笑，那么陈老爷也是你抱大的啰。宋妈也听不出来话里的味道，笑起来说，那可没有，不过我是亲眼见他娶了四房太太，娶毓如大太太的时候他才十九岁，胸前佩了一个大金片儿，大太太也佩了一个，足有半斤重啊。到娶卓云二太太，就换了个小金片儿，到娶梅珊三太太，就只是手上各带几个戒指，到了娶你，就什么也没见着了，这陈家可见是一天不如一天了。颂莲说，既然陈家一天不如一天，你还在这儿干什么？宋妈叹口气说，在这里伺候惯了，回老家过清闲日子反而过不惯了。颂莲捂嘴一笑，她说，宋妈要是说的真心话，那这世上当真就有奴才命了。

宋妈说，那还有假？人一生下来就有富贵命奴才命，你不信也得信呀，你看我天天伺候你，有一天即使天塌下来地陷下去，只要我们活着，就是我伺候你，不会是你伺候我的。

宋妈是个愚蠢而唠叨的女佣。颂莲对她不无厌恶，但是在许多穷极无聊的夜晚，她一个人枯坐灯下，时间长了就想找个人说话。颂莲把宋妈喊到房间里陪着她说话，一仆一主的谈话琐碎而缺乏意义，颂莲一会儿就又厌烦，她听着宋妈的唠叨，思想会跑到很远很奇怪的角落去，她其实不听宋妈说话，光是觉得老女佣黄白的嘴唇像虫卵似的蠕动，她觉得这样打发夜晚实在可笑，但又问自己，不这样又能怎么样呢？

有一回就说起了从前死在废井里的女人。宋妈说那最后一个是四十年前死的，是老太爷的小姨太太，说她还伺候过那个小姨太太半年的光景。颂莲说，怎么死的？宋妈神秘地眨眨眼睛，还不是男男女女的事情？家丑不可外扬，否则老爷要怪罪的。颂莲说，那么说我是外人了？好吧，别说了，你去睡吧。宋妈看看颂莲的脸色，又赔笑脸说，太太你真想听这些脏事？颂莲说，你说我就听。这有什么了不得的？宋妈就压低嗓门说，一个卖豆腐的！她跟一个卖豆腐的私通。颂莲淡淡地说，怎么会跟卖豆腐的呢？宋妈说，那男人豆腐做得很出名，厨子让他送豆腐来，两个人就撞上了。都是年轻血旺的，眉来眼去的就勾搭上了。颂莲说，谁先勾搭谁呀？宋妈嘻地一笑说，那只有鬼知道了，这先后的事说不清，都是男的咬女的，女的咬男的。颂莲又问，怎么知道他们私通的？宋妈说，探子！陈老太爷养了探子呀。那姨太太说是头疼去看医生，老太爷要喊医生上门来，她不肯。老太爷就疑心了，派了探子去跟踪。也怪她谎撒得不圆。到了那卖豆腐的家里，挨到天黑也不出来。探子开始还不敢惊动，后来饿得难受，就上去把门一脚踹开了，说，你们不饿我还饿呢。宋妈说到这里就咯咯笑起来，颂莲看着宋妈笑得前仰后合的，她不笑，端坐着说了声，恶心。颂莲点了一支烟，猛吸了几口，忽然说，那么她是偷了男人才跳井的？宋妈的脸上又有了讳莫如深的表情，她轻声说，鬼知道呢？反正是死在井里了。

夜里颂莲因此就添了无名的恐惧，她不敢关灯睡觉。关上灯周围就黑得可怕，她似乎看见那口废井跳跃着从紫藤架下跳到她的窗前，看见那些苍白的泛着水光的手在窗户上向她张开，湿漉漉地摇晃着。

没人知道颂莲对废井传说的恐惧，但她晚上亮灯睡觉的事却让毓如知道了。毓如说了好几次，夜里不关灯？再厚的家底都会败光的。颂莲对此充耳不闻，她发现自己已经倦怠于女人间的嘴仗，她不想申辩，不想占上风，不想对鸡毛蒜皮的小事表示任何兴趣。她想的东西不着边际，漫无目的，连她自己也理不出头绪。她想没什么可说的干脆不说，陈家人后来都发现颂莲变得沉默寡言，他们推测那是因为她失宠于陈老爷的缘故。

眼看就要过年了，陈府上上下下一片忙碌，杀猪宰牛搬运年货。窗外天天是嘈杂混乱。颂莲独坐室内，忽然想起了自己的生日，自己的生日和陈佐千只相差五天，十二月十二，生日早已过去了，她才想起来，不由得心酸酸的，她掏钱让宋妈上街去买点卤菜，还要买一瓶四川烧酒。宋妈说，太太今天是怎么啦？颂莲说，你别管我，我想尝尝醉酒的滋味。然后她就找了一个小酒盅，放在桌上，人坐下来盯着那酒盅看，好像就看见了二十年前那个小女婴的样子，被陌生的母亲抱在怀里。其后的二十年时光却想不清晰，只有父亲浸泡在血水里的那只手，仍然想抬起来抚摸她的头发。颂莲闭上眼睛，然后脑子里又是一片空白，唯一清楚的就是生日这个概念。生日。她抓起酒盅看着杯底，杯底上有一点褐色的污迹，她自言自语，十二月十二，这么好记的日子怎么会忘掉的？除了她自己，世界上就没人知道十二月十二是颂莲的生日了。除了她自己，也不会有人来操办她的生日宴会了。

宋妈去了好久才回来，把一大包卤肺、卤肠放到桌上。颂莲说，你怎么买这些东西，脏兮兮的谁吃？宋妈很古怪地打量着颂莲，突然说，雁儿死了，死在医院里了。颂莲的心立刻哆嗦了一下，她镇定着自己，问，什么时候死的？宋妈说，不知道，光听说雁儿临死喊你的名字。颂莲的脸有些白，喊我的名字干什么？难道是我害死她的？宋妈说，你别生气呀，我是听人说了才告诉你。生死是天命，怪不着太太。颂莲又问，现在尸体呢？宋妈说，让她家里人抬回乡下去了，一家人哭哭啼啼的，好可怜。颂莲打开酒瓶，闻了闻酒气，淡淡地说了一句，也没什么多哭的，活着受苦，死了干净。死了比活着好。

颂莲一个人呷着烧酒，朦朦胧胧听见一阵熟悉的脚步声，门帘被哗地一掀，闯进来一个黑黝黝的男人。颂莲转过脸朝他望了半天，才认出来，竟然是大少爷飞浦。她急忙用台布把桌上的酒菜一古脑地全部盖上，不让飞浦看到，但飞浦还是看见了，他大叫，好啊，你居然在喝酒。颂莲说，你怎么就回来了？飞浦说不死总要回家来的。飞浦多日不见变化很大，脸发黑了，人也粗壮了些，神色却显得很疲惫的样子。颂莲发现他的眼圈下青青的一轮，角膜上可见几缕血丝，这同他的父亲陈佐千如出一辙。

你怎么喝起酒来了，借酒浇愁吗？

愁是酒能消得掉的吗？我是自己在给自己祝寿。

你过生日？你多大了？

管它多大呢，活一天算一天。你要不要喝一杯？给我祝祝寿。

我喝一杯，祝你活到九十九。

胡诌。我才不想活那么长，这恭维话你对老爷说去。

那你想活多久呢？

看情况吧，什么时候不想活就不活了，这也简单。

那我再喝一杯，我让你活得长一点，你要死了那我在家里就找不到说话的人了。

两个人慢慢地呷着酒，又说起那笔烟草生意。飞浦自嘲地说，鸡飞蛋打，我哪里是做生意的料子，不光没赚到，还赔了好几千，不过这一圈玩得够开心的。颂莲说，你的日子已经够开心的了，哪有不开心的事？飞浦又说，你可别去告诉老爷，否则他又训人。颂莲说，我才懒得掺和你们家的事，再说，他现在见我就像见一块破抹布，看都不看一眼。

我怎么会去向他说你的不是?

颂莲酒后说话时不再平静了,她话里的明显的感情倾向对着飞浦来的。飞浦当然有所察觉。飞浦的内心开放了许多柔软的花朵,他的脸现在又红又热,他从皮带扣上解下一个鲜艳的绘有龙凤图案的小荷包,递给颂莲。这是我从云南带回来的,给你做个生日礼物吧。颂莲瞥了一眼小荷包,诡谲地一笑说,只有女的送荷包给情郎,哪有反过来的道理呀?飞浦有点窘迫,突然从她手里夺回荷包说,你不要就还给我,本来也是别人送我的。颂莲说,好啊,虚情假意的,拿别人的信物来糊弄我,我要是拿了不脏了我的手?飞浦重新把荷包挂在皮带上,讪讪说,本来就没打算给你,骗骗你的。颂莲的脸就有点沉下来了,我是被骗惯了,谁都来骗我,你也来骗我玩儿。飞浦低下头,偶尔偷窥一下颂莲的表情,沉默不语了。颂莲突然又问,谁送的荷包?飞浦的膝盖上下抖了几下,说,那你就别问了。

两个人坐着很虚无地呷酒。颂莲把酒盅在手指间转着玩,她看见飞浦现在就坐在对面,他低着头,年轻的头发茂密乌黑,脖子刚劲傲慢地挺直,而一些暗蓝的血管在她的目光里微妙地颤动着。颂莲的心里很潮湿,一种陌生的欲望像风一样灌进身体,她觉得喘不过气来,意识中又出现了梅珊和医生的腿在麻将桌下交缠的画面。颂莲看见了自己修长姣好的双腿,它们像一道漫坡而下的细沙向下塌陷,它们温情而热烈地靠近目标。这是飞浦的脚,膝盖,还有腿,现在她准确地感受了它们的存在。颂莲的眼神迷离起来,她的嘴唇无力地启开,蠕动着。她听见空气中有一种物质碎裂的声音,或者这声音仅仅来自她的身体深处。飞浦抬起了头,他凝视颂莲的眼睛里有一种激情汹涌澎湃着,身体尤其是双脚却僵硬地维持原状。飞浦一动不动。颂莲闭上眼睛,她听见一粗一细两种呼吸紊乱不堪,她把双腿完全靠紧了飞浦,等待着什么发生。好像是许多年一下子过去了,飞浦缩回了膝盖,他像被击垮似的歪在椅背上,沙哑地说,这样不好。颂莲如梦初醒,她嗫嚅着,什么不好?飞浦把双手慢慢地举起来,作了一个揖,不行,我还是怕。他说话时脸痛苦地扭曲了。我还是怕女人。女人太可怕。颂莲说，我听不懂你的话。飞浦就用手搓着脸说，颂莲我喜欢你，我不骗你。颂莲说，你喜欢我却这样待我。飞浦几乎是哽咽了，他摇着头，眼睛始终躲避着颂莲，我没法改变了，老天惩罚我，陈家世代男人都好女色，轮到我不行了，我从小就觉得女人可怕，我怕女人。特别是家里的女人都让我害怕。只有你我不怕，可是我还是不行，你懂吗？颂莲早已潸然泪下，她背过脸去，低低地说，我懂了，你也别解释了，现在我一点也不怪你，真的，一点也不怪你。

颂莲醉酒是在飞浦走了以后，她面色酡红，在房间里手舞足蹈、摔摔打打的。宋妈进来按她不住，只好去喊陈老爷陈佐千来。陈佐千一进屋就被颂莲抱住了，颂莲满嘴酒气，嘴里胡言乱语。陈佐千问宋妈，她怎么喝起酒来了？宋妈说我怎么会知道，她有心事能告诉我吗？陈佐千差宋妈去毓如那里取醒酒药，颂莲就叫起来，不准去，不准告诉那老巫婆。陈佐千很厌恶地把颂莲推到床上，看你这副疯样，不怕让人笑话。颂莲又跳起来，勾住陈佐千的脖子说，老爷今晚陪陪我，我没人疼，老爷疼疼我吧。陈佐千无可奈何地说，你这样我怎么敢疼你？疼你还不如疼条狗。

毓如听说颂莲醉酒就赶来了。毓如在门口念了几句阿弥陀佛，然后上来把颂莲和陈佐千拉开。她问陈佐千，给她灌药？陈佐千点点头。毓如想摁着颂莲往她嘴里塞药，被颂莲推了个趔趄。毓如就喊，你们都动手呀，给这个疯货点厉害。陈佐千和宋妈也上来架着颂莲，毓如刚把药灌下去，颂莲就啐出来，啐了毓如一脸。毓如说，老爷你怎么不管她？这疯货要翻天了。陈佐千拦腰抱住颂莲，颂莲却一下软瘫在他身上，嘴里说，老爷别走，今天你想干什么都行，舔也行，摸也行，干什么都依你，只要你别走。陈佐千气恼得说不出话，毓如听不下去，冲过来打了颂莲一记耳光，无耻的东西，老爷你把她宠成什么样子了！

南厢房闹成一锅粥，花园里有人跑过来看热闹。陈佐千让宋妈堵住门，不让人进来看热闹。毓如说，出了丑就出个够，还怕让人看？看她以后怎么见人？陈佐千说，你少插嘴，我看你也该灌点醒酒药。宋妈捂着嘴强忍住笑，走到门廊上去把门。看见好多人在窗外探头探脑的。宋妈看见大少爷飞浦把手插在裤袋里，慢慢地朝这里走。她正想让不让飞浦进去呢，飞浦转了个身，又往回走了。

下了头一场大雪，萧瑟荒凉的冬日花园被覆盖了兔绒般的积雪，树枝和屋檐都变得玲珑剔透、晶莹透明起来。陈家几个年幼的孩子早早跑到雪地上堆了雪人，然后就在颂莲的窗外跑来跑去追逐，打雪仗玩。颂莲还听见飞澜在雪地上摔倒后尖声啼哭的声音。还有刺眼的雪光泛在窗户上的色彩。还有吊钟永不衰弱的嘀嗒声。一切都是真切可感，但颂莲仿佛去了趟天国，她不相信自己活着，又将一如既往地度过一天的时光了。

夜里她看见了死者雁儿，死者雁儿是一个秃了头的女人，她看见雁儿在外面站着推她的窗户，一次一次地推。她一点不怕。她等着雁儿残忍的报复。她平静地躺着。她想窗户很快会被推开的。雁儿无声地走进来了，带着一种头发套子，挽成有钱太太的圆髻。颂莲说，你上哪儿买的头发套子？雁儿说，在阎王爷那儿什么都有。然后颂莲就看见雁儿从髻后抽出一根长簪，朝她胸口刺过来。她感觉到一阵刺痛，人就飞速往黑暗深处坠落。她肯定自己死了，千真万确地死了，而且死了那么长时间，好像有几十年了。

颂莲披衣坐在床上，她不相信死是个梦。她看见锦缎被子上真的插了一根长簪，她把它摊在手心上，冰凉冰凉。这也是千真万确的，不是梦。那么，我怎么又活了呢，雁儿又跑到哪里去了呢？

颂莲发现窗子也一如梦中半掩着，从室外穿来的空气新鲜清洌，但颂莲辨别了窗户上雁儿残存的死亡气息。下雪了，世界就剩下一半了。另外一半看不见了，它被静静地抹去，也许这就是一场不彻底的死亡。颂莲想我为什么死到一半又停止了呢，真让人奇怪。另外的一半在哪里？

梅珊从北厢房出来，她穿了件黑貂皮大衣走过雪地，仪态万千容光焕发的美貌，改变了空气的颜色。梅珊走过颂莲的窗前，说，女酒鬼，酒醒了？颂莲说，你出门？这么大的雪。梅珊拍了拍窗子，雪大怕什么？只要能快活，下刀子我也要出门。梅珊扭着腰肢走过去，颂莲不知怎么就朝她喊了一句，你要小心。梅珊回头对颂莲嫣然一笑，颂莲对此印象极深。事实上这也是颂莲最后一次看见梅珊迷人的笑靥。

梅珊是下午被两个家丁带回来的。卓云跟在后面，一边走一边嗑着瓜子。事情说到结果是最简单了，梅珊和医生在一家旅馆里被卓云堵在被窝里，卓云把梅珊的衣服全部扔到外面去，卓云说，你这臭婊子，你怎么跑得出我的手心？

这天颂莲看着梅珊出去又回来，一前一后却不是同一个梅珊。梅珊是被人拖回北厢房去的，梅珊披头散发，双目怒睁，骂着拖拽她的每一个人。她骂卓云说我活着要把你一刀一刀削了死了也要挖你的心喂狗吃。卓云一声不吭，只顾嗑着瓜子。飞澜手里抓着梅珊掉落的一只皮鞋，一路跑一路喊，鞋掉啰，鞋掉啰。颂莲没有看见陈佐千，陈佐千后来是一个人进北厢房去的，那时候北厢房已经被反锁上了。

颂莲无心去隔壁张望，她怀着异样沉重的心情谛听着梅珊的动静。她很想知道陈佐千会怎么处置梅珊。但是隔壁没有丝毫的动静。一个家丁守在门口，摇着一串钥匙，开锁，关锁。陈佐千又出来了，他站在那里朝花园雪景张望了一番，然后甩了甩手，朝南厢房里走过来。

好大的雪，瑞雪兆丰年呐。陈佐千说。陈佐千的脸比预想的要平静得多。颂莲甚至感觉到他的表现里有一种真实的轻松。颂莲倚在床上，直盯着陈佐千的眼睛，她从中另外看到了一丝寒光，这使她恐惧不安。颂莲说，你们会把梅珊怎么样？陈佐千掏出一枝象牙牙签剔着牙，他说，我们能把她怎么样？她自己知道应该怎么样。颂莲说，你们放她一马吧。陈佐千笑了一声，说，该怎么样就怎么样。

颂莲彻夜未眠，心如乱麻。她时刻谛听着隔壁的动静，心里想的都是自己的事情。每每想到自己，一切却又是一片空白，正好像窗外的雪，似有似无，有一半真实，另外一半却是融化的虚幻。到了午夜时分，颂莲忽然又听见了梅珊唱她的京戏,有点不相信自己的耳朵,屏息再听,真的是梅珊在受难夜里唱她的京戏。

叹红颜薄命前生就
美满姻缘付东流
薄幸冤家音信无有
啼花泣月在暗里添愁
枕边泪呀共那阶前雨
隔着窗儿点滴不休
山上复有山
何日里大刀环
那欲化望夫石一片
要寄回文只字难
总有这角枕锦衾明似绮
只怕那孤眠不抵半床寒

整个夜里后花园的气氛很奇特,颂莲辗转难眠,后来又听见飞澜的哭叫声,似乎有人把他从北厢房抱走了。颂莲突然再也想不出梅珊的容貌,只是看见梅珊和医生在麻将桌下交缠着的四条腿,不断地在眼前晃动,又依稀觉得它们像纸片一样单薄,被风吹起来了。好可怜,颂莲自言自语着,听见院墙外响起了第一声鸡啼,鸡啼过后世界又是一片死寂。颂莲想我又要死了,雁儿又要来推窗户了。

颂莲迷迷糊糊半睡半醒着。这是凌晨时分,窗外一阵杂沓的脚步声惊动了颂莲,脚步声从北厢房朝紫藤架那里去。颂莲把窗帘掀开一条缝,看见黑暗中晃动着几个人影,有个人被他们抬着朝紫藤架那里去。凭感觉颂莲知道那是梅珊,梅珊无声地挣扎着被抬着朝紫藤架那里去。梅珊的嘴被堵住了,喊不出声音。颂莲想他们要干什么,他们把梅珊抬到那里去想干什么。黑暗中的一群人走到了废井边,他们围在井边忙碌了一会儿,颂莲就听见一声沉闷的响声,好像井里溅出了很高很白的水珠。是一个人被扔到井里去了。是梅珊被扔到井里去了。

大概静默了两分钟,颂莲发出了那声惊心动魄的狂叫。陈佐千闯进屋子的时候看见她光着脚站在地上,拚命揪着自己的头发。颂莲一声声狂叫着,眼神黯淡无光,面容更是像一张白纸。陈佐千把她架到床上,他清楚地意识到这是颂莲的末日,她已经不是昔日那个女学生颂莲了。陈佐千把被子往她身上压,说,你看见了什么?你到底看见了什么?颂莲说,杀人。杀人。陈佐千说,胡说八道,你看见了什么?你什么也没有看见。你已经疯了。

第二天早晨,陈家花园爆出了两条惊人的新闻。从第二天早晨起,本地的人们,上至绅士淑女阶层,下至普通百姓,都在谈论陈家的事情,三太太梅珊含羞投井,四太太颂莲精神失常。人们普遍认为梅珊之死合情合理,奸夫淫妇从来没有好下场。但是好端端的年轻文静的四太太颂莲怎么就疯了呢,熟知陈家内情的人说,那也很简单,兔死狐悲罢了。

第二年春天,陈佐千陈老爷娶了第五位太太文竹。文竹初进陈府,经常看见一个女人在紫藤架下枯坐,有时候绕着废井一圈一圈地转,对着井中说话。文竹看她长得清秀脱俗,干干净净,不太像疯子,问边上的人说,她是谁?人家就告诉她,那是原先的四太太,脑子有毛病了。文竹说,她好奇怪,她跟井说什么话?人家就复述颂莲的话说,我不跳,我不跳,她说她不跳井。

颂莲说她不跳井。

(原刊于《收获》1989 年第 6 期)